D1160267

10
18

12, AVENUE D'ITALIE . PARIS XIIIe

Sur l'auteur

Né à Dublin en 1965, Colum McCann est l'auteur de plusieurs romans – dont *Le Chant du coyote*, *Les Saisons de la nuit* – et de deux recueils de nouvelles, *La Rivière de l'exil* et *Ailleurs, en ce pays*. Avec *Danseur*, il a acquis une véritable reconnaissance internationale.

Colum McCann vit aujourd'hui à New York.

COLUM McCANN

DANSEUR

Traduit de l'anglais
par Jean-Luc Piningre

10
18

« *Domaine étranger* »
dirigé par Jean-Claude Zylberstein

BELFOND

Titre original : *Dancer*
publié par Weidenfeld & Nicholson, Londres.

Cet ouvrage a été traduit avec le concours de l'Ireland Literature
Exchange (Translation Fund), Dublin, Irlande.
www.irelandliterature.com
info@irelandliterature.com

Pour Allison.
Pour Riva Hocherman.
Et pour Ben Kiely.

Mes plus vifs remerciements pour la confiance
et l'inspiration que vous m'avez apportées.

Ce que nous – moi, du moins – qualifions sans hésiter de souvenir, à savoir un instant, une scène ou un fait, liés à un support qui les sauve de l'oubli, est en réalité une forme de récit qui, en pensée, se poursuit sans arrêt, et qui change souvent avec la narration. La vie comporte trop d'émotions et d'intérêts contraires pour être acceptée comme un tout, et sans doute le travail du narrateur consiste-t-il à arranger les choses pour arriver à ce but. Quoi qu'il en soit, chaque fois que nous parlons du passé, nous mentons comme nous respirons.

William MAXWELL
Au revoir, à demain

Lancés sur la scène au cours de sa première saison à Paris :

dix billets de cent francs roulés sous un élastique ;
un paquet de thé russe ;
un manifeste du Front de libération nationale algérien, protestant contre le couvre-feu imposé aux musulmans après une série d'attentats à la voiture piégée à Paris ;
des jonquilles volées au jardin du Louvre, qui valurent aux jardiniers, soucieux qu'on ne continuât pas à piller leurs parterres, de travailler le soir jusqu'à sept heures au lieu de cinq ;
des lis blancs, lestés pour atterrir exactement sur scène, avec des centimes collés à la tige ;
tant d'autres fleurs qu'un machiniste, Henri Long, balayant les pétales après une représentation, eut l'idée de les faire sécher et de les vendre, les soirs suivants, aux admirateurs amassés à l'entrée des artistes ;
un manteau de vison qui fendit l'air, le douzième soir, en survolant les spectateurs des premiers rangs, qui pensèrent un instant qu'un animal vivant planait au-dessus de leurs têtes ;
dix-huit culottes de femmes – phénomène jusque-là inconnu dans cette salle –, la plupart discrètement serrées par un ruban, mais deux au moins avaient été retirées précipitamment, et il en ramassa une, le dernier rideau baissé, pour la renifler avec panache sous l'œil ravi des machinistes ;
un portrait du cosmonaute Youri Gagarine, avec cette légende au bas, écrite à la main : *Plus haut, Rudi, plus haut !*

une série de bombes en papier, garnies de poivre ;

une pièce de monnaie de valeur, datant d'avant la Révolution, emballée par un émigré dans un mot expliquant que, si Rudi gardait la tête froide, il deviendrait aussi bon que Nijinski, sinon meilleur ;

des dizaines de photos érotiques, avec le nom et le numéro de téléphone de chaque femme griffonnés au dos ;

des billets affirmant *Vous êtes un traître de la Révolution* ;

du verre brisé jeté par des militants communistes, interrompant le spectacle une vingtaine de minutes, le temps de balayer la scène, et suscitant une telle fureur que la branche parisienne du Parti dut se réunir d'urgence, vu la mauvaise publicité qu'on venait de lui faire ;

des menaces de mort ;

des clés de chambres d'hôtel ;

des lettres d'amour ;

et, le quinzième soir, une unique rose à longue tige, plaquée or.

LIVRE PREMIER

1

Quatre hivers. Ils construisaient des routes en brisant les congères armés de leurs chevaux, ils labouraient la neige jusqu'à ce que les bêtes meurent, puis ils mangeaient leur chair avec une grande tristesse. Les médecins traversaient les champs givrés avec des ampoules de morphine collées sous leurs aisselles afin qu'elles ne gèlent pas et, la guerre continuant, il fut sans cesse plus dur de découvrir une veine sur les bras des soldats – moribonds bien longtemps avant que d'être morts. Dans les tranchées, ils nouaient serré les oreillettes de leurs chapkas, volaient les manteaux de réserve, dormaient les uns contre les autres et plaçaient les blessés entre eux, où il faisait plus chaud. Ils portaient des pantalons matelassés, des couches de sous-vêtements, et, pour rire, ils parlaient parfois des jambes des putains, ils en faisaient des écharpes de rêve. Le moment vint où ils ne retirèrent plus souvent leurs bottes. Ils avaient vu d'autres soldats – aux orteils, bleus, tombés soudain de leurs pieds – et ils croyaient maintenant que l'avenir d'un homme pouvait être prédit à sa façon de marcher.

17

Ils fabriquaient des cordons solides avec plusieurs lacets, puis, en guise de camouflage, ils attachaient l'une à l'autre par-dessus leur capote leurs chemises blanches de paysans, tiraient bien leurs cagoules, et ils pouvaient alors s'allonger dans la neige, y rester invisibles pendant des heures. L'huile gelait dans les carters des pièces d'artillerie. Les ressorts des mitrailleuses se brisaient comme du verre. En l'absence de gants, la chair adhérait au métal, qui la leur arrachait. Ils allumaient des feux avec du charbon de bois, jetaient des pierres dans les braises, qu'ils retiraient brisées pour réchauffer leurs mains. Ils comprirent que, si l'on avait besoin de chier, ce qui n'arrivait guère, on faisait dans son froc. Ça y restait, glacé, et on n'enlevait ça que sous abri, d'ailleurs ça ne sentait rien, les gants non plus, sauf en cas de dégel. Pour pisser sans s'exposer au froid, ils plaçaient des sacs de toile cirée sous leur pantalon, et ils apprirent à réchauffer leurs jambes là-dessus. Cette chaleur-là leur rappelait celle des femmes, mais le sac gelait de toute façon et ils se retrouvaient à nouveau nulle part, dans un champ de neige rougi par les flammes d'une raffinerie.

En repérage dans la steppe, ils trouvaient les corps de compagnons d'armes, morts transis, la main levée, le genou déformé, la barbe couverte de givre, et ils savaient qu'il fallait se dépêcher de leur piquer leurs fringues avant qu'elles se figent pour toujours avec eux, et alors ils se penchaient, murmuraient, Désolé camarade, merci pour le tabac.

On leur dit que l'ennemi se servait des cadavres pour construire ses routes, puisqu'il ne restait plus d'arbres, alors ils s'efforcèrent de ne pas entendre de bruits se répandre sur la glace, d'os brisés sous les pneus. Le silence avait disparu, l'air portait tous les sons : les équipes de reconnaissance à ski, le chuintement des pylônes électriques, le sifflement des mortiers, un camarade hurlant après ses jambes, ses doigts, son fusil, sa mère. Le matin, ils réchauffaient leurs armes avec une charge légère, pour que le canon ne leur explose pas à la gueule dès la première salve. Ils enveloppaient de peaux de vache les poignées des batteries antiaériennes, bouchaient les meurtrières des parapets avec de vieilles chemises afin de repousser la neige. Les soldats à ski apprirent à lancer leurs grenades en biais, sans s'arrêter, sans un regard pour ceux qu'ils estropiaient. Lorsqu'ils tombaient sur la carcasse d'un T 34, d'une ambulance ou d'un Panzer ennemi, ils passaient l'antigel dans les filtres à carbone de leurs masques à gaz, et ils se soûlaient avec ça. Ils en buvaient parfois tellement qu'ils devenaient aveugles quelques jours plus tard. Ils lubrifiaient l'artillerie avec de l'huile de tournesol, jamais trop sur les percuteurs, juste une goutte sur les ressorts, et ils gardaient l'excès pour leurs bottes. Que le cuir résiste un peu plus longtemps. Ils scrutaient l'intérieur des caisses à munitions pour voir si une ouvrière de Kiev, d'Oufa ou de Vladivostok avait dessiné un cœur à leur intention, et s'il n'y en avait pas il était là quand même, puis ils chargeaient leurs Katioucha, leurs Maxim, leurs Degtyarev.

Lorsqu'ils avançaient, et lorsqu'ils se repliaient, ils creusaient un fossé avec une cartouche de cent grammes pour y sauver leurs vies si elles en valaient la peine. Ils partageaient leurs cigarettes, et quand ils n'avaient plus de tabac, ils fumaient de la sciure, du thé, de la salade, et – ne restait-il que ça – du crottin. Mais les chevaux étaient tellement affamés qu'ils ne chiaient plus non plus. Dans les casemates, ils écoutaient Joukov à la TSF, Yeremenko, Vassilevski, Khrouchtchev, Staline aussi, sa voix pleine de pain noir et de thé bien sucré. On installa des haut-parleurs dans les tranchées, et des amplis, sur les lignes de front, vers l'ouest, pour empêcher les Allemands de dormir, avec tangos, bobinots, socialisme. On leur parla des traîtres, des déserteurs, des lâches, on leur ordonna de les tuer. Cela fait, ils arrachèrent les médailles rouges plantées sur les torses, puis ils les épinglèrent sous leurs propres tuniques. Pour se cacher la nuit, ils couvraient d'adhésif les phares des voitures, des ambulances, des tanks. Ils volaient dans les réserves pour en couvrir aussi leurs mains, leurs pieds, leurs portyanki [1], et quelques-uns s'en collaient même sur les oreilles. Mais le ruban déchirait la peau parce qu'il gelait, et ils hurlaient de plus belle contre la douleur, alors certains braquaient tout simplement leur arme sur la tempe et ils disaient au revoir.

Ils écrivaient chez eux à Galina, Yalena, Nadia, Vera, Tania, Natalia, Dasha, Pavlena, Olga, Sveta, et à Valya aussi, des lettres prudentes, adroitement pliées en triangle. Ils n'attendaient pas grand-chose en retour, peut-être une page unique dont le parfum était resté sur les doigts des censeurs. Le courrier étant numéroté, s'il manquait plusieurs numéros à l'arrivée, ils savaient qu'un convoyeur avait volé en morceaux. Terrés dans les tranchées, regardant droit devant eux, les soldats se répondaient des lettres imaginaires, puis ils repartaient, une fois de plus, combattre. Les rafales de shrapnel se plantaient sous les yeux. Les balles trouaient les muscles des mollets. Les éclats d'obus se logeaient dans la nuque. Les mortiers brisaient les colonnes vertébrales. Ils brûlaient vifs sous les bombes au phosphore. On entassait les morts dans des charrettes à chevaux et on les déversait dans d'immenses charniers creusés à la dynamite. Des femmes en châle venaient au bord des fosses pleurer leurs mélopées et prier en secret. Les

---

1. Voir le glossaire à la fin. *(Toutes les notes sont du traducteur.)*

20

fossoyeurs – dépêchés des goulags – se repliaient ailleurs, laissant ces dames à leurs rituels. On empilait de nouveaux morts sur les précédents, on entendait craquer les os gelés, et les cadavres reposaient dans d'odieuses contorsions. Les fossoyeurs déposaient une dernière pelletée, et parfois ils se jetaient eux-mêmes dans le trou, de désespoir, vivants. Il restait toujours un peu de terre pour les recouvrir, et on disait ensuite qu'elle remuait. Souvent, le soir, les loups sortaient des bois, trottant, patte haute, dans la neige.

On chargeait les blessés dans les voitures, sur les chevaux, sur les traîneaux. Une langue jusque-là inconnue apparut dans les antennes médicales : dysenterie typhus gelures pied des tranchées ischémie pneumonie cyanose thrombose cœur déchiré, et si les soldats guérissaient de l'un ou de l'autre, on les renvoyait se battre encore une fois.

À la campagne, ils préféraient les villages récemment brûlés, car le sol ramolli était facile à creuser. La neige exhumait une histoire, ici une couche de sang, là un os de cheval, la carcasse d'un bombardier PO 2, la dépouille d'un sapeur de la rue Spasskaya, un gars qu'ils avaient bien connu. Ils se cachaient dans les ruines, dans les décombres de Kharkov, et, à Smolensk, ils se déguisèrent en tas de briques. Voyant les glaces flotter sur la Volga, ils les aspergeaient de pétrole, y mettaient le feu et le fleuve lui-même semblait brûler. Dans les hameaux de pêcheurs de la mer d'Azov, c'est les pilotes qu'ils repêchèrent, ceux qui avaient piqué puis rebondi sur trois cents mètres de glace. Dans les bâtiments éventrés à la périphérie des villes, ils trouvaient d'autres morts dans des ravages de sang. Ils voyaient leurs camarades pendus aux réverbères, décorations grotesques, la langue noircie par le gel. Lorsqu'ils coupaient les cordes, les poteaux gémissaient, se courbaient, et la lumière changeait d'empreinte au sol. Ils tentaient de capturer un Fritz, vivant, pour l'envoyer au NKVD [1]. On lui trouerait les dents à la chignole, on l'attacherait au pieu dans les congères, ou on le laisserait simplement mourir de faim, dans un camp, comme on faisait chez les Chleuhs. Parfois ils gardaient un prisonnier, lui prêtaient une pelle ou autre chose, le regardaient essayer de creuser sa tombe dans la terre gelée et, s'il n'y arrivait pas, on lui tirait une balle dans la nuque et on le laissait comme ça. Ils découvraient des soldats ennemis, blessés, couchés dans les bâtiments incendiés. Ils les jetaient par les fenêtres, ils les enfonçaient jusqu'au cou dans la neige, ils leur disaient *Auf Wiedersehen, Fritz*. Mais parfois aussi ils les prenaient en pitié – celle que seuls les soldats connaissent –, découvraient dans son portefeuille que le mort avait un père, une femme, une mère, des enfants peut-être.

Ils chantaient des chansons pour les leurs, absents, mais un instant plus tard ils plantaient leur canon dans la bouche d'un gamin, mais un de l'autre bord, et plus tard à nouveau, ils chantaient d'autres chants, Corbeau oh corbeau noir qu'as-tu donc à tourner au-dessus de ma tête ?

Ils reconnaissaient les figures des avions, les demi-tonneaux, les chandelles, les vrilles, les atterrissages à plat, l'éclair d'une svastika, l'éclat d'une étoile rouge. Ils acclamaient leurs femmes pilotes qui se lançaient aux trousses de la Luftwaffe. Ils les regardaient s'élever puis redescendre en flammes. Ils dressaient les chiens à porter les mines, les guidaient avec leurs sifflets aigus sous les tanks ennemis. Les corneilles inspectaient les travaux finis, se repaissaient de charogne, puis c'est elles qu'on abattait pour manger. L'ordre était inversé – matins noircis par la

---

1. Commissariat du peuple aux Affaires intérieures.

poussière des bombes, nuits illuminées par des kilomètres d'incendies. Les jours n'avaient plus de nom, bien qu'on pût quelquefois entendre, le dimanche, de l'autre côté de la glace, les Frisés célébrer leur dieu. Pour la première fois depuis des années, on avait permis aux Russes de fêter les leurs – ils avaient emporté crucifix, chapelets, vêtements rituels. Aucun symbole n'était trop fort, de Dieu, Lénine, Pavlik. Mais si les soldats s'étonnèrent de voir des prêtres orthodoxes, et même des rabbins, venir bénir les tanks, aucune de ces bénédictions ne les aida à tenir.

En retraite, pour en priver l'ennemi, les soldats dynamitèrent les ponts que leurs frères avaient bâtis, détruisirent les tanneries de leurs pères, allumèrent des lampes à acétylène sous les pylônes, précipitèrent le bétail dans les ravins, rasèrent étables et laiteries, versèrent de l'essence dans les silos, abattirent les poteaux télégraphiques, empoisonnèrent les puits, firent voler en éclats les pieux et les clôtures, démontèrent leurs propres granges pour récupérer le bois.

Et, leurs troupes avançant – retrouvant l'avantage, le troisième hiver –, ils reprirent du terrain et ils se demandèrent comment on avait pu faire ça à leur pays.

Entassés dans des wagons à bestiaux qui cheminaient lentement dans la steppe gelée, les vivants partaient à l'ouest, et les blessés à l'est. Blottis les uns contre les autres, ils se dressaient dès qu'une lueur perçait entre les lattes. Au milieu de chaque wagon se trouvait un seau en fer avec un feu allumé. Fouillant leurs aisselles et leurs aines, les hommes en extirpaient des poignées de poux qu'ils jetaient dans le seau. Ils pressaient du pain sur leurs blessures pour contenir les hémorragies. Quelques rares soldats se virent sortis du lot, placés dans des charrettes, emmenés à l'hôpital, dans les cliniques, les écoles. Les villageois venaient les accueillir, leur portaient des cadeaux. Les autres, dans le train, entendaient leurs camarades s'éloigner, ivres de vodka et de victoire. Et pourtant ces trajets n'avaient aucune logique – parfois le convoi traversait la ville natale de l'un ou de l'autre, sans s'arrêter, et ceux qui avaient des jambes essayaient de trouer les parois des wagons ; les gardes les fusillaient pour insubordination, et plus tard, dans la nuit, des parents s'enfonçaient dans la neige, des bougies à la main, car ils venaient d'apprendre que leur fils était mort à quelques kilomètres seulement de chez eux, déshonoré, abandonné, à geler sur les rails.

Allongés sans dormir dans leurs manteaux empesés de sang, les hommes se laissaient ballotter par le chemin de fer. Ils faisaient tourner leurs dernières ciga-rettes et attendaient qu'une femme ou un enfant fasse glisser un paquet entre les lattes. À défaut, qu'on leur murmure un mot doux. On leur donnait de l'eau et de la nourriture, qui leur lacéraient les entrailles, et leur état empirait. Selon la rumeur, on construisait de nouveaux goulags à l'ouest, au sud, et ils se dirent que, si les dieux les avaient aimés jusque-là, cela ne durerait peut-être plus très longtemps. Alors ils glissaient furti-vement leurs fétiches et leurs icônes entre les trous du plancher, pour que d'autres les ramassent plus tard sur les rails. Remontant leurs couvertures sur leurs barbes, ils jetaient une nouvelle poignée de poux au feu. Et les trains continuaient de projeter leur vapeur, les emportant de forêts en ponts au-delà des montagnes ; les hommes ignoraient totalement où ils allaient finir, et lorsque la loco tombait en panne, ils attendaient qu'une autre vienne pousser par-derrière, les remette en mouvement – vers Perm, Bulgakovo, Tcheliabinsk, où les chaînes de l'Oural leur faisaient signe de loin.

Et donc, à la fin de l'hiver 1944, un convoi défilait chaque jour dans les paysages de Bachkirie, émergeant des forêts profondes bordant la Bielaïa pour traverser une vaste bande de glace jusqu'à la ville d'Oufa. Les wagons franchissaient lentement le pont en treillis, long de deux cent cinquante mètres. L'armature d'acier, comme déjà endeuillée, lâchait des cris perçants sous le poids des boggies. Ils gagnaient l'autre berge de la rivière gelée, longeaient les maisons de bois, les hauts immeubles de béton, les usines, les mosquées, les routes de terre, les entrepôts et les blockhaus, jusqu'à la gare où le chef donnait un coup de sifflet, et la fanfare municipale soufflait dans ses cuivres bosselés. Des photos dans les mains, des mères musulmanes attendaient sur le quai. De vieux Tatars déambulaient sur la pointe des pieds à la recherche de leurs fils. Des babouchkas se serraient devant leurs seaux pleins de graines de tournesol. Les marchands rangeaient solennellement le vide dans leurs boutiques. Des infirmières sévères en uniforme brun préparaient le transport des blessés. Les gardes locaux s'adossaient, las, contre les poteaux, sous les panneaux de métal rouge qui, oscillant sous la brise, proclamaient l'électrification des campagnes. *Notre Grand Commandeur Vous Apporte l'Électricité !* L'air était pénétré d'une odeur qui annonçait les soldats, la sueur, la pourriture, et chaque après-midi d'hiver un garçon de six ans, affamé, efflanqué, mais vif, s'asseyait sur l'à-pic au-dessus de la rivière pour regarder les trains. Il se demandait quand son père allait rentrer, s'il reviendrait brisé comme ceux-là, en bas, qu'on soulevait dans la vapeur et les coups de clairon.

D'abord, nous avons nettoyé l'immense serre. Nouriya a donné les plants de tomates au petit gars de la ferme qui traîne autour de l'hôpital. Avec nos pelles, Katya, Marfulga, Olga et moi avons jeté presque toute la terre à l'extérieur. Comme c'est moi la plus âgée, elles m'ont épargné le gros du travail. La serre, grande comme deux maisons, fut bientôt entièrement dégagée. Nous avons tiré à l'intérieur huit poêles à bois, que nous avons dressés contre les vitres avant de les allumer. L'odeur des tomates s'est quand même estompée au bout d'un moment.

Ensuite il a fallu s'occuper des plaques de tôle. La cousine de Nouriya, Milyausha, est soudeuse à la raffinerie, où on lui a permis d'emporter quinze grandes plaques. Avec le tracteur qu'elle a emprunté, elle les a fait passer par le portail, puis elle a suivi l'allée étroite, le long de l'hôpital, jusqu'à la serre. Ces plaques étant décidément très grandes, il a fallu retirer le vitrage du fond pour les pousser à l'intérieur. Le petit gars nous a aidées à les soulever, car elles sont vraiment lourdes. Il gardait la tête baissée – peut-être était-il gêné de voir des femmes travailler si dur, mais peu nous importait, nous faisions notre devoir.

Milyausha s'est révélée une soudeuse exemplaire. Elle a appris juste avant la guerre. Elle a mis ses lunettes de protection et la flamme bleue illuminait ses yeux. Au bout de deux jours, nous l'avions, notre immense baignoire de métal.

Mais nous n'avions pas réfléchi à la façon de faire chauffer l'eau correctement.

Nous avons essayé de la faire bouillir sur nos poêles à bois, mais, bien que la serre retînt les rayons du soleil, elle ne se maintenait pas à la bonne température. Le bain était tout bonnement trop grand. Silencieuses, mécontentes, nous sommes restées immobiles à le regarder jusqu'à ce que Nouriya ait une autre idée. Elle a demandé à sa cousine Milyausha de voir si on voulait bien lui donner une douzaine d'autres plaques. Et, le lendemain matin, elle en a rapporté cinq de la raffinerie ! Nouriya nous a expliqué son idée. Elle était simple et Milyausha s'est aussitôt mise au travail. Elle a soudé des pièces dans la baignoire géante, en les croisant de sorte qu'à la fin le tout ressemblait à un échiquier de tôle. Puis elle a percé des bondes dans chacun des petits bains, et Nouriya a emprunté un vieux moteur de voiture au frère de son mari. Elle a couplé le moteur à une pompe pour vider l'eau. Ça fonctionnait parfaitement. Nous avions seize baignoires individuelles et, comme elles étaient petites, nous savions que l'eau y resterait chaude. Nous avons disposé des planches pour passer d'un bain à l'autre, et nous avons accroché un portrait de Notre Grand Commandeur à l'intérieur.

Nous avons allumé les poêles, fait chauffer les bouilloires, rempli les baignoires. Nous avons toutes souri en constatant que l'eau était bonne, puis nous nous sommes déshabillées et nous sommes baignées, en prenant le thé. Les vitres de la serre étaient couvertes de buée, et nous étions réchauffées comme tout.

Quelle douceur, dit Nouriya.

Ce soir-là, nous sommes allées à l'hôpital pour dire aux sœurs que nous serions prêtes le lendemain. Elles semblaient épuisées, avec des poches noires sous les yeux. Du dehors, on entendait les soldats gémir dans les salles. Il devait y en avoir des centaines.

Nouriya m'a prise à part et m'a dit : On va commencer tout de suite.

Nous n'en avons lavé que huit le premier soir, soixante le lendemain, et, à la fin de la première semaine, ils arrivaient directement de la gare, avec leurs bandages et leurs vêtements pleins de sang. Si nombreux qu'il leur fallait faire la queue, sur de longues bâches de toile, tendues par terre à l'extérieur. Parfois la toile était si noire de sang, si poisseuse, qu'on devait la laver au jet, mais ils étaient patients, ces hommes.

Avant qu'ils entrent, Katya les enveloppait dans des couvertures. Certains étaient contents, d'autres pleuraient bien sûr, et nombre d'entre eux restaient simplement assis, à regarder droit devant eux. Ils étaient rongés par la vermine, et la gangrène menaçait. Mais le pire ne se voyait que dans leurs yeux.

À l'intérieur, c'est Nouriya qui s'occupait de leur raser la tête. Elle était rapide avec ses ciseaux, et il ne leur restait presque plus de cheveux au bout de quelques secondes. Nu-tête, ils avaient un air différent, certains ressemblaient à de jeunes garçons, d'autres à des criminels. Elle finissait avec un rasoir à lame droite. Et elle balayait sans attendre, car les poux continuaient de grouiller dans les touffes. Puis on en remplissait des seaux, à la pelle, qu'on plaçait à la porte de la serre, et le petit fermier les emportait.

Les soldats étaient si timides qu'ils ne voulaient pas retirer leurs uniformes. Il n'y avait pas de jeunes filles parmi nous – nous avions pour l'ensemble trente ans ou un peu plus. Moi quarante-sept. Alors Nouriya leur disait de ne pas s'en faire, que nous étions mariées – ce qui était vrai, sauf pour moi, je n'ai jamais eu de mari, et à quoi bon vraiment.

Seulement ils refusaient quand même de se dévêtir, alors Nouriya rugissait : Allons ! On a déjà vu comment c'est fait, un homme !

Ils finissaient par les jeter, leurs uniformes, sauf les gars allongés sur les brancards, bien sûr. Pour eux, on prenait les ciseaux. Ça ne leur plaisait pas qu'on découpe leurs chemises et leurs tricots de peau, ils croyaient peut-être qu'on allait leur trancher la gorge, les pauvres.

Et, debout devant nous, ils gardaient les mains sur leurs parties intimes. Ce qu'ils étaient maigres, au point même que Katya s'est trouvée grosse, tiens.

Nous jetions leurs uniformes pourris au feu, en prenant garde toutefois d'enlever les médailles : nous les mettions en tas jusqu'à la fin du bain. Les hommes avaient tous des lettres et des photos dans leurs poches, bien sûr, mais quelques bizarreries aussi – le bec d'une théière, des mèches de cheveux, des bouts de dents en or. L'un d'eux conservait même un auriculaire, courbé, ratatiné. Parfois ils avaient des photos osées que nous n'étions pas censées voir, mais, comme disait Nouriya, ils avaient enduré tant de choses pour notre grande nation que nous n'allions pas les gronder.

Tandis qu'ils attendaient leur tour, Olga les aspergeait d'un produit chimique qu'on nous envoyait par caisses depuis Kiev. On délayait ça dans l'eau, dans les réservoirs à engrais – ça sentait l'œuf pourri. Il fallait protéger les yeux et la bouche des soldats. Nous n'avions pas toujours assez de pansement pour couvrir leurs entailles, et parfois, en les aspergeant, nous touchions la plaie à vif. Ça me faisait tellement de peine de les entendre hurler. Ensuite ils prenaient appui sur nous, et pleuraient, et pleuraient, et pleuraient. Nous nettoyions leurs blessures de notre mieux. Ils plantaient leurs doigts dans nos épaules et serraient les poings. Leurs mains étaient osseuses et noires de crasse.

Une fois les plaies lavées, il était temps d'aller au bain. Si l'un avait perdu ses jambes, nous nous mettions à quatre pour l'installer dans l'eau, et il ne fallait pas trop en verser, pour qu'il ne se noie pas. S'il n'avait plus de bras, nous le calions soigneusement sur un rebord de la tôle.

Nous ne voulions pas les commotionner, c'est pourquoi l'eau était d'abord tiède. Nous attendions qu'ils soient bien assis, et c'est alors que nous vidions nos bouilloires, en faisant très attention à ne pas les éclabousser. Ils poussaient des oh et des ah, et leurs rires étaient contagieux ; même si nous avions déjà ri des dizaines de fois dans la journée, il y en avait toujours pour déclencher encore notre hilarité.

La serre avait ceci de particulier qu'elle amplifiait beaucoup les sons. Ça n'était pas vraiment de l'écho, plutôt que les rires rebondissaient de carreau en carreau, et ensuite vers nous, penchées sur les bains.

Olga et moi devions manier l'éponge. Je n'utilisais pas de savon tout de suite : c'était le cadeau du départ. Je leur frottais bien le visage – ils avaient de ces yeux ! – et je les nettoyais consciencieusement, le menton, les sourcils, le front, derrière les oreilles. Puis je m'attaquais vigoureusement au dos, toujours horrible et dégoûtant. On voyait leurs côtes, la courbure de la colonne vertébrale. Je me penchais vers leur siège et je lavais un peu par là, mais pas trop, pour ne pas les gêner. Parfois ils m'appelaient maman, ou leur sœur, et je me rapprochais en répétant : Allons allons allons.

Mais la plupart du temps ils regardaient droit devant eux sans dire un mot. Alors je revenais à leur nuque, cette fois avec plus de douceur, et je les sentais se détendre.

C'était plus difficile de s'occuper de l'autre côté. Leur torse était souvent en sale état, très souvent à cause du shrapnel, ils en étaient truffés. Il arrivait, quand je m'affairais sur leur ventre, qu'ils se plient brutalement à l'idée que je touche plus bas, alors je les laissais faire tout seuls. Il ne faudrait pas me prendre pour une idiote.

Mais, lorsqu'un soldat était vraiment malade, ou pas malin, je lui lavais le bas aussi. En général, ils fermaient les yeux, gênés, pourtant j'en ai vu un ou deux y prendre plaisir, et je leur fichais la paix cinq minutes.

Olga, elle, ne supportait pas ça. Elle gardait une cuiller dans son tablier, et, pour peu qu'un soldat se montre excité, elle lui flanquait un coup là où il faut, et puis voilà. Ce qu'on riait.

Pour une raison qui m'échappe, leurs jambes étaient plus abîmées que le reste – peut-être parce qu'ils étaient toujours debout, et bottés. Leurs pieds étaient couverts de plaies et de croûtes. Ils étaient presque tous incapables de marcher droit. Et ils en parlaient toujours, de leurs jambes, ils racontaient que, avant, ils avaient joué au football, au hockey sur glace, qu'ils avaient été de bons coureurs de fond. Je permettais aux plus jeunes de poser la tête sur ma poitrine, pour qu'ils n'aient pas honte de leurs larmes. Quand ils étaient grands et méchants, je les lavais plus vite. Et si l'un s'aventurait à parler grossièrement de mes bras, de la chair qui pendait, soi-disant, alors pour le punir je le privais de savon.

Nous leur lavions la tête en dernier et, s'ils étaient gentils, on leur massait les épaules une seconde.

Le bain dans son entier ne durait pas plus de cinq minutes. Il fallait chaque fois évacuer l'eau et désinfecter la tôle. Grâce aux flexibles reliés au vieux moteur, cela ne prenait guère de temps. L'été, l'herbe mourait sous l'eau usée, et, l'hiver, le sang brunissait la neige.

À la fin, nous les enveloppions dans d'autres couvertures et nous leur donnions des chaussettes, des blouses d'hôpital, des pyjamas, même des bonnets. Nous n'avions pas de miroirs, et j'ai vu quelques hommes essuyer la buée sur un carreau de la serre pour se regarder.

Lorsque nous avions terminé, qu'ils étaient tous bien habillés, on les transportait à l'hôpital, en haut de l'allée, sur une charrette à chevaux.

Ceux qui attendaient regardaient les autres sortir, tout propres. Ah, la tête qu'ils faisaient ! On les aurait crus au cinéma, avec des yeux pareils ! Parfois des enfants venaient se cacher dans les peupliers pour les observer. Il y avait des jours où c'était tout un carnaval.

J'étais toujours épuisée quand je rentrais chez moi le soir, rue Aksakov. Je mangeais un peu de pain, et j'éteignais la lampe à pétrole sur la table de chevet pour m'endormir tout de suite. J'avais pour voisins, dans la chambre à côté, un vieux couple de Leningrad. Elle avait été danseuse, et lui venait d'une famille aisée – c'étaient des exilés, je les évitais. Seulement, un après-midi, cette femme a frappé à ma porte et m'a dit que les volontaires faisaient honneur au pays, pas étonnant qu'on gagne la guerre. Elle m'a demandé si elle pouvait aider. Je l'ai remerciée en déclinant, nous avions bien assez de volontaires. J'ai menti, et elle parut embarrassée, mais qu'étais-je censée faire ? C'était après tout une indésirable. Elle a baissé les yeux. Le lendemain matin j'ai trouvé quatre miches de pain devant ma porte : *S'il vous plaît, donnez-les aux soldats*. J'ai jeté ça aux oiseaux du square Lénine, tiens. Pas question de frayer avec ces gens-là.

Quand vinrent les célébrations de la Révolution, début novembre, nous n'avions plus qu'une vingtaine de soldats à laver par jour, des retardataires du front.

Ensuite, l'après-midi, j'ai commencé mes visites à l'hôpital. Les salles étaient bondées. Que d'hommes ! Les lits superposés, jusqu'à cinq les uns au-dessus des autres, étaient cloués aux murs comme des étagères. Et les murs étaient tachés, de sang et d'autres saletés. Pas réjouissant, vraiment, à part les enfants qui venaient à l'occasion faire leur numéro, et le haut-parleur qui diffusait de la musique – une des infirmières avait imaginé un système pour le relier au gramophone de la réception, où ils passaient des disques. On les entendait d'un bout à l'autre de l'hôpital – plein de merveilleux chants de victoire. Malgré cela, les hommes pleurnichaient ou criaient encore après leur bien-aimée. Certains étaient contents de me retrouver, mais beaucoup ne m'ont pas remise tout de suite. C'est qu'ils n'avaient pas vu mon visage. Ils souriaient quand je leur rappelais ce que j'avais fait pour eux, et un ou deux petits effrontés m'ont même soufflé un baiser dans la main.

Parmi tous ces soldats, c'est d'un garçon que je me souviens le mieux – Nurmahammed, de Tcheliabinsk, qui avait perdu son pied sur une mine. Ça n'était qu'un jeune Tatar aux cheveux noirs et aux pommettes hautes, avec de grands yeux. Il est arrivé en clopinant sur deux branches d'arbre. On l'a aspergé comme il faut, et j'ai défait le pansement qui lui enveloppait le moignon. Il était couvert de vermine, et j'ai demandé à Nouriya de bien s'occuper de lui. Elle a très soigneusement nettoyé sa blessure pendant que je lui faisais couler son eau. J'ai vérifié la température en plongeant une main, et nous l'avons transporté à trois jusqu'au bain. Il n'ouvrait pas la bouche. Je l'ai lavé de pied en cap, après quoi il a fini par dire merci.

Une fois propre et en pyjama, il m'a regardée curieusement et s'est mis à parler du carré de légumes de sa mère, du fumier de volaille qu'elle répandait pour faire pousser ses carottes – les carottes les plus formidables dont on puisse rêver, des carottes qui lui manquaient plus que tout au monde.

J'avais un reste de markovka dans ma gamelle du déjeuner. Nurmahammed l'a regardée de près, il m'a souri et il a continué de sourire, en levant la tête par-dessus son assiette pour s'assurer que j'étais toujours là.

Je décidai d'aller à l'hôpital avec lui. Assis à l'arrière d'une charrette, nous entendions les chevaux qui martelaient le sol avec leurs sabots.

Il se passait toutes sortes de choses, ce jour-là, avec les célébrations – un camion s'était arrêté devant les cuisines avec des repas de fête, des drapeaux rouges flottaient aux fenêtres, deux commissaires étaient arrivés pour médailler les soldats. Assis sur les marches, un homme jouait de la balalaïka, et des enfants se promenaient partout en costume de danses folkloriques bachkiriennes.

On a entendu *Le Chant de la Patrie* sur les haut-parleurs, et tout le monde est resté sans bouger pour chanter en même temps.

Serrant la main de Nurmahammed, je lui dis : Tu vois, tout va s'arranger.

Oui, a-t-il dit.

On déplaçait généralement les malades à l'intérieur de l'hôpital au moyen d'une brouette, mais, à notre grande surprise, nous découvrîmes avec plaisir qu'il y avait ce jour-là un fauteuil roulant pour Nurma-hammed. Je l'aidai à remplir les papiers et le poussai dans le couloir vers la salle désignée. C'était bruyant là-dedans, les hommes criaient sous un épais nuage de fumée de cigarette. Quelques soldats avaient mis la main sur un grand bac d'alcool dénaturé, dans lequel ils plongeaient leurs tasses, et ils les faisaient passer dans les couchettes.

Tous portaient des bandages – certains des pieds à la tête – et il y avait des choses inscrites sur les murs au-dessus des lits : les noms de leurs petites amies, de leurs équipes de football préférées, même des poèmes.

J'entrai dans la D368 avec Nurmahammed et le poussai jusqu'au milieu de la salle. On lui avait donné le deuxième de cinq lits superposés. Il prit appui avec sa bonne jambe sur le bord du premier. Je l'aidai de mon mieux, mais il n'arrivait pas à monter. Des hommes sont venus à la rescousse et l'ont hissé avec leurs épaules. Il s'est affalé dans son lit sans même relever les draps, puis il est resté un moment allongé, en me souriant.

C'est alors que la grande troupe d'enfants est entrée. Ils devaient être une vingtaine, tous en costume vert et rouge, et en casquette. Le plus jeune avait peut-être quatre ou cinq ans. Ils avaient l'air si gentils, et propres comme des sous neufs.

Une responsable a demandé le silence. Je pensai un instant reconnaître ma voisine mais, heureusement, ce n'était pas elle. Celle-là était plus grande, plus austère, sans un seul cheveu gris. Elle a demandé à nouveau le silence, et pourtant les soldats continuaient de vociférer en riant. Alors elle a frappé deux fois dans ses mains, et les enfants ont commencé à danser. Au bout de quelques minutes, les hommes ont fini par se calmer – on aurait cru qu'une vague passait lentement de l'un à l'autre, comme une bonne nouvelle circulant à demi-mot dans la foule.

Les enfants dansaient dans l'espace libre entre les rangées de lits. Ils tournoyaient, pirouettaient, formaient des ponts avec leurs bras pour que d'autres passent en dessous – c'est une danse folklorique tatare. Ils s'agenouillaient, se relevaient, criaient et frappaient dans leurs mains, et s'agenouillaient encore. Une minuscule fillette croisa les bras pour lever la jambe. Un enfant roux perdit contenance en voyant ses lacets défaits. Mais, les yeux brillants, ils étaient tout sourires ; beaux comme à une fête d'anniversaire.

Alors que nous pensions leur numéro fini, un petit garçon blond est sorti du rang. Il devait avoir cinq ou six ans. Il avança une jambe devant lui et cala ses mains sur ses hanches, les pouces bien dans le dos. Puis il tendit légèrement le cou, leva les coudes et commença. Les soldats se redressèrent sur leurs lits. Ceux assis près des fenêtres posèrent une main sur leurs sourcils. Le garçon s'accroupit et entama ce qu'on appelle une danse russe. Debout, nous le regardâmes sans un mot. Lui s'amusait, riait. Quelques soldats se mirent à marquer la cadence avec leurs mains. Presque à la fin de sa prestation, le gamin faillit tomber. Sa main frappa le plancher et il amortit bien le choc. Il parut un instant sur le point de pleurer, mais parut seulement, car il s'était déjà relevé, et ses cheveux blonds masquaient ses yeux.

Quand il eut réellement terminé, toute la salle résonna d'applaudissements. Quelqu'un lui offrit un morceau de sucre. Rougissant, il le glissa dans sa chaussette, puis il pivota sur lui-même en roulant des épaules. L'austère cheftaine fit claquer ses doigts et la troupe trotta vers la salle à côté. Les soldats se mirent à siffler, à crier, mais le dernier enfant n'était pas encore parti qu'ils rallumaient leurs cigarettes et plongeaient à nouveau leurs godets dans l'alcool. Le petit blond regarda derrière lui pour garder une image de la scène.

J'entendis craquer le bois d'un lit. J'avais complètement oublié Nurmahammed. Il avait les yeux fixés sur son unique jambe. Ses lèvres bougeaient comme s'il mangeait quelque chose. Il inspira profondément, deux fois, puis il posa les mains sur son moignon, et il dessina son tibia disparu. Croisant mon regard, il tenta un sourire. Je le lui rendis. Il n'y avait rien à dire. Que pouvais-je faire ? Je me détournai. Deux soldats saluèrent silencieusement mon départ.

Les sanglots du pauvre Nurmahammed me devancèrent à la porte de la salle.

Je m'en retournai aux bains. Le soleil allait se coucher et il faisait maintenant un peu froid. Mais deux étoiles brillaient. Le vent fouettait les arbres. Le son d'une balalaïka, dans l'hôpital, m'avait suivie.

Je refermai l'entrée de la serre sans rallumer les lampes à pétrole. Il y avait encore une pile d'uniformes et du petit bois par terre. Je fourrai le tout dans un poêle, l'allumai, posai par-dessus un seau d'eau et attendis. L'eau mit du temps à bouillir et là, dans cette serre, je méditai pour moi-même que, de tous les bienfaits du monde, rien n'est meilleur qu'un bain brûlant toute seule dans le noir.

Il se réveille tout près de sa mère, la tête calée contre son bras. Sa sœur s'est déjà levée pour aller au puits prendre l'eau du petit déjeuner.

Sa mère a récemment troqué deux cadres sans les toiles contre un pauvre pain de savon. L'odeur lui paraissait bizarre, mais chaque matin maintenant, au saut du lit, Rudik plonge une main dans la poche du peignoir maternel, et il descend l'escalier, cette odeur avec lui. Il a remarqué qu'il n'y avait pas de savon à l'hôpital où il danse. Les soldats, épuisés, ont de grosses voix et ils puent. Alors Rudik se demande si son père sera comme eux quand il rentrera.

Sa mère le peigne, ramasse ses vêtements chauds sur le couvercle du poêle où elle les a posés hier soir. Elle l'habille. Il porte de vieilles affaires de sa sœur. Maman lui a fait une chemise d'un corsage – elle a allongé les manchettes, renforcé le col avec du vieux carton –, mais ça ne lui va toujours pas et il se tortille pendant qu'elle le boutonne.

Il peut s'asseoir dans l'unique chaise pour le petit déjeuner pendant que sa sœur fait le ménage autour de lui. Il se penche sur sa tasse de lait, sur la pomme de terre réservée de la veille. Il sent son estomac serré quand le lait dépasse la luette, et il mange une moitié de patate en trois bouchées, le reste filant dans sa poche. À l'école, pour le déjeuner, nombreux sont les autres enfants qui ont une gamelle. La guerre est maintenant finie, tous les pères sont revenus, mais pas le sien. Il a entendu dire que l'essentiel de son salaire était consacré à l'effort de guerre. Il faut faire des sacrifices, affirme sa mère. Il y a des moments où Rudik aimerait bien pouvoir s'asseoir à son pupitre et ouvrir sa gamelle sur du pain noir, de la viande, des légumes. Sa mère lui a expliqué que la faim le rendrait fort, mais la faim, pour lui, c'est le sentiment de vide qui l'étreint quand la locomotive débouche de la forêt et que le bruit ricoche sur les glaces de la Bielaïa.

Pendant la classe, il rêvasse qu'il patine sur la rivière. Sur le chemin du retour, il parcourt la ville à la recherche des congères les plus hautes, pour les escalader et se rapprocher des nouveaux poteaux télégraphiques, qu'il écoute crépiter au-dessus de sa tête.

Le soir, après la TSF, sa mère lui lit des histoires de charpentiers, de loups, de forêts, de scies à métaux et d'étoiles accrochées à des clous dans le ciel. Dans l'une de ces histoires, un charpentier géant lève les bras et détache les étoiles une par une, pour les distribuer aux enfants des travailleurs.

Il est grand comment, le charpentier, maman ?

Un million de kilomètres.

Il a combien d'étoiles dans chaque poche ?

Une pour tout le monde, répond-elle.

Et pour moi, deux ?

Elle répète : une pour tout le monde.

Farida observe Rudik qui danse sur la terre battue au milieu de leur maison de bois. Il soulève la poussière en pivotant sur ses talons. Eh bien, laissons-le faire, puisque ça lui fait plaisir. Un de ces jours, elle économisera assez d'argent pour acheter un tapis chez le vieux Turc au marché. Il les suspend à des ficelles et ils oscillent au vent. Elle s'est souvent demandé quel effet ça ferait d'avoir assez d'argent pour mettre aussi des tapis sur les murs, pour décorer, apporter un peu de vie dans cette bicoque. Et ça garderait la chaleur. Mais d'abord, il faut des robes neuves pour sa fille, des chaussures correctes pour son fils, tout ça à mille lieues de cette vie.

Parfois sa mère lui montre les lettres qui sont arrivées de la frontière allemande, où son père est toujours en poste, en tant que politruk – instructeur. Elles sont courtes et précises : *Tout va bien, Farida, ne t'inquiète pas. Staline est grand.* Les mots accompagnent Rudik, qui, sous la pluie, part pour l'hôpital avec maman. Arrivée au portail, elle lâche sa main, lui donne une petite tape sur les fesses et dit : Ne tarde pas, mon beau.

L'automne approchant, elle lui a frotté la poitrine avec de la graisse d'oie pour le protéger du froid.

Les malades le hissent à l'intérieur par la fenêtre, ils applaudissent déjà. Son arrivée est devenue un rite hebdomadaire. Il sourit en passant de main en main. On le conduira ensuite de salle en salle, où il exécutera les nouvelles danses folkloriques apprises à l'école. Parfois les infirmières se groupent pour le regarder. Il n'y a pas de poches à son joli costume et, à la fin de sa tournée, il a tant de morceaux de sucre coincés dans ses chaussettes que les malades lui demandent, enjoués, s'il n'a pas les jambes infectées. On lui donne des restes de légumes et du pain, que les soldats ont mis de côté. Il les fourre dans un bout de papier pour les rapporter chez lui.

Une salle de l'aile est réservée, au fond, aux soldats qui ont perdu la tête. C'est le seul endroit de l'hôpital

39

où il ne va pas danser. Il sait qu'on utilise des machines électriques pour guérir la folie.

Cette salle bondée – visages pressés contre les vitres, langues pendantes, des rangées de regards fixes –, il ne s'en approche pas, bien que parfois il aperçoive une femme qui s'y rend, lentement, depuis les serres. Elle s'arrête à la fenêtre, elle parle à un soldat dont le pyjama trop grand semble pendre sur ses épaules. Et, un après-midi, Rudik le remarque qui clopine dans le parc sur ses béquilles, la jambe du pyjama nouée juste au-dessous du genou, et l'homme marche, déterminé, d'arbre en arbre. Il crie quelque chose à son intention – à propos d'une danse –, mais Rudik, effrayé, est déjà parti, après un dernier regard, vers le portail et les rues terreuses, pleines d'ornières. En courant, il se voit arracher les étoiles dans le ciel, comme des clous à un mur. Il rentre chez lui à cloche-pied dans le noir.

Où étais-tu passé ? demande sa mère, en se redressant dans le lit à côté de sa fille.

Il tend ses morceaux de sucre dans la paume de sa main.

Ils vont fondre, lui dit-elle.

Non.

Range-moi ça et viens te coucher.

Rudik cale un morceau de sucre contre sa gencive et pose le reste dans une soucoupe sur la table de la cuisine. Il regarde sa mère à l'autre bout de la maison. Elle s'est tournée contre le mur, les couvertures sur le nez. Il ne bouge plus jusqu'à être bien sûr qu'elle s'est endormie, alors il se penche sur la TSF et, d'un mouvement régulier, guide l'aiguille le long du cadran jaune : Varsovie, Luxembourg, Moscou, Prague, Kiev, Vilnius, Dresde, Minsk, Kichinev, Novossibirsk, Bruxelles, Leningrad, Rome, Stockholm, Tallinn,

Tbilissi, Belgrade, Tachkent, Sofia, Riga, Helsinki, Budapest.

Il sait déjà que, s'il veille assez tard, il pourra caler de nouveau le bouton blanc sur Moscou, où, minuit sonnant, on passera Tchaïkovski.

Eh bien eh bien eh bien ! À la porte, son père époussette ses épaules couvertes de neige. Moustache noire. Menton volontaire. Voix éraillée de fumeur. Il porte une pilotka aux extrémités enfoncées devant et derrière, si bien qu'il semble arriver et partir à la fois. Deux médailles rouges épinglées sur le torse. Marx en camée sur le col de la tunique. Tandis que sa mère se rue à la porte, Rudik reste blotti dans l'angle près du feu. Regarder son père revient à observer un tableau pour la première fois – il voit bien qu'il existe, il distingue les couleurs et le grain, et le cadre suspendu au mur, mais il n'en saisit rien. Quatre années à la guerre, dix-huit mois ensuite dans les territoires. La sœur aînée, Tamara, a depuis longtemps préparé des dentelles en papier et des pots de jus d'airelles pour fêter son retour. Elle les lui fourre dans les bras, s'accroche à lui, l'embrasse. Rudik n'a rien à donner. Son père le rejoint, dents jaunes et bonnes joues, renverse dans sa joie la chaise au grand dossier, il soulève son fils, le suspend dans les airs, le fait tournoyer deux fois. Voyez-moi ça ! Comme on a grandi ! Mais voyez donc ! Quel âge as-tu maintenant ? Sept ans ? Sept ! Bientôt huit alors ! Oh là là ! Ah, dis donc !

Rudik remarque les flaques que son père a laissées sur le seuil, il va se placer devant l'entrée et y pose ses petits pieds. Mon gars ! Le père porte différentes odeurs, pas désagréables, un mélange étrange, celle des trains et des trams, et celle que l'on conserve après avoir effacé la craie sur le tableau, avec le coude.

Ils marchent dans la rue entre les rangées de cabanes et de maisons de bois, ils s'enfoncent dans l'après-midi vers la soirée naissante. Des stalactites pendent aux réverbères. La neige recouvre une succession de portails. Durcie par le gel, la boue craque sous leurs pas. Rudik a mis le vieux pardessus de sa sœur. Son père l'observe un instant, affirme que le petit ne devrait pas porter les affaires de Tamara, somme sa maman de recoudre les boutons de l'autre côté. Maman hoche la tête et pâlit – mais oui, bien sûr, je vais le faire. Ils regardent le vent déchirer le carton et la toile grossière collés sur les fenêtres des maisons de bois. Des hommes boivent de la vodka dans une voiture abandonnée. Le père les aperçoit, prend un air dégoûté, serre le bras de maman. Ils chuchotent comme s'ils avaient des années de secrets à se raconter. Un chat maigrichon erre sur une clôture branlante. Rudik lui jette une pierre, puis deux. Son père le retient, mais il se met à rire. Il coiffe Rudik de sa pilotka, et ils se poursuivent l'un l'autre le long de la rue, à grands souffles de buée. Après le dîner – chou, pommes de terre et un morceau d'une viande particulière que Rudik ne connaît pas –, son père le serre si fort contre sa poitrine que sa tête écrase les papirosy dans la poche de la tunique.

Ils étalent les cigarettes sur la table, leur redonnent une forme, remettent les brins de tabac dans leurs étroits tubes de papier. Le père dit que les hommes rêvent depuis toujours de réparer ce qui est cassé.

C'est pas vrai, ça ?

Si, père.

Appelle-moi papa.

Oui, papa.

Rudik écoute les graves et les aigus étranges de la voix de papa. Elle semble parfois brisée, comme les ondes radio lorsqu'on tourne le bouton. La TSF, seul objet non revendu pour acheter à manger, trône sur la cheminée dans sa robe sombre d'acajou. Le père la règle sur un reportage de Berlin, et dit : Écoutez ! Écoutez ça ! C'est de la musique pour mes oreilles, ça !

Les doigts longs et fins de la mère tapotent en rythme sur la chaise. Rudik, qui ne veut pas aller se coucher, s'assoit sur ses genoux. Il regarde son père, cette chose étrangère aux joues creuses et aux yeux plus grands que sur les photos. Cette chose qui tousse, d'une toux grasse, d'une toux d'homme. Puis qui crache dans la cheminée. Des braises bondissent sur la terre battue, et le père se penche pour les éteindre du bout de ses doigts nus.

Rudik essaie de l'imiter, mais son pouce se cloque aussitôt, et papa dit : C'est mon fiston à moi, ça.

Rudik se balance contre l'épaule de sa mère en retenant ses larmes.

C'est mon fiston, ça, répète le père, qui disparaît dehors, revient deux minutes plus tard et lâche : Au cas où il y en aurait qui ne croient pas au malheur, ils n'ont qu'à faire un tour dans les chiottes avec ce temps !

La mère lève les yeux et dit : Hamet.

Quoi ? Il en a entendu d'autres, non ?

Elle déglutit, sourit, ne dit rien.

Il connaît ça, les gros mots, pas vrai, petit soldat ?

Rudik hoche la tête.

Cette nuit-là, ils dorment ensemble, tous les quatre, dans le lit. Rudik a la tête sous l'aisselle du père. Il s'en dégage vite pour rejoindre sa mère, son odeur de kéfir et de patates douces. Il y a du mouvement au fond de la nuit, le lit remue doucement, le père chuchote, Rudik se retourne brusquement, repousse du pied le corps chaud de sa mère. Le balancement cesse, et il sent sur son front les doigts de maman. L'aube le voit réveillé encore, mais il reste immobile et, une fois ses parents rendormis, le père ronflant encore, Rudik aperçoit la lumière qui commence à grignoter la fente des rideaux. Il se lève silencieusement.

Des reliefs de chou dans la marmite en fer. Dehors, ce qui reste de lait, sur le rebord de la fenêtre. La blouse grise d'écolier, avec son col droit, est accrochée au mur. Rudik traverse la pièce sur la pointe des pieds en s'habillant.

Ses patins sont suspendus à la poignée intérieure de la porte. Il les a faits lui-même – il a fallu chercher de bonnes chutes d'acier à la raffinerie, puis les effiler et les encastrer dans du bois fin, enfin ajuster les lanières de cuir trouvées derrière les entrepôts le long de la voie ferrée.

Toujours silencieusement, il décroche les patins, referme la porte, court en ville vers le lac, il a passé les sangles autour de son cou, posé ses gants sur les lames pour ne pas se blesser. Le lac grouille déjà, noir de monde. Le soleil embrase la brume froide. Des hommes en pardessus partent à leur travail en patins, voûtés, fumant une cigarette, silhouettes pleines devant les arbres squelettiques. Chargées de sacs à provisions, les femmes glissent d'une autre manière, plus grandes dirait-on, la tête relevée. Rudik met un pied sur la glace et part à contre-courant, brisant la foule, qui rit, plonge, le maudit. Eh, le petit ! Tu te prends pour un saumon ?

Il plie le genou, réduit l'impulsion de ses bras, force l'allure. Les lames de métal ont commencé à jouer, mais il a appris à se balancer et à faire contrepoids, et, d'un léger mouvement de la cheville, il les recale dans leurs planchettes. Il voit au loin le toit des banya où il se rend chaque jeudi avec sœur et mère, où celle-ci lui décrasse le dos avec des brindilles de bouleau. Il aime s'allonger sur les bancs en bois et se faire frictionner. Il découvre des dessins dans les éclats minuscules des feuilles, qui constellent également sa peau. Sa mère lui a expliqué que les bains immunisent contre les maladies, et il a appris à endurer la vapeur brûlante plus longtemps que les autres enfants.

Il bondit, se retourne, atterrit, sent ses patins mordre de nouveau la glace.

Toutes sortes d'arabesques en ornent la surface, et il déchiffre sans peine qui patine avec grâce et qui n'y arrive pas. S'il pouvait tournoyer à loisir au même endroit, il se débarrasserait des autres, effacerait leurs empreintes, deviendrait le seul à avoir glissé là. Une saleté s'accroche à une lame, il lève légèrement un pied, virevolte et la détache. Ses bottes projettent des particules de glace. Il entend qu'on l'appelle au loin : apportée par le vent, une voix au bord du lac. Rudik ! Rudik ! Sans nullement se retourner, il se tasse sur son pied droit, et son corps fait toupie et s'élance dans l'autre sens. Il prend garde à ne pas zigzaguer inutilement, il sait que trop se pencher est dangereux aussi. Puis il file debout au vent, et d'autres saletés s'agglutinent contre les lames. Rudik ! Rudik ! Il s'incline un peu plus, tout son corps s'articule autour de ses épaules. Au bout du lac, dans les rues, il voit des camions, des motos, même des hommes à vélo – leurs pneus sont trop épais pour dominer la glace. Il adorerait s'accrocher au pare-chocs arrière d'une voiture, se laisser tracter comme les autres garçons, faire attention comme eux à ce que son écharpe ne se prenne pas dans les roues, garder un œil sur le feu arrière pour lâcher prise s'il faut, et filer ensuite plus vite que tout le monde sur l'avenue.

Ru-dik ! Ru-dik !

Il fonce vers la rue, mais un coup de sifflet l'arrête. Le gardien lui fait signe de s'éloigner. Tournant sur un patin, l'autre pied bien haut, il entame un grand cercle, mais il ne poursuit pas, car son père est là, maintenant écarlate, haletant, sur la rive – en chaussures. Le vent engouffré le long du lac fait rougir le bout de sa cigarette. Il a l'air tout petit, des lambeaux de fumée s'envolent de sa bouche.

Rudik, ce que tu vas vite.

Je ne t'ai pas entendu.

Tu ne m'as pas entendu quoi ?

Je n'ai pas entendu m'appeler.

Son père ouvre la bouche, mais se ravise, et il dit plutôt : Je voulais t'accompagner à l'école. Tu aurais dû m'attendre.

Oui.

La prochaine fois, attends-moi.

Oui.

Rudik attache ses patins autour de son cou et ils rejoignent ensemble, main dans la main, gant contre gant, une rue sinueuse bordée de vieilles maisons, qui les mène à l'école. Le mur de celle-ci est couronné d'un emblème de métal cintré sur lequel quatre corneilles ont pris place. Père et fils parient sur celle qui, à leur avis, s'envolera la première. Mais elles ne bougent pas. Ils restent silencieux jusqu'à ce que la cloche sonne, et Rudik récupère sa main.

L'éducation, dit le père, est à la base de tout. Tu comprends ?

Rudik acquiesce.

La cloche sonne à nouveau, et, dans la cour, les enfants se pressent vers le bâtiment.

Eh bien voilà, dit le père.

Au revoir.

Au revoir.

Rudik fait un pas, puis il se retourne et se hisse sur la pointe des pieds pour poser un baiser sur la joue de son père. Hamet baisse légèrement la tête, et la pointe givrée de sa moustache mouille légèrement le petit.

Rudik est le souffre-douleur de sa classe. Grenouille. Gonzesse. Blondinette. Il est plus petit que les autres écoliers, qui lui tapent souvent dessus. Ils le poussent contre le mur, lui pincent les testicules, le serrent, le compriment – la « taille », ils appellent ça. Ils ne lui fichent la paix qu'à l'approche d'un des maîtres. À l'intérieur, drapeaux aux murs, portraits, banderoles. Les pupitres en bois avec leurs couvercles inclinés. Goyanov, l'instituteur sur son estrade, teint terreux, fait, placide, l'appel du matin. *La Patrie est bonne. La Patrie est forte. La Patrie me protégera.* Le frémissement des garçons et des filles qui s'installent, la craie qui griffe le tableau, mathématiques, son nom qu'on appelle, cinq fois quatorze, toi, oui, toi, cinq fois quatorze, oui, toi, l'endormi ! Mauvaise réponse, Goyanov fait claquer sèchement sa règle sur son bureau. Trois autres mauvaises réponses, un coup de baguette sur la main gauche. Soudain, avant le tour de la droite, une petite flaque par terre. Les enfants rient sous cape en comprenant qu'il a mouillé son froc, lui font des croche-pieds dans l'allée. Après les cabinets, dix-sept marches jusqu'en haut de cet escalier qui craque, et la mosquée et le ciel bleu encadrés par la fenêtre. Il reste cloué là, touche le devant de son pantalon trempé. Derrière la mosquée se profilent les ponts, les cheminées des maisons et des usines basses d'Oufa. Le ciel est régulièrement entrecoupé par la ligne claire de l'horizon. Arrivant dans le dos de son élève, Goyanov le ramène par le coude dans la salle de classe, et le voilà qui pisse encore en entrant, les enfants se sont calmés maintenant, tous courbés sur leurs encriers, leurs plumes déposent de petits chapelets noirs sur les cahiers d'exercices. Lui se plante sur sa chaise à attendre, même pendant l'appel du déjeuner, *Notre Chef est puissant, Notre Chef est grand*, l'estomac serré, noué, jusqu'à se dessécher complètement, alors il disparaît une fois de plus aux cabinets, le miroir craquelé, son visage émietté, cette puanteur de pisse, mais c'est tranquille ici, il se penche vers son image, les fêlures déforment sa figure.

À la sortie, son père revenu s'est adossé au mur, le col du pardessus relevé. Un sac de mousseline pend contre sa cuisse. Il tient dans l'autre main un sac plus grand qui dessine la forme d'une lanterne. Hamet fait un signe au petit, pose un bras sur son épaule et ils s'en vont silencieusement rejoindre l'arrêt du tram.

Lorsqu'ils atteignent les collines basses autour de la ville, le ciel est déjà sombre. Une armée de bouleaux se tient au garde-à-vous le long de la route verglacée. Les branchages filtrent les dernières lueurs rouges. Père et fils passent une traînée d'éboulis marquée d'empreintes d'animaux sauvages. La neige tombe par paquets depuis les arbres. Un vent froid tasse les deux promeneurs l'un contre l'autre. Le père sort un manteau de son sac, qu'il pose sur les épaules du petit. Ils descendent une gorge étroite jusqu'à la rivière gelée. Rudik aperçoit une rangée de feux sur la glace, devant lesquels des hommes pêchent dans des trous.

Des truites, dit son père, qui lui colle gentiment une claque dans le dos. Bon, va chercher de quoi faire du feu.

Rudik regarde son père s'approprier un trou inoccupé, casser de nouveau la glace, puis poser à côté deux minces bouts de bois qu'il garnit chacun d'une couverture. Hamet allume sa lanterne entre les deux sièges et sort une canne à pêche du sac de mousseline. Il la déploie, passe sa ligne dans les anneaux, accroche un appât à l'hameçon, fixe la base dans la glace, puis surveille son trou en frappant dans ses mains.

Deux grosses branches coincées sous un bras, une poignée de brindilles dans l'autre, Rudik attend à l'orée du bois.

Son père relève la tête. Mais il en faut bien plus que ça !

Rudik se fraie un chemin entre les arbres et, hors des regards, dégage la neige sur un rocher. Il s'assoit et attend. Il n'a encore jamais pêché. Comment se peut-il qu'il y ait des truites dans cette rivière complètement gelée ? Ça nage dans la glace, les truites ? Il souffle un peu d'air tiède dans les manchettes de ses gants. Une étoile esseulée grimpe dans le ciel. Pas de lune. Il pense à son lit chaud chez lui, à sa mère qui le couvre jusqu'au menton, le recueille dans le creux de ses bras. Il est certain que des animaux le guettent un peu plus loin, des blaireaux, des ours, des loups même. Il a entendu parler de loups qui volent des enfants. D'autres étoiles s'élèvent dans le ciel, comme hissées par un jeu de poulies. Il reconnaît le bruit d'un avion, mais il ne voit de clignotants nulle part. Larmoyant, il lâche son bois par terre, repart en courant vers la rivière.

Je veux rentrer.

Tu quoi ?

Ça ne me plaît pas, ici.

Le père s'esclaffe derrière son col, tend le bras et saisit la main gantée de Rudik. Ils s'enfoncent ensemble dans les arbres et ramassent assez de bois pour passer toute la nuit sur place. Le père le répartit en deux tas sur la glace et explique que c'est une erreur de se contenter d'un seul feu, même grand, que seuls les imbéciles font ça. Ils se confectionnent deux petits abris, et Hamet conseille à Rudik de s'accroupir au-dessus du feu chaque fois qu'il a froid, que la chaleur enveloppera tout son corps, une astuce apprise à la guerre.

Le long de la rivière, les autres pêcheurs bavardent à voix basse.

Je veux rentrer, répète Rudik.

Son père ne répond pas. Il sort du sac trois pommes de terre de la veille, qu'il met à réchauffer dans les braises, en les retournant souvent pour que la peau ne cloque pas. Ils attrapent leur premier poisson au bout d'une heure. Le père le dégage par le trou, quitte ses gants, lui ouvre le ventre avec son couteau et le vide simultanément avec l'index de l'autre main. En quelques secondes à peine, la truite perd à la fois vie et viscères, qui fument un instant à l'air. Le père transperce le corps d'une branchette et le maintient au-dessus du feu. Ils mangent poisson et pommes de terre dans le froid, et le père veut savoir si ce n'est pas délicieux, et Rudik hoche la tête, et le père demande : Tu aimes ça, l'oie ?

Bien sûr.

Un jour on ira à la chasse. Tu aimes tirer au fusil ?

Je crois.

De l'huile, de la viande, de la graisse. C'est bon pour ça, les oies.

Maman me frotte le torse avec la graisse.

C'est moi qui lui ai montré ça, il y a longtemps.

Ah, fait Rudik.

C'est un bon truc, hein ?

Oui.

Pendant que j'étais parti, dit le père qui s'interrompt un instant, tu m'as manqué.

Oui, papa.

On a beaucoup à se dire.

J'ai froid.

Tiens, mets-moi ça.

Le manteau du père paraît immense sur les petites épaules de Rudik. Il pense qu'il en a déjà trois sur le dos, contre son père qui n'a que son gilet, mais il passe tout de même les bras dans les manches, et il se balance sur place.

Ta mère m'a dit que tu étais un bon gars.

Oui.

Elle dit que tu fais des tas de choses.

J'ai dansé à l'hôpital.

Il paraît.

Pour les soldats.

Et quoi d'autre ?

L'école.

Oui ?

Et maman m'a emmené dans la grande maison, l'Opéra.

Tiens donc ?

Oui.

Ah.

Elle n'avait qu'un billet, mais on est rentrés quand même et il y avait tellement de monde qui poussait à la porte qu'elle est tombée. Nous aussi, on a bien failli se casser la figure ! On est allés tout près de la scène, et personne n'est venu vérifier ! C'est qu'on avait peur qu'ils viennent nous embêter !

Doucement, doucement, dit le père.

On s'est assis sur les marches et il y avait plein de grandes lumières, et ensuite ils ont fait le noir et ça a commencé ! Ils ont éteint, le rideau s'est levé, et la musique était très forte, alors personne n'a plus rien dit.

Et ça t'a plu ?

C'était une histoire avec un berger, un méchant, et puis une fille.

C'était bien ?

Oui, c'était bien parce que le garçon, il sauvait la fille que le méchant avait capturée.

Et puis quoi ?

Et puis le grand rideau rouge.

Bon, c'est bien, dit le père, qui ajuste sa tunique, regarde sa ligne au cas où un poisson aurait mordu, et il a les joues et la bouche très rouges comme si c'était lui qu'on tirait au bout d'un hameçon.

Et quand tout le monde est parti, maman a bien voulu que je m'assoie dans les fauteuils. Elle a dit que c'était du velours.

C'est bien, redit le père.

Quand le poisson suivant est pris, le père sort son couteau, essuie la lame dans son entrejambe, laisse un filet de sang sur son pantalon. Il tend la petite truite à Rudik et dit : À toi de faire, fils.

Rudik serre les poings dans les poches du pardessus.

Essaie.

Non merci, papa.

Essaie !

Non merci.

Vas-y : fais ce que je te dis !

Dans un entrepôt de la rue Sverdlov, sous le haut patronage du ministère bachkirien de la Culture, une équipe de six femmes – les meilleures couturières d'Oufa – est en train de coudre les nouveaux rideaux de l'Opéra. Les pièces hors normes de velours rouge mesurent quarante-cinq mètres de long sur cinquante-huit de large, c'est pourquoi soulever et soulever encore ne serait-ce qu'un des plis est une épreuve pour les bras. Elles portent un filet à cheveux, et on leur interdit de fumer, de manger ou de boire du thé à proximité du tissu. À l'œuvre dix heures par jour, elles doivent déplacer leurs chaises le long de cette mer de velours rouge. Chaque série de points fait l'objet de vérifications, et, aux endroits où les deux pans se rejoignent, la doublure est recousue dix-sept fois avant que la directrice des travaux estime que les nuances s'accorderont honnêtement, que les rideaux tomberont impeccablement de chaque côté. Les ourlets, en velours eux aussi, sont fabriqués sur mesure. Les lambrequins sont délicatement ballonnés de dentelle blanche. Les armes de l'État sont brodées à cheval sur les pans, au centre, de sorte qu'elles s'assemblent au début et à la fin de chaque représentation.

Une fois les rideaux terminés, trois représentants du ministère viennent les examiner. Ils inspectent le travail pendant plus d'une heure. Ils passent un doigt le long des coutures, ils évaluent le poids des lambrequins avec le bout d'une règle, ils vérifient l'homogénéité de la couleur. Ils se concertent au sujet des armes de l'État, étudient à la loupe la poignée brodée de la faucille. Ils finissent par décapsuler une flasque de vodka, et chacun en boit un dé. Les couturières, qui les observent derrière les stores baissés d'un bureau, se poussent du coude et lâchent des soupirs de soulagement. On les convoque, et les représentants les alignent pour parler à grosse voix d'harmonie collective.

Les rideaux sont soigneusement pliés et transportés en camion à l'Opéra. Les deux charpentiers ont érigé une série de poteaux et de poulies capables d'en supporter le poids. On glisse un filin dans les gorges graissées des poulies. On monte un échafaudage pour suspendre les rideaux, et pas une fois le tissu n'effleure le sol.

Le premier soir, avant le début du spectacle, l'un des machinistes, Albert Tikhonov – d'une famille connue chez qui l'art de l'échasse est une tradition – se hisse sur les siennes, fait un clin d'œil à ses collègues, traverse la scène comme un insecte géant. Le bois claque sur les planches. Il cherche des défauts au rideau. N'en trouve aucun.

La Patrie est bonne. La Patrie est forte. La Patrie me protégera. La Patrie est bonne. La Patrie est forte. La Patrie me protégera. La Patrie est bonne. La Patrie est forte. La Patrie me protégera. La Patrie est bonne. La Patrie est forte. La Patrie me protégera. La Patrie est bonne. La Patrie est forte. La Patrie me protégera. La Patrie est bonne. La Patrie est forte. La Patrie me protégera. La Patrie est bonne. La Patrie est forte. La Patrie me protégera. La Patrie est bonne. La Patrie est forte. La Patrie me protégera. La Patrie est bonne. La Patrie est forte. La Patrie me protégera. La Patrie est bonne. La Patrie est forte. La Patrie me protégera. La Patrie est bonne. La Patrie est forte. La Patrie me protégera. La Patrie est bonne. La Patrie est forte. La Patrie me protégera. La Patrie est bonne. La Patrie est forte. La Patrie me protégera. La Patrie est bonne. La Patrie est forte. La Patrie me protégera. La Patrie est bonne. La Patrie est forte. La Patrie me protégera.

Rudik cache ses lignes à son père. À force, il y a quelque chose dans le lent mouvement de la plume qu'il a fini par apprécier. Il lie les lettres les unes aux autres comme si chaque mot était un bout de ficelle, sans jamais faire de colonnes, préférant le désordre, l'irrégularité du tout. Ce n'est pas ce que veut voir le maître, qui parfois double ou triple la punition pour le lendemain.

Ses devoirs finis, Rudik court au lac regarder les drapeaux le long de la rive. S'ils sont en berne, cela veut dire qu'une personnalité éminente est morte, et dans ce cas c'est un délice, car on lui jouera de nouveau Tchaïkovski à la TSF, sans interruption, et sa mère y prendra plaisir aussi.

Ils ont emménagé dans une autre maison communale de la rue Zentsov – une pièce, quatorze mètres carrés, parquet en chêne. Un mur est couvert d'un des tapis du marché. Sa mère a placé la TSF de l'autre côté pour que les voisins, des jeunes mariés, puissent écouter s'ils le désirent. Rudik allume le récepteur, règle la tonalité, donne quatre petits coups secs sur la cloison pour les avertir. Le poste est long à se mettre en marche et, pendant ce temps, Rudik imagine les notes en train de flotter, comme si l'air lui-même répétait avant de jouer. Il se place à différents endroits pour trouver celui où la musique résonne le mieux. Blanches, noires et croches arrivent trop hautes, aigrelettes, insolites, avant de s'harmoniser. Pendant la diffusion, sa mère traverse la pièce, silencieuse, en chaussons, et, grave et attentive, s'assoit près de lui. Elle voudrait l'empêcher de danser, au cas où le père rentrerait, mais elle cède souvent, le prie de ne pas faire trop de bruit, se tourne comme pour ne pas le voir.

Il lui trouve une odeur de yoghourt depuis qu'elle a un nouvel emploi à l'usine de mise en bouteille. Quelques jours après le dixième anniversaire de Rudik, le journal a publié une photo d'elle, la félicitant d'avoir aidé à doubler la production, avec cette légende : *La motivation au travail : Mouskina Yenikeïeva, Farida Noureïeva et Lena Volkova à la bouteillerie à kéfir.* La coupure est posée sur le rebord de la fenêtre, à côté des médailles du père. Le papier jaunissant au bout de deux mois, Farida assemble plusieurs capsules d'aluminium, celles des bouteilles de lait, et les plaque sous l'article. Elle confectionne ensuite un petit chapeau pour protéger la photo du soleil.

La sœur aînée, Tamara, fait de même avec les portraits de danseurs qu'elle reproduit au crayon : Chaboukiani, Yermolaïev, Tikhomirov, Sergueïev. Rudik étudie leurs dessins, le port de tête, l'inclinaison de leurs pieds. Debout dans la cour, Tamara l'encourage à imiter leurs postures. Elle rit lorsqu'il essaie de se figer sur une jambe. Il n'a pas la carte de la bibliothèque, mais Tamara, membre senior du Komsomol, a l'autorisation d'y emprunter des livres, qu'elle lui rapporte – *Danse et Réalisme* ; *Au-delà de la bourgeoisie* ; *L'Essence de la danse en Union soviétique* ; *Structure chorégraphique d'une nouvelle société* –, autant d'ouvrages qui forcent Rudik à ouvrir le dictionnaire.

Il note des listes de mots dans un carnet qu'il garde dans son cartable : un grand nombre sont français, et il a parfois l'impression d'être un petit garçon étranger. À l'école, il dessine des cartes avec des trains qui courent dans le paysage. Ses cahiers sont couverts d'esquisses de jambes de danseurs, et quand ses maîtres le surprennent sur une page ouverte, il hausse simplement les épaules et demande : Où est le mal ?

Il a commencé à se forger une réputation, parfois il quitte la salle de classe en trombe, et il referme bruyamment la porte derrière lui.

Les maîtres le retrouvent ensuite dans les couloirs vides, il s'essaie aux pirouettes, mais il n'a aucune formation hors des danses folkloriques, et ses mouvements sont confus, médiocres. On le renvoie chez lui avec un mot du directeur.

Son père lit le mot, le froisse, le jette.

Le nouveau travail de Hamet a pour vertu salvatrice de l'engourdir. Tôt le matin, il parcourt la Djoma en péniche avec douze autres camarades, tous anciens combattants. La fumée des usines d'Oufa dérive vers le bateau, et l'odeur forte du métal leur rappelle celle du sang. À l'aide de gigantesques gaffes, Hamet et ses hommes récupèrent les rondins qui descendent le fleuve depuis les villes ouvrières du Nord – Sterlitamak, Alkino, Tschishmi. Les toutes petites faucilles fendent l'air et vont se planter dans les troncs dérivants. Les gars les tirent à la force des bras vers l'arrière de la barge, où ils les attachent avec des chaînes, puis ils sautent de l'un à l'autre, casquette sur la tête, chemise ouverte. Le bois roule sous leurs pieds, l'eau éclabousse leurs bottes.

Rudik a demandé la permission de quitter la péniche pour marcher sur les troncs, mais son père lui a dit que c'était trop dangereux et, en effet, en deux ans de temps, Hamet le chef d'équipe perd cinq hommes.

Il suit la directive municipale qui lui dicte de déclarer ses gars noyés ; parfois il en rêve la nuit, se rappelle les soldats dont on a pris les corps, faute d'arbres, pour construire des routes. L'hiver, quand le lac est gelé, que les rondins ne dérivent plus sur les eaux, il visite les usines, donne des conférences politiques aux ouvriers, ce qu'il a fait tant d'années à l'armée, et jamais il ne remet en cause ce que cela implique, d'amarrer ces hommes et ces troncs.

Un soir, Hamet prend Rudik par l'oreille et lui dit : Il n'y a aucun mal à danser, fils.

Je sais.

Même nos grands dirigeants apprécient la danse.

Oui je sais.

Mais tu es ce que tu fais, dans ce monde. Tu comprends ?

Je pense.

C'est ton être social qui détermine ta conscience, fils. Tu te souviendras ?

Oui.

C'est très simple. Tu es fait pour autre chose que la danse, bien autre chose.

Oui.

Tu seras un grand docteur, un ingénieur.

Oui.

Rudik observe sa mère, assise à l'autre bout de la pièce dans le fauteuil miteux. Elle est maigre, il remarque un creux dans son cou, couleur de fumée bleue. Ses yeux ne bougent pas.

N'est-ce pas que j'ai raison, Farida ? demande le père.

Oui, dit la mère.

Le lendemain, en revenant de l'usine, Farida s'arrête un instant devant une maison sur la route de terre bosselée. C'est une petite bâtisse à la peinture jaune vif très écaillée. Le toit a fléchi sous les intempéries, et le cadre de la porte, en bois, s'est affaissé. Les volets sculptés, en bois eux aussi, claquent au vent. Un vent qui agite un carillon bien monotone.

Farida aperçoit une paire de chaussures sur le porche. Vieilles, noires, jamais cirées, bien reconnaissables.

Farida tourne sa langue dans sa bouche, pousse une dent noire qui branle depuis des semaines, pousse de plus en plus fort, pose une main sur le portail pour garder l'équilibre. Elle a entendu parler du couple âgé qui habite ici, avec trois ou quatre autres familles. Elle se sent mal, elle est prise de vertiges. La dent tremble sous l'os. Farida songe qu'elle a vécu toute sa vie sous

58

les assauts de la tempête, qu'elle a continué à marcher, tête baissée, les mâchoires serrées, l'esprit toujours concentré sur le pas à faire. Rarement, jusqu'à ce jour, s'est-elle vue obligée de s'arrêter pour réfléchir.

Sa langue s'obstine contre sa molaire. Elle pose la main sur la poignée de la porte, prête à l'ouvrir, mais elle se détourne finalement, et la douleur jaillit dans ses gencives.

Plus tard, quand Rudik rentre à la maison – les joues rouges d'avoir trop dansé –, elle s'assoit près de lui sur le lit et dit : Je sais ce que tu mijotes.

Quoi ? demande-t-il.

Ne me prends pas pour une idiote.

Quoi ?

Ce n'est pas à mon âge que tu vas me raconter des histoires.

Quoi ?

J'ai vu tes souliers devant cette maison.

Quels souliers ?

Je sais qui sont ces gens, Rudik.

Il lève les yeux. Ne dis rien à papa.

Elle hésite, se mord la lèvre, puis ouvre sa main et dit : Regarde.

Une dent roule dans sa paume. Elle la fourre dans la poche de sa robe de chambre, puis elle pose la main sur la nuque de son fils et elle l'attire vers elle.

Sois prudent, Rudik.

Il hoche la tête, se détache d'elle, virevolte sur le plancher pour lui montrer ce qu'il a appris, et il ne comprend pas pourquoi elle ne regarde pas, pourquoi elle fixe le mur.

Après le départ de ce garçon, Anna a mis sa chemise de nuit, usée aux coudes, et elle s'est assise délicatement au bord du lit. J'étais en train de lire à mon bureau. Elle m'a souhaité bonne nuit, dans un murmure, puis elle a toussé et elle m'a dit qu'elle se sentait choisie, que cela suffisait bien, dans cette vie, d'être choisie de temps à autre.

Elle a dit qu'elle savait, même après une seule séance, que ce garçon avait peut-être quelque chose de pas ordinaire.

Se relevant, elle a lentement traversé la pièce pour venir poser ses bras sur mes épaules. D'une main, elle m'a retiré mes lunettes. Elle les a placées sur la pliure de mon livre, elle a tourné mon visage vers le sien. Elle a prononcé mon nom, et sa voix a eu l'effet extraordinaire de percer le mur de ma fatigue. Ses cheveux m'ont effleuré lorsqu'elle s'est penchée, ils avaient l'odeur des jours où elle appartenait encore au Mariinski. Elle m'a fait asseoir en biais. La clarté dégagée par la bougie ondulait sur son visage.

Elle m'a dit : Lis-moi à haute voix, mon mari.

J'ai saisi le livre, mais elle a poursuivi : Non, pas ici, au lit.

C'est un recueil de Pasternak qui a survécu à nos années d'antan. Il était ouvert sur un poème qui parlait d'étoiles figées dans le ciel. J'ai toujours adoré Pasternak, non seulement pour les raisons qui viennent tout de suite à l'esprit, mais aussi parce qu'il m'a semblé que, préférant rester avec l'arrière-garde plutôt qu'avancer avec les pionniers, il avait appris à aimer le passé sans pleurer ce qui n'est plus.

Le livre a épaissi d'avoir été si souvent consulté. Et l'habitude que j'ai – qui exaspère Anna – de corner mes pages préférées n'a rien arrangé, au contraire.

J'emportai la chandelle, le recueil, mes lunettes, m'approchai du lit, remontai les couvertures et me couchai. Avec un petit soupir, Anna déposa son dentier de bois dans une assiette, puis elle peigna ses cheveux et me rejoignit. Elle avait comme toujours les pieds froids. Cela arrive souvent aux anciens danseurs – ils ont torturé leurs pieds tant d'années que le sang refuse d'y retourner.

Je lus différents poèmes d'une série consacrée à la nature, jusqu'à ce qu'Anna s'endorme, et je ne vis rien d'extravagant ni d'égoïste à poser mon bras sur sa taille paisible, à lui prendre un peu de son bonheur – les vieux se volent l'un l'autre autant que les jeunes, bien que nos larcins à nous soient davantage le fruit de la nécessité. Au cours des années, Anna et moi nous sommes férocement détroussés, et nous avons vécu de ces moments volés avant d'apprendre à les partager. Elle m'a dit un jour que, quand j'étais encore en détention, il lui arrivait d'ouvrir le lit de mon côté, de rouler vers le bord et de faire un creux dans l'oreiller, comme si j'étais là.

Je continuai à lire Pasternak à ma femme endormie, puis le récitai de mémoire une fois la bougie consumée. Anna avait mauvaise haleine. Je me glissai contre elle, remontai les couvertures. Ses cheveux légèrement détachés lui barraient le visage, et le souffle de vent de la fenêtre ouverte faisait voler ses mèches par-dessus ses paupières.

Idiotie que les sentiments, bien sûr, et je ne sais pas si j'ai dormi cette nuit-là, pourtant je garde en tête une idée très simple – que, malgré les années passées, je suis toujours amoureux d'elle – et, à cet instant, cela ne semblait pas du tout idiot de l'avoir aimée, de continuer, même au fond de ce naufrage qui a été le nôtre.

Les sirènes de l'usine ont troué le silence à six heures du matin. Anna a remis son oreiller sur le côté frais, et elle m'a tourné le dos. Quand la lumière a franchi la fente des rideaux, j'ai arrangé comme j'ai pu un peu de thé et un reste de kasha de la veille, qui, petit miracle, était encore mangeable.

Nous nous sommes assis sur la table de la cuisine, à côté du lit, et Anna a mis Mozart sur le gramophone, très doucement pour ne pas déranger la vieille blanchisseuse dans la chambre à côté. Nous avons parlé du garçon puis, le petit déjeuner fini, elle s'est habillée et elle a placé ses chaussons et sa jupe de danseuse dans le panier à provisions. En levant la tête par-dessus l'anse, elle donnait l'air de s'en revenir à un temps révolu. À l'époque, il y a longtemps, où elle faisait partie du corps de ballet de Saint-Pétersbourg, on lui avait donné un étui spécial pour ses chaussons – Diaghilev lui-même les avait distribués –, mais elle l'a perdu au détour d'une de nos pérégrinations.

Dans le couloir, les voisins s'agitaient déjà. Anna m'a dit au revoir et elle a refermé la porte d'un geste sorti d'une danse qu'elle m'aurait cachée.

Le soir venu, elle a ramené le garçon. Il a entamé sa pomme de terre prudemment au début, comme on ouvrirait un manteau qu'on ne porte jamais. Il ne savait pas quoi faire de son morceau de beurre, alors il a observé Anna pour l'imiter ensuite.

Cette chambre et nous avons l'habitude d'être ensemble mais, avec ce garçon, cela semblait un autre endroit, un ailleurs qui ignorait tout des dix-sept ans que nous y avons passés.

Anna osa mettre un disque de Stravinski, tout doucement, et le garçon se détendit un peu, comme s'il goûtait la musique autant que sa pomme de terre. Il demanda une autre tasse de lait, après quoi il continua de manger silencieusement jusqu'à la fin du repas. En regardant Anna, je me faisais l'impression d'une corneille appelant une autre corneille par-dessus la tête d'un moineau.

Il avait le teint clair, les épaules étroites, un visage à la fois angélique et effronté. Le vert et le bleu se disputaient ses yeux, des yeux qui balayaient sans cesse la chambre, sans se poser assez longtemps nulle part, semblait-il, pour s'en imprégner. Il dévorait plus qu'il ne mangeait, et il restait droit sur sa chaise. Anna lui avait déjà inculqué les bienfaits d'une posture adéquate. Il avait, disait-elle, presque instantanément maîtrisé les cinq positions, et, malgré certaines manières frustes, forcées, il démontrait une élégance naturelle. N'est-ce pas ? lui demanda-t-elle.

La fourchette devant sa bouche, il sourit.

Elle lui enjoignit de venir tous les jours au gymnase de l'école, sauf le dimanche, et de faire savoir à ses parents qu'il aurait besoin d'au moins deux paires de chaussons et de deux maillots.

Il pâlit et demanda un autre verre de lait.

Nous entendîmes la blanchisseuse farfouiller dans la pièce à côté. Anna baissa le volume du gramophone, et nous rejoignîmes le canapé en trois petits pas. Le garçon ne s'assit pas entre nous. Parcourant les rayons de la bibliothèque, il effleurait le dos des livres, et il s'étonna d'en trouver quatre rangées les unes derrière les autres.

Sept heures sonnant, il passa un doigt sous son nez humide, dit au revoir. Nous ouvrîmes la fenêtre et le vîmes qui courait déjà dans la rue, sautillant par-dessus les ornières.

Onze ans, dit Anna, tu te rends compte ?

Nous nous livrâmes à la nuit grise, une fois de plus avec Pasternak. Anna s'endormit sur les couvertures. Ses narines dissipaient de courtes bouffées tristes. Je me rasai – une vieille habitude des camps, où je profitais ainsi d'un bref répit avant le matin frigide – puis je transportai mon insomnie à la fenêtre, les étoiles étant infiniment plus intéressantes que le plafond. La pluie avait commencé à tomber et l'eau amassée sur le toit s'engouffrait à grand bruit dans la gouttière, couvrant la ville de ses sonorités. Anna se mit à respirer si fort que mes oreilles en bourdonnèrent, puis, de temps à autre, son corps se contracta comme si elle rêvait de souffrances. Mais elle se leva joyeusement et enfila sa robe de chambre.

Le dimanche était notre jour de ménage.

Quelques semaines auparavant, nous avions trouvé des lépismes dans notre album de photos. Ils se tortillaient entre nos sourires hésitants. Tous mes portraits de l'armée étaient déjà fichus, mais il nous restait quelques épreuves rongées seulement au bas – notre mariage, Anna devant le Mariinski, nous deux posant devant une moissonneuse-batteuse – et en Géorgie encore !

Anna me tendait les poissons d'argent, que j'écrasais entre mes doigts. Ils nous avaient grignoté toutes ces années, grignoté nos photos de Saint-Pétersbourg surtout, avec une préférence, bizarrement, pour celles prises au soleil. Nous avions griffonné au dos de celles-ci quelques mots à notre intention future, avec la légende *Leningrad*, au cas où.

Il y en avait d'autres, récentes, d'Oufa, que les lépismes avaient ironiquement, amèrement, épargnées.

L'après-midi, après une sieste somme toute clémente, je découvris Anna derrière le paravent au bout du lit, enfilant sur la pointe des pieds le costume de sa dernière représentation, trente-trois ans plus tôt. Dans ce long tutu pâle, ma femme ressemblait un peu à un renvoi au bas de la page de son passé. Gênée, elle s'est mise à pleurer, et puis elle s'est changée. Ses petits seins se balançaient sur ses côtes.

C'est le désir qui nous inspirait jadis, pas les souvenirs.

Se rhabillant, elle a pris mon chapeau sur le portemanteau – le signal du départ. M'aidant de ma canne, je boitillai le long du couloir vers le jour. Le soleil brillait haut et fort sur des rues qui restaient humides. Les peupliers oscillaient sous la brise légère, et c'était si bon de se sentir vivant malgré les cendres épaisses rejetées par la raffinerie. Au pied de la colline, nous nous sommes arrêtés à la boulangerie, mais pour quelque raison l'électricité avait été coupée et, pour la première fois depuis des semaines, la bonne odeur ne nous y attendait pas. Nous nous sommes postés devant le soupirail, en l'attente d'une senteur souterraine, mais il n'y en eut pas.

Le vétéran enragé du bas de la rue Zentsov étant lui aussi introuvable, cette journée-là avait quelque chose d'inhabité.

Des familles pique-niquaient sur les rives du lac. Des ivrognes discutaient avec leur bouteille. Au stand de kvas, la vendeuse avait fort à faire. Au kiosque à musique, un groupe folklorique partait dans d'affreuses dissonances. Rien dans ce monde n'approche jamais la perfection – sinon peut-être un bon cigare, et je n'en ai pas fumé depuis des années. Pensée qui m'arracha une douloureuse grimace.

Je respirais difficilement et Anna insista pour que nous nous reposions sur un banc, mais je ne connais pas spectacle plus triste et ridicule que celui de deux vieux exilés plantés dans un parc, donc nous poursuivîmes notre chemin, vers les rues bordant le square Lénine, puis sous le passage voûté jusqu'à l'Opéra.

Il était là, bien sûr, assis sur les marches, comme sorti de quelque divine comédie. Il portait visiblement la chemise d'une aînée, et le fond de son pantalon était crotté comme celui de tous les garçons de son âge. La couture de ses chaussures avait craqué au-dessus du talon, et l'angle volontaire de ses pieds – troisième position – accentuait la chose. Mais il tint bon, aussi longtemps que nous sommes restés en retrait, et, lorsque nous sommes finalement venus à sa rencontre, il fit comme si de rien n'était.

Il s'inclina devant Anna et releva la tête pour moi.

C'est un honneur de vous revoir, dit-il.

Il avait plusieurs bleus au-dessus de l'œil gauche, mais je ne posai pas de question, coutumier après tout des souffrances, des coups, et des petits silences dont on les enveloppe.

Anna le prit par le coude et l'escorta en haut des marches. Elle dénicha son laissez-passer dans son sac, et le gardien lui fit un vague signe. Je dus attendre cet instant pour qu'elle se rappelle mon existence. Elle revint donc, en bondissant de marche en marche, pour m'aider.

Si j'avais onze ans, je serais jaloux, lui dis-je.

Oh, toi, hein.

À l'intérieur, les charpentiers travaillaient aux décors du *Pavot rouge*, rebaptisé en l'occurrence *Fleur rouge*, et je me demandai silencieusement : Pourquoi ne pas renommer le monde entier, tant qu'on y est, affubler tout et le reste d'inconséquence patente ?

On avait dressé l'échafaudage et mon vieil ami Albert Tikhonov – devenu bien silencieux – était comme d'habitude sur ses échasses, en train de peindre la toile de fond. Il était taché de différentes couleurs des pieds à la tête. Il me salua d'un geste céleste, et je lui répondis. En dessous, une femme en uniforme bleu ressoudait la jambe brisée d'une chaise de métal. Les étincelles de son chalumeau semblaient mettre le feu à la scène. Je m'assis à quatre rangées du fond et regardai la pièce, sensiblement plus intéressante, à mon avis, que n'importe quelle fleur rouge, rose, coquelicot ou pivoine.

Anna partit en coulisse avec le garçon, et lorsqu'ils revinrent au bout d'une heure, il rapportait deux paires de chaussons, un tour de taille et quatre maillots. Extatique, il suppliait Anna de le laisser monter sur scène une seconde mais, devant toute cette activité, elle le convia plutôt à répéter ses positions dans les allées. Il enfila ses nouveaux chaussons, qui étaient trop grands pour lui. Anna préleva deux élastiques, l'un dans ses cheveux, l'autre dans son sac, et les glissa autour pour les garder intacts. Elle travailla avec lui pendant une demi-heure. Il n'arrêtait pas de sourire, s'imaginant sans doute sur scène. En vérité, je ne lui trouvais rien d'extraordinaire – mal dégrossi, il semblait éreinté, surexcité, animé par un genre de charme dangereux, très tatar.

Autant que je pus voir, il manquait de maîtrise physique, mais Anna le complimenta, et Albert Tikhonov lui-même s'arrêta un instant de travailler. S'adossant au mur afin de recaler ses échasses, il applaudit brièvement. Alors, pour me consoler de mon indolence, je l'imitai.

Je vis sur le visage d'Anna qu'elle avait parlé au garçon de ses années de ballet à Saint-Pétersbourg, dont le souvenir revenait peser durement sur ses épaules. Quelle monstruosité que ce passé commun, surtout qu'il a été si merveilleux ! Elle avait révélé un de ses secrets et elle se demandait maintenant avec tristesse jusqu'où encore il lui faudrait fouiller pour le nourrir, ce secret.

Je comprenais cependant que ce garçon lui faisait du bien – elle avait les joues rouges, et je retrouvais le timbre aigu que sa voix avait perdu pendant des années. Elle voyait quelque chose en lui, une clarté qui, perçant les nuages, donnait un sens à notre mélancolie noire.

Ils travaillèrent encore quelques pas, et Anna lâcha finalement : Suffit ! Alors nous quittâmes l'Opéra. Le garçon rentra chez lui, ses chaussons en bandoulière, et les jambes sciemment à angle droit des hanches.

Il faisait sombre, mais, vaincus par la fatigue, nous fîmes une pause sur un banc du lac. Anna posa sa tête sur mon épaule et dit qu'elle n'était pas sotte au point de croire que Rudik fût jamais plus qu'un danseur pour elle. Elle avait toujours désiré un fils, même l'âge mûr approchant, et nous n'avons pas su en produire un. Échec. Notre fille, Yulia, habitait à des milliers de kilomètres. Saint-Pétersbourg. C'est à contrecœur que nous avons vécu loin d'elle la majeure partie de notre vie, et Anna n'a jamais pu lui enseigner la danse. Nous savions que c'était du gâchis, une lignée avortée, mais nous n'avions rien pu faire.

Je ne fis pas de lecture ce soir-là. C'était bien assez qu'Anna traverse la pièce pour m'embrasser. Je découvris avec surprise que mes reins frémissaient encore, m'étonnai davantage que cela ne se soit plus produit depuis pratiquement cinq ans. Nos corps sont d'infectes demeures. Je suis convaincu que, si les dieux nous ont accouplés dans le désastre, c'est pour que nous ayons besoin d'eux, pour au moins nous forcer à prier dans le cœur de la nuit.

L'existence nous accorda quelque menue grâce une quinzaine de jours plus tard, lorsqu'un paquet réussit à nous trouver depuis Saint-Pétersbourg – Yulia, maligne, l'avait fait envoyer par l'université. Il contenait une livre de café turc et un cake. Ce dernier était emballé dans un papier sur lequel Yulia avait collé une lettre, d'une teneur assez anodine – au cas où. Elle énumérait les changements intervenus en ville, faisait allusion à ce qui lui arrivait de nouveau. Son mari ayant été promu dans le département de physique, elle sous-entendait qu'elle pourrait peut-être nous envoyer un peu d'argent dans les mois à venir. Calés dans nos fauteuils, nous lûmes plusieurs fois la lettre, décryptant ses codes et demi-teintes.

Rudik, qui est venu, a dévoré une tranche de cake et demandé ensuite s'il pouvait en rapporter une à sa sœur. Lorsqu'il partit, je le vis qui la sortait de son paquet, à quelques mètres de la maison, et qui la fourrait entière dans sa bouche.

Nous avons passé et repassé le café de Yulia jusqu'à ce que les grains soient si secs qu'Anna déclare en riant qu'ils allaient blanchir – avant la Révolution, nous en consommions bien une livre par semaine. Évidemment, c'est insensé ce à quoi on s'habitue quand on n'a plus le choix.

Mes promenades de l'après-midi – solitaires, lentes et prudentes à cause de mon pied – m'amènent maintenant au gymnase de l'École 2. Je les observe derrière la petite fenêtre. Sur les quarante élèves dont elle a la charge, Anna n'en garde que deux après la classe : Rudik et un autre garçon. Celui-ci est brun, souple et, à mon sens, beaucoup plus accompli – rien d'un ruffian chez lui. S'ils pouvaient ne faire qu'un, cela serait magnifique. Mais le cœur d'Anna bat pour Rudik – elle prétend qu'il est né danseur, que, bien qu'inculte en la matière, il connaît intimement la danse, comme une grammaire innée, qu'il lui faut étayer. J'ai vu ses yeux briller lorsqu'elle l'a repris sur un plié. Se retournant aussitôt, il en a exécuté un autre, parfait, et il est resté là, hilare, à attendre qu'elle le gronde encore, ce qui bien sûr n'a pas manqué.

Anna s'est déniché un nouveau costume de danse. Malgré ses guêtres et le long chandail qu'elle porte constamment, elle est toujours mince et très fine. Elle reste à la barre près de Rudik pour corriger ses tendus. Elle lui fait répéter ses pas jusqu'à ce qu'il ait le vertige, lui répète qu'il n'est pas un singe, qu'il faut garder un dos droit. Bien que son toucher laisse tout de même à désirer, elle va jusqu'à marteler les notes au piano pour qu'il garde la cadence. Je n'en revenais pas, un après-midi d'hiver, de remarquer la sueur qui coulait sur son joli front. Ses yeux lançaient de vraies étincelles, comme si elle les avait prises au gamin.

Elle a commencé à lui faire travailler les sauts – en lui expliquant qu'avant tout il lui fallait créer ce que ses pieds lui demandaient, que la question n'était pas de bondir plus haut, mais de rester plus longtemps en l'air.

Rester en l'air ?

Oui, dit-elle, accroche-toi à la barbe du bon Dieu.

Sa barbe ?

Et n'atterris pas comme une vache.

Les vaches sautent, maintenant ?

Ne fais pas l'effronté. Et ferme la bouche. On ne t'a pas demandé d'avaler les mouches.

Non, je suis le grand avaleur de sabres ! cria-t-il, et il se mit à bondir autour de la pièce avec la gueule ouverte.

Anna a mis au point un petit stratagème. Les parents de Rudik étant de souche musulmane, on ne lui en demande jamais trop, puisqu'il est le seul garçon. Son unique corvée consiste à chercher le pain, et Anna a fini par y aller pour lui, lui permettant ainsi de s'exercer plus longuement. Elle fait la queue deux fois de suite devant deux boulangeries, celle du marché, à Krassina, et celle de l'avenue Octobre. Je l'y accompagne souvent. Si on pouvait, on ne s'écarterait pas des soupiraux – ces files d'attente ont pour seul réconfort l'odeur qui flotte au-dessus. Je rapporte notre lot à la maison tandis qu'elle attend au deuxième fournil avec les coupons du gamin. Cela nous prend souvent toute la matinée, mais Anna n'en a cure. À la fin des leçons, il l'embrasse sur la joue, fourre son pain dans son sac à provisions et repart en courant chez lui.

Un soir d'été, on l'a emmené pique-niquer : cornichons, un peu de pain noir, un petit pot de jus d'airelles.

Dans le parc, Anna a étendu une couverture par terre au bord de la Bielaïa. Le soleil, au zénith, traçait de courtes ombres sur les champs alentour. En aval de la rivière, un groupe de garçons plongeait depuis un rocher élevé. Un ou deux ont pointé l'index vers nous et crié le nom de Rudik. Anna lui a glissé un mot à l'oreille. Il a enfilé son maillot de bain à contrecœur, puis il est parti le long de la berge. L'air sacrément maussade, il a traîné un instant autour du rocher. Rudik étant plus mince, plus pâle, il n'était pas bien dur de le reconnaître parmi les autres. Les gamins continuaient de sauter, en repliant les jambes pour atteindre la surface en projetant un maximum d'éclaboussures.

Rudik s'est assis et, le menton sur les genoux, les a regardés faire les pitres jusqu'à ce que l'un d'eux le rejoigne et se mette à le houspiller. Rudik l'a repoussé en lui criant une obscénité.

Anna s'est levée, mais je l'ai stoppée. Je lui ai servi un verre de jus et lui ai dit : Laissons-le livrer ses propres batailles.

Elle a bu et n'est pas intervenue.

Quelques minutes ont passé, puis un voile de terreur a assombri son visage. Rudik et l'autre garçon avaient grimpé tout en haut du rocher. Le groupe avait les yeux fixés sur eux. Quelques-uns commencèrent à frapper dans leurs mains, lentement, en cadence. Me levant, je lançai cette vieille charrette qui me sert de corps aussi vite que possible le long de la berge. Immobile, Rudik était prêt à sauter. Je l'appelai de toutes mes forces. À cinq mètres au-dessus de la rivière, il ne pouvait plus plonger, car la base du rocher s'évasait vers celle-ci. Il ouvrit les bras, prit son souffle. Anna hurla. Je trébuchai. Rudik ouvrit encore plus ses bras et s'élança dans le vide. Il parut suspendu en l'air, farouche, blanc comme la neige, puis il piqua et fendit la surface à grand fracas. Sa tête avait évité de peu l'arête du rocher. Anna poussa un nouveau hurlement. J'attendis qu'il émerge. Ce qu'il fit au bout d'un long moment, une algue autour du cou, qu'il dégagea d'un geste. Il s'ébroua et, dardant un sourire gigantesque, fit signe à l'autre garçon resté là-haut, transi de peur.

Saute, maintenant ! cria Rudik. Saute, connard !

Le garçon déglutit, mal à l'aise, et redescendit la courte falaise. Rudik revint vers nous à la nage et s'assit nonchalamment sur la couverture. Il prit un cornichon dans le bocal, et pourtant il tremblait, et je vis son regard encore chargé d'effroi. Anna allait se fâcher, mais il grignotait son bout de cornichon et elle se contenta de hausser les épaules. Rudik leva un œil vers elle sous ses mèches mouillées, mangea encore, posa la tête contre son épaule.

Tu es un drôle d'enfant, dit-elle.

Il nous retrouvait chez nous chaque jour, jusqu'à deux ou trois fois. Quelques-uns de nos disques étaient frappés d'interdiction. Nous les cachions derrière une étagère en bois munie d'un double fond, l'un de mes rares travaux de menuisier qui eussent vraiment fonctionné, et survécu en outre aux inspections du ministère. Il apprit à sortir les disques des pochettes sans laisser l'empreinte de ses doigts. Il prenait toujours soin d'enlever la poussière de la pointe. Cela semblait pour lui une guérison d'entendre le gramophone craquer sur quelques tours avant de délivrer ses violons.

Et il déambulait dans la pièce, les yeux fermés.

Il finit par adorer Scriabine, dont il s'imprégnait debout, immobile, comme s'il voulait répéter ses morceaux mille fois, jusqu'à ce que le musicien lui-même se lève à ses côtés, le souffle de ses flûtes sifflant au-dessus du feu.

Il avait cette lamentable habitude d'écouter la musique la bouche ouverte, et il paraissait déplacé de lui taper gentiment sur l'épaule et de l'arracher à l'instant. Une fois Anna lui effleura à peine le menton, et il eut un mouvement de recul. Je sais que c'était à cause de son père. Ça n'était pas de méchants bleus, mais on le malmenait de toute évidence. Rudik nous apprit que son père travaillait sur le fleuve, qu'il remorquait les troncs. J'eus le sentiment qu'il perpétuait la malédiction de tous les géniteurs – le fils doit profiter de ce pour quoi on s'est battu, devenir médecin, gradé, commissaire, ingénieur. Danser, c'était tôt finir chez les pauvres. Rudik échouait à l'école, ses maîtres le trouvaient nerveux, impatient, il fredonnait toujours des symphonies, n'ouvrait que les livres d'art empruntés par sa sœur. Il s'était entiché de Michel-Ange, remplissait ses cahiers de croquis – adolescents, mais joliment dessinés.

Il devait ses seules bonnes notes aux Pionniers, avec qui il pratiquait les danses folkloriques le mardi après-midi. Et, le soir, s'il y avait un ballet à l'Opéra – *Esmeralda*, *Coppélia*, *Don Quichotte*, *Le Lac des cygnes* –, il partait de chez lui, se faufilait par l'entrée des artistes, et mon ami Albert Tikhonov, roi des échasses, lui donnait un siège.

C'est lorsqu'il rentrait ensuite, et que son père devinait, que Rudik prenait des coups.

S'il ne pleurnichait plus, il n'avait plus non plus le regard vide qui avait été le sien. On le battait parce qu'il dansait, mais il continuait à danser, et les deux plateaux de sa balance semblaient s'équilibrer ainsi. Les rossées étaient sporadiques, même celle, pourtant féroce, qu'il reçut le lendemain de son treizième anniversaire. Je ne doutai pas qu'il la méritait – Rudik pouvait être terriblement revêche –, et cela étant, je savais qu'en le tabassant, en lui refusant de choisir sa voie, son père inculquait à Rudik l'essence du besoin.

Anna pensa rendre visite à sa mère, mais elle se ravisa. La sagesse veut qu'on se déplace pas à pas dans l'obscurité.

J'ai toujours cru que la mémoire était une affaire de dupes mais, sous les crépitements du gramophone, Anna commença à lui émietter son passé. Elle glissa sur sa jeunesse pour mieux rendre ses années dans le corps de ballet. Que de regrets et d'envies ! Les costumes, les décorateurs, les trains et les frontières ! Saint-Pétersbourg et la pluie sous les réverbères ! L'inclinaison du plancher au Kirov ! L'aria du ténor au dernier acte de *La Tosca* ! Il n'y eut bientôt plus moyen de l'arrêter – c'était comme le petit Hollandais et l'histoire de la digue, sauf que le fleuve n'avait pas seulement débordé, il avait aussi emporté les remparts, la berge et les mauvaises herbes.

Je lui sus gré de ne pas lui avoir menti, de ne pas s'être fait passer pour une grande danseuse dénigrée par l'histoire. Non. Tout avait le charme de la vérité. Elle lui parla des coulisses des grands théâtres, où elle s'était rêvée sur scène. Elle se rappela Pavlova et ses couleurs plus sages que celles des autres, sans doute parce que Pavlova vivait foncièrement, d'abord, dans ses danses. Je me retrouvai malgré moi au premier rang du Mariinski, attendant désespérément l'arrivée d'Anna et du ballet. À la fin du *Lac des cygnes*, au rappel, la foule scandait *Anna ! Anna ! Anna !* et je me disais que c'était mon Anna qu'ils voulaient, alors je criais avec les autres. Je la retrouvais ensuite et nous partions, bras dessus, bras dessous, le long de la rue Rossi, et sa mère guettait notre arrivée à la fenêtre du troisième étage de l'immeuble. Je poussais gentiment Anna vers le mur et je l'embrassais, alors elle me caressait la joue, riait et montait.

Comme c'est vieux et comme c'est étrange, mais nos amis morts reviennent tous à la vie un jour.

Rudik écoutait ces histoires avec une sorte d'incrédulité ravie. Je devais comprendre plus tard qu'elle était le produit d'une douce ignorance. Après tout, il avait maintenant treize ans, et on lui avait enseigné un mode de pensée différent du nôtre. Je ne manquais pourtant pas de remarquer que, ces histoires, il s'en souvenait encore des semaines après, citant même Anna mot pour mot.

Il s'imprégnait de tout, grandissait. Dégingandé, il savait d'un sourire espiègle faire taire une pièce entière, mais il n'avait pas encore conscience de son physique, ni de son pouvoir. Il était avant tout timide, craintif. Anna lui apprit que son corps entier devait danser, en totalité, pas seulement les quatre membres. Elle lui pinçait l'oreille, ajoutait que même ses lobes devaient croire au mouvement. Redresse tes jambes. Tourne bien la tête, plus vite, avant le reste du corps. Travaille ta ligne. Absorbe la danse comme du papier buvard. Il persévérait dans l'effort, ne partait jamais sans avoir corrigé un pas, même si cela lui valait une nouvelle rossée. Le dimanche, Anna l'emmenait d'abord au musée, puis assister aux répétitions à l'Opéra, et ils étaient ensemble tous les jours de la semaine. Sur le chemin du retour, Rudik se rappelait exactement les gestes des danseurs – hommes et femmes, sans distinction –, et il les reconstituait de mémoire.

Il était entre nous tel un soir long et lourd.

Il mit au point une sorte de langue nouvelle – non qu'elle lui allât bien, chaussé comme il l'était. Mais c'était charmant d'entendre le grossier petit provincial parler de port de bras, comme s'il venait de quitter salons et chandeliers. Il fallait le voir, à notre table, attaquer sauvagement un bout de fromage de chèvre. Personne ne lui avait jamais appris à se laver les mains avant de manger. Ses doigts fréquentaient souvent ses narines, et il avait une propension terrible à se gratter l'entrejambe.

Tu vas finir par l'arracher, ton truc, lui dis-je un jour, et il me regarda avec le sentiment d'horreur qu'inspirent les pillages et la mort.

Tard le soir, Anna et moi discutions au lit jusqu'à ce qu'elle s'endorme. Il nous apparut que Rudik était un nouveau souffle dans notre vie, mais que cela ne durerait pas, car, tôt ou tard, il irait de l'avant. C'était un constat fort triste, mais c'était aussi l'occasion de nous détourner d'une accumulation de chagrins.

Je suis même revenu à mon lopin de terre pour voir si je pouvais le ressusciter.

On nous avait donné cette parcelle, à huit arrêts de tram de chez nous, il y avait bien longtemps. Quelqu'un au ministère ne s'était pas renseigné sur notre histoire, et l'on nous fit la grâce d'une lettre, expliquant qu'un jardinet de deux mètres carrés était à nous si nous le désirions. Nous y avons fait pousser quelques légumes, bien sûr – concombres, radis, choux et oignons –, mais Anna a un faible pour les lis, et, chaque année, elle échange quelques bons d'alimentation contre un paquet de bulbes. Nous les plantons profondément, autour de notre parcelle, en ajoutant parfois un peu de purin, et il faut attendre. Cela n'a été la plupart du temps qu'un échec misérable, mais la vie distribue de curieux petits ravissements, et, cet été-là, pour la toute première fois, nous avions un joli plant d'un blanc sombre.

L'après-midi, Anna étant partie au gymnase, je prenais le tram, boitillais jusqu'en haut de la colline et m'asseyais sur un pliant.

Parfois, le week-end, un homme trapu aux cheveux noirs s'agenouillait dans un autre potager, à dix mètres du mien. Nos regards se sont croisés à plusieurs reprises, sans que nous échangions le moindre mot. Il avait un air strict et circonspect, celui d'un homme qui aurait vécu en gardant constamment un œil sur ses appâts. Il besognait avec acharnement – des plants de choux et de pommes de terre surtout. Au moment de la récolte, il apportait une brouette qu'il remplissait plus qu'à ras.

Un samedi matin, il a débouché du sentier, Rudik sur ses talons. J'étais surpris – non seulement parce que l'homme était son père, mais aussi parce que le gamin était censé se trouver au gymnase et que, de l'année écoulée, il n'avait jamais raté une leçon. Je lâchai ma binette, toussai bruyamment, et Rudik fixait obstinément le sol, comme si une catastrophe allait surgir de chaque plante.

Je me levai pour lui adresser la parole, et il se détourna.

À l'évidence, il avait le génie de faire dire à son corps les choses qu'il ne pouvait exprimer autrement. Ses épaules affaissées, l'inclinaison de sa tête dictaient de façon absolue – même le dos tourné – que l'aborder serait plus qu'incommodant, même carrément blessant. Il était hors d'atteinte, de son père comme de moi.

Il avait, je le remarquai, une entaille au-dessus de l'œil, et son père une belle ecchymose à la joue droite. Le père jouait visiblement la réconciliation, et il n'avait pas l'air d'être au bout de ses peines.

Tout en bêchant, il parlait à son fils. Celui-ci, silencieux, ne lâchait ses mots qu'au compte-gouttes.

J'eus l'intuition que, à dater de ce jour, on ne lèverait plus jamais la main sur lui.

Je compris qu'il valait mieux partir. Je remis mon chapeau, rentrai, exposai la scène à Anna.

Oh, dit-elle, puis, s'asseyant à la table, elle commença à plier et déplier ses doigts.

Un de ces jours, je vais devoir l'envoyer chez Elena Konstantinovna, admit-elle. Il a déjà épuisé ce que je peux lui apprendre. Ce n'est que justice, après tout.

Je sortis de l'armoire une petite bouteille de samogon que nous conservions depuis des années. Anna essuya deux verres avec un torchon propre, et nous reprîmes nos places.

Je levai mon verre.

Elle essuya ses yeux du bout de sa manche.

Il restait exactement ce qu'il fallait dans la bouteille pour nous donner envie de boire davantage. Il fallut donc confier notre joie au gramophone, à Prokofiev, encore et encore. Anna dit que ça ne la gênait pas d'envoyer Rudik chez un autre professeur, surtout si c'était Elena. Elena Konstantinovna Voïtovitch, ancienne coryphée de Saint-Pétersbourg, était maintenant la maîtresse du ballet de l'Opéra d'Oufa. Anna et elle avaient gardé le contact, se rendaient service, partageaient leurs souvenirs – Anna croyait possible que, après quelques années, Rudik obtienne un rôle de figurant, voire un solo ou deux. Peut-être même arrivera-t-il à intégrer le cours du Mariinski, dit-elle. Elle se demanda aussi si elle n'allait pas écrire à Yulia, au cas où celle-ci saurait tirer les ficelles. Je savais qu'Anna se rappelait sa propre jeunesse là-bas, le temps où elle était encore malléable, pleine d'avenir, et je hochai la tête, la laissai parler. On ne pourra pas faire beaucoup plus, pensait-elle, former, c'est comme les élastiques, si on tire trop dessus, ça finit un jour par vous péter à la figure. Elle convint d'emmener Rudik, dans la semaine, au cours supérieur de la rue Karl-Marx. Cela étant, avant tout, elle préparerait une grande fête surprise, en son honneur.

Ma main glissa vers la sienne sur la table. Elle me dit d'attraper un livre, et que, peut-être, réchauffés par le samogon, nous aurions droit à une généreuse nuit de sommeil. Ce ne fut pas le cas.

Elle dansa avec lui toute la semaine.

Je regardais par la porte vitrée du gymnase. Elle avait certainement gommé ce que les mouvements du gamin avaient de plus gauche. Son plié était toujours médiocre, ses jambes dégageaient davantage de violence que de grâce, mais il pirouettait bien, et, sautant, il avait même appris à rester un instant suspendu en l'air, ce qui la ravissait. Elle applaudissait. Il lui répondait en bondissant encore, traçait des diagonales avec de grands jetés lents, des arcs de cercle, puis il traversait le fond de la pièce en enchaînant de mauvaises sissones, le deuxième genou malheureusement fléchi. Alors, reculant, il se figeait subitement, les bras en couronne, comme s'il s'était approprié l'air au-dessus de sa tête, chose qu'Anna ne lui avait sûrement pas apprise. Voyant ses narines épatées, je me demandai un instant s'il n'allait pas piaffer comme un cheval. Il y avait sans nul doute en lui plus d'intuition que d'intellect, plus d'esprit que de savoir, comme si, en d'autres temps, il s'était introduit ici sous un déguisement. C'était quelque chose d'animal, d'indompté.

Vendredi arrivant, elle le prit à part et l'informa de sa décision. Je m'excusai, et les regardais du dehors. Je m'attendais au silence, aux larmes peut-être, ou à une tristesse perplexe, mais il se contenta de la regarder. Puis il la serra dans ses bras, recula, et accepta son sort d'un vigoureux hochement de tête.

Bien, dit Anna, pour cette dernière danse, je veux que tu déposes un plateau de perles à mes pieds.

Il partit chercher l'arrosoir sur le banc et entama une série d'enchaînements autour de la pièce, en répandant un peu d'eau sur le plancher pour l'adhérence. Dans les vingt minutes qui suivirent – je rentrai ensuite –, il détailla tout ce qu'elle lui avait appris, d'un bout à l'autre du gymnase, dans ses guêtres usées, élargies. Anna jeta un coup d'œil à la fenêtre, vers moi, et nous sûmes à cet instant que, quoi que l'avenir nous réservât, nous aurions au moins eu ça.

C'est l'un des soixante-dix danseurs de la salle de la rue Karl-Marx. À quatorze ans, il acquiert un tout nouveau langage : entrechats, tours jetés, brisés, tours en l'air, fouettés. Il reste tard à s'entraîner. Lorsqu'il passe aux entrechats-quatre, ses jambes cisaillent comme la tondeuse du coiffeur. Les lèvres pincées et le chignon austère, Elena Voitovitch le regarde faire. Sa bouche dessine une ou deux moues souriantes mais, pour l'essentiel, elle hésite. Il essaie de la choquer avec un brisé volé, alors elle émet un petit rire, se retourne, lâche qu'on ne tolérerait pas cette figure-là au Kirov, ni au Bolchoï, ni même au Stanislavski. Elle cite les compagnies avec un soupçon de regret, et parfois elle lui parle de Leningrad, de Moscou, des danseuses qui travaillent si dur là-bas qu'à la fin des séances elles ont les pieds rouges, que les lavabos des Opéras sont tachés du sang des plus grands danseurs.

Il rentre, l'idée en tête, s'exerce en imaginant ses chaussons imprégnés de ce rouge-là.

Puisque sa sœur Tamara est partie pour Moscou, où elle apprend son métier d'institutrice, il a maintenant droit à un lit entier. Il a griffonné des notes sur le mur. Demander à Anna de recoudre les chaussons. Travaille mieux tes pivots pour vaincre le vertige. Rôles de figuration. Trouver bonne barre en chêne. Ne t'intéresse qu'à ce que tu ne fais pas bien. Beethoven avait seize ans lorsqu'il a écrit le deuxième mouvement du *Concerto numéro 2* ! Le mur n'est pas exposé au soleil, pourtant Rudik a protégé ses mots avec du papier d'aluminium, comme le faisait sa mère. Le père, qui arpente la maison, n'y prête pas attention.

Un matin de mars, Rudik se réveille au son de la voix de Youri Levitan, le grand présentateur de la radio d'État, qui interrompt des vagues de musique solennelle avec le bulletin suivant : le cœur du Camarade Staline, Continuateur inspiré de la cause de Lénine, Père et Maître, Compagnon d'Armes, Coryphée de la Science et de la Technologie, Dirigeant avisé du Parti communiste de l'Union soviétique, a cessé de battre.

On demande trois minutes de silence. Le père part dans la rue se mettre au garde-à-vous, sous les arbres où l'on n'entend que les mainates. La mère reste devant la fenêtre, puis elle se tourne vers Rudik, elle prend son visage dans ses mains, et pas un mot n'est dit.

Le soir, à la fin d'une autre émission, Rudik apprend que Prokofiev vient aussi de mourir – le même jour. Les portes étant fermées, il se hisse par une des fenêtres de la rue Karl-Marx, monte aux lavabos, érafle sauvagement ses pieds jusqu'à les faire saigner sur la gueule métallique des robinets. Il ressort, danse à son seul bénéfice dans ses chaussons rouges, projette un tourbillon de ses cheveux en sueur.

C'était la veille, exactement, des cérémonies du 1er Mai. Nous ne nous étions pas vus depuis quatre ans. Il a frappé à la porte de la boutique d'électricité de la rue Karl-Marx, où j'étais apprenti. Il avait changé, grandi, laissé pousser ses cheveux. À l'école, ce petit con nous avait servi de souffre-douleur, et le voilà qui, à la porte, était aussi grand que moi. J'avais appris qu'il dansait, qu'il avait joué quelquefois à l'Opéra, comme figurant surtout. Enfin, pour ce que j'en avais à faire. Je lui ai demandé ce qu'il voulait. On lui avait répété que j'avais un petit gramophone, portatif, qu'il souhaitait m'emprunter. J'ai essayé de refermer la porte, mais il l'a bloquée avec le pied, et elle m'est revenue dans la figure. J'ai attrapé ce crétin par le col, et il est resté de marbre. Sans tourner autour du pot, il a expliqué qu'il avait besoin du gramophone pour un spectacle qu'il voulait donner à la cantine, au sous-sol de la raffinerie. Je l'ai envoyé sauter dans le lac et baiser les truites. Alors il s'est mis à jacasser comme un mioche, pour finalement lâcher qu'il me donnerait un peu d'argent. Je lui ai fait promettre de me payer trente roubles sur les cent qu'il allait recevoir. Il a dit d'accord, à condition que je lui prête quelques bons disques. Mon cousin, bien placé au Komsomol, en possédait plusieurs, des chants militaires surtout, mais aussi du Bach, du Dvorák, je ne sais quoi. Et trente roubles, c'est toujours trente roubles. Je lui ai donc apporté mon appareil.

La raffinerie était un vaste quartier plein de tuyaux, de vapeur et de canaux, avec trois ambulances toujours prêtes à transporter les blessés et les morts en cas d'accident. Il y avait des sirènes qui hurlaient tout le temps, des projecteurs, des chiens. On reconnaissait ses ouvriers rien qu'à la façon dont ils vous regardaient. Une vieille babouchka, Vera Bajenova, s'occupait de la coopérative des loisirs. Elle projetait la plupart du temps des films, elle faisait venir des spectacles de marionnettes, assez paillards, mais, à l'occasion, elle aimait bien les danses folkloriques. Rudi avait réussi à la convaincre de le laisser danser un soir. Il était doué pour ça, il vous faisait prendre des vessies pour des lanternes, et ça marchait.

La cantine était sale, ça puait la sueur. Il était six heures, juste après la rotation des équipes. Les travailleurs s'étaient assis pour regarder. Il y avait environ trente hommes et trente-cinq femmes – soudeurs, outilleurs, conducteurs de chariots, un ou deux employés de bureau, quelques délégués syndicaux. J'en connaissais certains, et nous avons partagé un verre de koumys. Rudi est sorti de la cuisine, où il s'était changé. Il portait des collants jusqu'en haut du ventre, un maillot sans manches et avait les cheveux sur les yeux. Les travailleurs se sont mis à rire. Il a fait la moue et m'a ordonné de mettre un disque. Je lui ai dit que je n'étais pas le petit esclave turc de monsieur, qu'il pouvait s'en occuper tout seul. Il m'a rejoint et m'a chuchoté « argent » dans le creux de l'oreille. J'ai pensé à l'envoyer se faire foutre, mais j'ai mis le disque quand même. Il a commencé par un extrait du *Chant des cigognes*, et il n'a pas fallu deux minutes pour que l'assistance se moque de lui. Ils avaient vu quantité de ballets, ces travailleurs, mais c'était la fin de la journée, les flasques circulaient dans les rangées, tout le monde fumait et bavardait, et ils lançaient : Virez-nous cette merde ! Dehors, ce con !

Il a continué à danser, et ils ont crié de plus belle, même les femmes. Il m'a regardé un instant. Je commençais à être un peu gêné pour lui, et j'ai relevé la pointe du gramophone. Le silence s'est fait. Il a eu un regard mauvais – comme s'il défiait à la fois les femmes de le baiser, et les hommes de se battre. Ses lèvres tremblaient. Quelqu'un a jeté un torchon sale sur la scène, et la salle a hurlé de rire. Vera Bajenova, écarlate, essayait de calmer le jeu – la coopérative, c'était elle, et elle voyait déjà sa tête sur le billot.

Alors Rudi a ouvert grand les bras, il a entamé un gopak, suivi d'un yiablotshko, d'abord en pointes, puis, lentement, à genoux, et il a enchaîné avec *L'Internationale*. Les rires se sont mués en toux discrètes, les travailleurs se sont tournés les uns vers les autres, et, sur leurs sièges, ils se sont mis à battre la cadence avec les talons. Pour finir, Rudi a recommencé son *Chant des cigognes*, depuis le début, et ces pauvres crétins ont applaudi. Ils ont fait circuler un godet en métal, qui a rapporté trente roubles de plus au petit con. Il a jeté un coup d'œil vers moi en empochant le tout. Se regroupant après le spectacle, les travailleurs nous ont invités à boire encore du koumys. Bientôt le réfectoire entier s'exclamait et buvait. Un petit homme roux est monté sur le comptoir en aluminium, il a bu à la santé de l'assistance et il s'est dressé sur une seule jambe en ouvrant les bras. Rudi a dû finalement l'empoigner, le redresser, lui montrer comment on faisait.

Quand nous sommes revenus en tram, soûls l'un et l'autre comme des éléphants, je lui ai demandé une partie de son pourboire. Me traitant de misérable cosaque, il m'a dit qu'il en avait besoin pour payer son train jusqu'à Moscou, ou Leningrad, selon celle des deux qui voudrait de lui, et d'aller me faire foutre, parce que c'était lui qui l'avait gagné, cet argent, pas moi.

Il a rougi ses joues avec un caillou, souligné ses paupières d'un trait de fard noir volé à l'Opéra. Ses cils sont tressés avec de la pâte, ses cheveux brillantinés, peignés en arrière. Seul à la maison, il sourit et grimace devant le miroir, invente différentes expressions. Il ajuste son collant et son ceinturon : la glace est inclinée pour ne voir que le torse. Il tend haut les bras par-dessus son image, fait la révérence, observe sa main qui reprend place sur le verre. Il s'en rapproche, exagère la pose, bande les muscles supérieurs des jambes, fait saillir ses hanches. Ôte le collant pour détacher son ceinturon, se fige, ferme les yeux.

Rampe lumineuse, mer de visages, il plane sur des applaudissements nourris. La rampe clignote et l'on rouvre le rideau. Il salue.

Il se démaquille plus tard, les yeux, les joues, à l'aide d'un vieux mouchoir. Il déplace les quelques meubles – buffet, fauteuil, les tableaux, médiocres, sur les murs – et recommence ses exercices dans l'espace confiné et sombre.

Son père, rentré cet après-midi plus tôt que d'habitude, hoche la tête à la manière de ceux qui ont grandi dans le silence. Ses yeux se posent un instant sur les rangées de notes que Rudi a collées au miroir : travaille les battements, maîtrise l'ordre correct des jetés coupés. Emprunte Scriabine à Anna. Pieds toujours alignés. Et, à la fin, le mot « visa ».

Hamet baisse la tête une seconde vers le mouchoir à terre, près des pieds de Rudi.

Il passe silencieusement devant le fils, remet le fauteuil à sa place près de la porte. Sous son matelas, Hamet a assez d'argent pour le voyage. Deux mois de salaire, retenus par un élastique. Il économisait pour acheter un fusil de chasse. Oies et gibier à plume. Faisans. Bécasses. Sans cérémonie, il prend l'argent et le lance à Rudik, puis il s'allonge sur le lit, allume une cigarette pour oublier l'odeur de la pièce.

Sur la route de Leningrad – ou plutôt de Moscou : Leningrad, c'est après –, il y a un arrêt dans le petit village d'Ijevsk où j'ai grandi. J'ai dit à Rudi qu'il le reconnaîtrait au toit rouge et vert de la gare. S'il voulait, il pouvait passer chez mon vieil oncle Majit, y dormir, et, s'il avait de la chance, Majit lui donnerait peut-être une leçon aux échasses. Rudi a répondu qu'il y penserait.

Je les lui avais déjà fait essayer à l'Opéra, un jour qu'il tenait un rôle de figurant comme légionnaire romain. Nous nettoyions après le spectacle. Il avait gardé son costume. Je lui avais fourré les échasses dans les mains et dit : Monte. Celles-là étaient petites, à peine soixante-quinze centimètres. Il les avait posées par terre, il avait calé ses pieds sur les étriers, il avait serré les sangles, et il était resté assis là, ahuri, avant de comprendre qu'il n'arriverait jamais à décoller. Il a dit : Albert, salaud, tu te paies ma tête. Il a défait les sangles, jeté les échasses, pour finalement les récupérer au milieu de la scène en tentant de trouver le bon truc. J'ai alors cherché un escabeau et j'ai expliqué à Rudik comment s'y prendre. Il a grimpé les quelques marches, et je lui ai donné les trucs de base. Ne tombe jamais à la renverse. Garde ton poids sur tes pieds. Ne regarde pas par terre. Lève bien ton genou et l'échasse suit toute seule.

J'ai tiré une corde d'un bout à l'autre de la scène, à peu près à hauteur des aisselles, pour qu'il puisse s'y rattraper s'il tombait. Il a d'abord essayé de tenir en équilibre, et c'est le plus difficile. Je lui ai donc dit, au bout d'un moment : Avance, il faut bouger tout le temps.

Ce qu'il a fait, incertain, le long de la corde, sans presque la lâcher.

Quand j'étais petit, mon oncle Majit s'exerçait dans un silo abandonné à l'extérieur du village, parce qu'il n'y avait pas de vent là-dedans et que ce plafond-là était le seul assez haut. Il possédait peut-être vingt ou trente paires d'échasses différentes, toutes en frêne – de cinquante centimètres pour les plus courtes à trois mètres pour les plus élevées. C'étaient celles d'un mètre qu'il préférait, car il pouvait se baisser et nous parler, à nous les petits gamins, nous frotter le haut du crâne, ou nous serrer la main quand nous courions entre ses jambes. Je n'ai jamais vu personne maîtriser comme lui cet art-là. Lorsqu'il s'en fabriquait une paire nouvelle, il n'avait qu'à les chausser pour trouver aussitôt une stabilité parfaite. Deux jours après, il courait avec.

Il ne basculait jamais, sauf pour nous apprendre à chuter. Pas en arrière, criait-il, ou tu vas te fendre le crâne ! Et il faisait semblant de tomber à la renverse, criant encore : Jamais comme ça ! Jamais comme ça !

Mais, avant de culbuter vraiment, oncle Majit balançait son poids d'un côté et faisait demi-tour pour, au dernier moment, dégringoler dans l'autre sens. Il atterrissait les genoux pliés et s'asseyait sur ses talons. C'est à ma connaissance le seul pro des échasses qui ne se soit jamais abîmé quoi que ce soit.

J'ai tenté d'initier Rudi les deux dernières soirées qu'il a passées chez nous, mais il avait la tête dans les nuages. La seule idée de partir lui donnait déjà des ailes. Je lui ai dit que, s'il regardait bien depuis le train, il apercevrait des enfants dans les champs de maïs, mes neveux et mes nièces, leurs joues rondes dodelinant au-dessus des épis. Et, s'il jetait un coup d'œil derrière la gare, il en verrait peut-être d'autres en train de jouer au football – sur leurs échasses, bien sûr. Choisis une place du côté gauche, lui ai-je dit.

Je suis bien sûr qu'il n'en a rien fait.

Le 15 avril 1959

R.,

La magie d'une danse, jeune homme, est quelque chose de purement accidentel. Ironie du sort, il te faudra travailler plus dur que tous les autres pour que cet accident arrive. Et, s'il arrive, tu peux être sûr que c'est la seule chose de ta vie qui ne se reproduira pas. C'est pour certains une condition malheureuse, mais pour d'autres la seule extase.

Peut-être, dans ce cas, devrais-tu oublier tout ce que je t'ai dit et ne te rappeler que ceci : la vraie beauté de l'existence est qu'elle peut, parfois, se montrer.

Sacha

2

Les quais ruisselaient sous les pieds des voyageurs et les parapluies agités. Le jour semblait couvert d'un tamis gris et moite. Les employés de la gare circulaient dans leur morne ennui, pendant que les haut-parleurs sifflaient une symphonie nouvelle, un exercice d'usine à violons-violoncelles. Je choisis un banc protégé par l'auvent et regardai une femme de mon âge dire au revoir à deux adolescents. Je lissai ma robe – ni trop sévère, ni trop endimanchée –, sans cesser un instant de me demander à quoi il ressemblerait.

Ma mère m'avait envoyé une photographie vieille de plusieurs années, datant de l'époque où elle le formait encore à Oufa. Il avait le visage fin et insolent d'un jeune paysan – hautes pommettes tatares, cheveux de sable, regard en coin – mais, âgé maintenant de dix-sept ans, il devait sûrement avoir changé. Elle le disait extraordinaire, je le reconnaîtrais aussitôt, il se détacherait de la foule, le simple fait de marcher était même devenu chez lui une forme d'art.

Quand le train finit par arriver, avec ses volutes de vapeur, je me levai et tendis un chapeau qui avait autrefois appartenu à mon père – le signal convenu.

C'était foncièrement absurde, mais je ressentis comme un frisson, d'attendre ainsi qu'un garçon deux fois plus jeune que moi émerge de la lumière. Je scrutai la foule, et personne ne correspondait à la description qu'on m'avait donnée. Partant à contre-courant, je frôlai manteaux d'été et valises, allai même jusqu'à héler deux jeunes gars, qui, affolés, me prirent pour un commissaire et se hâtèrent de me montrer leurs papiers.

Le prochain train étant attendu dans quatre heures, je ressortis sous une pluie légère. Quelqu'un avait retouché la figure de Staline devant la gare, taillant une minuscule varicelle, quasi imperceptible, dans ses joues de pierre. Personne n'avait renouvelé les fleurs sous la statue. Ce genre d'altération était bien sûr stupide, sinon franchement dangereux, mais les choses évoluaient. C'était peu avant le Congrès de 1956 et le dégel était déjà sensible à Leningrad, comme si une toute petite fente s'était ouverte et que la lumière s'y engouffrait. Une lumière accumulée, qui allait continuer de se répandre, et dont l'existence se transformerait en réalité indéniable. Des tentes de toile noire avaient été dressées le long des rails du tram, là où ils avaient besoin d'être réparés. Le prix des postes de radio avait baissé. On avait droit à des chargements d'oranges marocaines – on n'avait pas vu une orange depuis des années. Les gens se bousculaient pour en acheter sur les quais de la Neva. À peine quelques mois plus tôt, prête à ressusciter le désir, j'avais réussi à trouver pour mon mari huit bouteilles de son vin de Géorgie préféré. Brusquement, il y avait même eu de l'eau chaude dans les tuyaux, et un soir, très tard, je m'étais glissée près de Iosif dans son bain, à ma grande surprise, et la sienne plus encore. Le temps d'une semaine, il s'était notablement déridé, puis, le vin terminé, il avait réintégré sa politique de mari chagrin.

Plutôt que d'attendre devant la gare, je longeai la Neva, dépassai la prison, descendis vers le pont et pris le tram pour l'université. Je frappai à la porte du bureau de Iosif pour le mettre au courant, mais il n'y était pas – sans doute à travailler ailleurs ou à traînasser avec ses collègues de physique. C'était la première fois depuis longtemps que je remettais les pieds à la fac, et ses couloirs semblaient creux, vacants – j'avais l'impression de marcher dans le ventre d'un tambour, un tambour qui avait jadis servi de métronome à ma vie. J'envisageai même un instant de faire un tour au département de linguistique, mais, loin de les apaiser, j'eus finalement peur de raviver de vieilles blessures. Exhumant finalement un vieux passe des profondeurs de mon sac, je cachai d'un doigt la date d'expiration pour entrer au réfectoire.

La bouffe paraissait plus minable et insipide que je ne me le rappelais. Derrière leur comptoir, les filles me regardèrent dédaigneusement, et le type qui, muni d'un énorme balai, repoussait par terre les saletés et les restes de nourriture avançait avec une lenteur terrible, comme s'il contemplait l'insondable mystère de sa flemme.

Je me fis l'effet d'une intruse dans mon ancienne existence, et donc je partis. Dehors, le soleil avait brisé la barrière des nuages et une lumière arctique émaillait ses récifs dans le ciel.

Je retrouvai la gare de Finlande, où je remarquai une effervescence bruyante, inexistante plus tôt. Les employés partageaient leurs cigarettes. À l'intérieur, une immense bannière, accrochée à la voûte, pliait et dépliait au gré du vent un portrait de Khrouchtchev, avec cette légende : *La vie est devenue meilleure, la vie est plus joyeuse*. Ça n'était pas là non plus tout à l'heure, mais ça tombait sous le sens, finalement, avec le bénéfice des vives lueurs projetées par les fenêtres.

Je repris place sur un banc et attendis, songeant à ce que ma mère, exactement, attendait que je fasse de son campagnard et de ses dix-sept ans. Ils disaient dans leurs lettres que Rudi – elle l'appelait affectueusement Rudik – avait illuminé leurs jours, mais j'avais le sentiment que ce n'était pas tant lui que le souvenir de la danse, de ce qu'elle avait autrefois signifié pour eux.

Je n'avais pas grandi auprès de mes parents. À la vérité, même, le fil de notre vie commune aurait tenu sur une maigre quenouille. On les avait exilés à Oufa, cependant le ciment de leur existence était toujours ce qu'ils nommaient Pétersbourg – palais et maisons nobles, duels à l'épée, favoris aux joues, encriers, verre de Bohême, fauteuils d'orchestre au Mariinski –, tout ce dont la Révolution les aura à jamais privés. D'année en année, mon père a miraculeusement survécu aux purges : arrêté sans cesse, interné d'un camp sibérien à l'autre, finalement déporté avec ma mère à Oufa, où les autorités lui fichaient plus ou moins la paix. Elle avait toujours revendiqué de le suivre dans une ville voisine, et, eu égard à la nécessité d'une bonne éducation, compte tenu également de mes antécédents – aussi dignes qu'ancestraux –, j'ai été élevée à Leningrad par mes grands-parents maternels. J'ai adopté leur nom et leur suffixe patronymique. Mariée jeune, j'ai trouvé un job à la faculté, et je n'ai vu mes parents que rarement. Oufa est une ville barrée – industrie, sylviculture, fabriques d'armes. Elle est ignorée par les cartes, et c'est la croix et la bannière pour obtenir un visa. C'est pourquoi papa et maman, sans jamais qu'ils désertent ce que j'ai d'affection et d'imagination, occupent de longue date quelques coins poussiéreux de mon existence.

Entendant une nouvelle loco siffler au bout des rails, je fouillai vite dans mon sac pour jeter encore un œil à la photographie.

La foule de Moscou fondit sur moi. J'eus l'impression d'être un saumon, à battre des ailerons vers la vie en amont, mais je gardai le chapeau de mon père au-dessus de la mêlée. Toujours pas de Rudi.

Seule et soucieuse, je me mis à penser que j'avais franchi malgré moi une infime barrière dans ma courte vie. J'avais trente et un ans, et deux fausses couches derrière moi. Je passais chaque jour nombre d'heures à imaginer mes enfants tels qu'ils auraient grandi. Et voilà qu'on me jetait ce jeune Tatar dans les bras, qu'on me déclarait mère sans que j'en eusse le bonheur, les plaisirs – je craignais déjà qu'il lui soit arrivé malheur, qu'il ait perdu notre adresse, qu'il n'ait pas eu de quoi prendre le tram. Qu'il n'arrive jamais.

Le maudissant, je quittai la gare, m'enfonçai dans le cœur de la ville. J'adorais notre chambre en ruine dans les logements communautaires de la Fontanka. Les murs, décrépits, s'écaillaient. Les couloirs puaient le chou et le badigeon. Les cadres des fenêtres pourrissaient. Et pourtant l'endroit me réjouissait. Les plafonds étaient hauts avec de belles moulures. Les lambris étaient sombres et secrets, les portes garnies d'élégants bas-reliefs, et, l'été, les fenêtres ruisselaient de lumière. Le canal chantait au passage des bateaux, leurs vagues fredonnaient en moussant sur les rives.

Je restai plusieurs heures à la fenêtre, à observer la rue. Iosif finit par rentrer, la cravate de travers. Il m'observa d'un air las.

Il arrivera, dit-il.

Iosif dîna, partit dormir en grognant, et je me trouvai l'air, décoratif et inutile, d'un rebut de porcelaine – une soucoupe dépareillée peut-être, ou le couvercle de la théière.

Je fis les cent pas, douze en fait de la fenêtre au mur du fond, six dans l'autre sens. J'approchais des délais prévus pour remettre mes traductions, des poèmes, mais ne trouvai ni l'énergie ni l'envie de m'y attaquer. Mon image dans le miroir m'obsédait, je m'examinai sous toutes les coutures. Je me sentais complètement disloquée. Nous ne devenons jamais, pensai-je, ni plus malins, ni plus clairs, ni plus résistants. J'eus l'impression que mon peu de jeunesse s'était odieusement enfui. Pitoyable ! Dérisoire ! À pleurer ! Je pinçai mes joues pour leur redonner des couleurs, enfilai mon manteau, descendis cet escalier puant, plein des bruits des appartements voisins – rires et colère, une note échappée d'un piano.

C'était la nuit d'été, le bleu pâle de minuit, pas de lune, pas d'étoile, quelques rares nuages attardés çà et là. Mon père m'avait autrefois écrit que les étoiles étaient plus sombres que l'obscurité et je restai dehors une heure à me demander ce qu'il voulait dire, lorsqu'une silhouette vint finalement briser l'ombre de l'arcade.

La démarche de Rudi n'avait rien d'une forme d'art. Il était avachi, et ses épaules voûtées. On aurait pu le croire sorti d'un dessin animé, avec cette valise fermée par un bout de ficelle, ses épis rebelles sous une casquette à grosses côtes. Il était très mince, ce qui faisait ressortir ses pommettes. Je remarquai tout de même, en m'approchant, ses yeux bleus et complexes.

Où étais-tu passé ? demandai-je.

Très honoré, répondit-il en me tendant sa main.

Je t'ai attendu toute la journée.

Oh.

Relevant la tête, il me regarda en biais d'un petit air innocent, comme s'il voulait me tester. Je suis arrivé par le train du matin, dit-il. Vous avez dû me rater à la gare.

Tu ne m'as pas vue avec le chapeau ?

Non.

Je compris qu'il mentait, et même qu'il mentait mal, mais je n'insistai pas. Il se dandinait nerveusement d'un pied sur l'autre, et je voulus savoir ce qu'il avait fait de sa journée.

Je suis allé à l'Ermitage, dit-il.

Pour quoi faire ?

Regarder les tableaux. Votre mère m'a dit que, pour danser, il fallait savoir peindre.

Ah, elle t'a dit ça ?

Oui.

Et qu'est-ce qu'elle t'a dit d'autre ?

Que c'était une bonne idée d'être aussi musicien.

Mais elle ne t'a jamais dit que les bons danseurs arrivaient à l'heure ?

Il haussa les épaules.

Vous avez un piano ?

Il y avait comme une vague espièglerie dans son regard, et je dus réprimer un sourire.

Non, répondis-je.

Une autre note de piano résonna au troisième étage, et quelqu'un se mit à jouer Beethoven, fort joliment. Brusquement réjoui, Rudi parla de rencontrer le propriétaire de l'instrument, de le convaincre de le laisser apprendre.

Je n'y compterais pas, dis-je.

Malgré sa lourde valise, il monta les escaliers deux marches à la fois. Je l'assis à la table de notre chambre et lui servis son dîner sans le réchauffer.

Vous cuisinez mieux que votre maman, dit-il.

Je le rejoignis à table, où il me décocha un autre sourire furtif avant de se replonger dans son assiette.

Alors, tu veux devenir danseur ?

Je veux danser mieux que je n'y arrive pour l'instant.

Il délogea de l'ongle du pouce une miette de chou coincée entre ses dents. Il paraissait si jeune, naïf, plein d'entrain. Son sourire retroussé lui donnait un curieux air triste, ce qu'il n'était pas du tout. Plus je l'étudiais, plus je remarquais ses yeux extraordinaires, immenses, farouches, deux entités indépendantes, qui se seraient simplement trouvées dans cette tête-là, et balayaient l'appartement, et étudiaient ma collection de disques. Il demanda du Bach, que je mis à bas volume. Il mangeait, et pourtant la musique semblait se propager dans son corps.

Tu dormiras sur le divan, dis-je. Tu verras mon mari demain matin. Il se lève tôt.

Rudi quitta son siège, bâilla, étira les bras et, laissant son assiette sale sur la table, s'en alla sur le divan. Je lui tournais le dos, mais je l'aperçus en sous-vêtements dans le miroir. Il se glissa sous la couverture qu'il remonta jusqu'au menton.

J'adore, dit-il.

Quoi ?

Cette ville. J'adore.

Mais encore ?

Oh ne te fie pas à la perspective Nevski, tissu de rêves et de mensonges, trompeuses apparences que tout ça ! dit-il, citant Gogol, ce qui m'étonna.

Puis il s'allongea, les mains sous la tête, et il poussa un long soupir heureux. Je finis mon vin en vitesse, et j'éclatai bêtement en sanglots, sans raison aucune, ce qui l'embarrassa. Il se détourna.

Je le regardai dormir.

Je pensai ensuite à mes parents, aux rares fois où je les avais vus. Ils étaient comiques tous les deux, mon père à peine plus grand que ma mère, ses épaules presque aussi étroites. Il portait une moustache grise, des chemises démodées avec boutons de manchettes, et des pantalons toujours trop courts. Toutes ces années dans les camps lui avaient ruiné la santé – en Sibérie, il s'était tranché un orteil d'un coup de hache pour que la gangrène ne se propage pas, et il boitait depuis. C'était en fait ça qui l'avait sauvé – il avait rencontré un docteur à l'infirmerie, qui était lui aussi poète. Ils se récitaient en secret des vers des anciens maîtres, en échange de quoi le médecin s'était assuré que mon père resterait vivant. Il avait la réputation, dans les camps, de ne jamais oublier un vers qu'il avait entendu et, bien après sa libération, il se souvenait encore de toutes petites choses qui auraient normalement dû s'effriter les unes après les autres. De brimades en privations, son cœur s'était affaibli, et son pied était une source constante d'ennuis. Malgré les insomnies épouvantables qui le poursuivaient, il conservait une bonne humeur provocante, manière de dire, peut-être, *Vous ne m'avez pas brisé*. Ma mère avait su rester belle, elle aussi, garder un corps sculpté par des années de danse, un regard vif et enjoué sous son petit chignon. Ils partageaient d'admirables sentiments, mes parents – à leur âge, ils se donnaient toujours la main.

Regardant Rudi se retourner dans son sommeil, je pensai qu'il était maintenant le secret qui les liait l'un à l'autre. Et pourtant je n'étais pas jalouse. Je suppose qu'on finit par apprendre, après moult réflexions, qu'on n'appartient jamais vraiment qu'à soi-même.

Je ne dormais toujours pas quand la nuit blanche de l'été se fondit dans le matin. J'étais tiraillée par les manuscrits que je devais rendre à l'Institut de la traduction, trois sextines espagnoles si compliquées que je doutais de mes capacités d'arbitre des élégances. Après le petit déjeuner, d'un coup de tram, je transportai mon travail et mes jérémiades à la campagne, dans un endroit où je reviens depuis que je suis toute petite. Il y a un coin, en particulier, où la rivière semble plaquée sur la pente – c'est une illusion d'optique, mais elle a vraiment l'air de remonter la colline. La rive herbeuse était jonchée de fleurs sauvages et trois saules pleuraient en rang serré au-dessus de l'eau. J'ai toujours aimé la sensation tactile de me planter, tout habillée, dans le courant. Je m'enfonçai jusqu'aux genoux, puis je revins m'allonger sur la berge, et je laissai le soleil me sécher. Je modelai un des poèmes, le mis en ordre, les six mots répétés à chaque strophe se prêtant à quelque jeu : *fidèle*, *mort*, *chandelle*, *silence*, *engoulevent*, et *rayonnement*. Raisonnablement satisfaite, je refermai mes carnets et partis nager en sous-vêtements.

En fait, j'étais encore séduisante à cette époque, j'avais le corps de ma mère, ses cheveux noirs, sa peau blanche, et les yeux clairs de mon père.

Je restai tard au bord de la rivière, et, quand je rentrai à la maison, mes amis, déjà attablés près de la fenêtre, palabraient gravement dans le langage prudent qui est le nôtre. Le train-train habituel – les lundis soir voyaient généralement arriver des scientifiques et des linguistes avec qui j'entretenais des relations amicales depuis l'université. Ce n'est pas tant que nous tenions *salon* – le mot me gêne, ça pue le bourgeois à plein nez –, mais ces soirées étaient un vrai soulagement, entre cigarettes, vodka, philosophie, invectives et mots couverts. Larissa enseignait le français. Sergueï était botaniste. Nadia, traductrice. Et Petr, féru d'épistémologie, déblatérait sur Heisenberg et l'incertitude inhérente à nos vies. C'était le genre de raseur rubicond qui savait à l'occasion remettre un peu d'ambiance. J'étais vaguement amoureuse d'un autre Iosif, un grand linguiste blond qui, une fois soûl, aimait à parler grec. Mon mari, quittant tard d'ordinaire son bureau à la fac, ne se joignait jamais à nous.

J'entrai silencieusement dans la pièce et observai le petit théâtre engagé à table. Une main sous le menton, Rudi écoutait la conversation, un rien déconcerté, comme si on lui mettait dans l'assiette un trop grand nombre de mots à avaler. La discussion portait sur une nouvelle pièce, encensée par la *Pravda* pour le portrait rendu d'un groupe d'ouvriers en grève dans la Hongrie prérévolutionnaire. Nous discutions surtout de « dualisme linguistique », terme alors très à la mode chez les critiques, mais dont le sens restait nébuleux pour tout le monde, Petr excepté. Je pris une chaise et retrouvai mes amis. Rudi avait débouché une bouteille de vodka, celle de mon mari, et il avait servi un verre à tous, lui-même y compris. Il semblait au bord de l'ivresse. Il se pencha à un moment vers moi et, en touchant ma main, me déclara : Sensass !

À la fin de la soirée, il s'évanouit dans la nuit avec mes amis pour ne revenir que trois heures plus tard – Iosif, rentré, s'était déjà couché. Et Rudi répétait : Leningrad Leningrad Leningrad !

Il se mit à danser et prit l'air d'un oiseau en train de vérifier l'envergure de ses ailes. Je le laissai faire, le contournai pour débarrasser et laver la vaisselle. Avant de se coucher, il s'écria à pleins poumons : Merci, Yulia Sergeïevna !

De mémoire, c'était la première fois qu'on m'appelait par le nom de mon père – j'avais toujours utilisé celui, patronymique, de mon grand-père. Je me glissai sous les couvertures et, le cœur battant, me détournai de Iosif. Le visage de papa flottait devant mes yeux et, dans mon sommeil agité, une idée refit surface pour le dernier vers du poème. Le lendemain, deux autres sextines prirent vie si aisément que le message sous-jacent – l'auteur était un marxiste de Bilbao – ressemblait à un accident sémantique. J'insérai le tout dans une enveloppe que j'apportai à l'Institut, où l'argent était prêt. J'achetai du café turc avant de rentrer à la maison, où Rudi, abattu, m'attendait. Son premier jour de danse s'était mal passé. Il but trois cafés et descendit dans le jardin – je le vis, d'en haut, s'exercer le long de la clôture métallique.

Il passa toute la semaine à auditionner au cours, et toutes ses soirées à se promener en ville, rentrant parfois jusqu'à des trois heures du matin – c'étaient après tout nos nuits blanches du Nord, personne ne dormait –, en parlant de magnifiques palais, d'un marchand ambulant rencontré devant le Kirov, ou d'un garde qui avait braqué sur lui un œil soupçonneux dans l'avenue Liteiny. Je tentai de le mettre en garde. Il haussa les épaules.

Je suis un cul-terreux, moi, dit-il. Ça ne les intéresse pas.

Il avait un genre de discours saccadé peu ordinaire, un cocktail détonnant d'arrogance campagnarde et de doute raffiné.

Le dernier jour de la semaine, j'étais en train d'étendre le linge dans la cuisine communautaire lorsque j'entendis quelqu'un m'appeler en bas. Yulia ! Je regardai par l'étroite fenêtre et reconnus Rudi dans la cour intérieure, juché sur la clôture, en équilibre précaire.

Ça y est ! criait-il. Je suis reçu ! Je suis reçu !

Bondissant par terre, il atterrit dans une flaque d'eau, puis il courut vers la cage d'escalier.

Essuie-toi les pieds ! criai-je à mon tour.

Ce qu'il fit avec la manchette de sa chemise, en affichant un large sourire. Il monta l'escalier quatre à quatre et me serra dans ses bras.

Je découvris plus tard qu'il devait son admission autant à ses talents oratoires qu'à ses aptitudes physiques. Son niveau était à peine mieux que moyen ; mais ils avaient apprécié son ardeur et son intuition. Il était bien plus âgé que les autres élèves, seulement la natalité avait tellement baissé pendant la guerre qu'ils consentaient à auditionner des candidats de son âge, même à leur attribuer des bourses. Il allait passer ses nuits dans un dortoir avec des gamins âgés pour l'ensemble d'une douzaine d'années, ce qui l'horrifiait, et il me supplia de le laisser revenir à mes réunions du lundi soir. J'acceptai. Alors il prit ma main et l'embrassa – il apprenait déjà, semblait-il, Leningrad.

Deux semaines plus tard, il refaisait sa valise pour les dortoirs de l'école.

Le soir de son départ, Iosif me fit l'amour, puis partit allumer une cigarette sur le divan. Sans se tourner vers moi, il dit : C'est un petit merdeux, non ?

Je me sentis aussitôt entourée de mon père et de ma mère, et me tournai sans rien répondre contre mon oreiller.

Trois autres mois passèrent avant que Rudi réapparaisse. Il se présenta nonchalamment avec Rosa-Maria, une Chilienne, belle à priver l'air de ses particules d'oxygène. Mais elle n'était pas imbue de ses charmes. Elle s'arrangeait plutôt pour donner l'impression de les avoir revêtus à la dernière minute. Son père éditait un journal clandestin à Santiago, et elle avait intégré l'école de Leningrad pour y apprendre la danse. Rudi semblait avoir changé, à son contact peut-être. Il portait un long manteau de l'armée, des bottes qui lui arrivaient aux genoux, et ses cheveux avaient poussé.

Rosa-Maria posa un étui de guitare dans un coin, et s'assit en retrait pendant que Rudi prenait place à table, tout ouïe, voûté au-dessus d'un petit verre de vodka. Plus soûls les uns que les autres, Larissa, Petr, Sergueï, Nadia et moi nous étions lancés dans un de nos interminables débats sur cette proposition de Heidegger comme quoi la vie ne tend à l'authentique qu'en présence de la mort. En ce qui me concerne, il me paraissait surtout que nous parlions des nôtres sous Staline, et, ce faisant, je ne pouvais m'empêcher de penser à mon père, qui avait vécu toute la sienne non seulement dans l'ombre de sa propre mort, mais aussi dans celle de son passé. Je jetais discrètement des coups d'œil à Rudi. Entre deux bâillements, il remplissait cérémonieusement son verre, en maintenant la bouteille assez haut, et la vodka giclait sur les parois.

Petr se tourna vers lui et dit : Alors donc, jeune homme, selon vous, qu'est-ce qui est authentique et qu'est-ce qui ne l'est pas ?

Rudi finit bruyamment son verre. Petr empoigna la bouteille et la serra contre sa poitrine. Quelques rires confus fusèrent autour de la table. C'était un charmant petit duel entre un adulte fatigué et un garçon. Je m'attendais à ce que Rudi ne soit pas à la hauteur, mais il ramassa deux cuillers, se leva aussitôt, fonça vers les caoutchoucs à la porte et nous fit signe à tous de le suivre. La bizarrerie foncière du geste nous réduisit au silence, cependant Rosa-Maria souriait comme si elle se doutait de ce qu'il nous réservait.

Il traversa le couloir jusqu'à la salle de bains et s'assit dans la baignoire vide.

Ça, dit-il, c'est authentique.

Il se mit à frapper la porcelaine avec ses cuillers, à différents endroits, produisant un son creux, prolongé à la base, et des notes plus élevées sur les bords. Les robinets rendirent des aigus métalliques, et il s'en prit ensuite au mur. Rudi gardait un visage constamment sérieux pendant qu'il jouait cette partition sans rythme ni raison. C'était du cirque, ni plus ni moins.

Jean-Sébastien Bach ! s'écria-t-il.

Il s'arrêta et nous lui offrîmes une salve d'applaudissements ivres. Petr, un instant hébété, se tira admirablement d'affaire – au lieu de le prendre de haut, il partit chercher la vodka et servit une longue rasade à Rudi, à la régalade.

Ils finirent la bouteille ensemble, puis Petr la maintint au-dessus de la tête de Rudi et dit : Je te souhaite autant de problèmes qu'il reste de gouttes à l'intérieur.

Ouais, ben, moi, je n'ai pas du tout envie de me mouiller, répondit Rudi en riant.

La soirée se poursuivit, plus soûle, plus folle encore. Nous mangeâmes du pain avec du raifort – faute de trouver autre chose – jusqu'à ce qu'un ami de Petr arrive avec trois œufs durs à partager. Rosa-Maria sortit sa guitare de l'étui et chanta des chansons dans un dialecte, dérivé de l'espagnol, que je ne reconnus pas bien. Rudi faisait le tour de la pièce, muni d'une casserole, martelant les boiseries, le carrelage, le plancher, l'évier, et l'on entendit les voisins se plaindre.

C'est cet instant que choisit Iosif pour rentrer. Je l'accueillis à la porte et criai : Dansons ! Il me repoussa violemment contre le mur. Tout le monde se tut.

Iosif hurla : Foutez-moi le camp d'ici ! Tous ! Dehors !

Mes amis me regardèrent, commencèrent, incertains, à écraser au ralenti leurs cigarettes dans les cendriers. Dehors ! hurlait Iosif. Il attrapa Rudi par le col et le tira dans le couloir. Rudi, éberlué, écarquillait les yeux. Mais Rosa-Maria se plaça devant mon mari et – en le fixant seulement – lui fit baisser les siens. Il finit par descendre fumer dans la cour, vexé.

Les festivités reprirent. Je me rendis compte que quelque chose d'extraordinaire venait de se passer, que Rosa-Maria avait déplacé un axe dans ma vie, même infime, même temporairement, et je lui en savais gré au fond de moi.

Elle revint le lendemain soir, avec Rudi. Aussitôt à l'aise, comme chez lui, il s'anima en parlant d'un mythe dont il avait appris l'existence le jour même, en classe de littérature. Il s'agissait d'un dieu indien, Shiva, qui avait dansé à l'intérieur d'un cercle de feu. Rudi et Rosa-Maria se disputaient pour savoir si danser était un acte constructif ou destructif, si, en dansant, on créait une œuvre d'art ou si on la réduisait. Rudi maintenait que les danses s'inventaient de toutes pièces, et Rosa-Maria, au contraire, qu'elles étaient là pour être défaites, décomposées jusqu'à n'être plus qu'une série d'éléments épars et splendides à la fois. Sans vraiment de regret, je les regardais comme un miroir de ce que Iosif et moi avions été. Dix ans plus tôt, nous débattions de physique et de linguistique avec la même obscure ferveur. Ils poursuivirent leur numéro jusqu'à l'arrivée de Larissa, et la conversation dévia sur les sciences, la théorie de l'incertitude une fois de plus, ce qui contraria visiblement les jeunes danseurs.

À son retour, Iosif s'assit enfin avec tout le monde, mais sans rien dire, un modèle de résignation polie. Il détailla Rosa-Maria, ses cheveux noirs, son large sourire, et, prenant place près de moi, il alla jusqu'à m'offrir du feu. Bien qu'il n'y fût jamais allé, il déclara que, de tous les pays, le Chili avait sa préférence, et j'en vins à regretter que toutes les conneries qui sortaient maintenant de sa bouche ne puissent être transformées en feuilles d'or, car j'aurais été infiniment riche.

Rosa-Maria me rendit visite de plus en plus souvent, même sans Rudi. Je me doutais que, étrangère, elle était probablement surveillée. J'entendais par intermittence de petits clics sur ma ligne téléphonique. Nous mettions la musique assez fort au cas où l'on aurait caché des micros dans l'appartement, et pourtant nos discussions n'avaient rien d'extraordinaire. Elle me parlait de Santiago, qui lui manquait terriblement. Des années plus tôt, en traduisant de la poésie chilienne, j'avais imaginé des arcades, des chiens maigres, des marchands ambulants vendant des images pieuses, mais ce pays qu'elle évoquait ne connaissait que cafés, clubs de jazz et cigarettes *king size*. Elle semblait avoir un tambourin à la place des cordes vocales. Elle aimait davantage la danse comme une pratique que comme une forme d'art, c'est pourquoi l'école, où on lui inculquait une certaine rigidité, la déprimait. On l'obligeait à porter constamment des jupes, et elle avait rapporté de Santiago un pantalon orange serré – rien que d'y penser me fit rire –, qu'il lui tardait d'enfiler, ne serait-ce qu'une fois. La seule personne qui l'empêchât de devenir folle était Rudi, parce qu'il se permettait d'être Rudi. Il accumulait les ennuis en classe, particulièrement avec Shelkov, le directeur. Rudi refusait de faire couper ses cheveux, livrait bataille pendant les répétitions, mettait du poivre dans le tour de taille de ses rivaux. Il excellait à tous points de vue dans les disciplines qu'il aimait, littérature, histoire de l'art, musique, mais il détestait les sciences et tout ce qui s'opposait à son rythme personnel. Il avait volé du maquillage de scène, de l'ombre à paupières, un rouge à joues criard, et il s'en était affublé au dortoir. Selon elle, il n'avait aucun respect pour les autres danseurs, mais il adorait son professeur, Alexandre Pouchkine, qui l'avait pris sous son aile. Rosa-Maria rapporta certaines rumeurs selon lesquelles on l'aurait vu, tard le soir, déambuler près du square Ekaterina, où, paraît-il, les invertis se retrouvent. Cette éventualité ne semblait pas la gêner, ce qui m'étonna, moi, car ces deux-là m'avaient chacun semblé un costume taillé l'un pour l'autre.

Nous ne sommes pas amoureux, me dit-elle un après-midi.

Ah non ?

Levant les sourcils, elle me donna l'impression que, d'elle et de moi, c'est moi qui avais vingt ans.

Bien sûr que non.

En présence de Rosa-Maria, je me mis à penser que je m'étais à nouveau ouverte au monde. Nous faisions du café en pleine nuit. Elle m'initia à plusieurs dialectes chiliens, transcrivit de vieilles ballades, que je traduisis – elle connaissait plus de chansons d'amour que personne autour de moi. Grâce à ses relations, je trouvai un gramophone neuf. Je lisais tout ce qui me tombait sous les mains, Gorki, Pouchkine, Lermontov, Maïakovski, Mao, un roman de Theodore Dreiser, Mitchel Wilson, *L'Enfer* de Dante, Tchekhov, j'ai même relu Marx, que j'aime beaucoup. J'acceptai d'autres commandes de l'Institut, et partis pour de longues promenades.

Tous les deux ou trois mois, j'envoyais conventionnellement un paquet à mes parents, avec une lettre pour dire que Rudi se débrouillait très bien, qu'il progressait en classe, qu'il avait trouvé un professeur qui le comprenait.

Mon père répondait, dans notre code commun, fort simple, qu'il y avait moins de raisins secs dans le cake – c'est-à-dire que ma lettre était bien succincte. Il répétait qu'Oufa restait grise sous un ciel toujours plus gris, que maman et lui avaient désespérément envie de quitter un moment la ville.

Il se demandait si je pouvais tirer quelques ficelles – Saint-Pétersbourg, à sa connaissance, ayant toujours été célèbre pour ses marionnettes.

Vous le voyez dans la rue Rossi avec ses bottes en haut des mollets et cette écharpe rouge qui traîne par terre ; vous le voyez le col relevé, les mains enfoncées dans les poches, et des fers sous les semelles pour faire des étincelles ; vous le voyez patienter à la cantine, la tête penchée de trois centimètres comme s'il s'était blessé en répétant ; vous voyez que la fille au comptoir, celle aux cheveux noirs sous le filet, lui a servi une louche de soupe de plus qu'aux autres ; vous le voyez se pencher vers elle et lui toucher la main, il lui chuchote un truc et elle rigole ; quand il relève un pan de sa chemise pour essuyer sa cuiller, vous voyez que son ventre s'est raffermi ; vous le voyez manger en vitesse et passer grossièrement sa main sur sa bouche ; vous voyez la serveuse qui le regarde comme si elle avait retrouvé son enfant perdu depuis toujours.

Vous le voyez au studio, à la barre, sous les toits, à la lumière du matin, bien avant l'arrivée de tout le monde, trouver intuitivement le geste que vous avez mis trois jours à apprendre ; vous le voyez bousculer les élèves dans le couloir, avec les guêtres que vous venez juste d'acheter, et, quand vous le prenez sur le fait, il dit : *Va enculer un cheval* ; vous le voyez tout nu sans sa coquille ; vous le voyez faire le beau, satisfait ; vous le voyez jouer des coudes jusqu'à se placer au milieu, devant les autres, pour se regarder sans gêne dans le miroir ; vous le voyez perdre patience, compter les temps en les regardant répéter leurs enchaînements ; vous le voyez lâcher sa partenaire parce qu'elle est un tantinet trop lente, et il ne l'aide même pas à se relever, alors qu'elle pleure et qu'elle s'est peut-être foulé le poignet, et il court devant la fenêtre pour hurler *Merde !* dans la rue du Théâtre ; vous le voyez l'hiver, vous le voyez l'été et, chaque fois, il a l'air plus grand que vous et vous ne sauriez vraiment pas dire ce qui peut bien se passer.

Vous voyez qu'il a teint ses chaussons en noir, qu'il y a même cousu des boutons pour qu'ils ne ressemblent à aucun autre ; vous le voyez emprunter votre tour de taille, d'autorité, et vous ne dites rien jusqu'à ce qu'il vous le rende, crasseux, et vous lui dites de le laver, mais il vous envoie chier et fous-toi le nez dedans, tant que t'y es ; vous le revoyez le lendemain et vous lui répétez que vous le voulez propre, et il répond : *Pauvre minable juif* ; vous le voyez partir en ricanant ; vous le voyez qui vous croise dans la rue sans même lever les yeux, et vous pensez que, peut-être, il est un peu fou, ou trop seul, ou perdu, et, tout à coup, il traverse l'avenue en courant pour retrouver la petite Chilienne, qui lui a ouvert les bras, et aussitôt ils foncent ensemble ; vous les voyez s'éloigner, et vous vous sentez vide, échoué, et puis vous décidez de vous ouvrir, d'en faire votre ami, et vous le rejoignez à la cantine, mais il se dit occupé, il a plus important à faire, et il va droit à la fille derrière le comptoir ; vous le voyez bavarder avec elle, et vous restez là, furibond, à les regarder, vous avez envie de lui demander s'il a jamais rencontré quelqu'un qu'il aimait, à part lui, mais comme vous connaissez la réponse vous ne dites rien.

Vous voyez qu'Alexandre Pouchkine l'a pris sous sa tutelle ; vous le voyez qui lit tout le temps parce que Pouchkine lui a dit que, pour être un grand danseur, il faut connaître la grande littérature, alors, dans la cour, il se penche sur Gogol, Joyce, Dostoïevski, vous le voyez se plonger dans les pages et vous avez l'impression qu'il réussit à devenir l'un des personnages, et vous pensez que, si vous lisez ce livre à votre tour, c'est *lui* que vous lirez.

Vous le voyez et vous l'ignorez, tout ça pour penser constamment à lui, et même plus encore ; vous le voyez se déchirer un ligament, et vous vous réjouissez de l'apprendre, mais vous le voyez danser à nouveau et vous vous demandez si ça n'est pas votre haine qui a guéri sa cheville ; vous le voyez, avant les classes, travailler les variations de Kitri, ses pieds en demi-pointes, et tout le monde, interdit, l'observe, il danse le rôle féminin, et même les filles attendent leur tour pour le regarder ; vous le voyez étudier les originaux de Petipa, il les apprend par cœur pour pouvoir vous montrer tous les enchaînements avec les mains, ses doigts eux-mêmes mènent un ballet complexe, ardu et fluide ; vous le voyez répondre à Pouchkine par le silence et le respect, s'adresser à lui par son petit nom de Sacha ; vous le voyez critiquer sévèrement les autres élèves s'ils ratent un pas, accepter leurs regards fixes, leurs cris, leurs haines épisodiques ; vous le voyez entrer fièrement au bureau, traiter le directeur de crétin, et repartir le sourire aux lèvres ; vous le voyez ensuite pleurer à chaudes larmes car il est sûr d'être renvoyé, et plus tard encore vous le voyez faire le poirier devant le bureau du directeur, le sourire à l'envers, jusqu'à ce que Pouchkine ressorte après lui avoir, une fois de plus, évité l'expulsion.

Vous le voyez refuser le Komsomol car ses activités empiètent sur les exercices, et personne n'a jamais osé faire ça, et on l'envoie devant le Comité, il se penche au-dessus de la table et il demande, *Excusez-moi, camarades, mais c'est quoi, exactement, la naïveté politique ?* ; vous le voyez hocher la tête, s'excuser, s'éloigner dans le couloir, ricanant tout seul, et, de toute façon, il ne mettra pas les pieds aux réunions ; vous le voyez à la bibliothèque, la chemise pleine de taches d'encre, en train de recopier les partitions et les signes chorégraphiques ; vous le voyez assister à une classe de maître, juste pour regarder, et il immerge ensuite son corps, de mémoire, dans la danse ; vous le voyez faire ce que vous ne faites plus ; vous le voyez ensuite le faire mieux que vous, et puis vous comprenez qu'il n'a plus besoin de le faire, car ça fait partie de lui ; vous le voyez se cacher dans les coulisses du Kirov ; vous voyez les danseurs plus âgés lui faire signe de les rejoindre ; vous le voyez feindre l'indifférence lorsqu'il apprend, devant le tableau d'affichage, qu'on lui confie le rôle que vous avez toujours désiré.

Vous le voyez partout, sur la passerelle du canal, sur les bancs autour du Conservatoire, sur la promenade près du palais d'Hiver, au soleil devant la vieille cathédrale de Kazan, sur l'herbe des jardins d'Été ; vous voyez sa casquette noire, son costume sombre, sans cravate, et il vous hante, vous n'arrivez pas à vous en débarrasser ; vous le voyez se promener avec Xenia, la femme de Pouchkine, vous êtes sûr qu'elle est amoureuse de lui, vous avez entendu les rumeurs et pourtant vous êtes convaincu que c'est impossible ; vous voyez Pouchkine lui-même dire qu'un jour il pourrait bien filer tout droit au Kirov comme danseur étoile, pourtant vous savez être meilleur que lui – vous le savez ! –, et vous vous demandez quelles erreurs vous avez commises, à partir de quand, parce que vous avez plus de technique, vous êtes plus accompli, plus sophistiqué, votre ligne est meilleure que la sienne, vous dansez impeccablement, vous savez qu'il vous manque quelque chose, quoi, vous vous le demandez encore, vous avez peur, vous avez honte, et vous détestez entendre les gens prononcer son nom ; puis, un jour, vous le voyez – en classe, dans l'entrée, à la cantine, dans les salles de répétition au cinquième étage, qu'importe – et vous croyez vous voir vous-même, vous voudriez vous remuer mais vous ne pouvez pas, vous êtes cloué au plancher, la forte chaleur de la journée s'empare de vous, ça ne s'arrêtera jamais, et vous avez l'impression d'avoir mis les pieds dans un bain d'acide, vous en avez partout, dessous, dessus, sur les côtés, à l'intérieur, ça brûle, jusqu'à ce qu'il s'en aille, et l'acide avec lui, et vous restez seul, vous regardez par terre, alors vous voyez soudain combien de parties de vous ont déjà disparu.

Très estimé camarade,

En réponse à vos directives de jeudi, il faut en effet constater que le comportement du jeune homme laisse sensiblement à désirer, toutefois son talent est tel que la rigidité des mesures suggérées pourrait nuire à ses capacités, qui sont à l'évidence prodigieuses, bien qu'indisciplinées. Il ne sait pas vraiment ce qu'il fait, et pourtant il s'efforce non seulement d'apprendre, mais d'aller au-delà des connaissances. Cette nature, dispersée, est encore malléable. Il n'a, après tout, que dix-huit ans. Par la présente, je demande officiellement l'autorisation de le retirer des dortoirs pour l'héberger chez Xenia et moi-même, dans les annexes, ne serait-ce qu'à brève échéance, en vertu de quoi la discipline qui lui fait cruellement défaut lui sera imposée par calcul et osmose.

Veuillez agréer, très estimé camarade, l'expression de mes sentiments toujours respectueux.

A. Pouchkine

Peu après la dernière lettre de mon père, je commençai à me rendre à la Maison grise de l'avenue Liteiny pour m'enquérir de la faisabilité d'une permutation de peine. Ma mère aurait pu venir seule à Leningrad, mais elle s'y opposait – elle se serait sentie cul-de-jatte sans lui. *Yulia*, m'écrivait-elle, *j'attends le bon moment.* Je m'étais déjà renseignée, autrefois, sur la possibilité de leur faire quitter Oufa, mais j'avais

111

perdu mon temps. Aujourd'hui, le dégel aidant, cela paraissait beaucoup plus envisageable. Je méditai qu'ils tenaient davantage à retrouver Rudi qu'à me voir, mais cela n'importait guère – l'idée de les recevoir ne me quittait plus.

Les visages étaient gris entre les cloisons basses. Les comptoirs de bois gardaient les griffes des visiteurs courbés sur leurs stylos. Les gardes aux yeux vitreux tripotaient leurs fusils. Je trouvai les formulaires précis que mon père devrait remplir, ce qu'il aurait à dire, comment présenter son dossier, et je lui envoyai le tout par la poste avec des consignes rigoureuses. Des mois s'écoulèrent, et rien ne se passa. Je savais mon entreprise dangereuse, peut-être plus encore que tout ce que j'avais pu faire dans ma vie. J'avais l'impression que mon cœur était sorti de ma cage thoracique – pas très malin. Je me demandais si j'avais compromis quiconque autour de moi, y compris Iosif, qui, malgré tout, avait davantage à perdre que son épouse.

Rosa-Maria m'apprit que son père, influent dans plusieurs cercles communistes de Santiago, serait susceptible d'intervenir, mais je trouvai de loin plus sage qu'il reste en dehors de tout ça. Il était très possible que la bureaucratie se souvienne brusquement de mon histoire, les copies carbone faisant état de vérités bien différentes des originaux, comme dans les romans noirs européens.

Mais presque neuf mois plus tard – alors que j'effectuais une traduction pour les Éditions nationales –, je reçus un télégramme :

Jeudi matin. Gare de Finlande. 10 heures.

Je nettoyai la chambre du sol au plafond et achetai ce que je pus trouver comme provisions. Iosif fit le vide par son silence.

Lorsque j'entrai dans la gare, ils étaient sous l'immense horloge, assis sur un banc, arrivés plus tôt par un autre train. Il y avait, à leurs pieds, une énorme malle en bois, laquée, avec un motif grossier. Elle était couverte d'étiquettes, mais les inscriptions avaient pour la plupart été grattées. Mon père portait son chapeau, bien sûr. Et ma mère, un vieux manteau au col en fourrure. Elle dormait, la bouche entrouverte, sur l'épaule de papa. Il pressa le creux de son poignet, juste en dessous de la manche, pour la réveiller. Elle ouvrit brusquement les yeux, hocha la tête. Je la pris dans mes bras et sentis en elle une fragilité que je ne lui connaissais pas.

Mon père se leva, ouvrit grand les bras et dit d'une voix forte : Imagine donc, j'ai été réhabilité ! Il ajouta ensuite sur le ton de la conspiration : Enfin, pour trois mois, quoi.

Je scrutai la gare au cas où il y aurait des gardes, mais elle était vide. Chut, somma ma mère et, se penchant vers elle, il dit, énigmatique : Le retour du matin ne nous voit pas encore exempts d'autres voyages.

Ma mère : Toi et ta poésie.

Souriant, il montra sa valise. Yulia, ma chérie, dit-il, emporte-nous.

Refusant de s'asseoir dans le trolley, il se cramponna d'une main à la barre verticale, et de l'autre à sa canne. Il grimaça quand le tram s'élança, et ses yeux restèrent constamment en mouvement. Il afficha un air blessé pendant tout le trajet – la ville avait beaucoup souffert pendant le siège, et autant après la guerre, avec les reconstructions. De temps à autre, il fermait les paupières, comme si son être entier refusait de se souvenir. À un moment, il murmura pour lui-même : Pétersbourg. Mais le sourire sur ses lèvres nous lançait des ondes lumineuses, et c'était contagieux, sa mémoire nous gagnait comme un jeu de dominos en plein télescopage.

Au sortir de la perspective Nevski, le câble s'échappa de la caténaire, et le tram s'arrêta aussitôt. Mon père partit à la porte pour remettre le câble en place, en l'agitant, mais les véhicules avaient été refaits, et il s'y prenait de travers. Il eut soudain un air parfaitement ahuri. Le chauffeur lui décocha un regard furieux. Les passagers se détournèrent et je vis mon père rouge de peur.

Ma mère lui fit signe de venir s'asseoir. Il posa la main dans les siennes et il ne dit plus rien jusqu'à ce que nous arrivions.

Iosif les accueillit avec effusion. Ma mère le tint par les épaules pour le regarder. Elle n'avait vu de lui que des photographies. Bientôt écarlate, il se hâta d'ouvrir une bouteille de vodka, porta à leur santé un toast longuet et solennel. Ma mère tripotait tout ce qu'elle trouvait, le beurrier, les bulletins du Parti – propriété de Iosif –, les livres que j'avais à moitié traduits. Nous partageâmes un bon repas, puis elle partit dans le couloir, vers la salle de bains, fit couler l'eau chaude, prit un bain. Iosif les pria de l'excuser et regagna l'université.

Ma mère dit en revenant : Il est moins grand que je l'imaginais.

Mon père se plaça devant la fenêtre et commenta : Ah, la Fontanka.

Elle s'endormit sur la table vers le milieu de l'après-midi. Je réussis à l'installer sur le divan. Il cala son manteau sous sa tête. Il lui caressa les cheveux sans la réveiller. Malgré sa minceur, il savait l'envelopper d'une immense générosité. Il dormit bientôt lui aussi, quoique d'un sommeil agité.

Maman se réveilla en début de soirée et se prépara pour l'arrivée de Rudi. Elle se brossa les cheveux, enfila une robe qui avait gardé l'odeur confinée de l'armoire. Cherchant désespérément un cigare, papa fit une longue promenade sur la perspective Nevski, mais tous les stands étaient fermés. Un voisin m'en donna un, que mon père renifla de bout en bout, citant un vers d'un poète lituanien sur l'infinie miséricorde des étrangers.

Évidemment, Rudi arriva en retard. Sans Rosa-Maria. Il arborait un costume croisé et une fine cravate noire, la première que je le voyais porter. Il avait enveloppé un unique lilas dans une feuille de calepin, qu'il offrit à ma mère en l'embrassant. Rayonnante, elle lui dit qu'il avait déjà grandi au-delà de ce qu'elle aurait pu rêver.

Pendant une heure, ils donnèrent l'impression de deux roues dentées emboîtées l'une dans l'autre. Elle était pendue à ses lèvres, à son débit rapide, incessant, parfaitement modulé et rythmé : l'inclinaison du parquet à l'école, les taches de sueur sur la barre, le mouvement que Nijinski aurait autrefois inventé, les livres qu'il lisait – Dostoïevski, Byron, Shelley –, le dortoir qu'il avait quitté pour aller vivre chez les Pouchkine. Il se pencha et glissa dans ses yeux : Je tiens plus longtemps en l'air, maintenant, tu sais !

Ma mère semblait perdue. Ses doigts tremblaient. Rudi les couvrit un instant de sa main. Il avait appris trop de choses, et il voulait les lui rapporter toutes. C'est au vieux professeur qu'on faisait la leçon, et maman était déroutée. Hochant la tête, elle ourla la bouche, tenta de l'interrompre, mais il était intarissable : les exercices en classe, les peintres hollandais de l'Ermitage, un pas que Pouchkine souhaitait le voir maîtriser, une dispute avec le directeur, son penchant pour Rachmaninov, les répétitions du Kirov auxquelles il avait assisté, les soirées au théâtre Gorki. Il dormait peu, disait-il, quatre heures par nuit lui suffisaient, et le reste de la journée était consacré aux classes.

Pour éviter de trembler, ma mère faisait pivoter son alliance autour de l'annulaire, et je remarquai avec stupeur combien elle était devenue maigre. L'anneau glissait tout seul sur son doigt. Elle paraissait sous le coup d'une fatigue extrême, et pourtant elle répétait : C'est bien, mon petit, c'est bien.

Mon père glissa finalement quelques mots à l'oreille de maman. Elle posa un instant le front sur son épaule, se leva, vacilla légèrement, s'excusa, dit qu'elle avait besoin de repos. Elle embrassa Rudi sur la joue, et il resta planté là, silencieux.

Tu es en bonne voie, lui dit mon père. Elle peut être fière de toi.

Mais, à la porte, tripotant nerveusement son veston, Rudi me demanda : Qu'est-ce que j'ai fait de travers, Yulia ?

Rien. Elle est fatiguée. Elle a voyagé plusieurs jours.

Je voulais juste lui parler.

Reviens demain, Rudi.

J'ai classe demain.

Après-demain, alors.

Il ne revint ni le surlendemain, ni la semaine suivante. J'avais déployé un paravent pour isoler un coin de la pièce, j'avais laissé le matelas à mes parents, et Iosif et moi dormions par terre. Ils parlaient de se trouver une chambre, un endroit pour vivre, peut-être en banlieue, dans les quartiers-dortoirs, mais il leur fallait d'abord obtenir un permis de séjour, se mettre en règle auprès de la caisse de retraite et des obligations d'État. Ils n'avaient qu'un visa de trois mois. Maman devenant de plus en plus apathique, papa se révélant incapable de traiter avec les bureaucrates, c'est moi qui ai dû m'occuper du nécessaire – enfin, essayer. Chaque soir, à mon retour, je retrouvais ma mère couchée sur le divan, la tête dans l'oreiller, et mon père qui boitait sans cesse d'une fenêtre à l'autre.

Il avait réussi à se procurer un plan de Leningrad, ce qui n'était pourtant pas une mince affaire. Il avait dû certainement le négocier dans un marché, ou rencontrer de vieux amis quelque part. Mieux valait ne pas demander. Le soir, il étalait le plan sur la table de la cuisine, et il passait son temps à repérer les rues qui avaient changé de nom.

Regarde, disait-il, à personne en vérité, la rue aux Bateaux est devenue la rue Rouge, comme c'est étrange.

Et il marquait tous ces baptêmes, tous les lieux postrévolutionnaires qui avaient perdu leur histoire. La promenade des Anglais était devenue celle de la Marine-Rouge, la rue du Bassin-à-Flot portait maintenant le nom du poète Nekrassov. L'avenue de l'Ascension, naturellement, avait été rebaptisée, comme celle de la Résurrection, où l'église orthodoxe avait été convertie en grand magasin. Le village du Tsarévitch s'appelait village des Enfants, l'avenue du Policier, avenue du Peuple. Il n'y avait plus de rue aux Millions. La rue de Noël était transformée en rue des Soviets, ce qu'il trouva monstrueux. D'autres noms perdus lui firent l'effet d'une grave insulte – rue du Petit-Mousse, canal de Catherine, rue Nicolas, rue du Cocher, avenue du Miracle, rue du Rossignol, rue du Sauveur, rue des Cinq-Coins, avenue de la Fonderie, allée des Bouchers, cour des Grands-Artisans, passage des Faux-Monnayeurs. Amoureux des poètes, mon père y voyait plus qu'une simple volonté politique.

Un jour, les rebaptiseurs auront une rue à leur nom, aussi.

Je lui conseillai doucement de faire attention à ce qu'il disait, à qui, et plus encore quand.

J'ai maintenant l'âge de dire ce que je veux, répondit-il.

Non qu'il eût perdu foi en son passé, celui-ci était plutôt devenu méconnaissable. Espérant retrouver la logique de son enfance, mon père avait buté, au contraire, sur un tout autre paysage. Les vieux noms, gravés dans sa langue, sur sa langue, ne le quitteraient jamais. Mais, s'il était incapable de suivre le changement, il avait au moins la chance, cette fois, de ne pas être puni pour son enracinement.

Il s'arracha enfin à cette lecture obsessionnelle lorsqu'il comprit que ma mère allait de plus en plus mal. Elle refusait de l'admettre, mais nous l'avons tout de même emmenée à l'hôpital, tard un soir, en taxi. Les médecins l'ont examinée avec douceur – par nature, elle inspirait un certain respect –, et ils ne lui ont rien trouvé, même après plusieurs analyses sanguines. Elle répétait qu'il y avait quelque chose, dans l'air, qui l'engourdissait.

Ramenez-moi, a-t-elle dit.

La chambre paraissait étriquée, encombrée, sans vie. Iosif me dégoûtait avec sa politesse mielleuse. Nous ne nous parlions pratiquement plus. D'année en année, nous nous étions profondément isolés l'un de l'autre. Nous avions même tenté de trouver une traduction russe pour le mot *intimité*, qui existe dans les langues que j'ai étudiées. Il y aurait eu pour lui un genre d'équivalent en physique, à savoir un endroit inaccessible, mais il semblait maintenant que ceux où nous avions quelque chose à faire l'étaient tous foncièrement. Lorsque, au retour de l'hôpital, je sortis du sac de ma mère les quelques affaires qu'elle avait emportées, j'eus très curieusement l'impression de sortir en même temps mon mari de ma vie.

Le seul lien tangible avec le passé immédiat était pour mes parents Rudi – *notre cher Rudik*, comme disait maman. Seulement il avait disparu depuis un bon bout de temps, malgré les mots que je laissais pour lui à l'école, en l'implorant de nous rendre visite.

Il finit par venir, pour nous annoncer qu'il allait participer à un court spectacle à l'école. Ce qu'il nous déclara au milieu de la chambre, impérial, les deux pieds alignés, et c'était frappant de constater que son corps avait jeté son dévolu sur la danse, avait choisi celle-ci pour unique stratégie.

Je ne jouerai que quelques minutes, dit-il, mais j'aimerais vous montrer ce que j'ai appris.

D'y penser, ma mère retrouva des couleurs aux joues. Elle était stupéfaite qu'il ait choisi ce numéro, une variation pour homme, terriblement difficile, dans un ballet inspiré de *Notre-Dame de Paris*. Mais il prétendait avoir répété avec Pouchkine, disait qu'il s'en tirerait sans peine.

Tu es trop jeune, ça n'est pas un rôle pour toi, protesta ma mère.

Il répondit en souriant : Viens me voir.

J'avais sur l'étagère le roman de Victor Hugo, dont mon père fit lecture à maman les jours précédant la représentation. Il avait une belle voix profonde, et, à mon grand étonnement, il savait à merveille rendre les nuances du texte. Le matin du spectacle, ma mère choisit pour l'occasion une robe dans sa valise, passa des heures à l'ajuster, et se plaça devant le miroir, où elle rayonna de tout l'éclat de sa maturité.

Mon père enfila un costume noir et noua une cravate. Il peigna en arrière ce qui lui restait de cheveux, et je remarquai qu'il avait mis son dernier cigare dans sa pochette. Il voulait prendre un drojki, comme au bon vieux temps, et il n'en revint pas que les tilburys aient disparu depuis longtemps. Nous prîmes donc le tram. Papa serra discrètement la main

de ma mère quand nous passâmes devant l'indébou-
lonnable quartier général du KGB.

La représentation avait lieu à l'école de danse de
Leningrad, mais nous nous sommes arrêtés un instant
devant le Kirov et sa brutale élégance.

Anna, dit mon père. Ne sommes-nous pas beaux ?

Si, dit-elle.

Deux vieux idiots.

Beaux ou idiots ?

Les deux, dit-il.

On nous assit en haut, dans l'un des balcons qui
cernent le gymnase. La plupart des autres spectateurs
étaient des professeurs et des élèves – en collants,
maillots ou guêtres. Nous étions trop bien habillés,
horriblement même. Ma mère restait aussi droite que le
dossier de son fauteuil. Rosa-Maria, qui nous rejoignit,
se présenta à elle dans son russe approximatif. Elles se
lancèrent en souriant dans un genre de messe basse.
On aurait cru qu'elles partageaient la même chair
– distantes de quelques générations, et pourtant liées
par une curieuse chaîne d'émotions. Pendant le spectacle, ma mère posa sa main sur le bras de Rosa-Maria.
Il y eut des applaudissements polis pour l'ensemble
des élèves, qui, lisses et accomplis, me parurent
manquer d'âme. Rudi était l'avant-dernier. À son
arrivée, il leva les yeux vers le balcon, et maman se
raidit plus encore.

La salle se remplit de murmures. Rudi portait un
ceinturon très serré autour de la taille. Ses cheveux
avaient été soigneusement taillés, coiffés. Courts
derrière et longs devant, ils lui tombaient sur les yeux.

Bien sûr, il dansa parfaitement, léger et vif, souple,
contrôlé, composé, mais, plus encore que cela, il
exploitait une chose qui dépassait son corps – ce
n'étaient pas seulement son visage, ses doigts, son cou
haut, ses hanches, mais une force intangible, au-delà

120

de la pensée, une sorte de cinétique, violente et spirituelle. Je ressentis comme un peu de haine à son égard quand les applaudissements éclatèrent.

Ce fut Rosa-Maria qui se leva la première, suivie par ma mère et mon père, qui me donna un coup de coude. En bas, Rudi saluait et saluait toujours malgré l'arrivée du dernier danseur, qui, irrité, dut rester en retrait. Rudi fit un geste majestueux du bras et quitta enfin la piste, au grand trot. Un petit homme chauve, élégant, vint à sa rencontre et lui donna une tape dans le dos. Ma mère me confia dans un murmure : C'est Pouchkine, il a fait un travail remarquable avec Rudik.

À quoi mon père ajouta : Tu es Anna Vassilieva et tu as fait toi aussi un travail remarquable avec Rudik.

Nous partîmes dans la nuit fraîche de printemps. La ville était silencieuse. Rudi nous attendait dehors et, blottis les uns contre les autres, nous le félicitâmes. Malgré l'odeur très forte que dégageait son corps, j'avais envie de me rapprocher, de m'imprégner de lui, de son énergie. Il se pencha vers ma mère et lui demanda comment il s'en était sorti. Elle parut hésiter un instant, et dit finalement : Tu as été formidable.

Je crois que mon plié était un peu trop bas, dit-il.

Il salua virilement mon père d'une petite tape à l'épaule, puis il partit, main dans la main, avec Rosa-Maria.

Qui aurait cru ? dit papa. Il avait allumé son cigare et soufflait la fumée au ciel. Ma mère regardait Rudi s'éloigner : Ses jambes semblent plus grandes, dit-elle.

Facile, dit mon père.

Souriant, il se dressa sur la pointe des pieds. De son bon pied, du moins.

Pouchkine sortit alors de l'école. Il portait un pardessus brun et une cravate. Sa femme, Xenia, était auprès de lui. Je l'avais déjà remarquée dans les rues de Leningrad – il était impossible de ne pas la voir,

d'ignorer sa beauté profonde, sa blondeur, ses vêtements magnifiques, cette flamme qui semblait l'animer
de l'intérieur. Ils nous saluèrent brièvement, et je
pensai alors quels curieux miroirs ces deux couples
étaient ici-bas : mes parents, qui avaient formé le
garçon, regardaient les Pouchkine, qui avaient formé
l'homme, et l'homme avait déjà disparu dans la rue.

Ma mère s'adressa aux Pouchkine avec une grande
solennité : Bonsoir. Puis-je vous faire mes plus
sincères compliments ?

Pouchkine se retourna : Rudi m'a souvent parlé de
vous.

Elle sourit et répondit : Je vous remercie du fond du
cœur.

Un mois plus tard, elle était morte. Dans ma
chambre. En dormant. D'une hémorragie cérébrale.
À mon réveil, je vis mon père assis, muet, près de
son corps, la main dans ses cheveux, sous la nuque.
Je m'attendis à ce qu'il pleure, mais il expliqua calme-
ment qu'elle venait de disparaître, pourrais-tu s'il te
plaît faire en sorte qu'elle soit enterrée au cimetière de
Piskariovskoïe. Puis il ferma les yeux, serra les mèches
de ma mère et, chuchotant, répéta longtemps son nom,
sans arrêt. Cela finit par ressembler à une prière, ou
à un chant, ânonné à voix basse. Plus tard dans la
journée, comme le veulent les coutumes d'antan, il
étendit le corps sur une table au-dehors et le lava. Il
utilisa pour cela une de ses vieilles chemises, dit que
cela serait sa dernière marque de sentimentalité. Ma
mère semblait terriblement émaciée. Il plongea le col
du vêtement dans une eau tiède et savonneuse, glissa
l'étoffe le long de la nuque, puis des clavicules. Avec
la manche, il lava les bras, et, avec les pans, les petits
seins ridés. C'était comme s'il voulait qu'elle la garde,
cette chemise, qu'elle l'emporte dans ce voyage

incertain. Il la couvrit d'un drap, et c'est seulement alors que je le vis pleurer, sans contrainte, ni limite.

Il avait laissé le robinet goutter, et les tuyaux murmurèrent comme si la maison elle-même avait la gorge serrée par le chagrin. Je rentrai pour le laisser seul. L'air était dur et âpre. Quand je redescendis, il l'avait habillée, et il avait posé sur ses yeux les traditionnelles pièces de monnaie.

Il faisait un soleil remarquable le jour où nous l'avons enterrée à Piskariovskoïe. On nous avait donné un lot dans les bosquets, à proximité des tumulus consacrés aux victimes du siège. La lumière obliquait sous les arbres, des moucherons s'échappaient des buissons, de petits oiseaux brodaient l'air de leurs ailes. Il n'y eut pas ou peu de cérémonie. Le bout de terre nous avait coûté trois cents roubles, sous la table, et il avait fallu en cracher encore cent pour faire creuser la tombe. Non loin de nous, un homme sur un tracteur coupait l'herbe sur les fosses communes, superbement entretenues, bordées de roses rouges. Il arrêta respectueusement son moteur et attendit.

Mon père tenait son chapeau contre sa poitrine, et je remarquai sur les bords le dessin de la sueur. Depuis combien d'années portait-il cet unique chapeau et combien de fois l'avait-elle posé sur sa tête ? Il prit appui sur l'autre pied, toussa, dit qu'il n'avait pas de mots aujourd'hui, mais que, jusqu'à son départ, ma mère avait laissé partout de nombreuses marques de sa présence.

Puisse l'air se nourrir de sa bonne influence, dit-il.

Il toussa à nouveau, grimaça devant la terre ouverte, et cacha son visage.

J'aperçus alors brièvement, derrière les arbres, une grosse ZIL de l'État qui s'arrêtait à l'angle d'une allée, suivie d'une série d'autres véhicules noirs. Nous prîmes peur un instant, craignant la visite de quelque personnalité importante, mais le cortège partit à l'autre bout du cimetière et, à notre grand soulagement, on nous laissa tranquilles.

Rudi et Rosa-Maria se tenaient l'un près de l'autre. Rudi, au début, se mordait constamment la lèvre supérieure. J'eus envie de le blâmer, de le gifler, de lui arracher une larme au moins, et, brusquement, il s'effondra et se mit à pleurer.

Mon père, quant à lui, jeta une poignée de terre sur le cercueil.

Lorsque nous quittâmes le petit bois, je remarquai le jardinier qui s'était endormi sur son tracteur. Il avait ôté son chapeau, qui tenait en équilibre sur ses genoux, et je pensai que la scène aurait amusé ma mère.

Le même jour, plus tard, nous accompagnions mon père à la gare de Finlande.

Je rentre chez nous à Oufa, dit-il.

Il y avait bien sûr une certaine ironie dans son *chez nous*, mais c'est là qu'ils avaient vécu, survécu, la majeure partie de leur vie commune, et ce retour avait quelque chose d'éloquent, peut-être aussi de pratique. Iosif nous accompagna. Je demandai à rester seule un moment avec papa. La lumière tombait par gros traits des claires-voies, accentuait la grisaille des quais. Je portai sa valise en traversant la foule. Nous nous arrêtâmes sous la fenêtre d'un train. Une vieille femme en fichu nous regarda méchamment. En me serrant contre lui, papa me dit à l'oreille que je devais être fière de moi, que je devais faire ce qui me plaisait, dans les limites bien sûr du raisonnable. Il me caressa la joue et je pleurnichai bêtement.

De grandes vagues de vapeur partaient, gonflées, au-dessus de la gare, s'accrochant comme toujours dans le ciel, en signifiant peut-être que nous passons nos vies à respirer le même air essoufflé.

Partitions, Bach et Schumann. Cours de piano au petit Opéra. Voir Shelkov pour service militaire. Sels de bain pour les pieds. Carte pour anniversaire papa. Piquer radio portable. Déjeuner plus vite pour extensions à la barre. Prendre studio vide. Sacha : *La perfection est un devoir*. Travailler encore et encore. La difficulté, c'est l'extase.

Une journée sans danse est une journée perdue. Nietzsche. Oui ! Leçon d'élocution. Visa pour Moscou. Dire à Shelkov d'aller se faire foutre et de bouffer sa merde, lui apporter seau et cuiller. Mieux encore, victoire suprême, l'ignorer complètement. Chaussons. Permis. Tenue propre pour concert au Conservatoire. Le garçon du bus. Vigilance.

Dormir moins. Échauffement le matin. Travailler grands battements qui manquent de maîtrise et de force. Tenir plus longtemps en relevé, ça manque aussi de puissance. Pirouettes de neuf à dix tours. Chaboukiani, je baise tes pieds ! Faire cabrioles face au miroir plutôt qu'en biais. Sacha : *Vivre à l'intérieur de la danse*. Penser plus vite, manœuvrer mieux, apprendre encore. Même la perruque doit vivre !

Triples assemblés. Attention au phrasé. Les autres veulent mordre pour voir si c'est de l'or ou du cuivre. Laisse faire. Ils se casseront de toute façon les dents sur toi. *L'Après-Midi d'un faune*. Estrade-Guerra dit que le « ballon » de Nijinski ressemblait à un lièvre, frappé par la balle du chasseur, qui s'élève avant de s'affaler. Selon Nijinski, ça n'était pas si dur de rester en l'air, il fallait juste faire une pause avant de retomber. Ha ! Anna avait bien raison, finalement.

Sacha dit que le ballon de Nijinski venait surtout de la puissance de son dos. Exercice : marcher sur les mains pour développer muscles dorsaux. Billets pour Richter. Le garçon de l'Ermitage dit qu'il a des relations au Conservatoire. Rumeurs sur Xenia, mais si on n'essaie pas tout, la vie ne sert pas. Trouver le nom du poète ukrainien pour qui rien n'a de valeur tant qu'on n'a pas appris à boire du champagne dans ses bottes !

Pas de trois de *Guyane*, aux flambeaux, pas de deux deuxième acte *Lac des cygnes*, duo du *Corsaire* avec Sizova. Lire Byron pour l'intrigue. Demander à Rosa-Maria de rapiécer les chaussons. Couper ongles pour ne plus griffer Macha en la soulevant. Dire à P. d'arrêter de compter ses mouvements, ses lèvres bougent quand elle danse. Le pas de deux, c'est une conversation, pas un monologue, merde. Oublie cette histoire de rivalité avec F. Conneries. Il danse comme il chie. Exige soixante paires de chaussons, tu en auras peut-être dix, demander aux meilleurs, à la Géorgienne qui zozote. Cheveux : la raie en biais ? Gorki dit que la vie ne sera jamais dure au point que les hommes renoncent à la rendre meilleure. Sûr.

Oublié casquette velours au vestiaire. Lettre du ministère bachkirien. Fêter mon dix-neuvième anniversaire. *Eugène Onéguine*. Partition de Tchaïkovski. Intégrer romantisme et bravade de Byron pour *Le Corsaire*. Sacha : *Les plus grands artistes naissent pour enrichir l'art, pas eux*. Brosse à dents. Miel pour le thé.

Danse comme si tout devait être dit mille fois. Sacha affirme que le connu nous mène à l'inconnu. Mais aussi l'inconnu nous ramène finalement à ce qu'on sait. *Tu ne danses qu'une partie de ta vie. Le reste du temps consiste à se balader, penses-y !* Ces gens chargés de me surveiller – ignore-les et tu perds un œil, courbe l'échine et ils te crèvent les deux. Doubler exercices salle 17. Réparer radio, faire demande téléphone. Exposition Degas – Rosa-Maria dit qu'il réveille son envie de dormir. Photos. Brûler lettres Xenia.

Mon mari aimait bien raconter cette histoire à Rudi. Il la reprenait sans cesse, les cours finis, lorsqu'ils étaient l'un et l'autre épuisés, et nous nous asseyions tous trois devant la cheminée, dans notre appartement sur la cour. De temps à autre, Rudi se mettait au piano pendant que Sacha parlait. Il y avait des variations, des changements, qui s'ajoutaient au plaisir de la narration, mais Rudi écoutait toujours attentivement. Même longtemps après, lorsqu'il nous a quittés pour prendre son propre appartement – Sacha et moi nous retrouvant alors seuls –, cette histoire continuait de nous accompagner :

Dimitri Yachmennikov, expliquait mon mari, était à la fin du XIXe siècle une figure secondaire du ballet à Leningrad. C'était un petit homme maigre, coiffé d'une touffe noire sur la calotte crânienne, et un grand amateur d'asperges. Chorégraphe attitré d'une salle au nord du canal Obvodnyi, il travaillait main dans la main avec son frère pianiste.

Ils survivaient tous deux grâce à la générosité des jeunes danseurs dont ils s'occupaient – il y avait toujours quelqu'un pour laisser un bout de pain devant leur porte afin qu'ils ne meurent pas de faim.

Le frère de Dimitri est mort un soir à la fin d'un hiver – piquant du nez sur son clavier. Peu après l'enterrement, Dimitri est devenu aveugle. Les gens y ont vu un signe des liens très forts qui unissaient les deux frères. Le choc avait plongé Dimitri dans le noir, et rien ne l'en sortirait plus jamais. Il ne faisait, désormais, que l'aller et retour de sa maison au théâtre, avec un détour parfois au marché pour sa botte d'asperges.

Dimitri poursuivit sa carrière de chorégraphe, car il ne connaissait rien d'autre. Une fois arrivé au théâtre, il verrouillait les portes derrière lui. Seulement il n'était plus capable de régler une chorégraphie – alors il s'est mis à ramper à quatre pattes sur les planches, pour toucher leur texture, sentir le grain du bois, et parfois même il y frottait sa joue. Il convoqua plusieurs menuisiers et charpentiers locaux pour leur poser toutes sortes de questions sur la nature des bois, la longueur et la forme des grains. Tout le monde le crut complètement fou.

On le voyait rentrer chez lui le soir, une asperge plantée dans la bouche, et passer à tâtons sa porte mal éclairée.

Le jour anniversaire du décès de son frère, Dimitri ouvrit les portes de la salle et, priant les danseurs locaux de passer une audition, il leur expliqua ce qu'il voulait. Ils se montrèrent d'abord curieux – qu'un aveugle leur demandât d'enchaîner une série de mouvements paraissait ridicule –, mais certains acceptèrent tout de même. Renonçant à utiliser le piano de son frère, Dimitri fit venir un violoncelliste et un violoniste, et les fit jouer tandis qu'il prenait place au premier rang. Il choisit à la fin un groupe de danseurs avec qui il souhaitait travailler. Ils répétèrent plusieurs semaines, pendant lesquelles il parla peu, jusqu'à ce que, soudainement, il s'emportât et leur adressât des reproches.

Sans voir, il pouvait affirmer qu'une pirouette tombait à contretemps, qu'une hanche n'était pas alignée sur l'épaule, qu'un bond était effectué de travers. Les danseurs étaient abasourdis – non seulement leur maître était aveugle, mais en plus il avait raison.

Son spectacle rencontra vite un succès local.

On parla beaucoup de lui à l'automne 1909, à la suite d'un article publié dans une gazette du quartier. On le convia dans des salles plus importantes de la communauté, mais il refusa. Il déclina les offres de plusieurs usines, écoles, même la proposition d'un professeur du Kirov intrigué par ses méthodes. Il invita toutefois à apparaître sur scène une danseuse d'un certain âge, Nadia Koutepova, que son frère avait adorée. Elle accepta et dansa un solo spécialement pour lui, seul dans cette salle autrement vide. Il insista aussi pour qu'on ne joue pas de musique. Et la foule, amassée devant le théâtre, attendait de comprendre.

Dimitri et Nadia en ressortirent deux heures après, bras dessus, bras dessous.

Quand la foule demanda à Nadia ce qu'elle pensait de sa performance, elle déclara que, grâce aux instructions de Dimitri, elle avait dansé parfaitement. Il lui avait expliqué comment apporter au moindre mouvement une grâce infinie, et elle avait donné, dit-elle, un de ses plus beaux spectacles.

Quant à lui, Dimitri dit à la foule que, pendant la représentation, il avait entendu l'une des symphonies de son frère, que la musique avait jailli du corps de Nadia, et que, le rideau baissé, il avait encore dans l'oreille presque chacune des notes que son frère avait écrites.

Dimitri Yachmennikov avait écouté les lattes du plancher.

À Oufa, l'été était brûlant, la ville enveloppée de fumées d'usine et des cendres soufflées par les feux des forêts sur les rives de la Bielaïa. Les bancs du square Lénine étaient couverts d'une fine pellicule de suie. Il m'était aussi difficile de respirer que de m'asseoir, aussi je trouvai finalement le courage extravagant de dépenser au cinéma ce qui me restait d'argent.

N'y étant pas retourné depuis le décès d'Anna, je pensai l'y retrouver peut-être, lacer autour d'un doigt une mèche de ses cheveux gris.

Le cinéma Patrie se trouvait en bas de la rue Lénine, promis à la ruine, émaillé de fissures neuves sur une façade splendide, et les affiches jaunissaient dans leurs vitrines. À l'intérieur, les ventilateurs se battaient furieusement contre la canicule. Armé de ma canne, je boitillai dans l'allée et, ayant oublié mes lunettes, je m'assis près de l'écran.

Le bruit avait couru qu'on verrait Rudi aux actualités, et il se propageait ici de fauteuil en fauteuil, chuchoté par, sans doute, ses anciens camarades de classe, de jeunes hommes et femmes, et quelques vieux professeurs. Yulia m'avait écrit pour dire que, à Leningrad, les filles s'étaient mises à attendre à l'entrée des artistes pour l'apercevoir. Il devait même, selon elle, danser pour Khrouchtchev. Cela donnait le frisson, c'était merveilleux – le petit gars aux pieds nus d'Oufa sur une scène à Moscou. Je m'esclaffai en repensant aux quolibets qui avaient volé sur lui à l'école : Pigeon, Grenouille, Gonzesse. Oublié, tout ça, et maintenant le voilà étoile au Kirov – l'arrogance arrachée à l'air et plongée sans ciller dans la soupe au succès.

Les actualités commencèrent après l'hymne national. Il dansait l'Espagnol dans *Laurencia*. Le revoir me fit l'effet d'une épine acérée, quoique plaisante. On lui avait teint les cheveux en noir, on l'avait fardé à outrance. Je trouvai la main d'Anna dans la mienne, et, au milieu de l'extrait, elle se pencha vers moi. Rudi était féroce, et exotique, dans ce rôle, murmura-t-elle. Il faisait entrer une nature cruelle et criante dans son idée de la danse. Mais elle s'empressa d'ajouter qu'il était trop flamboyant, que ses pointes laissaient à désirer, que sa ligne était un peu inégale, qu'il devrait se faire couper les cheveux.

Je pensai : Extraordinaire – même en fantôme, Anna reste sincère.

Je me rappelai la dernière fois que j'avais vu Rudi, à l'enterrement, avec cet air de dire que son talent n'était plus une surprise. Il semblait maintenant à des générations du gamin au nez qui coulait toujours, celui qui, assis sur les marches de l'Opéra d'Oufa, avait l'œil au beurre noir et les pieds en canard.

Vint la fin des actualités. Pris d'une molle nostalgie, je m'endormis un instant dans mon siège et je fus réveillé par une grossière invention occidentale, dénommée *Tarzan*, le long métrage du jour. Je ressortis au couchant. Le soleil avait cuit les nids-de-poule dans les rues de terre battue. Les corbeaux picotaient çà et là dans les mauvaises herbes fanées. Les forêts au loin jetaient des lueurs orange. Dans un immeuble de béton de la rue Aksakov, quelqu'un jouait du violoncelle. Je me retournai, m'attendant presque à trouver Rudi derrière moi, et Anna à ses trousses.

J'avais oublié de faire les courses, mais il y avait quelques restes de concombres et de pommes de terre dans la chambre. Usée, la pointe du gramophone accepta quand même de me crachoter un peu de Mozart.

Me rappelant la vieille astuce d'Anna, je fis un creux dans son oreiller. Mes insomnies prolongées avaient, ces temps-ci, presque épuisé mes forces, et je fus donc surpris de me réveiller au matin. Je veux dire, pas de me réveiller, mais d'avoir dormi.

Après quatre jours de voyage, sa mère arrive à l'hôtel où il séjourne avant son premier spectacle à Moscou. Manteau gris et foulard sur la tête. Épuisée, elle se hisse sur la pointe des pieds et l'embrasse sur la joue. Il la prend par le coude, la guide entre les lourds fauteuils garnis de velours et les meubles anciens, tous autant d'injures muettes à la figure de Farida. Son épaule effleure les hautes draperies rouges, et elle tremble légèrement. Un lustre éclaire les portraits gigantesques des figures héroïques de l'Union soviétique. Elle entre avec Rudik dans la salle des banquets où, plus tôt, le premier secrétaire Khrouchtchev a prononcé le discours d'inauguration de la réunion nationale des meilleurs étudiants.

Au fond de la salle, les reliefs du banquet s'étalent sur la table.

J'ai dansé à la réception, dit Rudik.

Où ça ?

Sur l'estrade en bois, là. Nikita Sergueïevitch m'a vu. Et il a applaudi. Qui l'eût cru.

Regarde, dit-elle.

Farida traîne les pieds le long de la table : une tache de caviar beluga sur la nappe blanche amidonnée ; un reste de foie gras étalé dans une assiette ; les odeurs d'esturgeon, de hareng, de bœuf, de truffes, de champignons délicats, de pâtés, de fromages ; des biscuits krendeli, au huit brisé ; une unique huître de la mer Noire sur un plateau luisant. Farida ramasse un bout de viande salée, le porte à sa bouche, se ravise, repart, remarque les seaux à champagne, vides, les miettes par terre, les cendres de cigare sur le rebord de la fenêtre, les mégots, les quartiers de citron dans les verres sales, les cure-dents brisés, ramollis, l'étalage de chrysanthèmes rouges au milieu de la pièce.

Rudik ? dit-elle en regardant l'immense table.

Oui ?

Elle avance vers la fenêtre, regarde ses bottines, usées, crottées de sel : Ton père regrette de ne pas avoir pu venir.

Oui.

Il en avait envie.

Oui.

C'est tout, dit-elle.

Bien, maman.

À la porte de l'hôtel, un garde leur ouvre la voie et les salue dans le froid. Le fils file dans la rue de sa démarche sautillante. Le doublure de son manteau lui bat les cuisses. Farida sourit, presse le pas, se sent un instant légère. C'est un tourbillon : neige, bottes et bottines, un carillon distant. Elle regarde les gens, elle le voit, lui, et tout le monde les voit.

Rudik ! Attends-moi !

Ils passent l'après-midi chez Tamara, la sœur, qui habite près du parc Kolomenskoïe, avec toute une famille dans la même chambre. Ils sont six. Son coin à elle est sombre, humide, encombré de caoutchoucs et de son bric-à-brac. Il y a une photo défraîchie de Tsiolkovski, des tapis sur les murs, aux motifs compliqués. Les livres sont proprement empilés par terre. L'étroite cuisine est sombre. Comme on a récemment réduit le salaire de Tamara à l'école maternelle, il n'y a rien sur les étagères. Il reste le gros fer à repasser, sur la cuisinière, à côté de la bouilloire. Pas de samovar ici. Au bout du couloir, les W.-C. ont débordé et une forte odeur s'est répandue dans tout l'immeuble.

Tamara fait du thé et arrange comme elle peut un plateau de biscuits : Comme au bon vieux temps, dit-elle.

Elle prend les chaussures de Rudik pour les cirer. Puis, tâtant l'étoffe de son manteau, elle lui demande s'il s'habille chez quelqu'un. Il hausse les épaules.

L'après-midi traîne en longueur, et bientôt les fenêtres filtrent une lumière oblique.

J'ai quelque chose, dit Rudik.

Il fouille dans la poche de sa veste, se penche vers elles et leur tend deux billets pour la représentation du lendemain.

C'est de bonnes places, dit-il, les meilleures.

Mère et fille examinent les billets.

Du thé, encore, dit-il à Tamara, qui, agenouillée, se relève aussitôt.

Le lendemain soir, à la salle Tchaïkovski, Farida et Tamara s'assoient, hésitantes, et regardent les fauteuils se remplir autour d'elles. Elles observent les lustres à plusieurs étages, les corniches festonnées, les lampes aux ciselures dorées, le magnifique rideau, le motif répété : le marteau, la faucille. Au début du ballet, elles ont les mains serrées sur leurs genoux, mais vite les deux femmes s'agrippent l'une à l'autre, éblouies au spectacle de Rudi, pas seulement de ce qu'il danse, mais de ce qu'il est devenu, robuste, épais, entier, parcourant toute la scène, dévorant l'espace, et gracieux, et rageur.

Fascinée, un rien effrayée, sa mère se penche sur son luxueux fauteuil de velours. Mais c'est ma chair, mon sang, pense-t-elle. Voilà ce que j'ai fait, moi.

Oui ! Article de Chistyakova dans *La Scène moscovite*, volume 42, 1959. « Un danseur au talent exceptionnel ! » « Un rythme, une célérité captivants ! » Sacha : *Si le succès arrive vite, essaie de ne pas avoir l'air étonné*. Ha ! Oui ! Comment mener la foule – se tenir droit, s'approprier l'espace d'un vaste mouvement du bras. Comme un paysan dans son champ, dit-il, qui fauche sa dernière gerbe de foin. Ou, mieux encore, comme le bourreau à la décollation ! Voir film de Lenikovski (?), Labrakovski (?). Photos pour maman. Chaussures neuves. Perruques à laver. Faire raccourcir le manteau, juste au-dessus des hanches, pour allonger les jambes, ah, si elles pouvaient encore pousser, merde ! Accès aux magasins réservés. Trouver sac en cuir, avec bonne bretelle si possible. Peut-être des chaussons à semelle d'éponge, et un pantalon étroit, aussi. Tabac pour papa, le radiateur que demande maman. Quelque chose pour Rosa-Maria, un coffret à bijoux, par exemple.

On lui dit de se mettre en position, comme si c'était possible sur ce parquet-là, et recouvert d'un drap, en plus. Il a choisi la cinquième, les bras au-dessus de la tête. Tôt ce matin, il s'est luxé la cheville en tombant, et il la sent maintenant qui l'élance. Le studio est clair, spacieux, de beaux rectangles lumineux passent, confiants, par les fenêtres étroites. La cigarette du photographe semble collée sur sa lèvre inférieure. Il sent le tabac et le bromure. Mais aussi l'odeur âcre des lampes à combustion qui se brisent en produisant le flash. Il est obligé de les changer à chaque cliché, il faut les dévisser sous les réflecteurs blancs, à l'aide d'un gant épais. Rudi a déjà demandé au photographe pourquoi il ajoute des flashes à la lumière naturelle – cela semble illogique – mais on lui a répondu : Tu fais ton métier, camarade, moi le mien.

Rudi reste en position, sa cheville le taraude de plus en plus, et il pense que, s'il faisait vraiment son métier, lui, l'appareil n'arriverait même pas à le saisir. Il y a un stock de photos de l'autre côté de la cloison, soigneusement rangées, étiquetées, datées. Elles représentent toutes des danseurs, pris benoîtement, informes, même les plus grands, Chaboukiani, Ulanova, Dudinskaïa. Le photographe a étalé son incompétence crasse, et Rudi n'aimerait rien tant que fendre l'air, juste une seconde avant le crépitement du flash, pour que son mouvement s'imprime flou sur la pellicule. Le photographe utilise un Lomo, noir et lourd, qu'il doit poser sur un trépied, et ce qu'il faut être idiot pour fumer pendant une séance de prises de vue, seulement Rudi a besoin d'un portrait pour le Kirov, alors il ronge son frein. Cette douleur l'étonne, car, ainsi prisonnière d'un corps immobile, elle se fait constamment plus vive, plus violente, c'est pourquoi il braque sa colère sur le photographe, et très précisément même sur les bourrelets de graisse dont son cou est garni. Le flash est aveuglant, Rudi cligne des yeux, et la clarté demeure, figée, sur sa rétine.

Une autre ! dit l'homme, qui dévisse la lampe usagée et s'arrête un instant pour rallumer sa cigarette éteinte.

Non, dit Rudi.

Je vous demande pardon ?

Ça suffit.

Le photographe sourit nerveusement : Une dernière, dit-il.

Non. Vous êtes un crétin.

Le photographe regarde Rudi qui descend l'escalier. Sa casquette noire, baissée, cache un côté de son visage. Arrivé à la dernière marche, Rudi se baisse, étudie sa cheville enflée, et desserre à peine son bandage. Sans lever la tête, il fait un signe au photographe qui l'observe, incrédule, par-dessus la balustrade.

Envoyez-moi les photos, dit Rudi. Si elles ne sont pas bonnes, je les bouffe, je les chie, et je vous les retourne sous enveloppe.

Il marche jusqu'aux studios du Kirov, où il répète, malgré la douleur, en classe de maître. Un danseur plus âgé tente de l'éloigner du miroir. Feignant de tomber, Rudi lui heurte le genou d'un coup d'épaule, s'excuse à demi-mot et reprend place dans la danse. Des murmures s'élèvent autour de lui, mais il s'aligne devant la glace, les cheveux sur les sourcils, les muscles bandés. Et il exécute une superbe pirouette au milieu de la pièce. Sizova, sa partenaire, hoche silencieusement la tête, le rejoint et dit : Tu es blessé, inutile d'en faire trop.

Il acquiesce, mais exécute une autre pirouette. À la fenêtre, il aperçoit Xenia, élégante, avec son beau manteau et son foulard. Il fouette l'air d'une main pour lui faire comprendre de le laisser. Comme elle ne bouge pas, il part à l'autre bout du studio, où elle ne peut plus le voir.

Plus tard dans la journée, il peaufine avec Sizova le duo des *Sylphides*. Sa cheville continue d'enfler, mais il s'entête. Trois heures passent et il finit par la plonger dans un seau d'eau froide. Puis il se relève, et travaille encore une demi-heure. Sizova le regarde dans la glace répéter une fois de plus leur rituel amoureux, moins imbu de lui-même que de la danse. Trop épuisée pour le suivre, elle lui dit qu'elle s'en va, qu'elle a besoin de dormir quelques heures.

Elle croise Xenia dans le couloir. Assise sur les marches, celle-ci est en train de fumer une cigarette. Sous son épaisse chevelure blonde, elle a les yeux rouges, gonflés.

Derrière elles, tout au fond, Sizova entend Rudi jurer dans la salle de répétition : Tu as les jambes trop courtes, ducon.

À Santiago, quand j'étais petite, nous jouions à un jeu quand venait le jour des Morts. Ma mère remplissait pour nous un panier de pain et de beignets de maïs, puis mes frères, mon père et moi allions au cimetière, où d'autres familles avaient déjà allumé des cierges dans le noir. Il y avait là des centaines de personnes. Nous possédions un humble caveau de famille, sous les chênes. Les adultes racontaient leurs histoires en buvant du rhum à bon marché. Mes parents parlaient de grand-mères, aujourd'hui mortes, qui cachaient leurs alliances dans la pâte à pain, de grands-pères qui retenaient leur souffle dans les grottes sous-marines, d'oncles qui avaient lu les augures dans leurs rêves. Nous, les enfants, partions dans les caveaux. Je posais sur les tombes mes poupées préférées, et mes frères faisaient la ronde sur leurs chevaux de bois. Ensuite, nous nous allongions sur les pierres et jouions à être morts. Déjà, âgée seulement de sept ans, j'avais envie de danser. J'avais parfois l'impression, sur les tombes, de sentir le satin sous la plante de mes pieds. C'était le seul jour de l'année où on nous permettait d'entrer dans le cimetière – mes parents nous surveillaient, préparaient du chocolat chaud, et nous nous endormions ensuite dans leurs bras.

Ma dernière nuit à Leningrad, tout cela m'est revenu comme un rêve.

On m'avait offert un verre d'adieu dans une des salles de réception du Kirov – avec un buffet léger et des vins de Russie qui avaient un arrière-goût de lotion pour les mains. Je logeais à trois kilomètres du Kirov, mais j'avais préféré rentrer à pied sans prendre le tram, suivre le tracé des canaux, pour m'imprégner de la ville, lui rendre un dernier hommage. C'était un de ces soirs blancs d'été, et il faisait bon. Trois ans en jupe. J'avais mis le pantalon orange. Les filles me saluaient en s'esclaffant. Le vin me faisait tourner la tête. L'architecture rectiligne s'estompait, les palais étaient flous, les avenues rétrécies, et, sur le pont Anichkov, les statues de bronze paraissaient vaciller. Je ne m'en souciais pas. J'avais l'esprit ailleurs, j'étais déjà chez moi au Chili.

Arrivée à mon immeuble, je montai l'escalier quatre à quatre. Rudi m'attendait dans ma chambre, assis en tailleur sur le lit.

Il dit : « Tu n'avais pas fermé la porte à clé. »

Il était venu un instant au buffet, et, théâtral, m'avait fait ses adieux, pourtant je n'étais pas étonnée de le revoir. J'avais bouclé mes valises, et il les avait rouvertes, en avait sorti les exemplaires de *Dance* qui avaient échappé aux censeurs. Rudi les avait étalés sur le lit, il les avait ouverts sur des photos de Londres, de New York, de Spoleto, de Paris.

Je répondis : « Fais comme chez toi. »

Avec un grand sourire, il me demanda de prendre ma guitare. Il s'assit alors par terre, la tête contre le lit, les yeux fermés, à écouter. Je pensai à maman, qui avait autrefois chanté pour moi, le soir, sous les branches de murraya. Elle m'avait dit un jour que les vies trop faciles faisaient de vilaines voix, que les vies difficiles en faisaient de jolies, mais que les très grandes voix venaient du mélange des deux.

Je terminai la chanson préférée de Rudi et il se leva vers moi. J'avais encore la tête qui tournait. Il posa un doigt sur mes lèvres, prit la guitare dans mes mains, la cala contre le mur.

Je dis : « Rudi, non. »

Il posa sa frange sur mon front, égrena les boutons de mon cardigan, les redessina du bout des ongles. Ses mains coururent vers ma taille, ses doigts remontèrent sur mes bras et sur mes épaules. Ses gestes étaient malaisés, mais précis. En riant, je lui tapai sur les mains.

Il chuchota : « Tu t'en vas. »

Mes boutons étaient tous ouverts. Il glissa ses mains dans mon dos, et ses jambes tremblèrent contre les miennes. Je n'avais plus fait l'amour depuis mon arrivée en Russie. Je le repoussai encore, en me mordant la langue. Ravalant un genre de hoquet, il me souleva finalement, cala sa bouche sur ma clavicule, me coinça contre le mur. Tout contre son épaule, je sentis son odeur, et je lui redis :

« Rudi, non. »

Je lui fis face. « Nous sommes amis, c'est tout. »

Sa bouche effleura le lobe de mon oreille. « Je n'ai pas d'amis. »

Je répondis dans un souffle : « Xenia. »

Il recula vivement. Ce n'était pas délibéré de ma part, le nom venait simplement de m'échapper. Je fus aussitôt dégrisée. Rudi avait couché quelque temps avec la femme de Pouchkine, et il avait brusquement rompu. Pourtant elle continuait à venir le voir répéter, elle lui faisait la cuisine, la lessive, elle lui passait tous ses caprices.

Les mains sur l'entrejambe, il partit à la fenêtre, gêné par son érection.

Je lâchai un rire nerveux, sans intention de le mortifier. Il se retourna et frappa du poing contre le mur.

Il dit : « C'est pour ça que j'ai sauté une répétition.

— Quoi, pour ça ?

— Pour ça. »

Il était si près de la fenêtre que son souffle embuait la vitre.

J'allai au lavabo de la salle de bains me passer de l'eau froide sur le visage. À mon retour, il était toujours devant la fenêtre. Je lui demandai de partir et de revenir quand il serait à nouveau Rudi, celui que je connaissais. Il avait maintenant un appartement à lui, six rues plus loin. Mais il ne broncha pas. Son image semblait me regarder dans la vitre. Je crus y voir, moi, un visage d'enfant. Il m'avait souvent dit qu'il m'aimait, qu'il m'épouserait, que nous danserions ensemble dans le monde entier – c'était devenu une plaisanterie lorsque nous nous retrouvions sans grand-chose à nous dire, mais aujourd'hui le silence nous séparait.

Il boudait, charmeur, et je pensais aux journées que nous avions passées tous deux, à nous masser mutuellement les pieds, à patiner, à prendre des bains de soleil sur les berges des canaux, aux soirées chez Yulia. Peut-être le vin faisait-il encore effet, toujours est-il que je dis finalement : « Rudi, viens ici. »

Il pivota vers moi, un pied seulement par terre comme dans un rond de jambe : « Quoi ?

— S'il te plaît, viens.

— Pourquoi ?

— Défais mes cheveux. »

Il hésita, nerveux, me rejoignit, ôta les épingles, tâtonnant, incertain. Il prit le poids de mes cheveux entre ses mains, puis les lâcha. Je me pressai contre lui, l'embrassai, ma bouche s'emplit brusquement de son souffle. Je lui soufflai qu'il pourrait rester jusqu'au lendemain, ou plutôt jusqu'à neuf heures trente, avant que je parte pour l'aéroport de Poulkovo. Il sourit et répondit qu'il avait perdu son étoile, tant il avait pensé à moi, et que nous devrions coucher ensemble, oui, faire l'amour, puisque nous n'allions plus jamais nous revoir. Il énonça le tout comme une réalité abrupte, comme la première note du matin sur le clavier du piano.

Son regard était intense entre ses paupières serrées. On aurait cru l'aiguille d'un phonographe arrêtée juste avant une explosion de cuivres.

Ses mains glissèrent le long de mon dos, me tirèrent contre lui. D'un mouvement très lent, ses doigts trouvèrent le creux de mes reins, mes hanches, mes cuisses. Je me cambrai et fermai les yeux. Il me tira sèchement les cheveux, me serra, et brusquement il se tourna vers l'oreiller et ne bougea plus.

« Sacha », murmura-t-il la taie.

Il se mit à répéter sans cesse le nom de Pouchkine, et je sus alors que nous en resterions là. Je lui caressai les cheveux et la nuit s'épaissit. Nous avons remonté les couvertures, senti nos orteils se toucher. Il s'est endormi dans un battement de paupières et je me demandai : Vers quels rêves ?

Je me réveillai en pleine nuit, complètement désorientée. Rudi était assis par terre, nu, en position du lotus, au milieu d'une série de photos. Finissant par se rendre compte que je l'observais, il leva les yeux et dit, en me montrant une photo de Covent Garden : « Tu as vu ça ? » Il détaillait un portrait de Margot Fonteyn dans sa loge, son visage grave sous son petit chignon, son air déterminé. « Regarde-la ! Regarde-la ! »

Je m'assis sur le lit et lui demandai s'il avait pensé aux Pouchkine en dormant, s'ils étaient dans ses rêves, mais il repoussa la question d'un geste, comme quoi ces trivialités-là étaient du temps perdu. Me sentant inutile, je tapotai sur le lit. Il reprit place près de moi, m'embrassa les cheveux, répéta : « Je ne te reverrai plus, Rosa-Maria, plus jamais, plus jamais, plus jamais. »

Nous passâmes le reste de la nuit ensemble, les bras entrelacés, à dormir.

Nous partîmes au matin, avec mes valises. Un homme, assis dehors sur la murette, fumait une cigarette. Il se redressa nerveusement en nous voyant. Rudi s'approcha de lui, lui glissa un mot à l'oreille. L'homme bégaya et déglutit, les yeux écarquillés.

Rudi repartit d'un bond dans la rue.

« Ça m'est égal ! disait-il. Qu'ils aillent se faire mettre ! Tout ce que je veux, c'est danser. Je m'en fous !

— Rudi, ne fais pas l'imbécile.

— Et merde à la prudence. »

Comme il devait bientôt jouer à Vienne, au Stadthalle, je l'avertis qu'on l'empêcherait certainement de partir s'il continuait à se faire remarquer.

« Je m'en fous, dit-il. Tu es tout ce qui compte pour moi. »

Je l'étudiai pour voir si ça n'était pas encore une de ses lubies, et j'eus du mal à trancher. Je lui dis que je l'aimais, que je ne l'oublierais jamais. Il prit ma main et l'embrassa.

Nous avons chargé mes bagages dans un taxi. Le conducteur avait assisté la semaine précédente à une représentation des *Sylphides*, et, reconnaissant son passager, il lui demanda un autographe. La renommée était un curieux manteau, neuf et douillet, qui allait bien à Rudi. Il ferma les yeux et, en route, il débita le nom des rues à mesure que nous les parcourions. C'était une symphonie, chaque note bien à sa place. Je lui embrassai les paupières. Le chauffeur toussa, comme pour nous prévenir. Une voiture nous filait.

À Poulkovo, un groupe était venu me dire au revoir au terminal. J'étais étourdie, allègre à l'idée de rentrer chez moi – je retirais déjà les housses des miroirs et des meubles. J'avais même le goût de la poussière dans la bouche.

Yulia était là, en beauté, son sourire subversif aux lèvres, sa longue chevelure noire souple sur ses épaules. Je lui avais donné une petite pile de vêtements quelques jours plus tôt, et elle portait un de mes chemisiers, violet vif, qui faisait ressortir sa peau mate et ses jolis yeux. Son père lui avait écrit une lettre d'Oufa, dans laquelle il avait glissé un mot pour moi. Il disait que mon esprit et mon ardeur avaient enchanté sa femme, Anna, lorsque nous nous étions rencontrés, et qu'il avait été sensible à ma présence aux obsèques. Il faisait, tout à la fin, une référence indirecte aux déserts du Chili – il avait toujours souhaité voir l'Atacama, où il n'avait pas plu depuis quatre cents ans. Si je devais m'y rendre un jour, il fallait que je jette une poignée de terre en l'air, en son honneur.

J'embrassai Yulia, serrai les autres mains.

Mon vol faisait plusieurs fois escale, à Moscou, à Paris puis à New York, avant d'atterrir finalement à Santiago. Je voulais dire un dernier adieu à Rudi, mais il avait disparu. Je me frayai un chemin parmi des grappes de gens, des passagers, des gardes, je l'appelai, il n'était nulle part. Je l'appelai encore et il ne se montra pas. Je me tournai vers la baie vitrée qui menait au contrôle des passeports.

J'aperçus alors le haut de sa tête, loin dans la foule. Il avait engagé une conversation, sérieuse et animée, avec quelqu'un – je ne doutai pas d'abord que ce fût l'homme qui nous avait épiés, mais je me trompais. C'était un garçon, brun, beau, avec un corps d'athlète. Chose rare à Leningrad, il portait une paire de jeans. Il gardait sa main gentiment posée sur le bras de Rudi, au creux du coude.

Les haut-parleurs annoncèrent le départ de mon avion. Rudi vint à grands pas m'étreindre, murmura qu'il m'aimait, qu'il pourrait difficilement vivre sans moi, qu'il serait perdu, oui, sans étoile, je t'en prie reviens bientôt, je lui manquerai horriblement, nous aurions dû faire l'amour, il était navré, il ne savait pas ce qu'il allait faire sans moi.

Il jeta un regard derrière lui. Je ramenai son visage vers le mien et alors il sourit, plein d'un charme étrange, mais glaçant.

Procès-verbal : Aeroflot, incident sur vol BL 286, Vienne-Moscou-Leningrad, du 17 mars 1959

Pour des raisons non imputables à la compagnie, les chariots habituels de boissons et de nourriture n'ont pu être fournis pour ce vol. Les passagers en ont été avisés à l'aéroport. Mais à l'embarquement, le Sujet, un artiste du Peuple, s'est fait remarquer parce qu'il transportait avec lui une caisse de champagne. Le Sujet, qui semblait dès le départ avoir extrêmement peur de l'avion, a commencé à chahuter, à se plaindre de l'absence de boissons et de nourriture. Au milieu du vol, à l'insu du personnel de bord, il s'est muni d'une bouteille et l'a secouée pour en répandre le contenu dans la cabine. Le Sujet a par la suite longé les allées, offert du champagne aux passagers, versé l'alcool dans des tasses en papier. Le papier, imbibé, s'est mis à fuir. Les passagers se sont plaints de leurs sièges mouillés et de leurs vêtements trempés. Certains ont commencé à chanter et à rire. Le Sujet a sorti d'autres bouteilles de la même caisse. Confronté au personnel, il a utilisé un langage ordurier. Le Sujet a fait savoir qu'il fêtait son vingt et unième anniversaire, il s'est mis à gesticuler en criant qu'il était tatar. La fin du vol a été marquée par des turbulences, et de nombreux passagers ont souffert de violentes nausées. Le Sujet, à l'évidence terrifié, a cependant continué à crier et à chanter. Des représentants du corps de ballet avec lequel il voyageait lui ont demandé de se calmer, à quoi il a répondu par une autre épithète en répandant dans la cabine le contenu de sa dernière bouteille de champagne, juste avant l'atterrissage à Moscou. Un blâme lui ayant alors été infligé, le Sujet a fini par se calmer. En débarquant à Leningrad, il a émis un commentaire auprès du pilote de l'avion, dont la nature n'a pas été révélée. Le capitaine Solenorov s'est fait porter malade pour le vol du retour.

Il marche jusqu'au bord du lit, enlève sa chemise, déboutonne le haut de son pantalon, se dresse nu à la lumière. Il dit au pilote : Ferme les rideaux, laisse la lampe allumée, vérifie que la porte est bien verrouillée.

Tard le soir dans le square Ekaterina, dans la poussière antique de Leningrad, une fois la ville et les réverbères éteints, nous arrivions, épars, silencieux et furtifs, des différents quartiers pour longer les arbres alignés du côté du théâtre. En cas d'interpellation par la milice, nous avions nos papiers, un motif de travail, l'insomnie, nos épouses, et nos enfants chez nous. Parfois des inconnus nous faisaient signe, mais nous n'étions pas fous et disparaissions vite. Les voitures de la perspective Nevski nous prenaient dans leurs phares, oblitéraient nos ombres, et il nous semblait un instant que celles-ci partaient à l'interrogatoire. Nous nous imaginions déjà sur le strapontin du panier à salade, puis dépêchés dans les camps, car nous étions des *goluboy*, des « bleu clair », des pervers. Toute arrestation serait forcément rapide et brutale. Nous gardions chez nous, au cas où, un petit sac prêt, caché. La menace aurait dû suffire : forêts, gamelles, casernes, les planches de bois superposées en guise de lits, cinq années, le claquement du métal sur les troncs gelés. Mais il y avait des nuits sans bruit dans le square, et nous attendions dans la brume, debout contre les grilles, en fumant.

Un gamin maigre grattait avec un canif les ressorts de sa montre, sculptait le temps. C'était une montre à gousset, qui se balançait sur ses hanches. Deux frères débouchaient chaque jeudi du passage souterrain, après une bonne douche à l'usine. On voyait leurs cheveux noirs, puis leurs chaussures usées. Un ancien combattant s'était attitré un arbre. Il savait siffler un grand nombre des belles rhapsodies de Liszt. C'était lui qui répétait à haute voix : *Pourquoi attendre la mort pour mériter le bonheur ?* Il sifflotait jusqu'au matin, jusqu'à ce que, sur le fleuve, les vapeurs le fassent taire. Parfois des rideaux s'ouvraient et se refermaient dans les immeubles autour du square, révélant un instant des silhouettes. Des Volga noires quittaient le bord du trottoir pour s'enfoncer dans les rues sombres. Des rires nerveux fusaient. Le frottement du papier à cigarettes, roulé, léché, le clic des tabatières. Personne ne buvait – l'ivresse délie les langues et confère aux vivants une haleine mortelle. La sueur tachait le col de nos vêtements. Nous frappions du pied, soufflions de l'air chaud dans nos gants, forcions nos corps au-delà de l'insomnie, et plus longtemps encore, jusqu'à parfois nous croire incapables de dormir.

La nuit passait sur un désir secret, cousu peut-être sur la doublure de nos manteaux. Nous ne les ôtions jamais, c'était juste le toucher, le frisson d'un signe de reconnaissance, nos manches qui chuchotaient quand nous nous offrions du feu. La haine aussi, d'être trop semblables.

Les portes du théâtre se rouvraient tard le soir, libérant les acteurs, les danseurs et les machinistes. Parfois ils venaient à pied du Kirov, vingt minutes de marche. Ils s'adossaient aux grilles, enveloppés de leurs écharpes, de leurs gants, de leurs jambières. Il y avait un garçon aux cheveux de sable qui levait une jambe, posait le pied entre deux piquants, et il s'étirait dans un souffle de buée, la tête contre les genoux, une casquette en cuir vissée sur l'arrière du crâne. Son corps révélait une grande aisance, ses orteils ses pieds ses jambes sa poitrine ses épaules son cou sa bouche ses yeux. Ses lèvres étaient d'un rouge extraordinaire. Et cette casquette, d'être si souvent coiffée, avait la forme de sa tête. Il ne s'attardait que rarement dans le square, c'était un privilégié qui avait d'autres endroits où aller – caves, coupoles, appartements –, mais, une fois ou deux, il est resté là, à donner des coups de pied sur les grilles.

Nous attendions de le revoir, seulement il devenait bien trop reconnaissable, sa tête était dans les journaux, sur les affiches. Il restait présent, en pensée.

Quand arrivaient les rumeurs du matin, nous partions aux premiers clignotements des réverbères. Nous nous effilochions dans les rues, à la recherche du gamin à la montre, des frères de l'usine, du danseur aux cheveux de sable, de l'empreinte de son pied sur les trottoirs humides, son manteau fendu par ses jambes, et l'écharpe flottant derrière sa nuque. Parfois, près des marches de pierre menant aux eaux sombres d'un canal, une silhouette mouvante brisait les ombres lunaires, et nous nous retournions pour la suivre. Mais, même alors, à l'approche du matin, l'esprit voyait encore les courants cachés sous la glace.

3

Gueulards, puant le whisky, la pisse et les poubelles, les ivrognes défilent tous les vendredis, et, depuis maintenant des années, il passe la main par la fenêtre, leur tend un shilling à chacun, alors presque tous les clochards de Covent Garden savent que pour grappiller un peu d'argent il faut longer l'Opéra, trouver le chauve aux lunettes, entre deux âges, à l'avant-dernière fenêtre, ouverte, le vendredi seulement, celui qui se penche et écoute leurs histoires – *ma mère a la tuberculose, mon oncle doit remplacer sa jambe de bois, tante Josephine a perdu les pédales* – et, quoi qu'ils lui racontent, il répond *Tiens, mon gars*, shilling après shilling, un gros bout de sa paie, alors au lieu de prendre le métro jusqu'à sa chambre de Highbury, il marche, pour ne pas payer le billet, huit bons kilomètres, voûté, chapeau mou sur les oreilles, saluant les dames et les vendeurs de journaux et d'autres pochards encore, dont certains le reconnaissent et tentent gentiment de lui taper une pièce, qu'il ne peut leur donner car il a calculé exactement ce qu'il faut pour le loyer, et pour manger, il répond *Désolé, mon gars*, un doigt sur le chapeau, et il repart, le sac à provisions rebondit sur son mollet, il traverse

149

Covent Garden, Holborn et Grays Inn, longe Rosebury Avenue, remonte Essex Road jusqu'à Newington Green, le ciel s'est assombri, et il prend à gauche Poet's Road, jusqu'à l'hôtel meublé en brique rouge, numéro 47, où la logeuse, une veuve de Dorchester, le salue vaguement à la porte, près de l'horloge en faux ébène avec les deux chevaux qui piaffent, et il s'incline légèrement, *Bonsoir, madame Bennett*, monte l'escalier, il y a des tableaux accrochés au mur, qui représentent des canards, il les remet d'aplomb si un pensionnaire les a bousculés en passant, seize marches, sa chambre où il retire enfin ses chaussures, pense qu'il devra les cirer, il desserre sa cravate, prend la flasque en argent, sous le sommier, et il se sert un scotch, juste une goutte, soupire profondément en le sentant dans sa gorge, ouvre son sac à provisions, pose les chaussons sur la table de travail, quelques retouches à apporter – cambrillon à réduire, semelle à allonger, cordon à remettre, talon à affiner –, nettes, précises, et lorsqu'il a fini il les emballe dans du plastique, en prenant soin de ne pas le froisser, parce qu'il a une réputation à préserver, les ballerines, les chorégraphes, les Opéras, tous font appel à lui, avec des demandes expresses

un pied aux orteils si larges et au talon si étroit qu'il faut évaser le chausson pour le loger

le quatrième orteil anormalement plus long que le troisième, ce qui s'arrange aisément en desserrant un point de couture

un chausson qui nécessite un cambrillon plus dur, un talon plus haut, une semelle plus souple

il est connu pour ses astuces, elles parlent de lui, les danseuses, avec tous leurs problèmes, ou celles simplement qui chipotent, on lui écrit des lettres, lui envoie des télégrammes, on vient même parfois lui rendre visite à la fabrique – bienvenue chez le Créateur ! –, particulièrement celles du Royal Ballet, si fines, délicates, élogieuses, et plus encore Margot Fonteyn, celle qu'il préfère, qui a réussi un jour à cumuler trois représentations, un exploit, avec la même paire de pointes, ses demandes sont terriblement complexes, l'empeigne très courte, les côtés bas, davantage de vernis aux pointes, plis larges pour l'adhérence, et il est le seul chaussonnier dont elle veuille bien, elle l'adore, l'estime comme un vrai gentleman, moyennant quoi elle est la seule ballerine dont il ait suspendu le portrait au-dessus de sa table – *Pour Tom, affectueusement, Margot* –, et il frissonne quand il l'imagine en train de manipuler ses chaussons prêts, de plier l'embout pour le rendre plus souple, de frapper le cuir contre les portes, pour le briser, de plier et replier les semelles, pour qu'elles touchent en tout point la plante, comme si elle les portait depuis toujours, une pensée qui le fait sourire tandis qu'il range soigneusement son travail sur l'étagère murale, qu'il enfile son pyjama, s'agenouille pour deux courtes prières, se couche sans jamais rêver de souliers ni de pieds, et lorsqu'il se réveille il traîne les siens dans le couloir jusqu'à la salle de bains commune, il se lave et se rase, ses favoris ont grisonné ces dernières années, il remplit la bouilloire au robinet, revient dans sa chambre, pose la bouilloire sur le gaz, attend qu'elle siffle, se prépare une tasse de thé, le lait est resté toute la nuit dehors sur le rebord de la fenêtre, il prend sa pile de chaussons sur l'étagère et se remet une fois de plus à l'œuvre, jusqu'à la fin de la matinée, même s'il n'y a pas d'heures supplémentaires le samedi il s'en fiche, il adore refaire la même chose, sortir de l'ordinaire aussi, les chaussons des filles bien plus complexes, ardus, que les bottillons d'hommes, les Français plus regardants encore que les Anglais, les Espagnols qui veulent des coussinets dans un cuir plus doux, les Américains qui appellent leurs chaussons des *slippers* [1], et il déteste ce mot de *slipper*, ça fait pantoufle magique, il pense souvent à la violence subie par les siens, pilonnés, broyés, sans parler des minuscules incisions, de la chirurgie, de la douceur, des trucs qu'il a appris de son père, aujourd'hui disparu, quarante ans de métier

quand tu ajustes la boîte et qu'elle est trop raide, mets un peu de brillantine, ça attendrit

garde ton satin bien propre, savonne-le, non seulement avant, mais aussi pendant, et plus encore après la confection

pense que le pied, c'est toi

et la seule chose qui interrompe son travail, c'est le match de football du samedi, il parcourt les huit cents mètres qui le séparent du stade pour aller voir jouer Arsenal, et les semaines des suppléants, il les soutient aussi, une écharpe rouge et blanc autour du cou, debout sur les gradins, et il s'est fabriqué une paire de chaussures, spéciales, qui le grandissent de dix centimètres, car c'est un petit homme et il veut pouvoir regarder par-dessus les têtes des autres supporters, *Arsenal ! Arsenal !* les oscillations de la foule quand le ballon traverse le terrain, l'effet, les dribbles, les feintes et les volées, ça n'est peut-être pas si différent du ballet, tout ce qui compte c'est le pied, non qu'il aille jamais en voir un, de ballet, une idée reçue de son père

évite les salles de théâtre, fils, ne perds pas de temps là-dedans

à quoi bon retrouver tes chaussons brisés en mille morceaux

adapte bien ton travail au danseur, c'est tout

et à la mi-temps il se rend compte qu'il pense encore à ceux restés dans sa chambre, à de possibles améliorations, la semelle peut-être trop raide, la plate-forme pas

---

1. Pantoufles.

assez rigide, mais soudain il entend la foule rugir et il voit les équipes revenir en petite foulée, le sifflet de l'arbitre, strident, et le match reprend, coup d'envoi de Jackie Henderson vers l'ailier George Eastham, longue passe au centre direction David Herd et les buts, le chaussonnier bondit sur ses semelles compensées, arrachant son chapeau, révélant son crâne chauve, et le match terminé il rentre chez lui avec la foule qui chante, qui l'emporte, parfois il se retrouve plaqué au mur par les costauds, mais il n'est plus loin de la maison, et il est gêné si Mme Bennett est là à la porte, car elle n'a toujours pas compris pourquoi il est plus grand le samedi, *Une tasse de thé, monsieur Ashworth ? Non, merci, m'ame Bennett*, l'escalier et la chambre, examiner le travail, égaliser cette bosse sur le carton bouilli, un œil normal ne la verrait pas, aplanir ce cambrillon à la doloire, ensuite il aligne le tout sur la table de chevet, car ainsi le dimanche, c'est ce qu'il voit au réveil, grasse matinée, chaussons, bottillons, plaisir sans cesse renouvelé, il y pense même à la messe, marchant lourdement dans l'allée, après l'office, entre les dames chapeautées et voilées, vers le soleil dehors, respirer un bon coup, soupir de soulagement, quitter le square de l'église, passer les jardinets de banlieue, prendre ce reste de dimanche comme un jour de repos, une pinte de bitter, un déjeuner rapide, le journal dans le parc, 6 novembre, deux jours après son quarante-quatrième anniversaire – *L'accord de La Haye remis en cause*, *Un Cubain accusé d'espionnage aux États-Unis*, *Danseur soviétique attendu à Londres* – il connaît déjà l'histoire, puisque le dessin des pieds est arrivé la semaine dernière, il doit s'y mettre dès demain matin, une pensée qui l'habite alors qu'il va se coucher, et dix heures plus tard il émerge en pleine lumière à Covent Garden, prend le chemin de la boutique, impatient de commencer, M. Reed le patron lui tape sur l'épaule, *Salut, fiston*, et il laisse à la réception les pointes refaites pendant le week-end, passe à l'atelier, enlève son pardessus, noue son grand tablier blanc, allume le séchoir, soixante-dix degrés – assez fort pour durcir les chaussons sans faire fondre le satin –, puis il descend à la réserve, au sous-sol, pour choisir du bon cuir solide avant les collègues, il renifle l'odeur, glisse la main sur le grain, ensuite vite à l'étage, ses peaux sous le bras, un seau de colle, et la table à ouvrage, les autres viennent d'arriver, ça cause cricket, épouses et gueule de bois, ils le saluent d'un geste, il est le meilleur de tous, ils lui vouent un profond respect, lui la lignée Ashworth, les plus grands des maîtres chaussonniers, artisans de métier, l'insigne familial réduit avec le temps à un simple

a

un petit peu plus enjolivé que ceux des autres fabricants, ils ont tous leurs fioritures – un paraphe, un cercle, un triangle – portées sur la semelle, pour que les danseurs reconnaissent leurs fournisseurs, et il y a des fous de ballet qui inspectent les poubelles des salles pour récupérer les chaussons esquintés, voir qui les a produits, les Ashworth sont très convoités, mais cela ne pèse guère sur les épaules de Tom, il se donne à son travail, les lunettes plantées sur l'arête du nez, il étudie les croquis du Russe, les indications formelles arrivées de Paris

le volume, la largeur et la longueur des orteils

l'angle des ongles, la bosse du métatarse, la forme des ligaments jusqu'à la cheville

l'extension du talon, les ampoules, les saillies osseuses

et le simple examen des croquis lui révèle la vie de ce pied, grandi nu dans la pauvreté et, compte tenu de la largeur inhabituelle de la structure osseuse, plus souvent nu sur le béton que sur l'herbe, comprimé dans des chaussures trop étroites, venu tardivement à la danse vu sa petite taille, 40, mais fort, puis la violence d'une formation trop intensive, un pied anguleux et quand même d'une force remarquable, et, s'étirant devant sa table à ouvrage, Tom Ashworth sourit, agite ses mains en l'air, il est vite absorbé par son travail, tête penchée, silencieux, comme en transe, il assemble deux bottillons la première heure, trois la deuxième, c'est lent pour lui, la commande est de quarante paires, une pleine journée de travail, peut-être même deux si problème, car le Russe veut des surpiqûres à l'envers, c'est pourquoi il faut utiliser deux grosses aiguilles courbes et – même si c'est plus facile que les pointes d'une ballerine – cela suppose du temps, du recueillement, il ne s'arrête qu'au cri annonçant le déjeuner, un moment qu'il chérit, thé et sandwiches, les jeunes chaussonniers un rien insolents, *Alors les pompes du coco, là ?* à quoi il sourit simplement – quand ils ont vu les croquis, l'autre jour, ils se sont exclamés, *Passé à l'Ouest, tu parles ! Passé à l'as, ouais ! C'est un salaud de rouge, pas vrai ? Non, pas vrai, il est de notre bord, lui. De notre bord ? Tu veux rire, je l'ai vu à la télé, ce qu'il a l'air pédé !* – et, le déjeuner fini, il y revient, aux croquis, craint d'avoir commis une erreur quelque part, les chiffres font des trémolos dans sa tête, il humecte ses chaussons à l'aide de chiffons mouillés, face intérieure à l'extérieur, son crâne chauve brille, il coud à la main, penché, en appelle au génie Ashworth, puis apporte son œuvre au séchoir, vérifie encore la température, le thermomètre affiche soixante-dix degrés, c'est bon

après tout, peu importe à qui ils sont destinés, ces chaussons, ni pourquoi, il faut qu'ils soient parfaits, voilà.

4

12 août
Le vent a ouvert les volets, cette nuit, ils ont claqué
contre la fenêtre jusqu'au matin.

13 août
Réveillée avant l'aube avec la radio, j'ai écouté, mais
je me suis rendormie. Papa avait fini son petit déjeuner
quand je me suis levée. Il m'a dit : *Il faut te reposer,
ma fille.* Pourtant c'est lui qui n'est pas bien. Ces
dernières semaines l'ont épuisé. Je l'ai supplié de se
recoucher. Mais il a insisté pour m'accompagner au
marché avec maman. Même s'il n'y a pas eu de décla-
ration officielle, il ne parle plus à personne, dehors, par
peur de ce qu'on va dire. Il marche la tête penchée,
le front bas, comme si on lui avait posé une enclume
sur la tête. Nous avons trouvé trois bottes d'épinards
au marché de Krassina. Pas de viande. Papa portait
nos deux sacs au début. Nous les lui avons repris près
de la fontaine de l'avenue Octobre. Le rempart s'est
fissuré à cause de la chaleur. Papa était tellement
fatigué qu'il tenait à peine debout. En me donnant le
deuxième sac, il m'a dit : *Il faut pardonner, Tamara.*

156

Seulement je n'ai rien à pardonner. Pardonner quoi ?
J'avais un frère, il n'est plus là, c'est tout.

16 août
En passant de l'autre côté, il me force à rester ici.
Moscou me semble déjà à des années-lumière. Que
vais-je devenir ? Je suis folle de colère. J'ai failli
fracasser la tasse de maman, mais je me suis retenue.

17 août
Papa est rentré de l'usine avec une mine d'enterrement. Nous n'osons pas poser de questions. On lui a
fait du bouillon de poule pour le calmer. Il a mangé
sans dire un mot.

18 août
Une voiture blanche fait des allers et retours dans la
rue, et encore et encore. Malgré le panneau auto-école,
le chauffeur ne commet pas la moindre erreur.

19 août
Revenue à la Maison grise avec maman. Ils la croient
seule à pouvoir faire changer d'avis Rudik. Ils nous
ont offert du thé, plutôt inhabituel de leur part,
d'ailleurs. Il était tiède. Je me suis demandé un instant
s'il n'était pas empoisonné. Ils avaient une demi-
douzaine de téléphones sur la table. Quatre hommes,
deux femmes. Trois portaient des écouteurs, deux
travaillaient à la sténo, le dernier jouait au patron. La
plupart ne nous regardaient pas directement, mais le
chef n'arrêtait pas. Il a donné des écouteurs à maman,
m'a dit à moi de m'asseoir dans un coin. Ils ont réussi
au troisième essai à établir la connexion avec Rudik.
Il était à Paris, dans un appartement. (Ils ont dit ensuite
que l'endroit était connu parce qu'on y trouve des
pervers, des invertis. Ils aiment répéter ça devant

maman, pour voir sa tête. Elle se débrouille pour ne pas trahir ses émotions. Elle dit qu'il faut rester impassible.) Rudik parlait avec un décalage. Ils l'ont censuré plusieurs fois. Maman semblait dévorer le moindre mot. Ils se sont mis en colère quand elle a commencé à parler tatar avec lui. Elle m'a juré plus tard qu'elle avait entendu *heureux*, alors que, évidemment, c'est de *retour* qu'elle voulait entendre parler. Nous ne devons dire à personne qu'il a trahi, mais ça ne les empêche pas d'interroger les danseurs à l'Opéra, ses amis, même ses anciens professeurs. Et ils s'imaginent que le bruit ne va pas circuler ?

20 août

J'ai marché le long de la Bielaïa et j'ai mangé une glace sur la dune. Il y avait des enfants qui se baignaient. De vieilles femmes assises en chapeau et maillot de bain. La vie continue.

21 août

Ils ont évoqué la possibilité d'une amnistie, à condition qu'il renonce, qu'il revienne. Quelle probabilité ? Il écoperait de sept ans de travaux forcés au minimum, au pire d'une peine de mort. Ils choisiraient quoi ? De le fusiller ? La chaise électrique ? De le pendre pour qu'on voie bien ses pieds se balancer en l'air, qu'il danse une dernière fois ? Horribles pensées.

22 août

L'idée de ne plus jamais le revoir ici le rend d'autant plus présent. Je reste éveillée la nuit à maudire le sort qu'il nous inflige. C'est toujours les deux mêmes types dans la voiture auto-école.

23 août
L'ampoule de la cuisine a grillé, et on n'en a plus.
C'est un soulagement que le soleil se couche tard. Les
couleurs dans le ciel sont superbes. Papa dit que la
fumée des usines les rend plus belles.

24 août
Nous revenions de la Maison grise quand maman a
glissé sur une plaque d'huile devant la statue du square
Lénine. Elle s'est rattrapée au socle et m'a dit :
Regarde, il me tient par le bout des orteils. Elle l'a
aussitôt regretté, effrayée, mais personne n'était là
pour l'entendre. Elle s'est gratté les bras jusqu'à la
maison. Papa a trouvé de la chaux pour combattre les
mauvaises odeurs des toilettes, dehors, insupportables
avec cette canicule. Je me suis assise tranquillement
pour lire le journal.

25 août
Maman a un zona. Elle s'est couchée, et les draps
l'irritent horriblement. Papa s'est assis à son chevet
et lui a posé sur l'estomac un cataplasme à base de
tomate. Il dit que c'est un vieux truc de militaire. Elle
était rouge sang, comme si on venait de l'écorcher
vive. J'ai pris le tram avec papa pour sortir de la ville
et on s'est promenés dans les bois près de la rivière. Il
m'a dit être venu là autrefois pour pêcher sur la glace
avec Rudik. Paraît que Rudik savait vider le poisson
d'un seul coup de doigt. Sur le chemin du retour, on
a vu une volée d'oies s'élever dans le ciel et papa a
regretté de ne pas avoir de fusil.

26 août
J'ai lavé les draps. Ils avaient gardé la forme de son
corps, rouge tomate.

28 août

Le feu qui lui brûlait la peau s'est calmé. Le ciel soit loué. Papa s'est cogné la poitrine en répétant : *Tomates*. Maman a sorti un fauteuil pour s'asseoir au soleil.

29 août

Panne de courant à la raffinerie, l'air est resté propre toute la journée. J'ai profité du soleil pour aller me promener, trouvé des airelles dans le jardin derrière la fabrique d'outils. Rentrée à la maison et maman a fait du jus, sa grande spécialité, ça l'a mise en joie. En fin d'après-midi, j'ai soudain aperçu un visage tout ridé dans un carreau de la fenêtre. J'ai mis un moment à le reconnaître. Ça m'a fait un choc de me rendre compte finalement que c'était maman, il doit y avoir long-temps que je ne l'ai pas vraiment regardée. Le zona a pratiquement disparu, mais elle a encore le visage gonflé. C'est peut-être l'âge. Je dois sans cesse me rappeler qu'elle approche de la soixantaine. Elle a toujours la bouche ourlée, ces temps-ci, on dirait un petit sac en train de tomber. Quand je pense que, pendant la guerre, elle n'avait pas de miroir ! Il fallait trouver une fenêtre pour se regarder, mais combien étaient brisées ! Elle m'a un jour raconté l'histoire d'une jeune fille qui avait survécu dans un souterrain. Quand elle en est sortie, elle n'arrivait pas à se recon-naître et elle a voulu y retourner. On retourne toujours à ce qu'on connaît. Je me demande sans arrêt pourquoi je suis restée dans ce trou, comment j'ai pu renoncer à ma place à Moscou. Je suis folle ou quoi ? On a tant besoin de moi ici ? Moscou me manque, mais comment y revenir ? Papa s'est coupé en ouvrant la fenêtre ce matin. En lui bandant le poignet, maman lui a dit : *Peut-être que Rudik trouvera une fille bien et qu'il reviendra.*

31 août
Attrapé un rhume, en plein été. Pris du gingembre.

1er septembre
Papa n'est plus politruk, on l'a rétrogradé. Cela fait
déjà deux semaines, il ne voulait pas le dire. Il va peut-
être falloir qu'il quitte le Parti. On n'a pas dénoncé
la trahison de Rudik, mais le bruit circule assurément. Les amies de maman évitent maintenant d'aller
aux bains avec elle. Je les ai vues descendre la rue
avec leurs serviettes et leurs rameaux de bouleau. En
haussant les épaules, maman a dit tant pis, qu'elle irait
seule. Elle a beaucoup de force. Je l'accompagnerai si
je trouve le temps. Au marché de Krassina, nous avons
trouvé un bocal de délicieux concombres au vinaigre.
Un porte-bonheur, quelle joie. *Ceux que je préfère*, a
dit papa.

3 septembre
En route pour le marché, une vieille dame dans le bus
disait à son amie : *Tu te plains aujourd'hui, attends de
voir demain*. L'amie s'est mise à rire. Ça m'a bizarrement fait penser à Nadia, une fille du deuxième étage
à Moscou. Elle m'a dit un jour que tout arrivait si vite
que l'existence n'avait jamais eu aucun sens pour elle.
Qu'elle ne parvenait pas à s'y retrouver. Elle prétendait qu'elle vivait dans le passé, et qu'elle voyait une
inconnue se démener dans le futur. Évidemment,
l'inconnue, c'était elle. Je n'y avais rien compris, et
c'est aujourd'hui seulement, dans le bus, que ça s'est
éclairé. Je me suis vue, assise devant les deux
babouchkas. C'est-à-dire que je me suis vue moi-
même en train de les regarder, de les écouter. Et, en
un tournemain, je devenais ce qu'elles étaient. Jeune
femme, vieille femme, comme on passe vite de l'une à
l'autre.

4 septembre
Ce journal rend compte de trop nombreuses petites
déceptions. Je dois me montrer plus forte.

6 septembre
C'est un curieux moulin, celui qui ne brasse pas
d'eau ! L'école maternelle de la rue Karl-Marx a
accepté ma candidature, et c'est un bon travail. J'ai
presque une semaine de retard, mais je vais rattraper
ça. Bonheur !

9 septembre
Impossible d'ouvrir les fenêtres de la salle de classe,
elles sont soudées aux cadres. Le vent qui passe par
la porte fait un peu oublier la chaleur. Les dernières
journées d'été annoncent déjà les mauvais jours.
Muksina a fait mon portrait. Majit m'a apporté du jus
d'airelles, comme c'est gentil. Cet endroit réveille tant
de souvenirs. Quand Rudik venait ici à l'école, les
enfants lui tiraient les cheveux, le mordaient, le tour-
mentaient affreusement, l'injuriaient même. Ceux
d'aujourd'hui ont eux aussi toutes sortes de jeux cruels.
Il y en a un qu'ils appellent le « petit macaroni ». Ils
font balancer la tête d'un plus petit, de droite à gauche,
et un autre le frappe chaque fois au cou. Il y a aussi le
« pissenlit » : des coups de poing sur le haut du crâne.
Je ne pus retenir de mauvaises pensées en rentrant à la
maison. Ce qu'a subi Rudik à cette époque-là était peut-
être une sorte de châtiment anticipé.

11 septembre
Carton de craies et tableau noir neuf, ô largesses.

13 septembre

Les journées plus courtes semblent en fait plus longues. Maman se fait du souci pour Rudik, qui n'a pas emporté ses bottes. Cette idée.

14 septembre

Autre longue journée. Maman a repensé au manteau noir que Rudik lui avait acheté quand il est parti danser à Moscou. Elle avait hésité à le laisser au vestiaire du Bolchoï. À la fin du spectacle, pendant les rappels, elle s'est précipitée au bas des escaliers pour le récupérer. Elle avait peur qu'on le lui égare. Moralité, elle a failli rater les ovations. Et aujourd'hui elle dit qu'elle ne demanderait pas mieux que de le rapporter au vestiaire, ce manteau, qu'elle donnerait même son âme si on pouvait lui rendre son fils. Il faudrait peut-être qu'elle comprenne que, de toute façon, elle perdra les deux. Un seul petit soulagement : on est partis se promener et le coucher du soleil était splendide sur la Bielaïa rouge.

15 septembre

Les premiers vents d'hiver. Maman dit que ses genoux lui font mal. Son vieux corps est une vraie girouette, elle prédit les orages. L'eau du bain avait la couleur du thé.

17 septembre

Encore ces coupures de courant à l'école.

18 septembre

La vie commence avec le pain. Il n'y en a pas. Il reste la radio pour se distraire, au moins pour papa, qui l'allume aussitôt rentré du travail. Il dit que ça ne mène pas loin de vouloir refaire le monde, qu'il vaudrait mieux savoir comment. Avant son départ, ce matin, maman lui a frotté la poitrine avec de la graisse d'oie. Il est quand même revenu en toussant. Ils se repassent leurs maladies. Il n'a même pas voulu toucher au bortsch qu'Elsa a descendu pour lui. Il est devenu terriblement maigre, il s'attend chaque jour à se faire exclure du Parti, ce qui l'achèvera certainement. Ils doivent tenir un congrès un de ces jours. Il a fait un drôle de commentaire pendant que nous attendions le bus pour le potager : *On sait envoyer des satellites dans le ciel, Tamara, mais on ne sait pas gérer une compagnie d'autobus.* C'était comme si Rudik lui parlait à l'oreille, vraiment dangereux. Il y a à peine un an, il disait que nous traversions une époque glorieuse (nouvelle récolte exceptionnelle, la Sibérie à nous, l'énergie nucléaire, Spoutnik, l'Afrique décolonisée…), et il avait même accepté que Rudik devienne danseur – il avait encore les joues bien rouges, à ce moment-là. Aujourd'hui, être simplement lui-même paraît au-dessus de ses forces.

19 septembre

Maman craint parfois que Rudik n'ait rien à manger. Quand elle lui parle à la Maison grise, il dit que tout va bien. Elle est sûre que c'est de la propagande. Elle lui demande sans arrêt s'ils continuent à jeter du verre brisé sur la scène. Il répond que non, mais elle doute. Elle sait ce qu'ils pensent de nous, là-bas à l'Ouest. Rudik prétend que ça n'a eu lieu qu'une fois, au début, et que, en plus, c'était un coup des communistes. Ça nous a laissés perplexes un moment. C'est absurde. Maman est partie, et je suis allée au square manger une glace en cachette.

20 septembre

Le salaire de papa a été converti automatiquement en obligations d'État. Le mien n'est toujours pas versé. Je regrette amèrement ma glace au square. Maman est allée pleurer pour trouver de quoi faire un peu de kasha. Elsa partage ses feuilles de thé, mais en boire tard empêche maman de dormir. Papa a vissé les deux battants des fenêtres pour l'hiver. À le voir, on avait l'impression que le froid était déjà là.

2 octobre

C'est un vent féroce qui nous cingle de partout. On est obligés d'économiser le mazout des cuves de l'école.

10 octobre

Plusieurs jours incapable d'écrire, c'est pitoyable, je dois mettre un terme à ces mauvaises pensées. Les enfants grelottent. Il faut inventer toutes sortes de jeux pour qu'ils ne gèlent pas sur place. Ça n'est pas mon fort. Guldjamal ne bougerait pas de sa chaise, avec ses deux manteaux. Nicolas déteste se lever. Khalim dit que ça le réchauffe de rester debout sur un pied. Et ce Majit est un vrai fléau ! Que faire ? Les affamés tournent autour des gamelles de ceux qui ont encore quelque chose à manger. Alors c'est toujours la bagarre ! Après la classe, je suis allée m'occuper du potager. Il est déjà recouvert de neige, et je n'ai rien pu faire. Un vieil homme est venu vers moi pour me demander des nouvelles de papa. Comme quoi ils se seraient vus bien des fois là-bas. J'ai abrégé la conversation, mais je lui ai dit de passer à la maison. Un peu de compagnie ne ferait pas de mal à papa. L'homme a tiré son chapeau. Il avait un parler un peu bourgeois. Je suis repartie au travail. Ce jardin n'est finalement qu'une sorte de rituel. Sur le chemin du retour, un autobus m'a éclaboussée. J'ai dû laver mon manteau crotté. Il y a encore un trou dans la doublure, qu'il va falloir reprendre. À cause de ses problèmes d'incontinence, maman dit que, si on pouvait se repriser

soi-même, elle deviendrait couturière à plein temps !
De son propre corps ! Depuis le portail, j'ai vu du
rouge sur la porte d'entrée et mon cœur s'est mis à
battre. J'ai eu peur que ça soit des scellés sur la
serrure, qu'on nous oblige à déménager. C'était seulement un avis de la Maison grise, nous demandant d'y
retourner demain. Une fois de plus. Maman retrouve
des couleurs dès qu'il est question de parler à Rudik.
Elle regrette les paquets qu'il lui envoyait de Leningrad. Elle essaie parfois de capter la Voix de
l'Amérique à la radio mais, évidemment, c'est impossible, même à Moscou, c'était constamment brouillé,
et d'ailleurs c'est de la propagande pure et simple. Elle
le sait bien. Ce que je déteste ces Occidentaux, avec
leur double langage, cette volonté constante de nous
ridiculiser.

11 octobre
Lourde erreur. Le vieil homme avec qui j'ai parlé au
jardin est venu aujourd'hui rendre visite à papa. Il
s'appelle Sergueï Vassiliev, c'est le mari de l'ancienne
professeur de danse de Rudik, Anna. Naturellement,
papa s'est montré poli envers lui, il a même paru y
prendre plaisir. J'ai voulu lui présenter mes excuses,
mais il m'a éloignée d'un geste. Soi-disant qu'il
connaissait le vieux bonhomme, qu'il était content de
le revoir, et qu'il était réhabilité depuis plusieurs
années. Papa m'a dit : *Puisqu'un indésirable
recherche la compagnie d'un autre indésirable, eh
bien, tant mieux.* Ça n'est pas raisonnable de penser ce
genre de choses, c'est comme s'il perdait tout espoir de
rester membre du Parti. Il en serait dévasté. Je lui ai
lavé ses chemises pour lui faire plaisir.

12 octobre
Un corbeau a foncé dans un carreau à l'école. Il a cassé la vitre et il est mort dans les mains des enfants, qui se sont mis à pleurer. Maman dit que Rudik se trouve à Monte-Carlo, qu'il y a un palais là-bas, et une superbe plage. C'est vraiment drôle, pourquoi n'ai-je jamais vu la mer ?

13 octobre
Sergueï est revenu. Il nous a apporté un pot de confiture, et je dois admettre malgré moi qu'elle est très bonne. Il fumait un mégot de cigare. Papa a toussé toute la soirée.

15 octobre
Une cuillerée de confiture de framboises pour sucrer le thé.

16 octobre
Trois tubes de dentifrice achetés au marché. On en gardera un pour en faire cadeau à quelqu'un. Ça vient de Bulgarie. Le goût est aussi mauvais que d'habitude.

17 octobre
Ils pensent toujours que maman arrivera à le faire rentrer. Ils enregistrent les conversations, puis ils envoient les bandes à Moscou, où on les écoute encore avant de les classer. Rudik a dit en tatar qu'il avait peur que les agents secrets lui brisent les jambes. Ils n'ont pas eu le temps de le censurer. Maman a dit : *Je ne dors plus, mon fils chéri*. Il prétend qu'il mange bien, qu'il a beaucoup d'argent, que ça marche très bien pour lui, si, si, qu'il voit des comédiens et des chanteurs célèbres, qu'il doit même rencontrer la reine d'Angleterre. Maman se demande s'ils ne lui ont pas lavé le cerveau pour qu'il ait la folie des grandeurs

comme ça. Il a cité d'autres noms connus, et même la sténo a écarquillé les yeux. Mais qu'est-ce que ça change, finalement, c'est rien que des noms, c'est tout, ils mourront comme les autres, ceux-là. Le chef a frappé du poing sur la table quand maman a glissé encore quelques mots en tatar, alors Rudik s'est mis à parler avec une voix brisée par l'inquiétude. Le pays doit sûrement lui manquer. Ils nous ont dit que Monte-Carlo était plein de joueurs et de pervers, que c'était aussi un endroit très violent, qu'il pouvait prendre un coup de couteau, se faire tirer dessus. Ça arrive souvent.

19 octobre
Maman a fait des cauchemars à cause de cette histoire de jambes. Elle a dit plus tard : *Je suis sûre qu'il trouvera une fille bien.*

20 octobre
Notre four est cassé. Le gardien de l'école m'a dit qu'il viendra le réparer la semaine prochaine. Même ce genre de petites choses, ça me mine. Mais il est adroit comme tout, et plutôt beau garçon aussi.

21 octobre
Papa est tellement fatigué, il n'avait pas, en plus, besoin de ça. Il dit qu'il se passera de manger. On a reçu une carte postale d'une relation de Rudik – impossible à lire avec les biffures noires. Sergueï est encore venu. On dirait que papa et lui n'ont rien d'autre à faire de leurs journées. Je n'aime pas ce vieil idiot. Ça ne me rassure pas de le voir ici, même s'il a été réhabilité, c'est vrai. Les choses en sont venues à un point où je me demande ce qui pourrait arriver de pire. Et toujours ces cigares. Ce que ça sent mauvais, après. Il dit que c'est du tabac de

Yougoslavie, pas cher. Il en a offert un à papa, et papa lui a répondu qu'il ne préférait pas, qu'il aurait l'impression d'être un cochon avec un anneau d'or dans le groin. Ça les a fait rire. Ensuite ils ont parlé longtemps de la météo à la radio. Papa dit qu'il aime bien savoir quel temps il fait à Tcheliabinsk, parce qu'il prévoit celui qu'on aura ici, mais Sergueï, lui, préfère écouter ce qui se passe à l'Est, une histoire de vents et une théorie compliquée sur la forme des montagnes. Enfin bref. Il s'est mis à citer un poème, comme si les poètes faisaient de la météorologie ! Maman s'est demandé à quoi ça avançait, ces prévisions, d'ailleurs. Il n'y a qu'à regarder par la fenêtre, ça suffit. Ou faire un tour dehors, si on a encore deux jambes pour marcher. Avant de partir, Sergueï a vu la carte postale et nous a expliqué qu'il y avait un moyen de lire sous les biffures, qu'il faut prendre une feuille de papier très fine, frotter doucement par-dessus la carte avec un crayon, et comme ça le dessin du stylo en dessous apparaît sur la feuille. Ça a mis papa mal à l'aise et il a demandé à Sergueï de ne pas parler de ça. Maman a essayé quand même, et elle n'est arrivée absolument à rien.

22 octobre
Maman dit qu'elle se félicite d'avoir encore un corps en état de marche (même avec ses varices !) quand elle voit papa et Sergueï ensemble. Elle m'a rapporté que leurs conversations s'attardent souvent, à la fin, sur leurs problèmes de digestion, constipation, colique et le reste.

23 octobre
Papa a dit : *Quand il n'y a plus d'avenir, que reste-t-il à repenser, sinon le passé ?* J'ai essayé de lui rappeler certaines choses, mais j'ai fait une erreur, car il s'est

fâché. J'ai tenté de le persuader que Rudik était un homme de bonne volonté, un ambassadeur à sa manière, qu'il peut éclairer le monde sur notre pays, dire la vérité, mais papa s'est contenté de hocher la tête. Non. Et il répète : *Mon traître de fils, et comment puis-je encore prendre la rue Lénine ?* Papa ne s'assoit plus non plus dans son fauteuil. C'est que c'était un gros homme, avant, mais depuis ces derniers mois, son corps tout maigre tombe au fond du coussin. Et il y a un ressort dans le dossier qu'il faudrait comprimer, peut-être demain, retenir avec un bout de ficelle, pour qu'il arrête de saillir et de lui faire mal au dos.

24 octobre
Livraison de mazout à l'école ! Et Ilya, le gardien, est venu réparer le four ! On était seuls à la maison. On a discuté. Il ne m'a pas demandé d'argent. Quelle journée merveilleuse ! Évidemment, j'ai oublié de lui parler du fauteuil, qu'il aurait sûrement réparé.

25 octobre
La rumeur dit que Rudik tourne aux quatre coins du globe avec Margot Fonteyn. Est-ce possible ? Comment ? Ce ne sont pas des robots. C'est insensé, mais peut-être est-ce ainsi qu'on traite les artistes à l'Ouest, si l'art veut encore dire quelque chose là-bas. Dans quel monde vivons-nous ? Combien de mensonges lui ont-ils racontés pour le garder ? Combien de perfidies ? Si encore c'était au service de la vérité. Il n'est qu'un jouet entre leurs mains. Ils vont lui sucer le sang comme des vampires et le vomir dans leurs décharges.

27 octobre
Les *Izvestia* ont reproduit aujourd'hui un dessin du *Times* de Londres, qui représente un ours ivre au pied du

fantôme de Staline. Ils essayent de nous ridiculiser. Si seulement ils pouvaient reconnaître les formidables bonds en avant que nous avons accomplis, mais ils n'ont pas ce courage. En fait, ils ont la trouille, car nous irons plus loin et nous résisterons plus longtemps qu'eux.

28 octobre
Mon anniversaire. J'ai longtemps pensé que, à mesure que je prendrais de l'âge, le monde deviendrait plus simple, seulement rien ne paraît jamais terminé, tout est sans cesse plus compliqué. Papa s'est réveillé en sueur. Maman m'a tricoté une écharpe avec la laine récupérée sur un vieux chandail de Rudik. Elle est chaude, et pourtant je n'aime pas la porter.

29 octobre
Ilya est revenu pour réparer le fauteuil. On a pris le thé avec du pain. Quand il ne travaille pas à l'école, il adore faire du patin. On a discuté un moment, puis il s'est occupé du fauteuil. Il a ouvert le dossier par-derrière, il a trouvé le mauvais ressort et il l'a remis en place. On lui avait dit que c'était mon anniversaire et il m'a invitée à se promener ensemble, un de ces soirs, au bord du lac. Il commence à perdre ses cheveux et il a les yeux très noirs. J'ai un peu peur, mais pourquoi vivre toute sa vie au fond d'un océan ?

31 octobre
Nous sommes passés devant l'Opéra, où les femmes de ménage frottaient les marches à l'eau et au savon. Au kiosque, les hommes entonnaient des chansons paillardes, et il y avait des danses folkloriques. J'ai beaucoup ri. Après, j'ai fait bouillir les caleçons de papa.

1er novembre

Les enfants ont jeté de la peinture sur le perron de l'école. Mais qu'est-ce qui leur a pris ? Ilya a aussitôt tout nettoyé – il dit qu'ils sont trop petits, qu'il faut leur éviter les ennuis. Ils se massent autour de lui et grimpent sur ses épaules.

2 novembre

Préparatifs pour les festivités de la Révolution. Ilya a fort à faire à l'école, mais il a pris le temps de m'accompagner dans le parc. Il dit que le lac est une deuxième maison pour lui. Il patine avec majesté. Il m'a offert une chaînette en argent avec un médaillon en forme de poisson. Ce n'est pas mon signe astrologique, mais quelle importance ? Ce qu'il était beau quand il m'a dit au revoir. Il dit qu'il joue au hockey, tard le soir – les lumières illuminent la glace, et, parfois, ils allument de gros fagots pour mieux voir dans l'obscurité.

3 novembre

De jour en jour, papa a l'air de s'affaisser dans son manteau. Le procès de Rudik à Moscou, par contumace, doit bientôt avoir lieu. Papa a chargé le petit Turc, celui qui vit près de chez nous, d'apporter plusieurs messages à Sergueï pour lui dire de ne pas venir à la maison, parce qu'il ne veut absolument courir aucun risque. Il reste assis, le regard fixe. J'ai peur pour lui.

4 novembre

Les enfants ont fait des dessins magnifiques pour les célébrations, si beaux qu'on les a affichés dans le couloir.

8 novembre
Fête de la Révolution, hier. J'ai rêvé que je vendais des pommes d'été au kiosque avec Ilya.

10 novembre
Ils ont condamné Rudik à sept ans de travaux forcés. C'est au-dessus de nos forces. Maman s'est affalée sur le lit et elle s'est mise à pleurer, la tête dans l'oreiller. Ils auraient très bien pu le condamner à mort, et donc, en vérité, nous devrions être soulagés. Mais elle pleurait. Papa m'a raconté une histoire de ses années à Berlin, à propos d'un soldat qui s'était pris le pied dans les rails du tramway. Et le tram arrivait. Un autre soldat, dans la rue, a soudain entendu le premier qui hurlait. Il a essayé de l'aider à dégager son pied, en vain. Alors il a enlevé son manteau en vitesse et l'a jeté sur la tête de l'autre, pour qu'il ne voie pas le tram débouler et lui épargner ce supplice. J'ai déjà entendu cette histoire quelque part.

11 novembre
C'est moi qui dois jeter le manteau sur les yeux de papa ?

12 novembre
Maman se fait du souci pour papa, alors que nous devrions nous inquiéter pour elle. Elle a le cou tout rouge, elle se gratte jusqu'au sang, c'est sans doute son zona qui revient. Papa ne dit rien et je ne sais vraiment pas où trouver ces tomates qui ont paru efficaces l'autre fois. Même si je savais où, ça serait de toute façon au-dessus de nos moyens à cette époque-ci de l'année.

13 novembre
Papa reste assis toute la journée sans bouger. Il doit se décider, ou pas, à dénoncer Rudik devant le Comité. Non que ça soit un vrai choix, puisque, de toute façon, ils le feront certainement pour lui. Maman a compté l'argent qu'elle a économisé au fil des ans dans son éléphant de porcelaine. Son nouveau zona paraît s'être calmé tout seul, sans les tomates. Elle m'a raconté sa première rencontre avec papa. On dirait que ça lui a fait plaisir, qu'y repenser la requinquait un peu. C'était à la Maison centrale de la culture des Ouvriers du chemin de fer, et il venait de priser du tabac. Il parlait de Maïakovski, il récitait *Gloire à notre patrie bien-aimée*, et, évidemment, il a éternué en plein milieu. Il était très gêné. Elle se rappelle que, le lendemain, papa lui a acheté l'éléphant de porcelaine. J'ai essayé de lui en faire parler à son tour, mais il ne s'en souvenait pas. Il m'a chassée comme une mouche. J'ai hâte de raconter tout ça, demain, à Ilya. Il dit qu'il se moque de Rudik, que moi seule l'intéresse. Quel bonheur !

14 novembre
Ils ont de nouveau repoussé la date de réunion du Comité. Et nous sommes encore allées à la Maison grise. À Londres, Rudik pleurait et, brièvement, j'ai été triste pour lui. Il est persuadé d'avoir commis une erreur. Il dit qu'il ne peut plus faire un pas dans la rue sans qu'un photographe bondisse du premier buisson. Il mentionne sans arrêt le nom d'un autre danseur – j'ai eu l'impression d'un sous-entendu –, mais je ne suis pas arrivée à l'entendre distinctement. La sténographe, grossière, m'a jeté un regard mauvais.

16 novembre
J'ai commencé à tricoter un cardigan pour le nouveau-né à côté. J'ai presque fini, mais il n'est pas

aussi joli que j'aurais voulu. J'y ai cousu quatre boutons, et il en faudrait un cinquième. Promenade dans la neige avec Ilya. Il a même dit que, un jour, il aimerait avoir des enfants. Je me demande ce qui me plairait, comme prénom. Sûrement pas Rudolf. Peut-être celui de papa. Et si c'était une fille ? À l'école : préparer les lettres à envoyer pour l'anniversaire de Brejnev.

20 novembre
Trois coups à la porte, et ce qu'on a eu peur ! Funérailles ! C'était une femme. Inquiète. Blonde. Finlandaise. Elle prétendait avoir été danseuse. À voir son corps, je l'ai crue. Elle n'a pas dit son nom. Soi-disant l'amie d'un ami qui était passé par Oslo, elle n'a pas expliqué comment. Elle a demandé à entrer, mais papa a refusé. Ça l'a affligée. Elle était venue en voiture depuis Moscou ! Deux jours de route ! Elle disait que Rudik s'est lié avec des ambassadeurs de plusieurs pays, et qu'ils ont réussi à rapporter des marchandises. Elle en avait pour nous. On était sûrs, d'abord, que c'était un piège. Papa lui a dit que c'était contraire à nos lois. Elle est devenue rouge vif. Ensuite maman lui a demandé de partir. On regardait sans arrêt des deux côtés de la rue au cas où il y aurait eu la voiture auto-école, mais elle n'était pas là. La fille a insisté, et papa a tenu bon. Elle a fini par laisser son gros paquet sur le pas de la porte. Elle pleurait de peur. C'était terriblement risqué. On n'a pas touché au paquet mais, avant l'aube, maman s'est levée en robe de chambre et l'a rentré. Il était légèrement recouvert de neige.

21 novembre
Le paquet était sur la table. Ça devenait insupportable de le laisser fermé, comme ça.

22 novembre

Papa a bu un dé à coudre de la bouteille de cognac. Maman a essayé son nouveau manteau, il est doublé de fourrure. Elle a fait ça dans le noir pour que les voisins ne la voient pas. Quand elle a mis ses mains dans les poches, elle a trouvé un mot et l'a lu : *Tu me manques beaucoup. Ton fils qui t'aime.* Je me suis demandé ce que j'allais faire de la robe qu'il m'a envoyée. Les hanches sont beaucoup trop étroites. J'ai d'abord pensé à la brûler, mais pour quoi faire ? Alors j'ai décidé d'enlever la ceinture, et je la mettrai pour aller au cinéma Patrie, avec Ilya, la semaine prochaine.

23 novembre

Papa s'est souvenu que la danseuse parlait d'un autre paquet pour nous, peut-être au nouvel an. La prochaine fois, je suis sûre qu'on lui ouvrira la porte. À moins que ça soit une ruse. On sera bien assez tôt fixés. Papa s'est senti légèrement coupable, seulement il sait que renvoyer le paquet serait encore plus dangereux. Maman a dit : *Oui, c'est magnifique, mais un manteau neuf ne me rend pas mon fils.* Assise dans le fauteuil, elle caressait la doublure.

26 novembre

Brusquement nostalgique, papa a levé son verre à la santé de Rudik et je l'ai entendu dire : *Mon cher fils.*

Nous déclarons par les présentes que NOUREÏEV Rudolf Hametovitch, date de naissance 1938, célibataire, tatar, non affilié au Parti, ancien habitant d'Oufa, artiste du théâtre Kirov à Leningrad, et membre de cette troupe en tournée en France, a trahi la patrie à Paris le 16 juin 1961. Par ses absences en ville et ses retours tardifs à l'hôtel, NOUREÏEV a violé le code de conduite des citoyens soviétiques à l'étranger. En outre, il a noué des liens étroits avec des artistes français, parmi lesquels des homosexuels connus. Malgré les avertissements qui lui ont été signifiés, NOUREÏEV s'est entêté dans ses outrages. Il a donc été condamné par contumace, en novembre 1961, à sept ans de travaux forcés. Nous déclarons également que NOUREÏEV Hamet Vassilie-vitch, qui désavoue publiquement et dénonce avec véhémence les actes de son fils, est autorisé à rester membre permanent du Parti.

Comité de la Sûreté à Oufa
Février 1962

Six mois avant la trahison de Rudi, Iosif est rentré un soir dans notre chambre des rives de la Fontanka avec une bouteille de champagne à bon marché. Il m'a embrassée à la porte.

Yulia, a-t-il dit, j'ai d'excellentes nouvelles.

Il a enlevé ses lunettes, frotté les cernes sous ses yeux, et m'a conviée à la table au coin de la pièce. Il a ouvert la bouteille, servi deux tasses, bu aussitôt la sienne.

Dis-moi, ai-je demandé.

Baissant les yeux, il s'est vite resservi, et, ourlant la bouche : On a un nouvel appartement.

Pendant des années, je m'étais dévouée à notre immeuble communautaire au bord du canal. La cuisine et les toilettes étaient au fond du couloir, et notre chambre minuscule, vieillotte, tombait en ruine. Pourtant, c'était pour moi un palais, avec sa cheminée ornementale, la rosace au milieu du plafond, et l'abat-jour jaune au-dessous, vestige d'un autre temps.

J'imaginais l'histoire du lustre qui y avait été autrefois suspendu, et ce n'était pas tant l'expression d'un sentiment bourgeois qu'un clin d'œil silencieux à la vie de mon père. J'avais réparé le cadre de toutes les fenêtres, et j'avais arrangé les rideaux pour qu'ils ne bouchent pas la vue sur la Fontanka. C'était surtout le bruit de l'eau que j'adorais. L'été, elle clapotait sur le bajoyer au passage des chalands et, l'hiver, la glace crépitait.

Je demandai : Où ?

Il dit : Dans les quartiers-dortoirs.

Ceux-ci se trouvaient à la périphérie de la ville, bloc sur bloc, béton gris sur béton gris, et cet endroit m'avait toujours paru le silo de notre effritement futur.

Je bus tranquillement une gorgée de ma tasse.

Iosif dit : Il y a un ascenseur, de l'eau chaude et deux pièces.

Comme je ne répondais pas, il s'est mis à gigoter sur son siège : J'ai eu les permis grâce à l'université. On emménage la semaine prochaine.

Mon silence m'effraya moi-même, et je me levai lentement. Iosif me tira par les cheveux jusqu'au milieu de la table. J'essayai de me dégager, mais il me gifla : Tu commences à tout emballer ce soir.

J'eus envie de lui dire que ses gifles étaient celles d'un universitaire, mais j'aurais eu droit ensuite aux coups de poing. Je le regardai se servir une autre tasse de champagne. Il la pencha devant lui, son double menton disparut, et je le trouvai un instant séduisant, ce qui me glaça.

Bonne nuit, dis-je.

Je sortis une écharpe d'un tiroir et partis dans le couloir.

Des taches de soleil tournoyaient sur la Fontanka. Je pensai un instant que, si je trébuchais sur le parapet, l'eau me porterait en ville, que les ponts mobiles basculeraient sur mon passage. Élégante imbécillité. Je longeai le canal vers le nord, empruntai une rue latérale vers le Conservatoire, jusqu'au Kirov, qui régnait, majestueux, sur la place. Il y avait une affiche dehors annonçant Rudi dans *Giselle*.

Je rentrai à la maison, où Iosif était toujours attablé. Il ne leva pas les yeux. J'avais caché quelques roubles dans un vieux samovar près de notre lit. Je pris de quoi payer un fauteuil de balcon, enfilai mon pull en cachemire. En redescendant l'escalier, je crus entendre la gifle de mon mari qui se réverbérait encore dans tout l'immeuble. Quand j'atteignis de nouveau le Kirov, l'entrée grouillait de monde.

Il était de règle, au théâtre, qu'on donne son manteau au vestiaire avant le spectacle. Je pensai à laisser mon chandail, mais c'était si agréable de le garder, j'aimais sa chaleur, sa légèreté. Je me calai dans mon siège entre deux femmes assez grosses. J'avais envie de me tourner vers elles pour leur lancer une phrase grotesque, du genre, *Ah, le ballet, l'antidote idéal*. Je commençai à me demander si Iosif ne me faisait pas une farce grossière, si, finalement, nous n'aurions pas à déménager, et, dans ce cas, les choses resteraient ce qu'elles étaient, je continuerais à dormir bercée par les frémissements du canal.

Les musiciens prirent place dans la fosse, commencèrent à s'accorder, une flûte ici, un violoncelle plus loin, et leurs notes, discordantes au début, se lièrent bientôt à l'unisson.

Mes voisines, dans leurs sièges, bavardaient comme des pies. Le nom de Rudi planait au-dessus des têtes, et je ressentis une forme de colère à l'idée qu'on puisse ainsi se l'approprier. J'ai failli me lever pour crier : *Vous ne le connaissez pas, vous, Moi si. Et c'est ma mère qui lui a appris la danse !* Il y avait longtemps, pourtant, que je ne l'avais vu, presque un an. À vingt-deux ans, il avait son appartement, des privilèges alimentaires, un bon salaire. Son portrait figurait en bonne place dans les allées du destin.

La lumière diminua. Il surgit des coulisses sous une salve d'applaudissements, et aussitôt il éclata sur scène, dévora son rôle, moins par sa façon de danser que par celle dont il se donnait, une sorte de boulimie faite homme. Je pensai à m'oublier dans le spectacle mais, à la fin de la première variation, je me rendis compte que j'avais terriblement chaud. J'essayai discrètement de brasser un peu d'air. Cela empira. Je ne voulais pas déranger mes voisines, ni ôter mon cachemire. Rudi dégageait une ardeur qui ressemblait à un cri d'alarme : *Regardez-moi ! Regardez-moi !*, mais j'étais obsédée par ce chandail, comme prisonnière d'une étuve. L'atmosphère était gonflée, dense. Je sentais mon visage, rouge, et mon front en sueur.

Quand l'entracte arriva enfin, je me levai précipitamment, et le sol se déroba sous mes pieds. Je repris conscience presque instantanément, pourtant j'avais déjà attiré l'attention – on chuchotait en me montrant du doigt, et il ne m'en fallut pas plus pour imaginer les journaux le lendemain, relatant l'histoire d'une femme seule qui s'était évanouie devant Rudolf Noureïev.

L'homme assis derrière moi m'aida aimablement à reprendre place, et j'enlevai mon chandail. Je cherchai désespérément à expliquer ce qui venait de m'arriver, mais je vis bien, à l'expression de cet homme, qu'il me croyait tout bonnement subjuguée.

Il est merveilleux, n'est-ce pas ?

J'avais beaucoup trop chaud, dis-je.

C'est qu'il ne laisse pas indifférent, insista l'homme à mon oreille.

Craignant de m'évanouir encore, je respirai bien fort, me levai pour de bon, et, trébuchant, longeai l'allée vers l'escalier et les grands lustres. Dans les toilettes, une femme me tint par les épaules pendant que je vomissais. Horrifiée, je l'entendis demander si je n'étais pas enceinte, ce qui était impossible. Je nettoyai le lavabo et m'aspergeai la figure d'eau. Quelqu'un avait laissé des empreintes de doigts sales sur le miroir et j'eus l'impression étrange qu'un fantôme me touchait le visage. À trente-six ans, j'avais des pattes-d'oie au bord des yeux, et des cernes noirs en dessous.

D'où j'étais, j'entendais des femmes s'exclamer, parler d'une performance extraordinaire. Deux filles, qui fumaient devant le lavabo d'angle, n'avaient à la bouche que le nom de Rudi.

J'achetai une glace à l'étage et, quand la sonnerie retentit, j'estimai m'être suffisamment ressaisie pour reprendre mon siège.

Je me penchai et plissai les paupières vers la scène distante, jusqu'à ce qu'une spectatrice devant moi, gênée par mes cheveux, me tende une paire de jumelles de théâtre.

Rudi avait un physique d'une beauté en tout point captivante : épaules carrées, bien dessinées, cou strié de muscles, cuisses énormes – même les contractions de ses mollets étaient belles. Il soulevait sa partenaire et la faisait tourner avec une légèreté remarquable. Je ne pouvais m'empêcher de repenser au jour où il était arrivé, avec ses dix-sept ans, je le revoyais se déshabiller dans ma chambre, se glisser sous les couvertures du canapé, voiler la pâle promesse de son corps. Je serrais bien trop fort mon accoudoir, mes ongles griffaient le bois. Je rendis les jumelles et tentai d'étouffer ces émotions prêtes à me dominer.

À la fin du ballet, Rudi, un bras gracieusement tendu, tourna lentement la tête pour embrasser toute la salle du regard. L'ovation résonna dans mes oreilles.

Je me ruai hors du théâtre, courus le long de la Fontanka, montai l'escalier. J'entrai et trouvai Iosif encore attablé, soûl. Je posai mes mains sur ses épaules et cherchai sa bouche. Ébranlé, il me repoussa, remplit son verre, le vida aussitôt, puis tituba au milieu de la pièce et m'embrassa à son tour. Je le pressai par gestes de me faire l'amour contre le mur, mais, ivre comme il l'était, il arrivait à peine à me garder dans ses bras. Alors il me tira par terre, et je m'en foutais, quelle importance, le ballet tournoyait encore dans ma tête – Rudi s'était dressé sur scène tel un explorateur épuisé, arrivant dans quelque pays inconcevable, et qui, malgré le plaisir de sa découverte, se mettait aussitôt en quête du prochain, alors j'avais pensé que ce prochain pouvait être moi.

J'ouvris les yeux pour voir Iosif en train d'éponger son cou en sueur. Il repartit s'asseoir et dit : N'oublie pas, il faut faire les cartons.

Aurais-je eu suffisamment de cartons pour contenir toute l'ineptie de mon existence que je les aurais édifiés en monument – je remplis les nôtres.

La semaine suivante me vit dans les quartiers-dortoirs de Leningrad, et adieu la Fontanka. Le nouvel appartement était grand et sombre. Il y avait l'eau chaude, le téléphone, une cuisinière, un petit frigo. L'ascenseur couinait derrière la porte d'entrée. J'écoutais les sifflements aigus de la bouilloire. Je me promis de partir vite, de réunir assez d'argent pour pouvoir négocier un divorce, d'entreprendre l'énorme travail de me trouver un logement. Mais, à la vérité, je m'étais soumise à Iosif, et refaire l'amour avec lui, à mon initiative, n'avait servi qu'à sceller son indifférence.

Six mois plus tard, j'étais assise dans notre huitième étage à essayer vainement de traduire un poème cubain plein d'ombres et de mystères quand mon amie Larissa frappa à la porte. Elle avait pris le tram jusqu'au terminus pour arriver ici. Elle était blême. Elle

m'agrippa le bras et m'escorta jusqu'au terrain de football, à bonne distance des tours.

Une rumeur court, murmura-t-elle.

Pardon ?

Rudi est parti.

Quoi ?

On dit qu'il s'est réfugié à Paris.

Nous sommes passées sous les buts, et nous nous
sommes regardées en silence. Des scènes me revinrent
en mémoire, qui se transformèrent en indices. Cette
façon qu'il avait de se regarder dans la glace, les jours
suivant son arrivée, comme s'il s'efforçait de se glisser
dans le corps d'un autre. Les discours qu'il tenait sur
les danseurs à l'étranger, l'intérêt qu'il portait aux
chansons de Rosa-Maria, mes livres qu'il dévorait. Et
à l'Ermitage, tiens, l'attrait qu'exerçaient sur lui les
peintres de la Renaissance italienne, les grands maîtres
hollandais. Cet air affamé qu'il avait lorsque, assis à
table avec mes amis, il semblait prêt à se jeter sur un
mot ou sur une idée. J'éprouvai un terrible sentiment
de culpabilité, et de crainte.

Je demandai : Paris ?

Motus, dit Larissa.

Ce soir-là, je restai avec Iosif à la maison, à écouter
les poulies de l'ascenseur grincer dans le couloir.
Chaque fois qu'il s'arrêtait à notre étage, la pensée
m'assaillait qu'ils venaient frapper chez nous. Je plaçai
dans un sac ce dont je pensais avoir besoin. Un roman
de Gorki, notamment, à la couverture de toile, sous
laquelle je cachai de l'argent. Je gardai le sac sous mon
lit, j'eus des cauchemars dans lesquels on m'enchaînait
à une table.

Iosif dit : Le petit salaud, comment a-t-il osé ?

Il se leva, arpenta la pièce, murmurant : Quelle
arrogance.

Il me regarda dans les yeux : Quel salopard.

Il m'étonna le lendemain lorsqu'il affirma que je n'avais rien à craindre, que je n'avais rien fait de mal, que, grâce à ses relations, il pouvait s'assurer qu'on me laisserait tranquille. Je lui repassai une chemise pour sa conférence, et, en préparant sa serviette, il me garantit que tout irait bien. Il m'embrassa brusquement sur la joue et partit à la fac.

Ils vinrent de toute façon, le matin du lundi suivant.

J'étais seule quand j'entendis frapper. Je cachai de l'argent sous la semelle intérieure de mes chaussures, saisis même une tranche de pain et la fourrai dans la poche de mon peignoir. Puis, tremblante, j'ouvris. L'homme, avec son regard en vrille et son imper gris, ressemblait à son engeance, mais la fille, cheveux blonds et yeux verts, était jeune et belle.

Ils entrèrent sans se présenter et partirent nonchalamment s'asseoir à la table. J'eus l'impression furtive que, pour se couvrir lui-même, Iosif leur avait déjà rendu visite, qu'il avait peut-être fini par me donner vraiment, après tant d'années de minuscules lâchetés intimes.

C'est une arrestation ? demandai-je.

Ils ne répondirent pas. J'étais certaine qu'ils allaient me prendre chacun par un bras et me faire sortir. Ils allumèrent tous deux une cigarette – celles de mon paquet –, soufflèrent la fumée au plafond. Ils avaient répété leur mise en scène. Ils voulurent savoir pendant combien de temps je l'avais fréquenté, s'il avait jamais parlé de l'Ouest, qui il mentionnait, pourquoi il avait trahi son peuple.

Tu sais qu'il a échoué, n'est-ce pas, citoyenne ?

Je ne suis pas au courant.

Lamentablement.

Vraiment ?

Ils lui ont lancé du verre, à Paris.

Du verre ? répétai-je.

Oui, ils voulaient lui écorcher les pieds.

Pourquoi ?

Parce qu'il était mauvais, évidemment.

Évidemment.

Je me posai la question puisque, en effet, il était possible qu'on l'ait sifflé à Paris, qu'on l'ait relégué à une place secondaire dans un corps de ballet. Peut-être son style était-il hérétique pour les Français, peut-être avait-il vraiment failli. Il n'avait après tout que vingt-trois ans, c'était très jeune ; et il dansait depuis quelques années seulement.

Ils me dévisageaient sans arrêt, mais je ne trahis aucune émotion. Ils en vinrent finalement aux soirées dans mon ancienne chambre.

Vous teniez salon, dit la fille.

Il était inutile de contester.

Elle ferma un œil : Nous voulons les noms, les adresses, les professions de chacun de vos invités.

Je les écrivis. Cela ne servait strictement à rien, puisqu'ils les connaissaient déjà tous – quand j'eus fini, ils parcoururent ma liste et énumérèrent, avec un sourire pincé, ceux que j'avais oubliés. Ils me surveillaient, semblait-il, depuis fort longtemps.

Recommencez, dirent-ils.

Pardon ?

La liste.

Mes mains tremblaient. Ils me forcèrent à établir une deuxième série de noms et d'adresses – quiconque avait jamais passé cinq minutes chez moi, parlé ou pas avec Rudi. Je gardai furieusement clos le coin de ma mémoire où survivait mon père. Je l'imaginai brièvement à Oufa, dans l'ombre de la raffinerie, boitant chez lui pour encore trouver ces agents devant sa porte, voir sa vie de nouveau écartelée. Mais ils n'en parlèrent pas. Il me vint subitement à l'esprit qu'ils se proposaient de savoir si j'étais en mesure d'exercer une influence sur Rudi – peut-être de lui téléphoner, de le convaincre de revenir –, mais je vis qu'ils en doutaient déjà.

Ils demandèrent finalement si j'accepterais de le condamner publiquement.

Oui, dis-je, sans une seconde d'hésitation.

Ils parurent vaguement déçus et allumèrent chacun une nouvelle cigarette. L'homme cala un crayon derrière son oreille.

Vous allez lui écrire une lettre.

Oui.

Vous allez lui dire qu'il a trahi sa Patrie, son peuple, son histoire.

Oui.

Vous ne fermerez pas l'enveloppe.

Bien.

Vous avez un comportement plutôt dangereux, me dit la fille.

Je répondis, non sans une certaine dignité, que j'étais prête à faire amende honorable.

Ne parlez de ceci à personne, m'avertit l'homme.

J'acquiesçai.

Vous m'avez bien compris ?

Il semblait presque effrayé – le moindre écart pouvait être lourd de conséquences sur sa propre existence, sa femme, ses enfants, son appartement.

Oui, j'ai compris.

Nous reviendrons.

La fille se tourna vers moi et dit : En ce qui me concerne, je ne lui cracherais même pas dessus s'il était en train de brûler vif.

Hochant la tête, je répondis : Certainement.

Lorsqu'ils furent partis, je m'adossai à la porte, attendis que l'ascenseur entame sa descente, et, pour quelque raison étrange, au lieu de me mettre à pleurer, je ris jusqu'à l'épuisement, couvrant le cliquètement des poulies, de l'acier, des cylindres, couvrant le sifflement du mouvement pneumatique, jusqu'au bruit de l'arrêt final, riant, riant, me rappelant de bout en bout ma soirée au Kirov, l'idée de coucher avec Rudi – ou de l'avoir fait par l'intermédiaire de Iosif. Je compris que je haïssais Rudi comme on hait une personne qui vous baise et s'en va, en d'autres mots avec une admiration rancunière, une certaine envie peut-être, d'être capable de s'en aller comme ça.

Mes amis s'affolèrent qu'on pût encore me voir avec eux. Leur zèle politique et leur fiabilité avaient été mis en doute, et ils étaient maintenant à jamais fichés. Eux aussi se mettraient à écouter la machinerie des ascenseurs. Je pensai à la façon dont on avait étriqué mon existence, dont on l'avait pelée, couche après couche, mois après mois, d'année en année.

Je trouvai un soir Iosif qui regardait fixement sa bouteille. La lèvre tordue sur un rictus, il me dit qu'il y avait six chemises sèches sur le balcon, qu'il fallait les repasser.

Je dis : Non.

Il cria : Repasse-moi ces putains de chemises !

Il brandit son poing devant moi, l'arrêta à deux centimètres de mes yeux.

Depuis la fenêtre – où je détachai les chemises –, je l'entendis dans mon dos se servir un autre verre, pour lui tout seul.

J'optai pour l'unique choix qui pût m'aider à y revoir clair – Oufa, rendre visite à mon père. Je n'obtins pas de visa avant la fin du mois de septembre. Il y avait trois jours de train, à cause des changements. Épuisée, ne trouvant ni taxi ni la moindre charrette à cheval, je dus traverser la ville à pied en demandant mon chemin. Des femmes tatares et musulmanes, qui se promenaient avec leurs enfants, se détournèrent en m'apercevant. Je m'étonnai qu'une ville pareille ait pu enfanter un danseur comme Rudi.

Je finis par trouver la rue de mon père. C'était un alignement de vieilles maisons dont les volets colorés se moquaient joyeusement des blocs de béton voisins. Il y avait aussi une série d'ornières boueuses qu'il me fallut négocier adroitement, en me demandant comment papa s'y prenait, lui, avec sa canne.

Il vint ouvrir et s'esclaffa presque en me voyant. Ses cheveux avaient poussé sur ses oreilles et lui donnaient l'air un peu fou, mais il semblait en pleine santé. Il portait un costume, et sa cravate arborait quelques taches de gras. Si la chemise était boutonnée jusqu'en haut, la cravate était desserrée comme si l'une et l'autre se préparaient à des journées différentes. Une branche de ses lunettes était cassée. Il avait arrangé ça avec un bout de ficelle noué autour de l'oreille. L'âge avait tout de même fait son œuvre, à en croire les capillaires dilatés sur ses joues. Et pourtant cette couperose lui allait étrangement bien.

Je l'embrassai. Ses cheveux sentaient le moisi.

Nous nous assîmes avec Beethoven et il prépara du thé sur le petit réchaud. Il y avait un portrait de ma mère sur la table de chevet. Papa avait rencontré un jeune peintre qui l'avait dessinée d'après photographie, au fusain. L'artiste avait rendu un hommage appliqué à sa beauté et il m'apparut que maman, ainsi, resterait toujours magnifique.

Surprenant mon regard, papa me dit : Notre rôle, dans la vie, est de faire durer l'instant.

J'acquiesçai, sans comprendre vraiment. Il but son thé. Sachant que la nouvelle n'était pas encore officielle, j'hésitai à lui parler de Rudi mais, finalement, je lâchai tout.

Rudi est à Paris.

Oui, je sais.

Comment le sais-tu ?

Des yeux, il balaya la pièce, comme si quelqu'un d'autre était là. À chacun ses astuces, dit-il.

Il se traîna jusqu'à l'armoire : Je n'ai pas encore fêté ça. Ça s'arrose, tu ne crois pas ?

Non, je ne crois pas.

Pourquoi ?

Ils vont le condamner à mort.

Comment ? Ils ne vont quand même pas envoyer un peloton d'exécution à Paris ?

Peut-être que si.

L'idée le dégrisa. Il tordit plusieurs fois la bouche comme s'il goûtait quelque idée bizarre.

Nous sommes tous condamnés à mort, dit-il finalement, non sans une certaine allégresse.

Oh, papa.

Il a toujours été un malin petit cafard, n'est-ce pas ?

Oui, on pourrait dire ça.

Il sortit de l'armoire une vieille bouteille de vodka, qu'il ouvrit pompeusement, et il jeta un torchon blanc sur son bras pour compléter le tableau.

Au malin petit cafard, Rudolf Hametovitch Noureïev ! dit-il, le verre en l'air.

Nous préparâmes un repas léger sous les yeux de fusain de ma mère. Papa évoqua son passage au Mariinski, affirma qu'on lui avait volé sa jeunesse, qu'elle aurait pu devenir l'une des plus grandes – il savait que c'était faux, mais ce joli mensonge nous réchauffa tous deux.

Je fis mon lit sur le canapé.

Juste avant de s'endormir, il toussa et dit : Son père.

Quoi ?

Je pensais à son pauvre père, c'est tout.

Dors.

Ha ! dit-il. Dormir !

Je l'entendis plus tard s'asseoir et tourner quelques pages. La pointe d'une plume frotta sur le papier, au son de laquelle je m'endormis.

Il partit tôt le matin, ce qui m'inquiéta. Je fis le ménage, pour passer le temps, en nettoyant bien dans les coins.

Je trouvai son journal intime sur la table, sous une pile de recueils de poèmes. La date du décès de ma mère était inscrite au début. Le papier était de mauvaise qualité et l'encre bavait sur plusieurs feuilles à la fois, ce qui rendait la lecture difficile. Je remarquai l'écriture, désordonnée, en pattes de mouche, et je pensai : *Voici la vie de mon père*. Je m'efforçai de ne pas entrer dans ses mots, et recommençai à épousseter ce qui l'était déjà. Papa avait laissé ses plantes se dessécher. Je les emportai dans la salle de bains communautaire, les immergeai dans deux centimètres d'eau pour voir si elles voulaient bien ressusciter.

Une vieille voisine vint me regarder silencieusement dans la salle de bains. C'était une forte femme, que l'âge, apparemment, avait rendue fragile. Elle me demanda qui j'étais. Je lui répondis et elle repartit dans sa chambre sur un grognement dédaigneux.

Je m'assis au bord de la baignoire. La bonde était pleine de cheveux, et ce n'étaient pas ceux de mon père – plutôt ceux d'un jeune homme, noirs, vigoureux, et je trouvai vexant que papa dût se laver au même endroit que les autres.

Je pensais sans arrêt à ce journal, qui me brûlait de l'intérieur. Je repartis dans le couloir, pris place à la table, caressai la couverture noire, et finalement ouvris une page à un tiers du début :

Et pourtant il est vrai – même si je n'ai jamais cru en Dieu, ce qui, pour autant, ne fait pas de moi un bon citoyen – que, peut-être, à la fin, je lui

saurai gré d'exister. Dans l'ensemble, mon exis-
tence sur Terre n'a pas vraiment ressemblé à
ce que j'appellerais vivre. Survivre plutôt, jour
après jour, et m'endormir en me demandant :
« Qu'adviendra-t-il de moi demain ? » Puis,
quand le matin arrive, je me le demande encore.
Cependant les soupirs dessinent parfois des
paysages au creux des fanfares collectives.
Depuis ma chambre, je vois des oiseaux dans les
arbres, une douzaine d'enfants devant la fenêtre,
et même le soleil brille. Et je te dirai ceci, puisque
c'est tout ce que j'ai envie de dire : Anna, la
musique de ton nom ouvre toujours les fenêtres de
cette pièce.

J'ai sursauté lorsqu'il est rentré à midi. J'étais
encore en train de regarder cette page quand j'ai
entendu la porte grincer. Je voulus replacer le journal
en hâte sous une pile de recueils, mais je ne réussis
qu'à tout faire tomber. Je m'agenouillai pour ramasser
les livres. Il me vit caler le carnet noir sous une vieille
édition de Pasternak.

Il tenait un bouquet de lis à la main, qu'il plaça
dans un vase, près de la fenêtre. Les fleurs se mirent à
osciller au vent. J'ignore combien de fois il a répété le
nom de ma mère en coupant les tiges.

Son visage ne trahissait rien. Je m'apprêtais à lui
demander si je pouvais lire son journal de bout en
bout, mais, sans m'en laisser le temps, il dit d'une voix
étrange : Tu sais que son père ne l'a jamais vu danser ?

Je restai un long moment silencieuse, puis :
Comment le sais-tu ?

Oh, je suis allé le voir.

Où ça ?

Chez lui.

Vous êtes amis ?

On parle.

À quoi ressemble-t-il ?

Oh, à un vieux costaud.

Mon père se tourna vers la fenêtre, comme s'il s'adressait au monde extérieur : J'ai peur qu'il ne finisse en petits morceaux.

Il resta là, à tripoter le rideau.

Et sa mère ?

Elle est plus forte que lui. Elle lui survivra.

Il revint à la table, ramassa son journal, feuilleta quelques pages et dit : Tu peux le prendre, si tu veux.

Refusant d'un signe, j'admis que j'avais lu une page ou deux, que c'était beau.

C'est du bla-bla, dit-il.

Posant sa main sur la mienne, il ajouta : Yulia, ne les laisse jamais t'empoisonner la vie avec leur mesquinerie.

Je lui demandai ce qu'il signifiait par là. Il me répondit qu'il ne savait pas très bien, qu'il se sentait seulement appelé à dire ce genre de chose.

Je m'accrochai à lui encore quelques jours, à son courage. Chaque fois qu'il partait, je lisais son journal. C'était finalement un long chant d'amour, et je fus contrariée de ne jamais y apparaître. Il n'y avait que lui et ma mère. Les souvenirs de leur existence commune se suivaient sans ordre – leurs derniers jours ensemble étaient collés aux premiers, et c'était parfois la fin qui semblait préparer le début –, comme si un temps informe y avait été serré, comprimé. Nés dans l'abondance, ils avaient vécu en sachant qu'ils mourraient miséreux, et pourtant ils paraissaient avoir accepté tout ce qui leur était arrivé – peut-être, d'un certain point de vue, s'étaient-ils félicités de ce revirement qui les avait soudés l'un à l'autre.

Je méditai sur mes futurs derniers plaisirs, moi qui avais vécu une grande partie de ma vie à l'écart des difficultés. Je me promenai longuement à Oufa, dans les rues sales, à l'ombre des usines, devant les quelques maisons de couleur encore debout. À une vente aux enchères d'oiseaux, près de la mosquée, j'achetai un chardonneret, au chant, me dit-on, agréable. Je refusai la cage et emportai l'oiseau le long de la Bielaïa, dans mes mains. Quand je les ouvris, il parut un instant effrayé, et il s'envola, pour certainement se refaire capturer. Je détestais cet égocentrisme attendri, stupide, dans lequel je m'étais enfoncée, mais je m'y complaisais aussi, pour ses effets curatifs. J'achetai bêtement deux autres oiseaux, les libérai, et me rendis soudain compte que je n'avais plus de quoi me payer un ticket de tram. Je pris cela pour de l'ironie, opportune, et rentrai à pied chez mon père.

Je restai encore trois jours. Le soir précédant mon retour à Leningrad, j'appris à papa que je songeais au divorce. Loin de le surprendre, cela parut presque le réjouir.

Vas-y, fais-le.

Je fronçai les sourcils. Il ouvrit grand les bras.

Ou, au moins, épouse quelqu'un d'autre !

Mais l'appartement ?

Quelle importance ? dit-il. C'est avec nous que nous vivons, pas avec nos quatre murs.

Je boudai un instant et il ajouta : Yulia, ma chérie. Divorce. Reste à Pétersbourg. Vis les années qu'il te reste.

Il se rassit dans son fauteuil et ralluma un mégot de cigare puant qu'il avait préservé.

Plus tard dans la soirée, il m'annonça qu'il avait prévu quelque chose de spécial. Il posa un doigt sur sa bouche, comme si nous n'étions pas seuls, et il se mit à manipuler son gramophone. Je pensai qu'il allait mettre un disque, tout simplement, mais il releva la pointe et commença à démonter l'appareil. Une petite boîte plate était cachée dans le ventre de celui-ci. Il me la tendit en déclarant qu'elle avait appartenu à ma mère, et qu'elle avait toujours souhaité que cela me revienne.

J'aurais déjà dû te la donner, dit-il.

Sa voix sembla se perdre quand j'essayai d'ouvrir la boîte. Elle était restée longtemps close et le fermoir était rouillé. Je pris un couteau et forçai doucement le couvercle. Mon père me regardait sans rien dire. Je m'attendais à trouver un autre journal intime, peut-être celui de ma mère avant la Révolution. Ou quelques-unes de leurs premières lettres d'amour. Voire des breloques qu'ils auraient collectionnées tout au long de leur vie. J'en vins à secouer la boîte, mais papa m'empoigna le bras : Ne fais pas ça.

Faisant levier avec le couteau, il débloqua le fermoir. Puis, sans toucher au couvercle, il me retendit la boîte.

Il y avait à l'intérieur une minuscule soucoupe de porcelaine, de la taille d'un cendrier. Très fine, d'un bleu pâle, avec un décor bucolique sur le bord, de paysans et de chevaux de trait. Je fus d'abord déçue, c'était une petite chose légère, fragile, qui semblait sans aucun rapport avec l'un ou l'autre de mes parents.

Elle a cent ans, me dit-il. Elle appartenait à ton arrière-grand-mère maternelle. Ta mère l'a récupérée à Pétersbourg, après la Révolution, dans la cave où elle était cachée. Il y avait de nombreuses autres pièces. Elle voulait garder ce service.

Qu'est-ce qu'il est devenu ?

Il s'est cassé au fil de nos voyages.

C'est tout ce qu'il en reste ?

Hochant la tête, il dit : misère luxure maladie jalousie espoir.

Pardon ?

Il répéta : la misère la luxure la maladie la jalousie l'espoir. Elle a survécu à tout ça.

Je gardai dans mes mains le minuscule objet de porcelaine et me mis à pleurer jusqu'à ce que mon père déclare, souriant, qu'il était temps que je grandisse. J'enveloppai ma soucoupe et la remis dans sa boîte, puis la plaçai dans ma valise, emmaillotée dans mes vêtements, bien cachée tout au fond pour qu'on ne la trouve pas, qu'elle ne s'abîme pas surtout.

Garde-la en lieu sûr, je te prie.

Nous nous embrassâmes, et il cita un vers sur des volées d'oiseaux errant parfois la nuit sous le visage de la lune.

Je repris le train pour Leningrad – le paysage défilait – et je trouvai finalement en chemin le courage de divorcer. Il restait à économiser suffisamment pour la procédure, et à attendre le moment opportun. Dix-huit mois s'écoulèrent pendant lesquels je bricolai rapidement quantité de traductions. Je cachai l'argent avec ma soucoupe.

Puis, un soir, au début de l'été 1963, je me réveillai un peu désorientée, hésitant entre le matin et la nuit. Le black-out sur Rudi avait été levé ce jour-là. Pendant deux ans, on n'avait vu son nom nulle part, et soudainement, tant les *Izvestia* que la *Pravda* se mettaient à parler de lui. On affirmait qu'il s'était avili en même temps que son pays, ce qui était amusant, peut-être vrai aussi. Ils n'avaient évidemment pas publié de photo, mais il brillait tout de même derrière le vitriol.

En quelques mois, Iosif était devenu de plus en plus irritable. Il m'avait encore frappée deux fois. Cédant bêtement au désir de le ridiculiser, j'avais fini par lui dire qu'il tapait comme un membre de l'intelligentsia, et, d'un coup de poing brutal, il m'avait déchaussé une dent. Nous parlions peu depuis.

Penché sur son bol de soupe, il lisait les deux journaux à table en déglutissant de plaisir. Je le trouvai vieux, sa tonsure brillait à la lumière du plafonnier.

J'étais en train de l'étudier depuis le lit lorsque, au bout d'un moment, je finis par percevoir un genre d'agitation dehors, des cris lointains, étouffés, qui semblaient plus violents à mesure que j'écoutais.

Puis un hurlement et un choc.

Je demandai à Iosif : Qu'est-ce qui se passe ?

Il dit : Rendors-toi, femme, c'est les voyous du quartier qui jouent au foot, c'est tout.

Je posai la tête sur le côté frais de l'oreiller, mais quelque chose dans ce hurlement m'avait prise au vif. J'attendis une heure que Iosif se couche à son tour, puis je me relevai, entrouvris le rideau à la fenêtre, regardai. J'étais fatiguée – j'avais travaillé à plusieurs traductions – et je dus cligner des yeux un bon moment avant de m'habituer à l'obscurité.

Après la cour, vers le terrain de football, il y avait, de fait, quelques voyous rassemblés devant plusieurs monticules de terre. On allait construire quelque chose, et les ouvriers l'avaient entassée ainsi. Les gamins avaient déniché quelque part un genre de bâtons blancs qu'ils avaient enfoncés dans le sol, afin de délimiter leurs buts.

Un homme, la cinquantaine peut-être, qui donnait l'impression d'un vétéran de la guerre – il portait un vieux béret rabattu d'un côté –, essayait de mettre la main sur ces bâtons, mais les gamins le repoussaient. Il criait et, de loin, je ne comprenais pas ce qu'il disait. Les gamins tournaient autour de lui, le frappaient à la poitrine, cependant il tenait bon.

Il réussit soudain à se frayer un passage, arracha d'un même geste les deux bâtons, qu'il brandit comme deux sabres. Puis il recula en les faisant tournoyer. Les voyous le regardèrent sans bouger. L'homme recula encore de quelques mètres, et il se mit alors à courir, ses deux bâtons sur la poitrine. Les gamins ne prirent pas la peine de se lancer à ses trousses. Ils s'esclaffèrent et se rassemblèrent de nouveau devant un monticule. Puis ils fouillèrent dans celui-ci jusqu'à trouver un objet blanc qui leur servit de ballon.

Brusquement prise d'horribles sueurs, je me rendis compte que c'était un crâne.

Le plancher parut se dérober sous moi et je dus m'accrocher au bord de la fenêtre.

Mon vétéran, qui s'était retourné, vit les gamins se faire des passes au pied avec le crâne. Je ne distinguais pas son visage. Lâchant aussitôt ses bâtons – cela devait être des tibias ou des cubitus –, il repartit en courant traverser le terrain de jeu, accablé de tristesse, accablé aussi par son corps trop lourd, son veston, son béret.

Les tibias restèrent croisés derrière lui par terre.

Il me revint en mémoire les paroles d'une chanson, de morts prenant la forme de cigognes qui s'élançaient dans le ciel. Tremblante, je me demandai si ces os-là étaient ceux d'un Allemand ou d'un Russe, et d'ailleurs qu'est-ce que cela pouvait faire, et puis je pensai à ma petite soucoupe bleue cachée dans son emballage de papier. Je m'assis près de la fenêtre et me lovai contre cet abandon que nous étions devenus.

Je refermai les rideaux, regardai Iosif ronfler. J'étais éreintée, et pourtant j'exultais, comme si un événement terrible me poussait à la chute et de l'avant en même temps. J'avais envie de secouer Iosif, de lui dire que nous allions tenir, dépasser tout cela, que nous pouvions changer, que nous pouvions apprendre. Je voulais qu'il ait pour moi un geste apaisant et gentil, mais je ne le touchai pas et, comme il ne bougea pas non plus, je compris que l'occasion était déjà perdue. J'avais trente-huit ans et je m'en allais.

Je tirai ma valise de dessous le lit, et je commençai à la remplir : vêtements, livres, dictionnaires, traductions inachevées, ma soucoupe de porcelaine. Je fis assez de bruit pour réveiller Iosif, qui, pourtant, ronflait toujours. J'eus l'impression que sa moitié endormie savait ce que l'autre allait ressentir au réveil.

J'allai l'embrasser sur la joue mais, me ravisant, je lui écrivis un mot, citant le vers de mon père sur ces étoiles plus sombres que leur obscurité.

Quand, avec ma valise, je fus prête à partir, le matin était là. Des récifs de nuages écumaient dans le ciel. Les voyous avaient filé, mais le vétéran était encore sur le champ de bataille. Pelle en main, il s'affairait à enterrer de nouveau tibias et crâne dans un coin intact du terrain de foot. Le soleil était suspendu entre deux tours, et les blocs habitables ressemblaient à un jeu de cubes posé sur l'horizon. Comme à dessein, un vol d'oiseaux s'éleva, tirant ses courtes ailes sous les cieux. Je laissai ma claustrophobie à l'intérieur de l'ascenseur et descendis à pied les huit étages. Le jour était déjà chaud et humide. Et légère, ma valise.

Je croisai le vétéran sur le terrain. Il regardait par terre, mais il se retourna comme pour me signifier que nos guerres n'ont pas de fin.

Juin 1964

Tamara,

Tu en douteras, mais la nouvelle de la mort de papa m'a fait l'effet d'un coup de hache, ça m'a foutu par terre. J'étais en Italie. Bêtement, ils ont attendu la fin du spectacle pour me donner le télégramme, envoyé par erreur à Paris, d'où on l'a fait suivre. Voilà pourquoi j'ai mis tant de temps à reprendre contact. Il n'y a pas d'autre raison.

Je suis parti seul par les rues de Milan, et j'ai sans cesse pensé à lui. Tu ne me croiras pas, pourtant ces pensées étaient tendres. Il est vrai que papa, pendant une bonne partie de ma vie, m'a tout rendu difficile, mais j'ai bien souvent eu d'autres sentiments envers lui. Eh si, il est possible de contenir en soi des émotions adverses, le moins doué des chorégraphes pourrait te l'affirmer. Donc ce que tu me dis me blesse profondément.

Vrai aussi, j'ai dansé le soir suivant – seulement pour moi la danse, comme tu le sais, cristallise toutes les émotions, ce n'est pas seulement une fête, c'est la mort, la futilité et la solitude réunies. L'amour lui-même passe par la solitude. Alors j'ai dansé pour lui redonner vie. Et la scène m'a délivré. Tu préféreras sans doute ne pas le croire, mais c'est la vérité.

Tu as lu ou entendu que j'avais célébré sa disparition dans les boîtes de nuit, et c'est grotesque. Tu me vois sabrer le champagne dans les loges de la Scala, mais la photo date d'un autre jour, pas celui du décès de papa. Ne crois donc pas tous leurs mensonges. Leurs intentions sont épouvantables. J'ai maintenant vingt-six ans. Qui pourrait croire que je sois devenu ce genre d'animal-là, mort à tout sentiment ? Moi la glace ? Moi le bois ?

La vérité est que je saigne comme les autres, et sans doute davantage.

Tu me maudis mais, en fait, je te protège comme, bien sûr, je protège maman. Tu pourrais me remercier. Si loin de chez moi, je suis loin de tout ce qui m'a fait. Et cette distance-là, chaque fois qu'elle disparaît, équivaut à ma propre mort. Aucun endroit du monde ne disjoint les ténèbres.

Tu préféreras peut-être ne pas comprendre cela.

Mais tu devrais entendre que je suis anéanti, plus encore pour maman, qui n'est jamais plus loin qu'à un doigt de mon esprit.

Tu te plais à dire que je mène une vie de saltimbanque. Rien n'est simple, Tamara, pas même ton envie de simplifier les choses. Pourquoi ai-je fait cela ? Je n'ai pas sciemment décidé de partir, et j'aurais pu rester, mais à force de nager debout, on finit par se noyer. Mon geste n'était pas significatif. Et il faut un cigare au-dessus d'un gros ventre pour faire de la politique. Ces choses-là ne sont pas pour moi, je suis un danseur, et je vis pour la danse. C'est tout.

Alors, dédaigneusement, tu me demandes où j'en suis ? Oui, j'ai de la chance. J'ai une maison, des contrats, un masseur, des imprésarios, des amis. J'ai dansé pratiquement sur tous les continents. On m'a offert le thé à la Maison-Blanche avant l'assassinat du Président Kennedy. Margot et moi avons dansé pour la prise de fonctions de Johnson. On nous ovationne souvent une demi-heure. Je tiens le bonheur et la gloire, pourtant je me réveille le matin avec le sentiment affreux que c'est terminé et que cela ne veut jamais rien dire. Je n'ai pas la moindre intention de jouer les attractions de foire. Je vais de pays en pays. Je n'existe plus là où j'ai vécu, et je suis apatride où je vis. C'est ainsi. Et cela a toujours été, même, je suppose, lorsque nous grandissions ensemble à Oufa. C'est la danse, et elle seule, qui me garde en vie.

Goethe a écrit : Pour le prix de chanter, les dieux exigent de nous de devenir nos chants.

Toutes sortes d'idées parfois me traversent l'esprit, sans raison ni propos que je sache déchiffrer. Te rappelles-tu la vendeuse de bière au stand du bas de la rue Krassina ? Celle qui ressemblait à une mule. Elle n'avait que trois chopes et elle hurlait aux hommes de se dépêcher de boire. Elle était toujours très précise avec son boulier. Tu m'y as amené un après-midi en me disant qu'on pouvait lire l'heure d'après ce qui restait d'elle. Je n'ai compris qu'au moment où tu m'as montré le parapluie, qui la couvrait peu à peu de son ombre. À midi, elle était toute sombre parce que le soleil était au zénith. À la fin de la journée, on la voyait entière puisqu'il terminait sa course. Cette femme était une sorte de cadran solaire.

Je te dirai ceci — je t'envie souvent d'avoir eu la liberté d'épouser Ilya. La liberté, oui. Ce qu'il faut que tu comprennes, c'est que je souhaite choisir. Et pourtant on me refuse ce choix. Ma vie transite d'Opéras en chambres d'hôtel, de dîners en déjeuners, et elle recommence avec les répétitions. Je suis sincèrement désolé de n'avoir pu assister à ton mariage. On m'a invité ici, à l'Ouest, à pareilles occasions, et, chaque fois, j'ai pensé à toi. Tu avais l'air magnifique. Transmets mes amitiés et toutes mes félicitations à ton mari.

Cela m'est évidemment égal qu'il soit gardien d'école, pourquoi cela devrait-il m'inquiéter ? Tu manques de confiance en moi. Sans gardiens, sans électriciens, sans plombiers, le monde entier en serait encore à chier dans le noir dans un seau.

Je réside en ce moment chez un ami, à la campagne, pour trois ou quatre jours. C'est la première fois depuis dix ans, si je ne tiens pas compte de ma blessure, que j'arrête un instant de danser et de répéter. Ce n'est pas du luxe, il y a si longtemps que je n'ai pas soufflé. J'ai d'excellents amis, leur présence est un baume au cœur. Peut-être ai-je changé, mais en bien certainement. Et je supporte mal la compagnie des imbéciles. Surtout, et cela m'importe tant, c'est à un autre niveau que je danse maintenant. J'ai pu bâtir un Colisée sur les fondations de ce que j'ai appris à Leningrad. Le succès rencontré avec Margot Fonteyn est renversant. Elle a subi beaucoup d'épreuves ces dernières années, et ça n'est pas la moindre que d'avoir maintenant un mari infirme. Margot est un génie de la danse. Je l'ai vue descendre en pointes l'escalier de sa propre maison. Elle me stupéfie constamment malgré son âge. Rien ne peut l'atteindre sur scène, où nous sommes comme les doigts de la main. Que le monde en soit témoin.

J'ai fourni sans arrêt un travail acharné et j'ai assez payé ces voyages incessants, il est donc temps de récupérer un peu. Je profite de ces journées pour faire le point.

Même vue des collines, la terre reste souvent très plate. Cela n'est pas sans me rappeler nos paysages de Crimée. J'ai une amie qui veille sur moi, prépare mes repas, prend les appels, repousse les journalistes. Quand j'entends le téléphone, je repense à maman. J'espère que les forces ne lui manquent pas. Je suis parfois pris de colères insurmontables. Je voudrais révéler au monde les raisons de mon indignation, mais je sais trop bien ce qui se passerait. Mes mots auraient pour prix de l'isoler encore plus.

Et j'affirme sans tarder que ces rumeurs me concernant avec d'autres hommes sont de pures inventions. J'ai beaucoup d'amis – c'est aussi simple que cela. Ne donne aucun crédit aux misérables cafards qui tentent de m'engloutir.

Tu peux être fière de moi, et si je pouvais te parler de vive voix, tu réfuterais bien vite tous les mensonges prononcés en mon nom. Je me souviens de nos longues soirées à Oufa, de la lumière du soleil, des sirènes des usines, de la pollution de l'air. Tu vois, je n'ai pas oublié ma patrie, mais ne nous laissons pas aller aux sentiments faciles. La police secrète continue de me filer, et je vis dans la crainte, pourtant je ne les laisserai pas me toucher, et je vais persévérer, ne serait-ce que pour le plaisir de dire que j'y serai arrivé.

Je ne regrette rien. Laissons cela aux imbéciles.

Je rêve parfois de maman, de la faire venir ici, à l'Ouest, où elle pourrait vivre confortablement (cela vaut aussi pour toi, si tu veux). J'ai rencontré des hommes politiques, qui prétendent avoir les mains liées. J'ai engagé des avocats pour étudier ce que l'on peut faire. Ça, ils encaissent les chèques, c'est sûr, mais je crains que ça ne soit en vain. Parasites ! Il faut rester debout et fort, et repousser le destin qu'on nous impose. J'espère, je le répète, que maman compte sur ses forces. Elle avait coupé les ongles de papa devant nous, tu te rappelles ? Il était gêné qu'elle le fasse, qu'elle lui tienne les doigts, et il l'avait pressée de se dépêcher, non ? Alors elle l'a éraflé avec ses ciseaux, et il a gardé un pansement pendant des jours. Et ensuite il cachait sa main bandée dans la poche de son gilet.

Tamara, si ces mots te parviennent, dis à maman que je pense sans cesse à elle. Dis-lui que son fils danse pour un monde meilleur. Et chuchote mon nom aux brins d'herbe où mon père repose.

Voilà tout.

Rudik

LIVRE DEUXIÈME

1961-1971

Je désire que ce corps pensant –
Cette chair d'os et de cendre
Consciente de sa durée –
Se transforme en rue, en pays.

Ossip MANDELSTAM

Onze heures de répétition, une d'exercices lents à la barre. Impossible de trouver le bon phrasé. À envier la patience des tailleurs de pierres. Cisèle, burine, jusqu'à ce que tout fonctionne. Après sieste dans la loge, une heure encore de travail avec Rosella. Sur scène, personne n'a rien remarqué – personne ! –, pas même Françoise.

Vingt rappels. Et alors, quelle importance ? Souviens-toi : La perfection est un devoir.

Petit raconte dans une interview que dire certaines choses revient à les tuer. Que seule la danse est capable d'atteindre l'indescriptible. Oui.

Petit mot de Grace Kelly accroché à l'ampoule électrique au-dessus du miroir.

Édith Piaf regardait depuis la terrasse. Jean Cocteau souriait dans l'ombre. Marlene Dietrich était allongée sur le divan. On disait que Leonard Bernstein avait quitté son hôtel, qu'il devait arriver, que Picasso lui-même allait peut-être venir. Quelqu'un s'est mis à citer Proust. Tout ça pour moi !

En rentrant à l'hôtel avec gardes du corps, entendu balayeur fredonner Mozart sur les quais. Pensé que plus rien ne m'étonnerait, même dans mes rêves.

Chez les La Rochefoucauld – quinze champagnes différents, plus de caviar que je n'en ai jamais vu. Orchidées sur les tables. Chandeliers en or. Faute d'angles dans la pièce, les gens tournaient dans tous les sens. Ça parlait chorégraphes, critiques, public, et quand c'est parti sur les philosophes, occidentaux bien sûr, et Derrida entre autres, je n'étais plus à mon avantage. Beaucoup de retard à rattraper, ou ils vont me ridiculiser. Je me suis inspiré, pour répondre, de l'idée de Sacha comme quoi la danse exprime l'indicible.

Danse avec tes couilles. Le mental suit les couilles.

Hochements de têtes. Rires sous cape. Je n'ai pas insisté, alors que j'aurais vraiment dû leur coller ma langue dans la gorge, et trouer ces cœurs vides.

Trente-trois ans. L'impression constante (jamais avouée) d'être un imposteur. Mais on ne peut incarner l'histoire qu'on a quittée. Ni thé, ni héritage, ni pleurs. Ni pain rassis non plus, imbibé de larmes et de vodka. Prends racine sur les boulevards parisiens dans ta chemise de soie blanche !

Maman ne pouvait plus s'arrêter de pleurer au téléphone. Tard ce soir, j'ai repensé à elle quand elle réglait les gros boutons blancs de la TSF : Varsovie, Luxembourg, Moscou, Prague, Kiev, Vilnius, Dresde, Minsk.

Tamara a dit : Tu nous as trahis.

Menuhin jouait Bach à la salle Pleyel : mon cœur s'est mis à battre, oubliant presque tout.

Un bain. Miel dans le thé. Répétition. La perfection réside moins dans le spectacle que dans le voyage vers la scène. C'est là qu'est l'ivresse. Il faut brûler !

Souffle coupé devant chaque recoin, sculpture, tableau. C'est comme marcher dans un livre d'histoire qui n'aurait pas de fin, dont les pages refuseraient d'atteindre la garde. Un enchantement, une huitième merveille, presque aussi beau que l'Ermitage (deux fois moins grand, et un peu moins de majesté quand même).

Les gardiens me reconnaissent déjà, l'un d'entre eux m'a baragouiné bonjour en tatar. Sa famille a émigré il y a plusieurs générations. Il était dans la section des impressionnistes, alors je m'y suis attardé.

En sortant du musée, Claire m'a emmené le long de la Seine. Elle m'a donné une paire d'énormes lunettes de soleil pour me cacher, puis elle m'a rabattu la casquette sur le front. Aussitôt quatre personnes ont crié : *Noureïev !*

Un bouquiniste brandissait un exemplaire dédicacé de *L'Adieu aux armes*. Ça fait juste quelques semaines qu'il est mort, et ses livres se vendent depuis à des prix incroyables (peut-être faudrait-il mourir en pleine représentation, *en l'air*, et vendre le spectacle aux enchères, figé, au plus offrant). Claire a fouillé tout son sac à main, le bouquiniste n'avait pas de monnaie, soi-disant. Elle a acheté le livre pour deux fois et demi son prix. Moi, j'étais consterné, ce qui l'a étonnée. Elle m'a expliqué ensuite le fonctionnement des comptes bancaires – c'est ridicule.

Rumeurs comme quoi ils auraient torturé Sacha, interrogé Xenia, jeté Yulia en prison pendant une semaine. Assurément, cela ne peut pas être vrai.

Nouvelle coiffure à Paris : la Noureïev. Un charognard, dans *Le Monde*, prétend qu'elle a poussé aussi vite que le mur de Berlin. Cocteau dit, lui, qu'ils essaient simplement de me transformer en produit de consommation. Oh, avoir l'esprit de ce Cocteau (il raconte avoir rêvé une nuit qu'il était enfermé dans un ascenseur à écouter la *Symphonie divine*).

Avec son long manteau qui sifflait sur ses jambes, le juif barbu a traversé le jardin du Luxembourg vers le boul'Mich. Il tenait un livre de prières dans le dos. Puis il s'est assis sur un banc et s'est curé les dents. Peut-être pensait-il : *Ah, Pétersbourg*.

(Note : l'énergie puisée dans le corps donne toujours au visage une expression riche de sens.)

Mme B. a attendu que le tailleur algérien prenne les mesures. Ensuite elle a acheté le costume en velours noir. Elle a dit que je devrais éprouver un plaisir infini à ces nouveaux débuts.

Chez elle, la domestique a préparé un genre de thé à la menthe, absolument infect. J'ai goûté une gorgée et je l'ai aussitôt crachée dans la tasse. Madame semblait ravie, comme si elle avait trouvé la quintessence du bon sauvage.

Elle s'est assise sur le divan, elle a tâté le revers de mon veston entre le pouce et l'index. Je suis parti à la fenêtre en la priant de m'excuser. Sur le trottoir, en bas, les hommes marchaient avec leur pardessus plié sur l'avant-bras, et les femmes portaient des chapeaux comme si c'était quelque chose de vivant sur leur tête. La rue était bouchée. Des journaux déchirés volaient sur les bords de la Seine.

Pendant que je filais le long du quai, Madame a essayé de me rappeler en criant à la fenêtre.

Ces montres étaient toutes fabriquées en Allemagne, et aucune ne portait la moindre étiquette. Difficile de prendre un air nonchalant quand Madame m'a demandé laquelle je voulais. Elle a envie de m'étouffer sous son fric, et pourquoi devrais-je dire fontaine, je ne boirai pas de ton eau ?

Madame a remarqué plus tard que, quand je suis nerveux, je tire mes manches sur mes phalanges. Elle dit que c'est grossier, un geste de paysan, que ça s'arrangera avec le temps. Elle s'est appuyée sur la rambarde du balcon, une longue cigarette à la main. Elle a relevé le menton comme si elle venait de dire quelque chose de très sage. Quand elle m'a vu tirer encore sur mes manchettes, elle a agité sa cigarette en l'air. *Oh, non non non, Rudi, mon Dieu !*
Alors elle eu cette expression extraordinaire quand j'ai jeté la montre dans le jardin.

Non mais, passé la porte, qui va m'interdire de garder ma casquette ? (Elle oublie que c'est toujours facile de renverser un seau de merde, surtout dans un escalier à vis.)

Tu n'as pas le droit de finir fou (Nijinski) ou suffisant (Tikhomirov).

Un fan m'attendait sous la pluie devant le palais Garnier. Un Hongrois. Il disait avoir fui en 59. Planté sous la gouttière, il racontait qu'avant de m'avoir vu danser, il ne savait pas vraiment qui il était. Quel imbécile. Il se protégeait la tête avec un journal et l'encre avait coulé sur son visage. En plus, il puait le cognac. J'ai quand même signé sur son carnet d'autographes.

Maria m'a pris le bras. On a parlé des plus grandes au dîner – Karsavina, Pavlova, Fonteyn, etc. Évidemment j'ai mis Maria en haut de ma liste. Elle a rougi.

Ensuite elle a fait remarquer sagement qu'un danseur âgé, ça se dégustait comme une pince de homard. Elle a cassé celle qu'elle avait dans son assiette, et elle l'a sucée bruyamment jusqu'à ce qu'il ne reste plus rien dedans.

Ces crétins ont cousu des paillettes sur ma manche, alors, à chaque porté, je lui érafle l'intérieur de la cuisse.

Elle avait les yeux en larmes pendant le pas de deux, et on commençait à voir le sang. C'était la générale, le public était impatient. Elle s'est mise à crier en coulisse, tellement ça lui faisait mal : *Merde, merde, merde, je suis fichue*. Elle a craché au visage de la costumière française. Puis elle s'est changée, et le médecin lui a mis un pansement discret. Le tout n'a pris que deux minutes.

En revenant sur scène, elle avait comme toujours son sourire d'ange.

La critique du *Monde* dit qu'elle était devenue insensible à la beauté, mais que, après avoir vu le pas de deux de *La Bayadère*, elle est sortie, titubante, en pleurant de bonheur.

Ne laisse pas les critiques te déclarer si bon que tu ne t'amélioreras plus. Mais qu'ils ne te brisent pas non plus le cartilage après t'avoir éreinté (Sacha : *C'est ton devoir de détromper ceux qui ne veulent pas y croire*).

Vrai : Les mauvaises critiques te rendent fou furieux, mais rappelle-toi, pour ta défense, que ceux qui se contentent d'écouter sagement les autres ne changent jamais.

Madame a fait venir le jeune homme. Elle dit qu'il vient d'une bonne famille, qu'il étudie le russe à la Sorbonne. Elle est allée lui ouvrir la porte. Elle l'a prié du bout des lèvres d'entrer dans la bibliothèque.

Bravache, il a traversé la pièce, et il a jeté son blouson de cuir sur le mobilier Louis XV. Madame s'est figée, crispée même, en entendant la fermeture Éclair claquer sur le bras du fauteuil.

Elle a mis Stravinski, puis elle s'est excusée avec délicatesse. On est restés assis à se regarder. Alors il m'a tendu la main et s'est présenté : *Gilbert.*

Le moindre mot suffit parfois à rompre le charme.

Gilbert a dit qu'ils avaient sorti l'argenterie en mon honneur. Il m'a regardé manger mon melon. J'ai fait exprès de lécher le manche de ma fourchette et j'ai bien vu qu'il frissonnait à l'autre bout de la table ! Au dessert, j'ai gardé la cuiller en bouche quelques secondes de trop. Sa jeune épouse, qui me jetait des coups d'œil furtifs sous ses petits sourcils, est partie poliment se coucher.

Sur la route de Rambouillet, Gilbert, hilare, s'est mis à brouter le volant de son coupé. On a vu le bouchon de champagne rebondir derrière nous dans le rétroviseur. J'avais l'impression qu'ils étaient des centaines partout, heureux, sur les routes et dans le noir.

Chez Dominique, ses amis ont fait tout un foin. *Rudi ! Rudi ! Rudi !* Gilbert a porté un toast en hurlant, à la cosaque, devant une pyramide de verres. Le serveur, un émigré, s'est moqué de mon accent. Je lui ai jeté mon café à la figure, il en avait plein sa belle chemise blanche. Le patron est venu se prosterner devant moi, et il m'a assuré que le type serait viré.

Gilbert m'a balancé en riant des coups de pied sous la table.

Après, au club de la rue d'Assas, les garçons en débardeur rouge ont entamé un french cancan. L'acteur anglais aux favoris noirs me couvait du regard. Dehors, le soleil m'a brûlé les yeux. On est partis aussitôt à la répétition. Gilbert a dormi sur le banc dans la loge.

Le type dans le coin me rappelait bien quelqu'un, mais j'avais beau me creuser la tête, je n'arrivais pas à retrouver qui. Il avait la moustache et des sourcils épais et gris. Il fumait nerveusement. J'ai eu peur qu'il me file. Pour ça, il avait bien une tête de Russe, et, lorsqu'il a réglé sa note, je n'ai pu que reconnaître cet air sournois et blasé. Alors, ça m'est revenu – c'était le serveur émigré de Chez Dominique.

Il est parti sans me prêter attention, quoique en repoussant bruyamment sa table. Il s'est arrêté à l'angle de la rue, devant le cracheur de feu. Il a fait tout un cinéma en sortant son billet de vingt francs, qu'il a lâché dans le seau par terre, à côté.

Je suis parti à mon tour, j'ai traversé la rue, et j'ai embrassé le cracheur de feu sur les deux joues (il n'a pas bougé un cil). Ce connard de serveur, qui m'observait, plus loin, a fini par décamper, sans doute vers la rue Daru, où il peut toujours pleurer sa misérable existence, lui et les autres.

Vrai : Je fais de l'esbroufe pour masquer mon angoisse, y compris sur scène.

Les ovations en viennent à être plus épuisantes que le spectacle lui-même. Peut-être qu'un jour quelqu'un y trouvera matière à ballet. Quand j'ai dit cela à Claire, elle a répondu que ça ferait très Artaud. J'étais perdu – qui c'est, celui-là ? Il y a des moments où je n'arrive vraiment pas à garder contenance. Elle m'a dit que ça n'était pas grave, que c'était un genre de théoricien de l'expérience, elle m'apportera ses livres, ça m'intéressera peut-être, des histoires de théâtre et de cruauté.

Elle m'a aussi promis le disque de Richter. Je pourrai l'écouter sur la route, avec une chaîne portable.

J'ai cru d'abord à une plaisanterie. J'allais presque l'injurier dans quatre langues différentes. Et, quand j'ai finalement compris que c'était bien Margot, j'ai failli m'étouffer. Elle a dit que tout était déjà arrangé.

Devant Covent Garden. Je n'ai qu'à enlever mon béret pour déclencher des vagues d'acclamations.

En répétition : pureté, limpidité. L'intelligence de Margot.

Elle danse depuis l'intérieur de son corps. De minuscules enjambées, qu'on dirait hésitantes, pour le pas de deux. Elle lâche ça sur scène à la perfection, comme de petites larmes. Ce n'est pas seulement le pas qu'elle éclaire, mais aussi le regard du danseur (elle dit, pour sa part, que j'ai l'air de voler au-dessus de la rampe).

Elle m'a emmené ensuite chez elle à l'ambassade de Panama, où elle a préparé un ragoût d'agneau. Elle s'est esclaffée quand j'ai soulevé ma chemise pour renifler la bonne odeur dans le col (en dînant, elle a dit pour rire qu'elle était la brebis, et moi l'agneau, mais les vingt ans qui nous séparent ne signifient rien pour moi).

Elle s'est habillée à la mode pour la réception au Savoy. Quelqu'un disait que ça faisait très Saint-Moritz, va savoir ce que ça veut dire. Tous les visages se sont tournés vers nous quand nous sommes arrivés.

Cette prétention qu'ont les Anglais de se croire civilisés, c'est de la merde en paquet ! Ils laissent entrer les journalistes et les photographes n'importe où. Pour eux, la danse tient seulement lieu d'apéritif, ça n'est certainement pas le pain de la vie.

Les critiques, en France, disent que vous êtes un dieu de la danse.

J'en doute.

Vous doutez des critiques ?

Non, je doute des Français.

(rires)

Je doute aussi des dieux.

Pardon ?

Je dirais que les dieux ont bien trop à faire pour se soucier de mon cul ou de quoi que ce soit d'autre, d'ailleurs.

Marché sous la pluie, National Gallery, Tate Gallery. Mon garde du corps n'a pas compris pourquoi j'ai paniqué à Kensington Gardens, près du palais, en apercevant l'ambassade d'URSS.

Il a quand même fait le rapprochement, alors il m'a passé un bras sur l'épaule et on a décampé, rapido.

Margot a mis son ragoût à réchauffer et nous a fait du thé anglais, amer. Tito était parti à une réception panaméenne. Elle portait un chemisier de soie décolleté. Il faudrait au moins un Vinci pour la dessiner et peindre son cou. Elle m'a posé des questions à propos de mon pays, comme quoi elle imaginait bien ma mère, qu'elle avait dû être très belle. Ne sachant trop quoi lui répondre, je me suis levé et je suis parti dans le jardin intérieur. Elle est venue me rejoindre pour dire qu'elle espérait ne pas m'avoir froissé.

Margot a chez elle un projecteur, un écran, et des dizaines de films dans leurs boîtes, rangées par date, depuis 1938 (!). Suis resté toute la nuit à dérouler les bobines jusqu'à en trouver une de Bruhn. Le formalisme dans toute sa splendeur. Revenu dans ma chambre, incapable de dormir, tourné en rond.

Les charognes posent des questions sur Cuba. Je ne les laisserai pas me prendre au piège. La une du *Daily Express*, particulièrement idiote : *Que sera sera.*

Elephant and Castle [1] : on s'attend à un royaume enchanté, et on trouve un quartier de Kiev.

Le manager, l'agent, le comptable – selon Gillian, la sainte trinité du grand homme de scène. À la fin de la réunion, Saul disait qu'il réussirait peut-être à soutirer cinq mille dollars à la chaîne de TV allemande. Sur un spectacle de vingt minutes, ça veut dire deux cent cinquante dollars la minute ! J'ai fait semblant d'hésiter, et je l'ai vu qui commençait à suer à l'autre bout de la table (Margot dit : *Ne perds jamais de vue que tu danses*).

Erik est arrivé à la réception du Savoy. Grand et souple. Tout de blanc vêtu, jusqu'à la couture et la fermeture Éclair de son blouson. On a tourné autour du pot un moment. Une avalanche de compliments de chaque côté. Comme il venait de débourser une somme folle pour un Miró, on a discuté de Miró et de Picasso – en fait, c'est de nous que nous parlions, je crois (Miró, c'est lui et, moi, je serais Picasso).

Bu du champagne, et nous avons demandé au groom de trouver du thé et des cigarettes pour Erik. Il fumait une cigarette après l'autre. À deux heures, il est parti dans sa chambre, en s'excusant, avec un sourire malheureux. Il n'a pas pris l'ascenseur. J'ai eu cette drôle d'idée que le plus grand danseur du monde (après moi ?) montait les marches quatre à quatre.

---

1. Manèges et centre commercial, en face du pub du même nom, à Londres.

Avons travaillé une heure ensemble, à la barre, puis sommes partis répéter. La lumière intense des fenêtres de Covent Garden.

À la Tate, devant le tableau de Turner, *Chain Pier 1828*, il a posé la main sur mon épaule. Plus tard, à Savile Row, il s'est demandé de quoi on aurait l'air en costume et chapeau melon. Le vendeur prétendait avoir trop à faire. J'ai pris le mètre qui pendait à son cou, et j'ai dit doucement à Erik qu'il pouvait mesurer l'intérieur de mes cuisses. On a porté nos melons tout neufs dans la City, morts de rire.

Cinéma sur Shaftesbury Avenue. Obscurité.

La haute silhouette d'Erik devant la fenêtre du Savoy, et la pluie derrière.

Le chaussonnier anglais est si différent de ce à quoi je m'attendais. Chauve, costume, veston sale, tête de cosaque. Il garde un portrait encadré de Margot au-dessus de son bureau. L'air était irrespirable dans cette fabrique, une puanteur de cuir et des seaux pleins de colle. Mais ce qu'il fait est magnifique ! Il a consacré des heures de travail à ces chaussons, à vérifier le moindre détail. J'ai senti comme une énergie nouvelle rien qu'en les essayant.

(Celui de la rue Kaznacheiskaïa pourrait apprendre une chose ou deux.)

Ensuite, dans les loges, une des ampoules a grillé au-dessus du miroir de Margot. Elle est venue à ma porte, elle a frappé plusieurs fois, et elle a paniqué parce que je ne répondais pas : *Rudi, mon cher, fais un vœu !* (Elle est très superstitieuse. Qu'elle voie un cil sur une de ses joues, ou un pétale tombé du vase, et elle est sûre que rien ne sera plus jamais pareil.)

Il neigeait à Édimbourg, ça m'a rappelé Leningrad.

Clarinda et Oscar (sous un pseudonyme) font le récit
de ma désertion pour le compte d'un éditeur. C'est
complètement grotesque, mais c'est tout ce qui intéresse les gens. Ils disent que ça va se vendre, que les
lecteurs veulent savoir ce qui s'est passé, comment je
suis parti à l'Ouest, et patati et patata (je ne me
souviens même pas de la date, peut-être un 17 juillet,
et après ?). Mais je vais les aider et disserter sur la
liberté.

Ils ont un grand appartement à Kensington, où il
fait bon, ils m'ont invité à rester un mois ou deux chez
eux. Clarinda a promis de s'occuper de ma lessive, de
me faire à manger, de prendre soin de moi, et pourquoi
pas ? Elle ne me coûte rien et ça me fera une esclave
cultivée.

Ils aiment écouter les dramatiques à la radio,
l'après-midi. Ce qu'ils sont British. Ils préparent du
thé, des scones, allument un feu. Je m'allonge sur la
peau d'ours. Le soir, ils rajoutent des bûches dans la
cheminée, et ils font du chocolat chaud. Clarinda adore
m'écouter jouer du piano. Elle prétend que je suis très
doué (même dans sa bouche, c'est un foutu mensonge).
Peut-être que je m'améliore, pourtant j'aimerais vraiment avoir les doigts plus longs. Devenir mon propre
orchestre.

Clarinda a trouvé les magazines. Futée, elle les a
rangés sous les trois pièces de Ionesco. J'avais
l'impression d'être un sale gosse, mais je n'ai pas
moufté.

À l'hôtel, la chambre était pleine d'assistants, de spots,
de câbles, de coiffeuses, d'employés avec des plateaux.
La maquilleuse m'a dit qu'Avedon allait peut-être faire

219

une de ses entrées fracassantes. Les yeux fixés sur la porte, j'ai attendu. C'était une ruse, et une bonne. En fait, il était là depuis le début, parmi ses assistants, à me regarder, me jauger, à préparer ses prises de vue sans rien dire. Il leur a ordonné à tous de filer et on a débouché le champagne. Je me suis déshabillé et il a lâché : *Oh purée.*

Je me suis réveillé le lendemain matin, mort de peur. Gillian l'a appelé, à son studio, en le menaçant d'un procès s'il publiait une seule photo. Avedon m'a envoyé un télégramme : *Ton (gros) secret est à l'abri chez moi.*

Erik s'est allongé et il s'est endormi (j'ai repensé à Anna qui dessinait sur l'oreiller la forme de la tête de Sergueï). Son souffle était irrégulier, et il puait le tabac. *Le Chant du voyageur.* Je l'ai embrassé et j'ai fait ma valise.

Le chauffeur de la limousine ne voulait pas prendre le tunnel, mais plutôt passer en haut, par l'étage supérieur du pont. Il disait qu'il fallait me montrer la ville illuminée. L'escorte a trouvé ça sans intérêt, prétextant que l'armature tombait en ruine, alors j'ai hurlé : *On le prend, ce pont, bordel !* Le chauffeur se marrait.

Cette ville est un joyau fou. J'ai passé la tête par la fenêtre. L'un de mes « hôtes » répétait que, comme c'était une fête juive, la lumière était éteinte dans quantité d'appartements (encore un névrosé de youpin).

Je ne supportais plus de les entendre jacasser, alors je me suis assis à l'avant avec le conducteur. Je lui ai demandé de monter la cloison de verre, pour avoir la paix. Il écoutait Charlie Parker à la radio. Disait que tout le monde l'appelait « Bird », parce que ses pieds touchaient rarement le sol.

> (Nijinski n'a jamais voulu redescendre.
> Peut-être que les fous aiment mieux
> faire ça en l'air.)

Traîné autour du kiosque, vu les gens prendre leur exemplaire du *New York Times*. J'ai pensé : *Je vole dans des millions de bras*. Ligne parfaite sur le cliché du photographe.

Sacha ! Tamara ! Maman ! Papa ! Oufa ! Leningrad ! Vous m'entendez ? Je vous appelle depuis l'avenue des Amériques !

Neige et pas trop de circulation. Le manteau de fourrure fait rire et sourire ici ou là. Une femme m'a reconnu devant l'Apollo et la foule s'est groupée. Quelqu'un a dit : *Fais-nous Sammy Davis !* Je suis monté sur une bouche d'incendie, j'ai exécuté une pirouette et ils m'ont acclamé.

Retour en voiture à St Nicholas Avenue (personne ne veut me croire quand je dis qu'il n'y a pas de mendiants en Russie).

Ed Sullivan Show, et ce Ed Sullivan n'est même pas capable de prononcer mon nom.

Le ballet, ça l'ennuie, il ne s'en est pas caché. Mais c'est un vrai gentleman, extrêmement bien élevé. Pas un cheveu de travers sur le crâne. Il dit que Jacqueline adore la danse, et qu'il avait sincèrement essayé de s'y intéresser pendant des années. Mais que, en me voyant avec Margot à la télévision, il a complètement changé de point de vue (un mensonge éhonté, bien sûr, et tout à fait idiot).

Il nous a fait entrer dans le bureau Ovale. La coupe de son costume était parfaite, et sa cravate légèrement desserrée. Ça a duré cinq minutes, il n'a pas arrêté de faire pivoter son fauteuil. Vers la fin des civilités, il a regardé mes pieds, m'a dit que j'étais un symbole de pur courage politique.

Dehors, sur la pelouse, les agents des services secrets nous tournaient autour. Jacqueline est arrivée ensuite avec le thé, il nous a priés de l'excuser.

En nous raccompagnant, Margot et moi, à l'hélicoptère, elle m'a pris par le bras. Elle espérait nous revoir, disait que son mari et elle nous tenaient en très haute estime, tous les deux. Pendant que l'hélicoptère s'élevait, on a regardé, médusés, les silhouettes rapetisser sur la pelouse (et l'espace d'un instant, je grimpais un escalier à Leningrad pour échapper aux flics).

Newsweek : Vous donnez l'impression de labourer le fond de votre âme pour faire germer votre Albrecht dans *Giselle*.

(panique soudaine : je pense à papa dans le jardin potager)

Pardon ?

Vous créez, avec cet Albrecht, un personnage entièrement nouv…

Je suis un comédien.

Mais vous êtes certainement davantage que…

Oh, assez de questions idiotes, je vous prie.

J'ai entendu qu'elle était déjà réveillée dans la pièce à côté. Je suis allé lui dire bonjour. En souriant, elle a commencé ses étirements – la nuque et ensuite les jambes dans un ordre soigneusement étudié. Sans même avoir l'air d'y penser, Margot sait ramener ses deux pieds derrière la tête en poursuivant une discussion. Et, avec ça, elle raconte qu'elle a peur de vieillir.

(Leçon : conserver son agilité est un travail de chaque instant.)

Time et *Newsweek* : les deux couvertures la même semaine. Gillian est en extase.

22 novembre 1963. On entendait les gens pleurer derrière les fenêtres en fin d'après-midi, mais on ne nous a rien dit avant six heures. Margot s'est retournée vers la pianiste, elle lui a demandé de jouer du Bach, mais elle ne pouvait pas, elle avait les mains qui tremblaient de chagrin au-dessus du clavier. On s'est assis sans rien dire, puis on a envoyé un télégramme à Jacqueline. Le spectacle a été annulé. Les gens portaient des bougies dans la rue.

Au Russian Tea Room, le maître d'hôtel a demandé une minute de silence, et il a fallu qu'un crétin se mette à donner des coups de fourchette sur la table.

Une lettre de Yulia a fini par arriver. Elle dit qu'elle a divorcé. Qu'elle ne sait plus où loger. Notre beau pays de merde.

Encore douze heures de préparation pour *Raymonda*. Je m'étonne que le corps de ballet soit tant surpris lorsqu'ils viennent me voir répéter ou quand je dirige le cours. Ils restent dans le couloir à fumer ces cigarettes puantes qui me donnent envie de les suivre à coups de pied au cul jusqu'au ministère du Travail, s'il y en a un. Flemmards de merde, jambes molles, tenues négligées, pieds mal assurés. Ils ont tous besoin d'une métamorphose complète. Les trombones sonnent comme des vaches malades, le pianiste est encore pire. Sans parler des machinistes qui menacent une fois de plus de se mettre en grève, parce qu'on a de vrais perroquets qui chient dans les cages en coulisse. Alors ces trous du cul se plaignent qu'il faut nettoyer ensuite.

Margot arrivait à peine à parler, elle avait la voix complètement brisée. Elle dit que la balle a percé la poitrine de Tito et qu'elle est ressortie de l'autre côté.

À l'hôpital de Stoke Mandeville, après la visite à Tito (alité, qui n'a rien dit), on nous a fait faire le tour des salles. Une petite fille de quatorze ans, paralysée des pieds jusqu'en haut du cou, a levé les yeux pour dire qu'elle rêve souvent de devenir Margot, et que, alors, elle sent ses jambes bouger.

Une autre, très jolie, huit ans, avait fait un dessin en tenant le crayon entre ses dents. C'était moi, je dansais dans un champ, et la petite s'est représentée aussi, assise sur une branche d'un arbre en fleur. Il y avait un cœur au verso, avec nos noms au centre, Oona et Rudolf.

Je lui ai dit que je le mettrais au mur de ma loge. Elle pouvait à peine bouger la tête et elle avait de la bave aux lèvres, mais ses yeux étaient d'un bleu si vif. Elle a presque réussi à tordre sa bouche sur un sourire. Elle disait qu'elle ne souhaitait plus grand-chose, mais que, si elle allait un jour au ciel, la première chose qu'elle ferait, c'est danser.

(Un connard de photographe m'a pris en train de pleurer dans le couloir.)

Tito ne marchera plus jamais, et Margot doit continuer de travailler pour payer les notes de l'hôpital. Évidemment, anglaise comme elle est, elle ne voit pas le côté ironique de la chose (je ne vais quand même pas lui dire qu'il mérite bien ce qui lui arrive). Dehors, elle mettait son sac sur une épaule, puis sur l'autre, et ainsi de suite. Elle s'est essuyé les yeux avec son mouchoir, et elle a couru à l'intérieur pour le revoir.

Télégramme de la princesse Grace pour la première. Plutôt osé : *Merde ! With love, G.* Encore des compliments, roi de Norvège, princesse Margaret, etc. Vingt bouquets de fleurs dans la chambre. Derrière la fenêtre, la pluie semblait briller d'une dizaine de couleurs. La réception vient d'appeler – c'est un bouquet de Margot. Cette fois, elle dit que ça va, qu'elle regrette juste de ne pas pouvoir danser.

Toute l'Italie était là. La présence d'innombrables célébrités ne compense en rien mes absences sur scène. Évidemment, le pas de deux de *Raymonda* était atroce sans elle, et en plus le solo était vraiment merdeux. Après ça, Spolète semblait avoir perdu toute sa magie, et j'étais déprimé à l'idée de retrouver ma chambre d'hôtel. J'ai annulé le dîner, renvoyé tout le monde, je suis resté seul à corriger les erreurs de la soirée.

Les machinistes m'ont trouvé au matin, endormi sur les bâches. Ils m'ont apporté un cappuccino et un cornetto. J'ai recommencé à répéter, trouvé le tempérament, et j'ai dansé les cheveux en feu.

Margot attendait à la réception, une enveloppe dans la main. Son visage disait tout. Baissant les yeux, le concierge a fait semblant d'être occupé. La nouvelle était déjà arrivée, par télégramme. J'étais d'abord convaincu qu'il s'agissait de Tito. Le visage en pleurs, elle m'a dit : *C'est ton père.*

Au téléphone avec maman, trop triste pour trouver ses mots. Ensuite, les concertos pour piano 1 et 2 de

Rachmaninov. Sanderling et le Leningrad Philhar-
monic m'ont ramené à d'autres temps. Papa cirant ses
chaussures, se rasant, son manteau sur un cintre en fer,
ses ongles sales.

Erik a annulé New York.

Seule tristesse : mon père ne m'a pas vu danser une
seule fois.

J'ai dit à Gillian et Erik : ni pluie ni peine. On a ouvert
une bouteille de champagne et on a trinqué.

Je lisais une traduction de Soljenitsyne, et un éclat de
lumière a traversé la page. Le désir de ressusciter papa
est brusquement devenu écrasant (la lettre de Tamara,
une blessure dans ma poche).

Devant le café Filo à Milan, un jeune garçon chantait une aria que je ne connaissais pas. Erik est allé lui
demander comment ça s'appelait, mais le gars a haussé
les épaules, déclaré qu'il ne savait pas, et il a continué
à décharger son pain. Mais soudain il m'a aperçu et il
s'est mis à courir vers moi dans la rue, en répétant mon
nom. Il m'a tendu une miche de pain toute fraîche.
Erik l'a émiettée pour les pigeons du square, il n'arrêtait pas de leur donner des coups de pied parce qu'ils
lui marchaient dessus.

Margot est d'une générosité renversante envers tout le
monde sauf elle. Évidemment c'est le comble de la
gentillesse. Avec toute l'histoire de Tito, elle est atrocement fatiguée. Elle a quand même réussi à préparer
un paquet pour maman et Tamara (un choc affreux
quand j'ai compris qu'on n'enverrait plus jamais rien
à papa). Elle m'a demandé de choisir les couleurs des
écharpes. J'avais oublié leur image, un certain temps,

celle de maman surtout. Toutes les photos que je possède sont vieilles.

Margot a emballé le paquet elle-même, qui partira aux bons soins de l'ambassade de Finlande.

Sur la table, entre la fenêtre et le lit à colonnes, il y a des lilas blancs dans un vase. Dehors, l'eau est d'un bleu peu commun. Et le vent, par la fenêtre, est comme une gifle fraîche. Rudi a devancé tous ses désirs : vue sur la mer, draps parfumés à la lavande, thé brûlant tôt le matin, des fleurs des champs sur le plateau. Il a donné à Margot la chambre qui ouvre sur le versant est de l'île, car elle aime tant regarder l'aube.

Hier après-midi, pour elle seule, il a fait livrer un piano depuis le continent. L'hélicoptère a haché le bleu immense et, par deux fois, il a fait le tour de l'île en étudiant les vents. Au bout des cordes et des filins, le piano avait l'air de voler tout seul. Des matelas avaient été disposés sur le court de tennis pour qu'il atterrisse en douceur. Sept insulaires ont été engagés pour l'amener à bon port. Rudi lui-même a empoigné un pied et Margot a souri un instant en s'imaginant jouer en l'air. C'était une entreprise folle, la livraison aurait pu se faire par bateau, mais il le voulait sans attendre, il ne l'a pas écoutée. Elle a d'abord senti comme une émotion transparente, le temps et l'argent gaspillés, puis ce fut, à son étonnement, une bonne tranche d'extase, pénétrante.

Rudi portait un tee-shirt sans manches. Il était plus fort que n'importe lequel des gars de l'île. Le rotor de l'hélicoptère a envoyé promener leurs chapeaux. Ensuite, il a payé les hommes et les a renvoyés d'un geste de la main. Il a accordé le piano lui-même. Il a joué jusqu'à tard le soir. Après s'être couchée, Margot entendait les notes flotter, aiguës – des voix de sirène. Elle pensait qu'une vie pareille serait intolérable à long terme, et pourtant c'était bien l'extraordinaire qui se révélait sans prix.

Ça l'effraie de penser qu'elle a quarante-cinq ans, et lui seulement vingt-six, que tout a commencé si vite pour lui. Parfois, elle croit lire dans ses gestes un historique entier de l'arrogance tatare. Et, d'autres fois – en promenade le long de la plage, lorsqu'ils notent une figure, ou lorsqu'il fait un porté en répétition –, il est au contraire humble et soumis, car Margot est une montagne d'expérience.

Elle aperçoit, par la fenêtre, le piano au milieu du court du tennis, couvert d'une housse en plastique, nappé de perles de rosée. Elle se fâchera plus tard. Maternelle, elle le forcera à rentrer l'instrument, mais, pour l'instant, le spectacle est fabuleux, entier, le filet détendu étale sa mollesse entre les pieds vernis.

Margot repart au bord du lit, s'étire, d'abord doucement, les paumes au-dessus des pieds, puis les doigts tendus vers la plante, bordée de cals. Elle se fait couler un bain brûlant. Dans la baignoire, d'un mouvement souple, circulaire, elle passe ses pieds à la pierre ponce. Elle examine une piqûre de moustique sur la cambrure, effleure le minuscule œdème rose, puis, hors de la baignoire, elle frictionne ses deux pieds avec une crème à base de plantes. Elle a répété avec Rudi pour une soirée à Paris, et ses orteils ont souffert sur le plancher démontable qu'il a installé à la cave. Elle sent l'effet apaisant de la crème à mesure qu'elle se masse, régulièrement, des chevilles aux phalanges.

Le va-et-vient des vagues, dehors, est à peine visible, la mer est un fin velours aux côtes d'écume rougies par l'aube. Quelques oiseaux ricochent sur les courants d'air, et, au loin, Margot aperçoit un voilier au grand spi jaune gonflé.

Ses yeux se posent sur une brusque aspérité dans ce tableau calme, un bras qui vient de s'élever au-dessus des flots. Avec une soudaine sécheresse dans la gorge, Margot retient son souffle. Aussitôt un autre bras imite le premier, et alors elle respire – c'est simplement Rudi qui nage, les cheveux noircis par l'eau. Elle se rassoit sur le lit, se détend, hisse sa cheville droite bien haut, place le pied derrière la nuque en s'étirant, c'est un rituel matinal. Le pied libéré, elle agite les orteils, et c'est au tour de la jambe gauche. Elle se cale au mieux sur les draps et ramène simultanément ses deux jambes derrière la tête. Le contact de ses longs cheveux sur les chevilles a quelque chose de rassérénant.

Elle lâche prise, tend le bras au-delà de l'oreiller pour appeler Tito à l'hôpital, lui dire qu'il lui manque, qu'elle revient bientôt à son chevet, mais, à l'autre bout du fil, la sonnerie résonne dans le vide.

Parfaitement étirée, Margot repart à la fenêtre.

Elle voit Rudi qui ressort lentement des vagues, d'abord sa tête, puis ses épaules, sa poitrine, sa taille minuscule, son sexe épais malgré la fraîcheur de l'eau, ses cuisses gigantesques, ses mollets durs, cette création de Michel-Ange. Elle l'a vu nu bien des fois, dans sa loge, impassible comme l'enfant attendant son bain, et elle pourrait dresser la carte de son corps si elle voulait. En dansant, elle en a touché chaque partie. La clavicule, le coude, le lobe de l'oreille, l'aine, le creux des reins, les pieds. Mais pour la forme, et pour faire contrepoids, peut-être, à l'absence de surprise, elle met quand même une main devant sa bouche.

Sa peau, presque transparente, est d'un blanc éclatant, et ses lignes anguleuses, comme taillées au burin, sont aussi éloignées qu'elle peut l'imaginer de celles de Tito.

Avec un pincement de plaisir, elle le voit quitter la plage vers les herbes hautes derrière les rochers, marcher pieds nus dans les buissons. Elle entend la housse de plastique claquer au vent, puis la course rapide des doigts de Rudi sur les touches. Sous les draps, elle feint de dormir encore lorsqu'il vient pour la réveiller, le thé brûlant sur un plateau, en disant : *Mais tu fais la grasse, Margot, debout, il va être l'heure de répéter.* Il repart, elle sourit, pas d'un sourire de scène, non, rien de royal ni de contrôlé, et elle regarde une dernière fois la mer, pensant que, s'il ne restait plus rien, le souvenir, lui, demeurerait longtemps.

Cosmopolitan : Le plus bel homme du monde. Il faut convenir que le visage changera, et que le corps est vulnérable. Et alors ? *Carpe diem.* Le plus bel homme du *monde* ! À soixante-dix ans, assis devant la cheminée, j'irai chercher mes photos pour pleurer. Ah !

Quelqu'un a placé la couverture du magazine devant ma glace et m'a dessiné les cornes du diable. Ça ne me gêne pas, mais ces salauds ont bousillé mon eye-liner – sans doute cette grosse salope de femme de ménage qui a fichu le camp hier en pleurant.

Les fans ont dormi toute la nuit dehors, dans Floral Street gelée. Gillian a préparé plusieurs thermos de soupe chaude, elle m'a persuadé d'y aller avec elle – comme quoi ça ferait une bonne publicité.

On a été accueillis par une vague de murmures, puis quelqu'un a lâché un haut cri qui a déchaîné les autres. Ils se sont rués sur nous, en me demandant de signer n'importe quoi – des parapluies, des sacs, des jambières, des culottes. Évidemment, Gillian s'était arrangée pour qu'un photographe soit là. J'allais repartir quand une des filles a tendu le bras en essayant de me prendre les couilles (je devrais peut-être garder mes jambières par-dessus, si je veux éviter le pire !).

Quand il est chorégraphe, il se sert royalement partout, des Grecs à Fokine, en passant par Shakespeare, etc. Il dit que : *Finalement, et tout bien réfléchi, quantité de gens touchent au pinceau du peintre.* Margot a tenu compte de ses suggestions, et, même si au début j'avais l'impression de tirer un cadavre par terre, elle a transformé ça en quelque chose de magnifique.

Elle téléphone toutes les heures à Tito. Elle en a fait sa prison (comme il n'a personne d'autre à baiser, maintenant, c'est à elle qu'il s'en prend, à sa vie).

Le cœur revient à Paris. C'est leur goudron qui colle aux pieds, là-bas. (Dire à Claudette de meubler le nouvel appartement, trouver lit à colonnes.)

La lettre est arrivée, cachetée avec de la cire rouge. Moment d'hésitation, ça pouvait être un piège des Soviétiques (il faut s'attendre à tout, avec ceux-là, même de l'acide sur les enveloppes, etc.). Mais le sceau était bien royal, c'était écrit à la main, et le papier avait été soigneusement plié. J'ai dit à la femme de ménage : *Non, merde, c'est pas encore une lettre de Sa Majesté !*

Le nouveau garde du corps (à mi-temps) a jadis servi Churchill. Il prétend avoir rencontré Staline à Yalta, et il a voulu m'expliquer que Staline était très poli (un train m'a traversé la tête, jusqu'à l'hôpital, et les arbres où j'allais me planquer pour regarder les vieilles babouchkas laver les soldats – ça fait combien de siècles, aujourd'hui ?).

Trouvé le texte de Derrida chez un bouquiniste des bords de Seine. Trouvé aussi, chez le même, l'essai sur Martha Graham. Quelle coïncidence. Les deux ouvrages avaient pris l'eau, les pages étaient collées. J'en ai parlé à Tennessee Williams (il était ivre à la réception des Desjeux), et il m'a affirmé que la métaphore s'imposait d'elle-même, sans expliquer pourquoi – il n'en était peut-être pas capable. Il avait de l'encre plein les doigts, même sur la barbe. Il était étonné que je l'aie lu en russe. Il a posé la tête sur mon épaule en disant : *Ah, quel doux enfant*. Ensuite il est devenu assommant, il a renversé son cocktail sur mon costume, et je lui ai dit de me lécher le cul. Il a répondu en se marrant qu'il en serait ravi.

Claire a rapporté une bande magnéto avec Rostropovitch griffonné en grosses lettres sur l'étui. J'ai fondu en larmes à l'écoute du *Concerto pour violon numéro 2*, deuxième mouvement. Un jour, à Leningrad, j'ai bêtement dit devant Yulia que je laisserais bien Chostakovitch attraper la crève sous la pluie.

Mis mon nez sur une assiette de radis à la cuisine de Lacotte. J'étais transporté. Dû partir, à la grande tristesse de Lacotte. À la porte, il m'a menacé du doigt. Me suis réveillé en rêvant qu'on posait un linge blanc sur le visage de maman.

Peut-être Margot a-t-elle raison de dire que, si je danse tellement – *trop* –, c'est pour ne pas penser à mon pays.

Tellement difficile de parler à quiconque de maman. Quand j'ai les idées en place, l'humeur est ailleurs. Et, quand je suis d'humeur, je pense de travers. *Elle a travaillé dans une manufacture d'armes. Elle a vendu des matriochkas. Un jour, un loup lui a couru après.* Parfois, dans la même interview, j'oublie complètement ce que je viens de dire, et alors tout s'emmêle. Pour un journaliste autrichien, maman s'est transformée en couturière à l'Opéra d'Oufa.

Inévitablement, c'est quand je danse mal que je me déteste le plus. Quand j'ai vraiment le cafard, je me dis que je n'ai sans doute jamais fait aussi bien qu'au Kirov. (Sensation fantôme des hanches de Sizova contre mes mains.)

Erik est tombé sur une relation de Richter, qui lui a dit que, à la mort de Prokofiev, il ne restait plus une fleur à Moscou. Elles avaient toutes été vendues pour les funérailles de Staline. Richter a joué à son enterrement, puis il a traversé Moscou pour poser une unique branche de pin sur la tombe de Prokofiev (splendide, mais est-ce bien vrai ?).

Monsieur Noureïev, vos mouvements semblent dépasser les limites du possible.
    Rien n'est impossible.
    Par exemple, après un rond de jambe, si superbe et précis chez vous, avez-vous conscience de votre corps ?
    Non.
    Pourquoi ?
    Parce que je suis trop occupé à danser.

D'une manière générale, j'ai presque autant envie de faire plaisir aux journalistes que de les envoyer paître. Mon cœur déborderait presque d'excuses, après.

Un vrai esprit doit savoir accepter les critiques comme les éloges, seulement dans la *Saturday Review*, celui-là raconte que je garde les bras trop haut dans l'arabesque, que mon style est bouffi et débridé. Si je le retrouve sur mon chemin, je lui tire les couilles jusqu'au fond de la gorge, et on verra qui a l'air bouffi et débridé.

Quant à Jacques, voilà encore une tête de nœud, bien typique de *L'Humanité*, un de ces connards de cocos revanchards. Il prétend que je suis trop littéral. Mais qu'est-ce qu'il veut ? Que je pédale dans le symbole, à grands battements de mollet ? Que je lui crache des métaphores du bout de la queue ? Je lui conseillerais bien de faire quelque chose de productif pour ses convictions – le suicide conviendrait – mais, avec un gros cul pareil, ce n'est pas la peine d'essayer. La poutre se détacherait du plafond sans lui laisser le temps de crever.

Au pub, à Vauxhall, ils avaient accroché une grande affiche de moi sur la cage de l'escalier avec une ficelle fine. J'ai demandé au barman si c'était Essenine, mais il n'a pas compris. Il y a eu comme un silence au comptoir quand on s'est assis tous les deux, avec Erik. Le barman m'a demandé de signer la photo, ce que j'ai fait, sur ma poitrine, et tout le monde a applaudi.
Ils ont passé la soirée à attendre un scandale, quelque chose de bien russe, de bien Noureïev. Des coups de pied dans les bouteilles et du verre brisé, quoi. J'ai descendu quatre vodkas et j'ai pris Erik par le bras. On les a presque entendus gémir.

De nouvelles menaces de mort m'attendaient à l'hôtel. La police affirme que la lettre est un assemblage de caractères d'imprimerie empruntés à la une d'un journal d'émigrés soviétiques. Qui sont ces trous du cul ? Ils ne veulent pas comprendre que je ne leur servirai pas de marionnette, ces connards-là ?

(Margot me conseille de les ignorer, que le mieux est de rester courtois et de garder le sourire. *Déchaîne-toi plutôt sur la scène*, dit-elle. Je n'ai pas le cœur de lui répondre qu'elle raconte des âneries. S'il y a quelqu'un qui sait que tout ce que je fais est déjà taché de sang – le mien –, c'est elle.)

Désir secret : une maison au bord de la mer, des enfants sur la plage, un orchestre de chambre sur les rochers battus par des vagues gigantesques, boire du vin blanc, écouter Bach, vieillir, mais, bien sûr, comme le reste, ça deviendrait casse-pieds.

Charles Meynier, *La Sagesse protégeant la jeunesse de l'amour* : 47 500 dollars.

Au début, il se présente à elle sans rien trahir de ses sentiments profonds. Il sait précisément comment il faut la regarder, sans rien révéler ni cacher. Il doit jouer à cette roulette émotionnelle, pénible, jusqu'à ce qu'ils s'absorbent l'un l'autre et qu'ils deviennent ensemble le seul mouvement réel (bien imbriquer le pas de deux et prolonger le solo).

Il faut le réinventer, finalement, faute de quoi c'est vraiment un rôle de merde – et lui, une silhouette en carton, un nullard ramollo.

Voir le rôle comme une projection du protagoniste, de son état d'esprit. À la fin, il doit souffrir le martyre, et rester complètement lucide, conscient que tout est perdu.

Répétition parfaite ! Et on a pris l'après-midi.

Il doit rester en coulisse assez longtemps pour qu'on sente un malaise, et alors, brusquement, en surgissant du bout du monde, il met en péril l'existence banale de tous ceux qui le regardent. Pour elle : ne pas accélérer les choses. Elle doit commencer froid. C'est lui qui l'anime à mesure qu'ils dansent. À chaque vêtement qu'elle enlève, elle doit donner l'impression de se transformer, de prendre pied dans une vie future. À la fin, on la capture, on la lui enlève, les fantômes suivent des diagonales, c'est un V en mouvement. La lumière (lunaire) ne touche jamais vraiment le sol. Et les cordes en sourdine, là : ne pas se laisser écraser par cette musique.

« Si Noureïev décidait de prendre sa retraite, son avenir de chorégraphe serait aussitôt assuré. » *Dance Magazine*, décembre 1966. Ah ! « Il ne crée pas seulement *pour* le corps, mais *à partir* du corps. »

Erik avance que, si ma mère m'obsède de plus en plus, c'est pour la seule raison que je vis si loin d'elle (il peut parler, celui-là, avec son Viking à poils gris : une vraie salope, la sienne, elle plane toujours dans son dos). Je suis descendu de voiture, j'ai claqué la portière, et je me suis rendu compte que je ne connaissais pas du tout Copenhague. Alors j'ai fait marche arrière et je me suis assis à côté du chauffeur.

Après, en se traînant au pieu, M. Hamlet (il déteste que je l'appelle comme ça !) a admis son erreur. C'est plutôt difficile de le mettre en colère, mais, dès que je l'ignore, il en deviendrait vorace.

En canot sur les lacs. Champagne. Feux d'artifice. La femme de Hambourg avec le collier : *Vous êtes un Rimbaud des steppes !*

Non seulement ils ont encore refusé de donner à maman un visa de sortie, mais en plus ils lui ont demandé de signer un papier officiel comme quoi elle n'aurait jamais eu envie de partir.

Erik m'attendait à l'aéroport, déguisé avec des lunettes et un chapeau.

Quelques heures plus tard, on était sur une piste de danse. Il y avait un garçon en chemise blanche de soie et semelles compensées argentées. Enfin, bien sûr, Piccadilly ! Je l'ai suivi dehors.

Les autres invités jouaient au polo, les sabots de leurs chevaux labouraient la verdeur immaculée du parc. Erik est arrivé dans mon dos, il a posé la tête sur mon épaule, m'a mordillé le lobe de l'oreille.

Au dîner (mousseline d'écrevisses, poussin rôti aux herbes, salade, purée de céleri), le baron nous regardait d'un air sévère. J'ai dit à voix basse à Erik que monsieur le baron montait sûrement bien, mais que les blancs en neige, ça n'était sans doute pas son fort. Erik a éclaté de rire si fort qu'il a craché son sorbet sur la nappe.

Le creux de sa nuque. On s'est assoupis.

En vedette pour Galli. Erik, Pablo, Jerome, Kenzu, Margot, Gillian, Claire et moi. Margot a passé tout le week-end au téléphone avec Tito. On a décidé de faire venir un orchestre sur l'île. Il a fallu renvoyer cette bande de malfrats, mais on les a grassement payés pour garder leurs instruments. On a joué à tour de rôle jusqu'à quatre heures du matin, ensuite on a tiré le piano à l'intérieur pour le protéger de la rosée (Erik a parlé des sirènes de Homère. Le champagne coulait à flots. Jerome a proposé que je bouche à la cire les oreilles de tout le monde et que je m'attache au mât d'Erik !).

Pablo s'est assis, nu, pour jouer Chostakovitch (mal) et son cul a laissé une empreinte de sueur sur le tabouret.

Tôt le matin, Erik est venu me regarder nager. Je suis parti sous l'eau vers les rochers, j'ai refait surface et je me suis caché. Il s'est mis à m'appeler comme un fou. Il bondissait sur la plage en hurlant à l'aide. Au bout de cinq minutes, il a plongé en pyjama. Il ne m'a aperçu qu'en arrivant à quelques mètres de moi, alors il m'a traité de con en danois (je connais le mot dans huit langues, maintenant !).

Je lui ai dit que j'avais vu une étoile brillante filer dans le noir. Il a répondu que c'était évidemment un satellite pour m'espionner, et, sans doute, russe. Il se vengeait, mais ce genre de pensée me donne la chair de poule.

Nous avons lu, au lit, les lettres d'Égypte de Flaubert. Mer démontée dehors.

Caleçon suspendu à la colonne du lit. Drapeau d'exubérance.

L'hôtesse semblait ravie quand elle m'a ordonné de ne pas mettre mes chaussures sur le siège. Je lui ai demandé si on était bien en première classe et si elle préférait que je lui foute mon pied ailleurs – dans son énorme cul de Boche, par exemple ?

6 janvier. Promesse faite à Margot au nouvel an : je garde mon esprit libre de toute attache, à l'exception de la danse.

Classes de Valentina : elle bouge comme on prie à l'église. On se laisserait presque intimider par sa présence.

Mauvaise classe et, donc, une journée de foutue. Puis, sur scène, les lumières étant beaucoup trop vives, j'ai dû baisser les yeux pour ne pas m'éblouir, ce que je fais rarement, et je me suis emmêlé les pieds. Commentaire d'Arthur, avec sa voix de fausset : *On a tous nos soirées.* Mon verre l'a raté de peu.

(Je me déteste dans ces moments-là. L'idée d'être un fou génial devient fatigante.)

Au pince-fesses, Bacon a demandé : pourquoi danser ? Je lui ai rétorqué : pourquoi peindre ? En tirant sur sa cigarette, il a dit que, s'il devait apprendre à parler à son âme, la peinture serait ce langage-là ! Oui !

Tous les soirs il se tord les doigts en attendant le signal de son entrée sur scène. Margot, déjà à l'œuvre, enchaîne déboulés, ronds de jambe, tombés, et il ne bouge pas. Il tâte son oreille gauche pour se porter chance, cherche un instant de calme profond, fend les coulisses, et s'envole, délivré.

L'harmonie trouve le chemin de ses muscles, l'éclairage tourbillonne, il regarde, furieux, le chef d'orchestre qui corrige son tempo, et il poursuit, en toute maîtrise d'abord, chaque figure précise et soignée, les pièces commencent à s'assembler, son corps est élastique, trois jetés tournés, prendre garde en retombant, il allonge sa ligne, le beau mouvement ici oui violoncelle vas-y. Les lumières fusionnent, les chemises se fondent. Pirouettes enchaînées. Il respire l'aise, le corps sculpté par la musique, une épaule à la recherche de l'autre, orteil droit distingue genou gauche, stature, profondeur, forme, contrôle, la souplesse du poignet, la courbure du coude, l'inclinaison du cou, les notes qui fouillent dans ses artères, et il est soudain suspendu en l'air, pousse ses jambes au-delà des mémoires gestuelles, un dernier développé des cuisses, prolongement de figure dansée, galbe humain dénoué, il vole plus haut encore et le ciel le retient.

Le public se penche, nuque tendue, bouche ouverte. Lui redescend, atterrit, repart aussitôt, une brise sous l'oreille, voile d'énergie vierge qui converge vers elle – qui attend, tête baissée. Il plante ses deux pieds devant elle, elle l'accepte, il l'élève, elle est lumière légère, il évite bien ses côtes, meurtries à l'étude. Une perle de sueur se détache de ses cheveux. Sa tête effleure sa cuisse, sa hanche, son ventre. Ils s'embrasent l'un l'autre, ne forment qu'une flamme, dans la nation du corps. Il la pose doucement. Halètement dans la salle, qui les retrouve vivants – le public est français, le meilleur l'est toujours, même au liban à new york buenos aires vienne londres il est toujours français – et le danseur absorbe sa cavalière, son parfum, sa peau humide, son agrément, et disparaît côté jardin. Elle tient les rênes maintenant, solo. Debout dans l'ombre, il reprend son souffle, essuie son visage, endigue la sueur, le torse se gonfle, retombe, se calme bientôt, ah oui un brin de ténèbres une étreinte.

Il passe ses chaussons à la colophane pour ne pas glisser, attend qu'elle soit applaudie, jusqu'au bout. Mais – ça y est, vas-y, empare-t'en, explose !

À peine quitté la coulisse, il vole déjà, c'est une, deux, trois, quatre cabrioles, il allonge sa ligne jusqu'à ce que l'orchestre le rattrape, un instant de communion, puis le muscle, la détente, il balaie toute la scène de son seul corps, la saisit, la possède. Huit entrechats-dix parfaits, merveille ou prodige, le public reste coi, il n'y a plus personne la pensée la conscience se sont tues ce doit être l'instant que les autres appellent dieu comme si toutes les portes étaient partout ouvertes et vers d'autres encore rien qu'elles à jamais béantes ni gonds ni cadres ni montants ni bords ni ombres et voici mon âme qui vole née sans pesanteur née atemporelle horloge sans rouage il pourrait rester ainsi éternel son regard plonge dans une brume de colliers lunettes boutons de manchette plastrons il le sait tout ça lui appartient.

Après, dans les loges, les reproches, exagérés, fusent, car on ne se laisse pas aller – tu as changé de parfum, tu as sué comme un bœuf, tes déboulés étaient une horreur, tu es arrivé trop tard, tu es partie trop tôt, tu pirouettes comme une mule, il faut faire mieux demain, Rudi – et les revoilà à l'entrée des artistes, bras dessus, bras dessous, riant, souriant, la foule attend, avec fleurs, cris et invitations, ils signent autographes, programmes et chaussons, et, tandis qu'ils s'éloignent, la danse est toujours dans leurs corps, ils cherchent le point de silence et d'immobilité où il n'y a plus ni espace ni temps mais la pureté en marche.

Il y avait une foule agitée, houleuse, devant l'Opéra de Sydney. Certains protestataires scandaient des slogans à propos du Viêt-nam. Pour faire diversion, nous avons laissé entendre, Margot et moi, que nous arrivions en limousine, et en fait nous avons pris une autre voiture, nous avons conduit et nous sommes entrés… par l'entrée. Les gens ont lancé des cris de joie en comprenant que c'était nous.

La chemise avantageusement ouverte, Rock Hudson s'est présenté au foyer des artistes. Soi-disant qu'il tournait un film dans le coin, et il est resté dans la loge pendant que je me maquillais. Il était transporté par un restaurant où, disait-il, on mangeait les meilleures huîtres du monde, et il souhaitait me voir après le spectacle si je voulais. Je l'ai aperçu dans le public. Il ne regardait pas la scène. Le dos à moitié tourné, il cherchait quelqu'un à la jumelle.

Au restaurant, il a hésité devant la note, puisque j'avais ramené quatorze personnes (ha !). Il est parti aux toilettes, et il en est ressorti comme rechargé.

Au café du musée, on s'est disputés sur les motivations d'Albrecht. Frederic avançait que l'intuition servait d'excuse facile. Il a étayé ses arguments à la con avec une citation de Goethe, comme quoi rien n'appartient plus à la nature à partir du moment où l'artiste en a extrait son sujet. Comme si ça changeait quelque chose !

Je lui ai jeté mon café à la figure, seulement, plus tard, à l'hôtel Sobel en bas de Kings Road (encore une Kings Road !), je me suis demandé si je n'étais pas tout bonnement effrayé par l'ampleur de la tâche. Je lui ai envoyé un télégramme, que j'ai mis sur la note d'hôtel.

Quelle belle chorégraphie (au moins il a appris sa leçon). Pour le deuxième acte, il nous a montré une photo d'un martin-pêcheur qui secouait sa proie en plein vol, juste après l'avoir éperonnée. Virevolte superbe de l'oiseau (vivant) et du poisson (mort) entre ciel et terre.

Le tapis persan valait dix-huit mille francs. Le patron a compris que je le trouvais beau, et il a dit qu'il était à moi si je le voulais. Commentaire d'Erik : la première chose qu'il (moi) va faire, c'est installer son train électrique dessus, ce qui n'est pas entièrement vrai. Le gars a paru choqué, on dénigrait son beau cadeau, alors je lui ai raconté que j'attendais chez moi une journaliste de *Vogue*, que je parlerais de son magasin. Rayonnant, il m'a tendu sa carte d'un air très solennel.

J'ai jeté la carte dans le caniveau en sortant. Erik, horrifié, a vu le type derrière sa vitrine qui continuait de nous fixer.

La fille dans le jacuzzi s'est plainte de ce que mes pieds étaient éraflés, qu'on ne devait pas entrer dans l'eau avec une plaie à vif. Quand je lui ai dit qui j'étais, elle a fait un sourire pincé, elle s'est redressée, et elle est partie sans trop tarder.

Beckett était là au comptoir. Il m'a accueilli d'un vague signe de tête. Au lieu de verser du cognac dans sa tasse de café, il faisait l'inverse.

Quelqu'un a dit que je devais tirer sur la cigarette de marijuana, que même Brigitte Bardot finirait par avoir de l'esprit si j'étais défoncé. Ça ne m'intéressait pas plus pour autant. À quoi bon perdre la tête, et à plus forte raison son corps ?

En rentrant, je me suis consolé avec Richter. Son espièglerie. On dit que, au piano, il peut atteindre la 12e de chaque main.

Margot s'est déchiré un ligament. Antony lui a demandé comment elle se sentait : *Un rien endolorie, j'ai peur.*

Chercher une remplaçante. On a expliqué à Evelyn en termes peu équivoques qu'elle bouge comme une merde, que ses figures sont beaucoup trop marquées, que, pour mériter Basil, même pour danser tout court, il faudrait au moins qu'elle apprenne à exécuter un grand jeté à moitié acceptable. Elle s'est échauffée une bonne heure, et elle est venue faire un pas de bourrée. En sautant, elle voûtait tellement le dos que sa jambe touchait son nez, on aurait dit une lame de ciseau en train de chercher l'anneau du pouce. Cette fille a-t-elle des os ? Ses battements ensuite étaient habités d'une violence étonnante. Je n'ai pu qu'applaudir. Elle a ramassé son sac (plein de barbituriques ?) et elle a fichu le camp.

Et elle a jeté son écharpe par-dessus son épaule d'un geste si élégant que j'ai offert de lui servir de cavalier jusqu'à la fin de l'éternité, mais déjà la porte de l'ascenseur se refermait. Quel dommage (peut-être ai-je finalement ressenti quelque chose pour elle, seulement il faut admettre que nous sommes chien et chat).

Coup de téléphone de Gilbert. Le coup du suicide. *Si tu ne reviens pas vite, Rudi, mes pieds ne toucheront plus le sol.* Il semblerait que sa femme est tellement angoissée qu'elle est clouée au lit.

(J'ai dit à Ninette que, étant tatar, j'ai passé des siècles à contempler le vide entre le plancher et moi. Elle a répliqué aussi sec qu'elle était irlandaise, que ses pieds se balançaient depuis des centaines d'années.)

Mrs Godstalk serait une copie conforme de Mme B. si elle n'avait pas dansé jadis avec Balanchine, et si elle ne gardait pas ses vieilles pointes au freezer, au cas où elle trouverait à nouveau l'occasion de les chausser. Elle m'a traîné à Madison Avenue à huit heures du matin, avant l'ouverture des magasins d'antiquités.

Elle disait qu'elle me payerait ce que je voudrais, et qu'elle enverrait le tout par avion à Paris, le bateau étant trop lent !

J'ai suggéré la bergère russe de la boutique de la 63e. Il y en a sans doute pour quatre années de salaire, ou plus, en URSS. Dans l'après-midi, on m'a apporté une enveloppe qui confirme l'achat. Quelle conne, cette nana ! Elle m'a appelé huit fois en trois jours, jusqu'à ce que j'aille au téléphone à pièces dans le couloir pour lui dire, avec l'accent français, que M. Noureïev était parti avec le caniche blanc de la Godstalk pour le servir, sauté à l'ail et au persil, au corps de ballet qui est fauché et plus qu'affamé.

(Margot a ri si fort qu'elle en a eu le hoquet.)

Plus tard, dans un moment de bêtise, j'ai réduit son machin en miettes. Du petit bois. J'ai appelé la Godstalk pour lui dire qu'un carton de livres était tombé de l'étagère, qu'il avait brisé les pieds du fauteuil. Elle a poussé un soupir, répondu qu'elle n'était pas naïve à ce point, mais que ça n'était pas grave, qu'elle comprenait mes élans artistiques !

Vrai : je les séduis, je me les attache, puis je les enferme et je me barre en riant. Pas très humain, mais c'est comme ça. L'autre voix dit : qu'elles aillent se faire foutre, elles ont du fric à la place des neurones.

Nouveau coup de fil de Gilbert : encore le chantage au suicide. J'ai pensé à refaire un tour à Paris, pour le baiser, et lui donner la corde ensuite. Attache-toi, chéri.

Margot est si heureuse d'avoir récupéré, elle souriait toute seule, disait que la nuit était douce, et est-ce que j'avais vu le type dans un fauteuil de l'orchestre : Bernardo Bertolucci.

Un cafard, affolé (on est à New York, après tout), courait dans la boîte de colophane. Je l'ai coincé avec une pointe de rechange de Margot. On ne l'a presque pas entendue crier, car l'orchestre était en train de s'accorder.

Elle a fini par rire quand j'ai poussé le cafard mort sous le rideau, dans la fosse au-dessus des contrebasses.

Guillaume, le médecin, a dit que c'était absurde et dangereux, mais j'ai dansé malgré la fièvre. Difficile à croire : les machinistes ont interrompu leur partie de poker pour regarder le solo. Ils s'attendaient sans doute à ce que je m'effondre, mais je n'ai jamais dansé aussi bien, je sentais la fièvre qui s'envolait dans mon dos. À la fin, j'avais retrouvé une température quasi normale. Guillaume était perplexe. Les machinistes m'ont apporté un sac plein de glace.

Pneumonie. Erik m'a frotté le torse à la graisse d'oie. Guérison complète en deux jours.

La voix de maman paraissait vieille et triste au téléphone, même quand je lui ai parlé de la graisse d'oie. Elle toussait. Je suis allé me promener ensuite à Mendocino le long de la falaise. Les phoques toussaient, eux aussi. (Quand Saul m'a appelé, après, il disait qu'il avait presque doublé mes avoirs grâce au cours de l'or. Je n'ai rien dit – il a cru que je jubilais.)

Au début, Erik dansait comme trois seaux de merde, mais il a enchaîné des brisés superbes, avec une transparence parfaite. Et alors je me suis dit : *On garde tous quelques secrets en réserve, non ?* Avant l'entrechat-huit (parce qu'il l'a fait à l'envers, en descente), il est resté une seconde suspendu en l'air. Stupéfiant.

On entendait le public retenir son souffle (on sait toujours si on a fait du bon travail aux réactions de la foule). J'ai bondi le premier pour le rappel. Toute la troupe a suivi aussitôt. Souriant, Erik a pris la main de Violette, ils ont salué ensemble.

En coulisse, il écoutait le *Concerto numéro 1* de Liszt – Richter, Kondrachine et le LSO. On a bu un château d'Yquem. La soirée semblait parfaitement réussie, mais, en retirant ses chaussons, Erik avait l'air d'avoir mal. Il s'est massé les pieds comme un fou, il a dit qu'il craignait de s'être fêlé un os après un saut assez gonflé. (À la suite d'un concert donné un jour au piano malgré une légère fracture à la main gauche, Liszt affirmait qu'il sentait les notes sauter littéralement d'un os à l'autre.)

Ni fêlure ni fracture, mais le médecin à l'hôpital a dit à Erik que ses pieds étaient foutus, que, avec l'âge, il n'arriverait peut-être plus à marcher normalement. Erik a haussé les épaules et s'est mis à rire : *Eh bien, dans ce cas, je danserai la bourrée.*

Erik répète que, après les représentations, il se sent de plus en plus aliéné de lui-même. Il reste tout seul dans sa loge, épuisé, avec son costume. Puis il se change, se regarde dans la glace, ne voit qu'une image. Il continue à se regarder comme ça jusqu'à ce qu'il ait l'impression de reconnaître un vieil ami – lui. Et il ne s'en va pas avant.

Huit mille francs pour une collection rare de gravures sur bois bachkiriennes.

Je pense à eux, là-bas à Oufa, pain bis et bortsch, un verre de vodka, maman en train de raccommoder sa blouse bleue, Tamara qui rentre du marché. Sentiment écrasant de culpabilité, mais que puis-je faire ?

Lorsque Elena (ce qu'elle est belle) est arrivée en France, elle a gagné sa vie en cousant des robes de mariée pour les familles bourgeoises établies ici avant elle. Elle m'a raconté ensuite son voyage par mer, de Kiev à Constantinople – un bateau plein de gens qui fuyaient avec leurs biens les plus précieux, des trucs grotesques, des lampes, des coupe-papier, des coffres de famille. Elle est restée à l'avant du navire presque toute la traversée, prolongée de plusieurs jours à cause du mauvais temps, et alors elle m'a dit que depuis – ça, c'est extraordinaire –, elle a toujours l'impression de sentir de l'eau qui remue partout, plus particulièrement dans l'histoire et dans les violons !

Il est blond, mince, jeune, gamin. Devant ce genre de beauté, j'en viens parfois à me regarder moi-même, mais je ne crains rien, c'est un merdeux, il danse comme du plomb en barre.

Il a piqué une crise quand (c'était attendu) je lui ai dit qu'on ne le prendrait pas. J'ai pensé à le consoler une fois de plus, mais, Claudette a beau dire, ce n'est pas toujours ma queue qui décide de ce que j'ai à faire. Bon, enfin, pas systématiquement ! Comment lui faire comprendre qu'il faut être plus ambitieux, qu'intégrer un corps de ballet ne suffit pas, que c'est une molécule d'air dans un tambour, condamnée à de petits bruits dans une petite pièce.

Il est resté là avec sa frange sur les yeux – imitation sans aucun doute. Je lui ai promis de l'aider. Au studio, il a fallu le convaincre que c'était un adagio, que c'était lent, qu'on retombait avec précision, et qu'on gardait une position bien nette. Il n'a rien voulu entendre. J'ai dû grimper sur le rebord de la fenêtre, bondir et atterrir, parfaitement immobile. (Ce que je déteste ce lino sur le plancher.)

Je l'ai regardé essayer mille fois sans y arriver. Alors que faire ? Il n'a rien dans la tête, et rien dans l'âme. Il a fini par dire : *Je suis fatigué.* Je lui ai dit que, s'il s'en allait maintenant, il sciait la branche sur laquelle il était assis, mais il est parti quand même, les lacets de ses chaussons accrochés au doigt dans son dos.

Il veut écrire ma biographie, et qu'est-ce que je lui réponds – qu'il pue l'ail, que c'est une merde, un gras-double, qu'il a la cervelle en bouillie, que sa place l'attend déjà au musée des Connards. Quand j'ai eu fini de bien lui expliquer ça (!), il m'a dit que je serais beaucoup plus agréable si je tenais ma langue et si j'écoutais ce qu'on me disait. J'ai répliqué que, en effet, j'avais hâte de crever.

(Gillian répète que mes grossièretés, en anglais-fran-çais-tatar-russe-allemand-etc., se propagent comme un virus.)

J'ai emporté la lettre de Yulia et je me suis assis sur un banc. Elle avait été pliée et dépliée je ne sais combien de fois, et elle avait fait plusieurs escales, d'abord à Londres chez Margot, qui l'a réexpédiée à l'ambassade d'Autriche à Paris, et de là jusqu'à Gillian.

Yulia a une belle écriture ronde. Voilà ce qu'elle dit. Elle voulait m'écrire depuis un an, mais elle a toujours remis pour différentes raisons, qui n'importent plus guère aujourd'hui. On a trouvé son père mort, dans sa maison à Oufa. Sergueï avait dû sentir l'heure de son dernier voyage, puisqu'il avait gardé son chapeau sur la tête, alors qu'il l'ôtait toujours en entrant quelque part. Le stylo en main, le carnet sur la poitrine. Il lui avait laissé une lettre : *L'esseulement dont nous souffrons sur terre ne sera compréhensible que lorsque nous ne serons plus seuls.* Il déclarait ne pas du tout avoir peur de la mort, que rien ne l'effrayait, et pourquoi avoir peur, d'ailleurs, il allait rejoindre Anna, qu'il avait toujours aimée, même dans les moments les plus noirs.

Je suis resté assis sur le banc, sous un soleil de plomb. Incommensurables remords.

Fini la journée sur l'interprétation de Richter de la *Sonate pour piano numéro 2*, troisième mouvement – andante, Prague. Dans quelle humeur était Richter pour faire un tel cadeau à l'humanité ?

Dieu, s'il existe, est sûrement l'un des visiteurs de ma nouvelle ferme en Virginie. Le bon air du matin est assez frais et pur pour affamer tout le monde. Les chevaux galopent et hennissent. La lumière est dense, jaune, les arbres vieux et noueux (ça n'est pas l'Amérique que j'imaginais, petit).

Je suis parti à cheval. La jument baie m'a désarçonné, puis elle s'est dressée en posant une jambe arrière derrière l'autre, presque en arabesque, et elle a brusquement baissé la tête. Sa crinière m'effleurait le visage. Sans raison particulière, je l'ai baptisée Yulia.

J'ai trop bu à la réception, et l'idée m'est subitement venue que la vie, en continuant, apportait à chacun son double, sans distinction préalable (je dois penser ça à cause de tous ces problèmes qui surgissent). En regardant à l'autre bout de la pièce, j'ai reconnu Sergueï, debout devant le buffet, quoique sans chapeau. Il discutait avec Tamara (d'accord, elle n'a jamais été aussi bien habillée). Papa était assis dans un coin. En cherchant maman, j'ai trouvé quelqu'un d'autre qui lui ressemblait vaguement – la vieille amie de Lee, venue du Colorado, sauf que maman aurait les cheveux beaucoup plus gris maintenant. Une dame polonaise, plus âgée encore, me rappelait Anna. (Étrange aller et retour d'une rive à l'autre du Styx.)

Quand j'ai vu le double de Sergueï avancer vers celui d'Anna, mes cheveux se sont dressés sur ma tête. Il tenait son manteau plié sur l'avant-bras, et, cette fois-ci, il avait un chapeau !

Je me suis aussi cherché un double, mais il n'y en avait pas.

Dans la loge : un plein kilo de caviar de la mer Noire et douze bouquets de fleurs, dont une douzaine de lis. Sergueï, mon vieux, j'ai pensé à toi.

Onassis avait engagé deux jeunes hommes pour laver les pantalons blancs, les chemises blanches, les chapeaux blancs, les chaussettes blanches, les slips blancs, les gilets blancs, blancs, blancs, blancs, et encore blancs. Le petit Grec brun, qui m'a souri depuis le pont, disait qu'il voulait m'offrir quelque chose de très personnel pour mon anniversaire. Il n'arrivait pas à croire que j'avais vingt-neuf ans.

Après les réjouissances, je suis parti en m'excusant dans l'entrepont. Le petit Grec attendait au bout du couloir, sans rien d'autre qu'un tee-shirt, et le paquet de cigarettes coincé dans la manche.

Voir avec Saul : pourquoi est-ce que je paie des impôts quand mon pays se limite à une valise ?

À l'entracte de *Hair*, porte Saint-Martin, elle s'est penchée vers moi et m'a demandé nonchalamment si je savais ce qui était arrivé à Gilbert.

Il a pris une vieille paire de chaussettes à moi pour boucher le tuyau d'échappement et il a laissé le moteur tourner. Sa femme l'a retrouvé dans le garage, Mozart à fond la caisse, et une boîte de somnifères vide à côté de lui.

Jacques dit qu'il préférerait un enfer communiste à un enfer capitaliste – parce que les communistes manqueraient forcément de mazout !

Plus tard dans la soirée, il a eu cette idée de monter un ballet sur le thème du mur de Berlin. Il prétend qu'on l'a construit en un jour seulement (non, c'est vrai ?). Un maçon russe est tombé dans le ciment frais, personne ne s'est occupé de l'en sortir, et ses os sont restés là pour étayer l'ouvrage.

Jacques veut que l'amoureuse du maçon (appelons-la Katerina) longe le mur, qu'elle tâte les briques les unes après les autres, en cherchant à se réapproprier l'esprit de son bien-aimé. Ensuite, tout en sachant qu'elle court à sa perte, elle tombe amoureuse d'un soldat américain de l'autre côté. Seulement, pour le rejoindre, il faut qu'elle brise la dépouille emmurée de son ex-amant russe (d'où : faire danser le mur et la terreur sur les deux flancs). À la fin, c'est le jeune Américain qui essaie de la rejoindre, mais il se fait tuer d'un coup de fusil en escaladant les briques.

(Pas d'agonie mélo.)

C'est monstrueux, cette idée, mais enfin on était soûls.

On raconte que Sacha aurait trouvé un petit génie à Leningrad : Erik prétend que je suis devenu blême (tu parles). De toute façon, si ce *génie-là* passait à l'Ouest, il me pousserait à accomplir de plus grandes choses, et puis voilà.

Margot dit que, avant de mourir, elle voudra retrouver dans sa mémoire un seul ballet, mais que ce ballet-là sera parfait, splendide, renversant, pour qu'il mérite d'être revécu mentalement de bout en bout.

Elle n'a pas dit lequel ça serait, elle ne l'a peut-être pas dansé encore. Pour l'instant, selon elle, il y a le choix entre huit ou dix soirées.

Elle a sans doute raison, mais alors il y en aurait au moins une au Kirov. Mes jambes ont gardé le souvenir de l'inclinaison de la scène. J'ai rêvé que je mettais mes pieds nus dans la boîte de colophane. (Sacha : *Tu souhaiteras toujours retrouver l'innocence de ta première danse.*)

Elle est assise, l'après-midi, dans l'obscurité d'une chambre d'hôtel lorsqu'une jeune femme entre, sourit et ouvre les rideaux. *Bonjour*, dit la fille, *vos rendez-vous sont arrivés*. Elle pose un vase de fleurs sur la table et Margot attend que la procession veuille bien commencer.

Derrière la fenêtre, c'est une autre ville, toute de ciel, de verre et de lumière, et Margot n'arrive pas à se rappeler laquelle. Sa cheville va mieux, mais elle la garde pansée. Plus tôt, au téléphone, elle a parlé à Tito, et il lui a répété une fois de plus qu'il était temps qu'elle se retire, qu'elle avait trimbalé sa viande sur toutes les scènes du monde trente-cinq ans d'affilée, qu'elle devrait se calmer, revenir au ranch à Panama.

Tito, le coureur. Tito, le bonheur de ces dames. Tito, l'homme qu'elle adore. Tito qu'on pousse maintenant chez lui dans un fauteuil roulant, réduit à son regard et aux mouvements des mains.

Elle se retrouve au bas des marches quand, une semaine plus tôt, il lui a dit l'aimer encore. Elle lui a répondu la même chose, elle a cru voir son visage perdre une succession de masques, et ils ont joué le jeu de la possession. Au lit, Margot l'installait derrière elle pour qu'il puisse blottir sa tête contre sa nuque. Elle n'avait pas trouvé le sommeil. Se levant un instant, elle était restée à la porte à écouter son souffle rauque, et Tito l'avait émue par la forme de son corps. Lorsqu'elle a parlé à Rudi de ce qu'elle ressentait en le voyant dormir, lui a compris, lui a deviné à quel point elle allait devenir soumise et vulnérable – c'est à ces moments-là, quand il veille sur elle et qu'il la protège, qu'ils dansent bien ensemble.

La chambre voit bientôt passer promoteurs, publicitaires, une journaliste. Échanges sporadiques, élégants, gentils. Pourtant, au bout d'une heure, Margot annonce qu'elle est fatiguée – elle a passé la plus grande partie de la matinée à faire classe avec Rudi – et, quand sa chambre est enfin vide, elle se blottit sous les couvertures et elle s'assoupit. Tito saupoudre des rêves sans pitié, elle se voit pousser son fauteuil au milieu du fleuve où les roues se bloquent à cause du courant trop puissant.

Une sirène de brume la réveille et elle se rappelle, maintenant : Vancouver, fin de l'été.

C'est alors que, dans la suite adjacente, elle entend Rudi et un autre faire l'amour, le bruit est alarmant, féroce et intime en même temps. Elle en perd contenance, ils ont entre autres règles celle de ne jamais dormir dans des pièces voisines, alors elle allume la télévision et elle monte le volume.

D'abord le Viêt-nam. Puis un dessin animé. Elle presse quelques boutons, s'arrête sur un feuilleton – une femme traverse lentement une pièce pour en gifler une autre.

Courte interruption du programme, elle entend un gémissement à côté, puis les pubs et leurs ritournelles. À la salle de bains, elle fait couler l'eau chaude et elle verse des sels aux plantes. Margot a exigé beaucoup de son corps, ces dernières semaines, au-delà des extrêmes déjà dépassés. Cette violence se lit dans ses gestes quotidiens, lorsqu'elle consulte sa montre, qu'elle lève sa fourchette. Elle sait à quel point c'est extraordinaire, ce que le corps fait pour l'esprit, ce que l'esprit fait pour le corps, et les deux se persuadent mutuellement d'être seul maître à bord.

Il est des jours où elle reconnaît le cimetière intime de sa plastique, les orteils pleins de cors, les migraines sous le chignon tiré au fil des ans, les genoux déformés, pourtant, si elle avait su jeune femme ce que sa vie allait être, elle n'aurait pas changé, elle l'aurait dansée.

Elle se glisse dans la baignoire, cale sa tête sur la porcelaine. Les sons, dans la suite à côté, ont pris une autre forme, étouffés et pourtant amplifiés, plus nets de leur manque de clarté. Elle enfouit deux langues de coton dans ses oreilles et les voix disparaissent. Il y a des années de cela, Tito ouvrait toujours les fenêtres avant de faire l'amour.

Elle se réveille plus tard, car quelqu'un crie son nom devant le cadre de la porte, *Margot, Margot, Margot !* Elle ouvre les yeux, se redresse dans son bain, l'eau fait des vagues. Elle sent l'odeur de cigarette, sait aussitôt qui c'est.

Elle tire les boules de coton de ses oreilles et dit : *Je nageais dans mes belles années, Erik. J'étais en train de rêver.*

Mais ce n'est pas Erik, c'est Rudi qui arrive avec un peignoir, qu'il tient ouvert. Elle sort de la baignoire tandis qu'il le lui passe sur les épaules, et il lui embrasse le front. Erik est derrière lui, il fume. Elle goûte une bouffée de chaleur, ces deux hommes superbes qui la gâtent.

On a téléphoné, dit Erik, qui tire dur sur sa cigarette, *mais tu ne répondais pas. Rudi avait peur que tu te noies.*

Jagger a essayé de trouver les mots pour dire que de voir ce ballet l'avait projeté hors de toute (sa) réalité – peu lui importait de boire, et les guitares, et le reste (j'ai entendu ses reins grincer pendant que Marianne l'entraînait ailleurs).

L'employé m'a regardé vite fait, a ouvert grand les bras, il a dit qu'il avait une paire de pantalons serrés qui m'iraient parfaitement...

Boule disco boîte de nuit. On a pris une table, commandé un magnum de champagne, et ce qu'on s'est marrés ! C'était Lara la plus drôle. Elle voit bien à quoi joue Erik, mais elle dit que j'ai des lèvres sensuelles à en perdre la tête ! Je lui ai promis de l'épouser. Elle racontait cette histoire drôle d'une infirmière française qui disait à son patient : *Retournez-vous, monsieur, j'ai quelque chose pour vos fesses.* Après, quand les autres étaient tous partis danser, elle s'est penchée sur mes genoux avec ses longs cheveux et elle m'a chatouillé les couilles devant tout le monde !

Son grand-père, qui était moscovite, a émigré avant la Révolution, et il a fait fortune, dit-elle, en vendant des agrafes et des trombones (ce pays de fous !). Elle possède quatre maisons, maintenant, et, c'est bizarre, six piscines. Elle m'a dit dans l'oreille qu'elle adorait se baigner à poil, comme si je n'avais pas pu deviner tout seul. Elle était tellement soûle qu'elle m'a confié son idée d'un ballet de danseurs nus – ça s'appellerait

Descends, Orphée (!) : le rideau se lève, violoncelles gentillets, doux clair de lune, et aussitôt des bittes qui se dressent partout. Je lui ai dit que je danserais bien ça, mais que je ne voulais pas m'abîmer les cuisses. Je lui ai expliqué pourquoi c'était drôle (qu'elle est bête), et elle a renversé son verre sur sa robe.

Elle dit qu'être en vie, c'est le pain, oui, bon, mais que le sexe, c'est (au minimum) la levure.

Rosa-Maria est apparue à la porte. Je l'ai reconnue sur l'instant. Robe de satin rouge, une rose blanche dans les cheveux. Erik m'a donné un coup de coude en la voyant courir, les bras ouverts, vers moi. Je l'ai prise dans les miens, l'ai fait tourbillonner. Une nappe s'est accrochée à son pied, qu'elle a réussi à dégager très gracieusement sans arrêter de tourner, et alors elle m'a embrassé.

Tout le monde nous a suivis des yeux, Erik plus encore, pendant que nous partions ensemble dans la véranda. Nuit chaude et le chant des cigales. Je lui ai demandé : *Raconte-moi tout*. Mais elle voulait parler de moi, de mon succès, des années écoulées. Je l'ai suppliée, pressée, enjôlée, et elle a fini par me dire que, à son retour au Chili en 1959, elle avait épousé un jeune journaliste, qui s'était lancé en politique, et qu'il avait trouvé la mort dans un accident de voiture. Ensuite, elle est partie vivre à Mexico, et voilà. Elle a dansé pendant six ans, et ses chevilles l'ont lâchée. Elle souhaitait danser une dernière fois avec moi, et elle a eu toutefois l'esprit de comprendre que cela ne serait, de ma part, rien de plus qu'une marque de sympathie.

Erik nous a rejoints avec trois coupes de champagne et nous avons trinqué. À la fin de la soirée, Rosa-Maria était accaparée par un bel écrivain mexicain, aux cheveux gris, qui la couvait du regard. On s'est dit au revoir et elle a essuyé une larme.

Sa voix rauque de baryton, son visage dur, sa frange sur les yeux – je ne savais plus son nom lorsqu'il s'est réveillé. Je me suis seulement rappelé qu'il était, disait-il, impressionné qu'un homme pût vivre avec autant d'intensité. J'avais passé ma journée à baiser, répéter, baiser, danser, et baiser encore (à l'entracte).

Il s'est levé, radieux, m'a préparé du thé, cinq morceaux de sucre, et il m'a fait couler un bain brûlant dans une baignoire à pieds de griffon, aux cuivres bien brillants. Assis sur le bord, il a versé des sels parfumés. Du sur mesure ! Je suis parti aussitôt après, sans avoir retrouvé son nom.

Erik avait laissé un mot à la réception : *Salope*, d'une écriture vraiment tremblante.

Regrettez-vous quoi que ce soit, monsieur Noureïev ?

Tout compte fait, et toute parole bue, je ne changerais rien, à la fin, de ce que j'ai dit ou fait. Quand on regarde derrière soi, on se casse la gueule dans l'escalier.

Voilà qui est très philosophique.

Je sais lire.

Cinquième Avenue : toutes les têtes se sont retournées comme un champ de tournesols. Warhol a crié *Merde !* et il a arrêté un taxi. Il a dit qu'il n'avait pas de licence, que le prix était scandaleux. Et il a refusé de donner un pourboire. Quand on est descendus, le chauffeur a craché par la fenêtre. Il a raté de peu les pompes de Warhol.

On venait de livrer à son bureau un chargement de gâteaux au nom de la Boulangerie érotique. Il m'a tendu un doughnut et il a essayé de me prendre en photo. Il a fallu que je la lui arrache des mains. Il en tirerait des milliers de dollars. Il courait dans tous les sens pour m'échapper en criant comme une folle dans son pantalon vert pomme.

Il a terminé sa course dans une arrière-salle où trônaient par terre deux énormes dés noir et blanc, avec des inscriptions sur chaque face. Il y avait écrit sur le premier : *Tu Me Ils Nous Vous Joker*. Et sur l'autre : *Baiser Sucer Embrasser Doigter Branler Joker*. Le jeu consiste à jeter les dés et à conjuguer. Quand ça tombe sur *Joker*, on fait ce qu'on veut. Warhol appelle ça le poker humain. Il dit que les combinaisons sont infinies, mais qu'il faut être au moins huit pour jouer, sinon on s'ennuie.

Je lui ai dit qu'il devrait transposer ça en chorégraphie. Il a hurlé : *Voilà, c'est ça !* et il a griffonné quelque chose dans son carnet. Ce connard s'en servira sans doute dans un de ses films (sans droits d'auteur pour moi).

Je l'ai giflée, et la claque a retenti dans toute la galerie, même jusque dans la rue (5e Avenue). Il faut dire qu'elle me harcelait pour son autographe, alors que j'essayais de regarder le tableau. Le patron est venu, mais j'ai refusé de bouger. Ma main m'a brûlé pendant cinq bonnes minutes. À la vérité, je mourais d'envie de m'excuser, mais impossible.

Gillian dit que j'ai un mât totémique dans le cul, qu'il serait temps de l'enlever, et, pour moi, de grandir un peu. Je l'ai licenciée, et elle a répondu : *Encore ?* Et elle s'est mise à vernir ses ongles de pied, rouge vif.

Par chance, la fille que j'ai giflée est ballerine, elle ne veut pas porter plainte pour ne pas compromettre sa carrière. Mais Gillian tient absolument à limiter les dégâts, au cas où ça atterrirait dans le journal.

Le dessin proposé :

Pour sauter au milieu des lèvres, il fallait six machinistes qui me cueillaient de l'autre côté. Le *Post* dit que c'est la sortie de scène la plus incroyable qu'on ait vue en matière de ballet (connerie, bien sûr). Un crétin a pris cette photo où on me voit en déséquilibre, le dos courbé. Mais le public a hurlé de plaisir (il y avait Polanski, Tate, Hepburn, Hendrix).

Les critiques sont bonnes, sauf Clint qui appelle ça une invention de malade (connard).

Article de la rubrique potins, avec une photo de Hendrix et moi : *Pirouettes pour Rudi et Jimi*. Il a les doigts noircis (peut-être du sang séché), à force de gratter sa guitare. Au club, il a disparu sous un écran de fumée (marijuana), mais on l'a revu après sur la piste. J'avais une douzaine de filles qui me tournaient autour. Un grand mec noir est arrivé, chemise de cuir, bottes de moto. On a filé dans la cour et la soirée a commencé.

Une fête d'anniversaire qui ne servira qu'à être oubliée. Trente et un ans. Margot a acheté une superbe coupe en cristal, Erik m'a offert une montre Gucci. Je n'avais envie de rien d'autre que de me promener sur la plage. Les étoiles par-dessus Saint-Barth semblaient briller comme à Oufa, au-dessus de la rivière gelée où j'allais pêcher, il y a des siècles.

Bottes en peau de léopard ! Jusqu'aux cuisses ! À la Twiggy ! Ils ont dit en coulisse qu'elles étaient délicieusement perverses. Au Bar, je ne pouvais plus bouger tellement ils bandaient. J'ai aperçu ce garçon qui semblait être deux personnes à la fois, un Janus, beau d'un côté, mais de l'autre, le gauche, il avait une horrible cicatrice. Ce matin, il faisait en sorte que je ne la voie pas, et ça m'a énervé, je l'ai foutu dehors.

Maman dit que la neige étouffe tous les bruits à Oufa. Quant à ma sœur, elle prétend qu'elle cherche à me comprendre, qu'elle veut comprendre ma vie, mais elle est tellement bébête, qu'est-ce qu'elle croit ?

Personne ne me comprend.

Selon Erik, je dis de plus en plus de conneries. Et lui, tiens ? Il répète que je devrais me consacrer à la seule chose que je sache faire – travailler pour la scène, mon espace sacré.

Il déteste mon idée que la danse rend le monde meilleur. Paraît que je suis *sentimental*. C'est de beauté que je parle, seulement Erik (qui passe son temps à regarder les nouvelles du Viêt-nam et du Cambodge) dit que la danse ne change rien au moine qui s'est immolé, ni au photographe qui l'a laissé faire derrière son objectif.

Tu t'immolerais pour tes convictions ?

Je lui ai demandé, moi, s'il garderait son doigt sur l'obturateur en me voyant brûler. Il n'a pas répondu tout de suite, mais il a finalement lâché : *Bien sûr que non.*

On s'est disputés jusqu'à ce que le réveil sonne. Je lui ai dit que je m'étais immolé il y a déjà longtemps, il n'avait pas compris ? Il s'est retourné en soupirant, comme quoi il en avait ras le bol de ces histoires, qu'il ne demandait plus qu'à se trouver un cottage au Danemark où il pourrait rester tranquille au bord de la mer, à fumer et à jouer du piano. Je lui ai dit d'aller se faire foutre et j'ai claqué la porte.

Il a crié dans mon dos : *Oui, ça vaudrait peut-être mieux.*

Je lui ai répondu qu'il ne s'attende pas à un rappel.

La glace n'avait pas gelé dans le freezer et les sels Epsom avaient disparu. J'avais envie de jeter leur mini-frigo par la fenêtre. S'il n'y avait pas eu les fans qui poussaient des hourras en bas, je l'aurais fait.

Margot menace sans cesse de tout arrêter. Elle voit bien ce que Bettina, par exemple, est capable de faire, ou Joyce, Allessandra aussi, voire Eleanor. Mais toutes mes partenaires me ramènent inévitablement à elle, à son magnétisme. Elle m'a avoué au téléphone qu'elle était déchirée. D'un côté, elle dit que Tito a besoin d'elle. De l'autre, qu'elle a besoin d'argent (et elle a peur de se dessécher).

Même si Erik a raison, j'ai hurlé et je lui ai lancé le pot de fleurs à la figure. Je l'ai raté de peu. Peut-être, oui, si, sans doute, j'ai dansé comme un porc. Et merde !

Le nouveau masseur a tout de même l'air capable de me décontracter. Il dit que le corps cache certains endroits clés à partir desquels il sait évacuer les tensions. Il les pousse vers d'autres organes où elles peuvent se dissiper (et, de fait, je me suis détendu sur la plage, après six pays parcourus en quatorze jours seulement). Je n'ai jamais connu personne avec autant de force dans les mains que cet Emilio.

Je finis par détester ces ovations debout dans les restaurants, c'est puéril.

Victor est fou et vulgaire et adorable, un vrai désastre ambulant (toge de soie et plumes d'autruche), et pourtant personne ne me fait autant rire. Sa réception avait pour thème : Noureïev. Il raconte que tous les coiffeurs de New York étaient bookés, que même Diana Ross avait dû graisser quelques pattes pour trouver à se faire coiffer (elle m'a dit que le modèle – moi – était divin).

Quentin Crisp m'a glissé à l'oreille d'une voix ivre : *Je suis beaucoup trop l'homme de tout le monde pour rester celui d'un seul homme* (je suis sûr qu'il a piqué ça quelque part).

Je lui ai dit que, si elle poursuivait sa carrière, il lui faudrait, au grand minimum, trouver un bon crapaud à embrasser. On l'a entendue qui chialait derrière la porte de la salle de répétition, et quelqu'un a couru lui chercher une cigarette. Gillian prétend que, avec une cigarette au bec, n'importe qui arrête de pleurer. Idée : fourrer sans ménagement des clopes dans tous les trous disponibles des femmes hystériques, des danseurs, des amants, des comptables, machinistes, officiers des douanes, etc.

Cette représentation était une accumulation d'erreurs. Horrible. Ce mouvement, une vraie merde. Ce chorégraphe ne serait même pas capable de régler une orgie romaine. Il faudrait que j'entre en flammes, au début, comme si c'était vraiment l'aube de la Création. Ouvrir les fenêtres du corps et bâtir le mystère là-dessus.

Broadway, premier rang. Le spectacle était nul, mais Erik insistait pour rester – la peur qu'on jase. J'ai fait semblant d'avoir une rage de dents et je suis parti. Mais je suis revenu pour la réception. La tête d'affiche m'a demandé si ça allait mieux, alors je lui ai mordu le bras et j'ai dit que oui, on dirait.

Il a passé toute la soirée avec un pansement, la manche de sa chemise relevée.

Gillian m'a demandé comment j'arrivais à danser après avoir baisé. Je lui ai répondu simplement que je ne pouvais pas danser sans avoir baisé (dommage que les entractes ne durent pas plus longtemps !).

Patrick se pique entre les doigts de pied pour ne pas laisser de marques. Avant d'entrer sur scène, il se coupe le doigt et pose du sel par-dessus (douleur horrible) pour se sortir de sa torpeur.

Au-dessus du comptoir d'angle Castro, je me suis suspendu au balcon pendant que le gamin ouvrait ma braguette et commençait son silencieux miracle. Il avait la même taille qu'Erik, et il était blond comme lui. J'ai failli me claquer un muscle, à rester aussi longtemps accroché. J'ai proposé qu'on revienne à l'hôtel pour une sieste amicale.

Statue de Canova : 47 000 dollars (Mrs Godstalk !).

Warhol dit que les préparatifs de mon trente-deuxième anniversaire ressembleront aux derniers jours de l'Empire romain. Il a commandé un suspensoir en vinyle rouge pour l'occasion et il est bien capable de le porter par-dessus son pantalon.

Je ne peux m'empêcher de penser qu'il disparaîtra dans les ténèbres. Sa vogue diminue (sa présence produit à peu près le même effet que leurs poppers ridicules).

À la *party* après la réception, les sculptures de glace – des mannequins nus – ont commencé à fondre. Il y avait un grand gâteau en forme de cul – fossettes en massepain, crème glacée suggestive. J'ai soufflé mes trente-trois bougies (une de plus, ça porte bonheur), et aussitôt Truman Capote a bondi sur la table avec sa redingote. Il a jeté son chapeau blanc et il a planté sa gueule dans le gâteau. Puis il s'est relevé en faisant semblant d'avoir un poil coincé dans les dents.

Victor est tombé d'épuisement. On l'a conduit dare-dare à l'hôpital. Il est arrivé ensuite au Studio 54 avec l'intraveineuse plantée dans le bras. Il a trimbalé tout son matériel – le tuyau et le trépied – jusqu'au milieu de la piste de danse sous les stroboscopes. En trois secondes, il croulait sous les acclamations, les applaudissements, les sifflets.

Il a salué, il s'est pris une table dans un coin éloigné, il a réglé son goutte-à-goutte, et il a essayé de payer un verre à tout le monde avant de s'évanouir une deuxième fois (ce qu'il aurait aimé se faire porter cette fois-ci par Steve, tiens.)

Margot dit : *Modère-toi.*

Je lui ai dit que ces innombrables petits démons (sexe, argent, désir) ne signifient rien pour moi, comparés à l'ange de la danse.

Sacha s'est effondré dans le square, à ce qu'il paraît. Crise cardiaque. Je suis resté tard ce soir, j'ai renvoyé tout le monde, dansé pour lui rendre vie.

Me suis retrouvé dans une cour où le dernier maré-chal-ferrant de Paris était en train de ferrer le premier cheval de sa journée. Il a bien voulu que je m'assoie sur la murette pour le regarder. Jambe du cheval dans une main et étincelles au pied.

Télégramme et fleurs pour Xenia.

Chier ! Cette cheville s'est simplement dérobée sous ma jambe (Sacha il y a si longtemps : *Comment, tu n'es plus l'ami de ton corps, Rudi ?*). Trois mois de rétablissement, selon Emilio. Dans quatre jours exactement, je jette les béquilles dans Central Park.

(en fait, trois !)

Deux longues semaines de convalescence à Saint-Barth. Ni coups de fil, ni rien. Il faisait tellement chaud que la pluie avait le temps de s'évaporer avant de toucher la mer. Des nuages de papillons jaunes se sont envolés des arbres. Le monde était loin et petit.

Les gens d'ici se lèvent aux premières lueurs pour s'occuper de leurs parterres de fleurs. Erik dit que les vieux ont une vie plus heureuse qu'elles – ils ont encore moins de choses à faire, et eux ils peuvent se mettre à l'ombre quand ils veulent (drôle d'idée, quand même).

Après dîner, il a vomi dans la baignoire. Intoxication alimentaire, qu'il dit. La femme de chambre a tout lavé. J'ai vu des antalgiques dans sa trousse de toilette. On a dormi dos à dos. Il a grincé des dents et donné des coups de pied. À l'aube, les draps étaient trempés de sueur.

Une photo de Tamara. Ces seins épais, ce corps trapu, ces jambes trop courtes. Ce qu'elle est devenue russe !

Vingt-quatre répétitions au lieu de douze. Emilio m'a mis des poids plus lourds, et, chaque jour, il mesure le muscle. Je marche avec lui dans la rue, et je garde le poids attaché à ma cheville. Promenade du condamné. Et re-danser bientôt. Il n'a jamais vu personne se remettre aussi vite.

Massages toute la matinée. Extensions de la hanche, du torse, du jarret. Mais surtout les cuisses et les mollets. Il laisse mes pieds pendre au bout de la table pour éviter les crampes, et il se fâche si je lis un livre sur mon pupitre.

Il prétend deviner l'intrigue en glissant les mains le long de mes vertèbres.

Cette jambe est peut-être maintenant plus forte que jamais. À Vérone, sous un ciel étoilé, la foule est restée debout pendant vingt minutes à ovationner, malgré le crachin qui est tombé à la fin. Pas un mot d'Erik. Le *Chicago Sun-Times* dit qu'il était blanchâtre, qu'il a dû quitter la scène, et qu'ils ont annoncé au haut-parleur une grippe intestinale.

Margot a calculé que, au total, nous avons dansé ensemble presque 500 soirées, et, au diable leurs histoires, elle va continuer jusqu'à 700 si elle peut, chiffre porte-bonheur !

Le remède d'Emilio contre l'insomnie : se verser de l'eau sur les poignets, s'essuyer doucement avec une serviette, puis se réchauffer les mains sous les aisselles.

Sûrement notre ultime dispute. Toute la vaisselle y est passée, à part la théière qu'Erik gardait contre son ventre. Sans la lâcher, il s'est allumé une cigarette à la porte. Je me suis détourné, et là, il l'a laissée tomber sans la moindre expression de regret. *Au revoir.* Brûlant et définitif.

Selon Gillian, ça devenait inévitable. Je lui ai raccroché au nez. Pas besoin qu'on me dise ça. Margot devait se trouver au Panama avec Tito. Pas de réponse. Victor est venu m'écouter, il a carrément pris l'avion. J'avais la tête qui tournait.

Essayé d'appeler maman, mais toutes les lignes étaient coupées.

Ça commence avec les écharpes, sombres d'abord, celles qu'il achète rue du Bac chez Missoni, et, au fil des années, il finit par connaître si bien les propriétaires qu'ils ouvrent spécialement pour lui le dimanche matin. Ensuite elles prennent d'autres teintes, plus vives, et des motifs, et il est bientôt si célèbre qu'elles servent de publicité, gratuitement. On en fait passer quelques-unes en fraude chez sa sœur et sa mère, qui les trouvent vulgaires, criardes. À Londres, un tailleur de Savile Row lui confectionne une tunique à col haut, une « Nehru », pas si différente de celles qu'il portait à l'école, sauf que celle-là est en cachemire, et il s'amuse à dire que c'est l'impression qu'il a de lui, *cash-et-mire*, qu'il prononce comme deux mots alpagués au hasard. À Vienne, il achète un lustre rococo, en verre de Murano, à cinquante-cinq lampes, avec vingt ampoules de rechange. Il trouve au Caire une paire d'antiques chaussons persans. À Raizon, il s'agenouille sur les tapis tissés pour lui par un Marocain aveugle à qui il raconte l'histoire du chorégraphe de Moscou qui écoutait attentivement les lattes du plancher. L'homme adore tellement cette histoire qu'il la répète à ses autres clients, de sorte qu'elle varie et qu'elle change à mesure qu'elle entre et ressort des salons du monde entier, remaniée sans cesse, tant et si bien que le chorégraphe devient un danseur moscovite, ou un musicien sibérien, ou encore une ballerine hongroise, aveugle et muette. Lorsque, des années plus tard, il entend son histoire, complètement déformée, il frappe du poing sur la table et choque l'assemblée silencieuse en déclarant : *Conneries ! C'est de la connerie en branche ! Il vivait à Leningrad et il s'appelait Dimitri Yachmennikov !*

Il achète d'antiques rayonnages anglais et des tables pliantes. Des verres roumains vieux de plusieurs siècles. Un service à vaisselle de l'empire d'Autriche. Un bureau pliant argentin. Les vitraux d'une église bavaroise. Des croix de fer sorties en fraude de Tchécoslovaquie. Une série de crucifix forgés par un artiste du Vatican. Un miroir ouvragé chilien, qu'il offre à un machiniste de Santiago. Il déniche des partitions écrites à la main, dans les années 1930, pour Vera Nemtchinova, les étudie soigneusement le soir tard, apprend à les lire, à les fredonner lorsqu'il ne trouve pas le sommeil. Il commande des cartes à un émigré soviétique de Mexico, avec la république de Bachkirie plantée au beau milieu, la ville d'Oufa prenant finalement place dans la cartographie. Il en fait faire une pour chacune de ses résidences, c'est pourquoi il finit par en posséder sept, son chiffre porte-bonheur. Elles ont toutes leur cadre doré et elles sont protégées par du verre antireflet. Il acquiert à Athènes une reproduction romaine, datant du Iᵉʳ siècle après J.-C., du *Diadumène* de Polyclète, légèrement écaillée au niveau des côtes. Les étagères vitrées de sa ferme de Virginie renferment de précieuses sculptures ghanéennes. Il achète des chaussons qui ont appartenu à Olga Spessivstersa, les montre à son chaussonnier de Covent Garden, et celui-ci s'en inspire pour inventer un nouveau point de couture. À New York, sur Madison Avenue, il marchande un tableau de Charles Meynier, *La Sagesse protégeant la jeunesse de l'amour*. Il l'apporte lui-même dans son appartement du Dakota pour économiser les quelques centaines de dollars de livraison.

Instruments anciens : accordéons, violons, violoncelles, balalaïkas, flûtes, et un piano à queue en acajou de chez William Knab and Co.

Il achète à Stockholm toute une vitrine d'ammonites rares. À Oslo, une commode de Georg Kofoed Mobelfabrikant. À Rome, il découvre des panneaux muraux, chinois, roulés, qui représentent des scènes guerrières sur un arrière-plan de hérons, d'arbres et de temples. On les lui expédie par bateau à sa maison de l'île de Galli, près de Capri. Il fait spécialement un voyage à Nice pour acquérir une série de photographies de Nijinski, dont il étudie les positions, et il recompose lui-même les pas, qui n'ont jamais été transcrits. À Prague, il commande des luminaires, soufflés un par un par un maître verrier. Une Australienne spécialisée dans les livres rares lui envoie régulièrement des éditions originales des grands maîtres littéraires, russes en particulier. Il arrache une horloge à balancier à un commerçant de Singapour. Il se procure en Nouvelle-Zélande une série de masques tribaux. Il achète en Allemagne un service à assiettes jadis utilisé par un kaiser, en porcelaine tendre et à liseré d'or. Il s'offre un coffre en cèdre au Canada, parce qu'il déteste la naphtaline, et parce qu'il a entendu dire qu'il n'existe pas de forêts vraiment remarquables de cette essence. On lui expédie à Londres des fleurs de Hawaii, par avion. Et au pays de Galles, où l'on maîtrise et respecte cet art, il se fait construire un train miniature par Llewelyn Harris, un fabricant de Cardiff. Les modèles réduits sont tellement fidèles que, lorsqu'il les installe par terre, il se retrouve parfois, à six ans, assis sur l'à-pic surplombant la gare d'Oufa, à attendre.

LIVRE TROISIÈME

Passé la beauté d'un morceau de musique irrésistible, il faut apprendre à faire avec le robinet qui goutte.

Jim HARRISON
Théorie et pratique des fleuves

1

C'est une de ces rues sans cœur qu'on trouve dans les quartiers de la ville où la lumière est encore baignée des ténèbres de la veille, déjà, en fin d'après-midi, ça t'a des airs de couvre-feu, et les détritus du jour même traînent dans le caniveau, les pigeons grisâtres se posent sur les grilles, les voitures n'avancent pas, les pots d'échappement fument, les boutiques ont des devantures sombres, noires de saleté et de suie, Eleventh Street et C, le Lower East, ça sent l'héro et le suicide, mais Victor conjure ça de sa seule dégaine, d'ailleurs il danse plus qu'il ne marche, la mécanique est si bien huilée que même les Noirs ne sauraient pas faire mieux, ça sourd de ses épaules, d'abord l'une et puis l'autre, allongées, relevées, deux synapses symétriques, emboîtées, et ça ne s'arrête pas là, ça roule sur sa poitrine, sur les côtes, sur le reste du corps, jusqu'aux orteils – *Dieu m'a fait petit pour que je puisse sucer les basketteurs sans me bousiller les genoux !* –, ça remonte un instant sur les hanches, rien de criant, pourquoi attirer l'attention, la démarche toute seule rend hommage au bas-ventre, et si tu es assis sur les marches d'un des immeubles en brique, défoncé, la gueule dans le cul, ou les deux, tu lèves les yeux au-dessus des saloperies par terre, des milliers d'autres emmerdements quotidiens, trop chiants pour en parler, et tu vois Victor qui déboule – premier homme au monde à siffloter sur le bitume – dans son pantalon noir serré, sa chemise orange fluo, cheveux de jais en arrière, dents blanches sous la moustache, il roule et il balance, ni jazz, ni funk, ni fox-trot, ni disco, c'est du pur Victor des pieds à la tête, un art qu'il entretient sûrement depuis la naissance, il rit en marchant, un petit rire étouffé qui part dans les aigus et finit dans les graves, un rire à la Victor, spontané, comme si son corps venait de lui en sortir une bonne sur sa cervelle, et la journée entière disparaît le temps que tu le regardes, les pendules s'arrêtent, les guitares s'accordent les unes aux autres, les climatiseurs ronronnent comme des violons, les camions des éboueurs résonnent comme des flûtes, tu as l'impression d'avoir pris racine sur le perron pendant que Victor fait signe aux autres folles au balcon, les perruques et le stupre et les plumes, pendant qu'il écrase sa cigarette, qu'il noue son lacet, qu'il frappe à une fenêtre avec une pièce d'un dollar pour qu'on l'entende bien, et ça chahute et ça siffle en guise de réponse

Victor qui a monté plus haut encore les marches de la célébrité, il y a six ans, après les émeutes de 69 à Sheridan Square, quand on l'a arrêté pour voies de fait et nudité – *violence nue !* –, qu'il a réussi à se faire branler par un grand flic blond au commissariat du 6e, et que tout le monde a parlé de lui, qu'on s'est marré, qu'on l'a acclamé dans les bars les saunas les backrooms de la ville entière

et il repart, cet empereur de lui-même, fait la révérence devant les fenêtres, il a appris à la faire parfaitement grâce à son bon ami Rudi le-Toujours-Prêt, il tient l'inclinaison, voûte le dos, le bras en arabesque, salue le ciel aussi, se fige un moment, rigole, remet un pied devant l'autre, joue du soleil, des ombres, jusqu'au bureau de tabac, où il tire méchamment sur un joint avec les mignons petits Portoricains qui lui cirent les pompes avec un bandana blanc pendant qu'il passe, pieds nus, à l'intérieur, pour dire au patron : *Mec, il faudrait le foutre en taule, le boucher qui t'a fait cette coiffure*, ses cheveux à lui sont si noirs et si luisants qu'ils brillent sous l'enseigne, il prend un paquet de Lucky Strike, toute sa vie une série de coups de veine [1], depuis les rues de Caracas jusqu'aux coqs chantants du Nouveau Monde, d'abord lambrisseur, puis serveur, rabatteur, carreleur, et, après Stonewall [2], architecte d'intérieur – *Ouais ! Je te le refais, ton intérieur !* – juste ce qu'il faut de clients pour vivre comme ça lui chante, sachant que moins on travaille, mieux on est payé, l'une des règles simples de New York, Victor a vérifié lui-même au fil des ans tant de règles de la sorte, celle qu'il préfère étant qu'à vivre sa vie sans tomber amoureux on est aimé de tous – une des grandes lois de l'amour et de la baise – tu prends ce qu'on te donne, et tu te barres vite fait, sans regarder derrière, et donc même les petits Portoricains sur les marches n'arrivent pas à le retenir après lui avoir laissé la moitié de leur joint, il est encore reparti, il allume l'autre rue, et celle encore après, il vogue et on l'appelle, les dealers plongent une main dans leurs pantalons jaunes serrés et en sortent un ou deux quaaludes, gratos, ils clament : *Mec, va dire aux bourges où on trouve la bonne merde*, tous les dealers rêvent d'un business ou deux avec Victor plus tard ce

---

1. Lucky Strike : coup de chance.
2. 1969, New York : rébellion des gays contre les violences policières, qui a donné lieu à la Gay Pride.

soir, parce que Victor c'est toujours du bon biz, il est bien capable de vous ramener une joyeuse bande affamée, alors tu peux te réveiller demain accroché à ta douce, plutôt, avec le cœur qui chante et une bonne liasse de billets de vingt sous l'oreiller, Victor sourit en empochant les pilules, il dit *Gracias* – l'un des deux seuls mots d'espagnol qu'il utilise, *gracias* et *cojones*, il prononce l'un et l'autre en détachant clairement les trois syllabes – comme aux prises une seconde avec un souvenir d'enfance au Venezuela, la saleté, les chiens, le ballon de football parti rouler vers la bouche d'égout

quand il avait huit ans, le bruit avait couru qu'une statue avait sombré dans le port de La Guaira, près de Caracas, une statue de la Vierge, et c'était si grave que les gens de la ville avaient embauché des pêcheurs de perles, en vain, c'est qu'ils avaient pensé qu'une apparition de Marie signalerait une année d'abondance, et de grâces, et, quand on avait finalement ramené Victor à la surface, hoquetant, agrippé à la vieille statue encrassée, on l'avait couvert d'argent et de cadeaux, et il avait emmené sa mère, ses frères en Amérique, laissant un quart du fric au ferrailleur qui avait buriné la statue pour lui, un impeccable faux, alors depuis toujours Victor savait que le désir n'est jamais qu'un tremplin vers de nouveaux désirs

il poursuit à l'ouest dans le Village, voit une pute en culotte qui tortille des hanches comme une marionnette, voit les clodos en bandana qui vendent leurs derniers tee-shirts *Occidental Death !* voit les mendiants en chaise roulante, les Blacks branchés adossés aux palissades de Saint Mark's Place, les bouseux en goguette, défoncés pour la première fois aux amphés, tous les laissés-pour-compte de l'Amérique, et sur la Deuxième Avenue, Victor lâche un peu de fric dans la tasse d'une jeune junkie, elle lève les yeux pour dire qu'elle n'a jamais vu de chemise aussi cool, ses yeux sont deux grandes mares de mascara, et il lâche un autre dollar dans la tasse à smack, puis il contourne la bouche d'incendie qui gicle, traverse la Troisième Avenue, prend l'escalier à Astor Place, danse sans logique d'une marche à l'autre, deux, une, deux, trois, fait signe à l'employé puis saute par-dessus le tourniquet et le gars crie, *Hé, toi, là, tu vas payer ton putain de jeton !* et Victor hoche la tête pour les passagers en montant dans le métro, sourire, clins d'œil, la solitude n'existe pas en ville pour lui, pas même ici, où il ne s'assoit jamais, jamais il ne se retient à la barre ni aux poignées non plus, il se campe sur ses jambes écartées, comme s'il anticipait la suite de la soirée, il quitte la ligne 6 à Grand Central pour quatre cigarettes et un cocktail à la Oak Room, vodka et pamplemousse, deux dollars de pourboire au barman, *Les pièces, ça roule, sinon on les aurait faites carrées*, il se fraye un chemin dans la gare au milieu des nuées de banlieusards, à gauche, à droite, devant, derrière, jusqu'aux marches pleines de détritus des chiottes de Grand Central – jamais d'endroit trop beau pour lui, ni trop dégueulasse –, déjà une puanteur de pisse qui se dégage des gogues, Victor qui se présente comme une vedette de magazine, froide, les lèvres ourlées, la cigarette brandie entre les doigts, il longe les miroirs rectangulaires où une douzaine d'hommes s'aligne comme une rangée de hors-d'œuvre, Victor hoche la tête devant un gamin pâle et un grand Noir, leurs airs d'hésitation, ça pourrait être un flic, un casseur de pédés, ou une lame, il y en a qui se sont fait poignarder ces dernières années, mais Victor fouille ses poches, leur tend à chacun une pilule, ils se détendent, ils sourient, ils avalent leur quaalude, entrent à trois dans un box, rigolent presque aussitôt, touchent, s'embrassent, s'emboîtent, trois cuillers en série, qui se collent et se retournent, et vingt minutes plus tard

Victor émerge, se rince le visage, le cou et les aisselles, sous le regard d'autres hommes, le bruit court entre eux que c'est lui, désir et jalousie se dessinent sur les glaces parce qu'une pipe de Victor ça se monnaye en ville, c'est un badge, un autographe, la porte d'une boîte de nuit qui s'ouvre enfin, *Salut, je suis l'ami de Victor Pareci*, mais si tu le cherches des yeux, il n'est plus là, c'est le genre de mec dont tu as besoin précisément parce qu'il est toujours parti ailleurs, comme s'il avait le cœur gonflé à l'hélium, et que toutes les valves étaient ouvertes, on l'a encore entraîné, hors de ta portée

à la cave de l'Anvil peut-être, ou à l'ambassade d'Iran où on donne les meilleures coke-parties, ou dans la backroom du Snake Pit, ou dans une chambre du Plaza avec vue sur le parc, dans l'ascenseur noir du Toilet, à l'Algonquin pour le thé, dans le salon des Cochons au Triangle, à une table du Clyde, devant les piliers rongés de la voie rapide sur le West Side, la ville dans toute sa misère ou sa gloire appartient à Victor, il connaît ses rues, ses avenues, ses portiers, ses barmen, ses videurs, le temps qu'il faut pour marcher d'une boîte à une autre, à quel moment le faire, Victor ne porte pas de montre mais il sait toujours l'heure, où qu'il soit, qui qu'il baise, quoi qu'il boive, fatigué ou pas, avec des stars ou non, parce qu'il est peut-être temps de dégager, on ne va pas se laisser couvrir de toiles d'araignée, qui sait ce qui se passe au coin de la rue, le monde change toujours de centre, et c'est justement son truc, à Victor, d'être précisément là quand ça vient de changer, *Je suis le GMT des pédés !*

il est déjà dans l'express 4, pour la 59ᵉ au croisement de Lexington, il traverse à pied l'Upper East Side, les juives avec leurs caniches, ou les caniches avec leurs juives, il ne saurait pas dire, tortille outrageusement du cul en les croisant, fouette les feuilles

encore accrochées aux arbres – *poète et bucolique !* –, le soir tombe, les réverbères prennent vie, il
tire de grosses bouffées de cigarette qu'il crache avec
violence en roulant des hanches, une autre clope calée
toujours prête derrière l'oreille, il sourit aux portiers en
gants blancs, se demande si les atours de la fonction
ne feraient pas une nouvelle mode – Victor la-pute-
à-la-porte, Victor le valet-de-pied, l'Homme qui vous
fait entrer ! –, il sautille dans un hall marbré, plutôt
lourdaud pense-t-il, prend l'ascenseur jusqu'à l'appartement du haut, le *penthouse*, où le premier cocktail de
la soirée bat son plein, le genre pré-ballet, pas tout à
fait sa tasse de thé, il sort rarement aussi tôt, mais on
est là chez un client potentiel, c'est Rudi qui l'a recommandé, il a déjà donné son devis, il chaloupe nonchalamment sur fond d'acajou, se place un instant sous
le lustre immense pour s'annoncer en silence, mais la
pièce ne fond pas sur lui, ni murmure au-dessus des
verres, ni crainte, ni cri, ni révérence, *quelle décep-
tion !* alors il arbore sa chemise fluo entre robes noires
et nœuds paps, se penche pour souffler un baiser
exagéré dans le creux de sa main, en serre une autre,
attrape une poignée de hors-d'œuvre sur un plateau
d'argent, les serveurs une seconde déconcertés se
demandent si ce n'est pas un intrus, resquilleur ou
célébrité ? – le genre de type dont on ne sait pas s'il
a échafaudé la fête ou s'il la mène à l'échafaud – mais
Victor navigue dans la pièce et quelques têtes se tournent, alors, encouragé, il rebondit comme un chat sur
ses pattes jusqu'à la maîtresse de céans, qui s'étonne
elle-même de crier si fort, *Chéri !*, elle claque des
doigts par-dessus trois messieurs-nœud-papillon, le
verre arrive à la vitesse de la lumière, vodka, pamplemousse, des tonnes de glaçons, elle le prend par le
bras, traverse la foule, le présente à tous, le grand
Victor Pareci, un ami de Rudi, tout le monde est ravi

de le voir serrer les mains, distribuer œillades ou caresses à l'épaule, sincère, pourtant fuyant, sympathique mais pas d'engagement, personne n'a besoin de lui parler, alors ils se précipitent

au moins trente invitations arrivent chaque semaine à son appartement du Lower East Side, et même le facteur – *la* facteur, avec son accent prononcé de Harlem, sa beauté rêche – organise sa tournée pour lui apporter le courrier au moment du déjeuner, elle aime s'asseoir dans sa cuisine claire, ouvrir les enveloppes avec lui, toucher au but, mettre au rebut, *Victor, mon chéri, le père Noël ne reçoit pas autant de courrier !* et Victor sourit et répond, *Oui, mais moi c'est les méchants garçons qui m'écrivent*

et Victor, davantage intéressé par les dissidences de la fête, par un léger parfum de scandale, se détache de l'hôtesse sur un rapide baisemain, rejoint un petit groupe – un écrivain sur le retour, un jeune peintre qui s'ennuie, une ballerine qui grossit –, ils sourient et saluent en le voyant s'asseoir, par terre, devant une table basse, et il déclare : *Pardonnez-moi une seconde, le temps d'une résurrection !* il sort un sachet de sa poche, qu'il ouvre prudemment, verse le contenu sur le verre, il hache deux lignes avec la lame d'un minuscule canif, roule un billet de cinquante dollars, sniffe ses deux rails à fond, regarde le plafond, *Gracias !* puis il en dessine encore six, pose le billet à côté, *Mesdames et messieurs, à vos moteurs !* et le jeune peintre se penche aussitôt pour renifler la première, puis c'est l'écrivain, et ensuite la ballerine, qui fait la sainte nitouche mais qui s'en octroie deux, pendant qu'on jase autour, l'hôtesse jette un coup d'œil et dit, *Ah, ce Victor !* et bientôt toute la pièce n'a d'yeux que pour lui, ô délicieuse notoriété, il monte sur le cadre métallique, fait la révérence, le plaisir lui picote la gorge, cette énergie subite comme un marteau piqueur dans le reste du corps, il peine à garder l'équilibre sur le bord de la table, un grand sourire étalé sur la gueule, il finit par bondir par terre sous de courts applaudissements, il sait que son petit spectacle les a décoincés et qu'il suffira bien à perpétuer le mythe, et pourtant il regrette que Rudi ne soit pas là, car personne nulle part ne sait réussir son entrée aussi bien que Rudi, car avec lui tout se charge aussitôt de tous les possibles, c'est électrique, et Rudi roi soleil a tendance à éclipser tout le monde

le soir où Rudi s'est suspendu, nu, à un lustre d'un million de dollars, la fête où Rudi s'est rasé le pubis avec le rasoir d'Andy Warhol, qui l'a vendu ensuite au plus offrant, le jour où Rudi a préparé un repas pour ses amis, mis un peu de sa semence dans la sauce hollandaise, et appelé ça une recette russe secrète, le vernissage après lequel Rudi a fait l'amour avec trois garçons dans une baignoire remplie de billes passées au lubrifiant

tout le monde a sa petite histoire sur Rudi, plus choquante que la précédente – et probablement fausse – c'est donc un mythe vivant, comme Victor l'est un peu, soigné, choyé, protégé par ses adorateurs, une vie vécue sans raison à l'esprit, soumise à la lumière seulement, ou à son absence, comme une graine qui gonfle dans sa propre gousse, tous deux ont besoin de ce mouvement constant, car à rester trop longtemps quelque part ils prendraient racine comme les autres, et Victor croit parfois qu'il danse lui aussi, il tape toujours du pied, il hoche la tête de gauche à droite, il frise sa moustache noire du bout des doigts – *Si je porte les bacchantes, messieurs, c'est pour garder l'odeur des luxures de la veille !* – et en un clin d'œil il n'est déjà plus là, Victor en avance sur lui-même, *Regarde là-bas si j'y suis*, personne ne réussira à assembler ce puzzle, malgré les rumeurs selon lesquelles il a appris toute sa gestuelle de Rudi, il assisterait aux répétitions, il l'observerait constamment, et c'est encore un mensonge, mais celui-là Victor l'aime bien car cela implique que les gens parlent de lui, veulent parler avec lui, s'approprier ses audaces le temps d'une soirée, et Victor se montre obligeant, écoute d'une oreille sans cesser de regarder la porte et alors il voit les serveurs rapporter les manteaux de fourrure, il entend le cliquètement des verres, les excuses élégantes, il sait qu'il est temps de partir, sa devise, ne jamais être avec les derniers, l'escalier, pas l'ascenseur, et dehors dans le soir humide Victor suit le couple qui s'engouffre dans une limousine noire, ils sursautent en le voyant prendre place après eux, il taille trois lignes sur la tablette du bar, la femme est horrifiée, l'homme fait le gentleman cool, *Bonsoir, vous partez au Noureïev, aussi ?* Victor se marre, *Bien sûr que non, c'est chiant, le ballet*, l'homme affiche un sourire suffisant, *Oui, bon, mais enfin, c'est moderne, ça*, et Victor répond, *N'empêche, c'est pédales et divas, de toute façon*, et l'homme recule, se demande c'est quoi, cette chose qui vient de s'insinuer dans sa vie, quelles pédales, quelles divas, et Victor, magnanime jusqu'au bout, offre la première ligne à la dame, elle se contente de le toiser, le mari refuse à son tour non sans quelque grimace, alors Victor s'envoie le tout, s'amuse, étale encore quelques cristaux sur un miroir de poche, se tortille vers la gauche sur le siège de cuir, tend le miroir au chauffeur, qui, perplexe, fait non d'un signe de tête, remercie, et Victor, théâtral, se frappe la tête et pleurniche, *Ah là là, quelle solitude !* puis il ôte ses chaussures, pose ses pieds sur la banquette devant lui, et dit : *Mais si vous voyez Rudi, saluez-le bien de ma part*, ce que l'homme prend pour une plaisanterie, il ricane tout haut, Victor le fixe un instant, jusqu'à ce que l'autre, mal à l'aise, commente, *Vous êtes dans notre voiture, ici*, et Victor dit, *Bien sûr que c'est votre voiture !* maintenant il s'adresse au chauffeur, *Très cher monsieur, déposez-moi aux Collines noires, s'il vous plaît !* et le conducteur, qui ne fait pas le rapprochement, se laisse finalement guider vers les appartements du Dakota [1] qui dominent le parc, le couple est moins ébahi, somme toute, par la notoriété de l'endroit que par Victor lui-même, son aura, le goût qu'il donne à l'air, il glisse un billet de dix dollars au chauffeur, bondit dehors, sent la cocaïne qui monte, qui électrise ses membres, il est chargé, et d'un geste il salue la limousine, il se dirige tout droit vers l'entrée plaquée or

la première fois qu'il est venu au Dakota, des années plus tôt, les portiers dans leurs uniformes à épaulettes l'ont dirigé vers l'entrée de service et Victor a fait un esclandre, jusqu'à ce que Rudi, à l'interphone, leur ordonne de laisser monter son invité sur-le-champ, et le jour suivant, quand Victor est revenu, quand les portiers lui ont ouvert la porte d'un air austère, il a filé, tête baissée, vers l'entrée de service, et les types n'en revenaient pas, et c'est signé Victor, ça, car, comme dirait Rudi, la seule façon de se faire bien connaître c'est de rester mystérieux

lorsqu'il arrive en haut, à l'appartement de Rudi, on a déjà commencé à tout préparer, c'est ce soir la première de Rudi dans *Lucifer*, après on va recevoir dans ces sept pièces, Rudi ne s'y attend pas du tout, une vraie surprise-party, Victor a offert gratuitement ses services de chorégraphe nocturne, il va plier les tiges pour que, dans chaque vase, les fleurs aient l'air de saluer, il placera le bol de caviar au milieu de la

---

1. Célèbre immeuble de New York. D'autres grands noms y vivent ou y ont vécu (voir plus loin). Les Collines noires sont des montagnes de l'État du Dakota.

table, presque hors de portée, il mettra des ampoules d'une autre intensité, il éparpillera les sièges pour éviter qu'on s'y tasse, il veillera à ce que le velours soit lissé sur les canapés, les rideaux offriront la plus jolie vue de Central Park, il pliera les serviettes de table dans la salle de bains, à la lumière de bougies parfumées, il éclairera avec subtilité les tapisseries chinoises faites main, il réglera toute l'étiquette, et cette réception sera un rêve, ou une drogue, ou les deux, et Victor jette un coup d'œil rapide vers l'équipe des serveurs engagés, en livrée, puis il se dirige vers un autre groupe, les organisatrices, toutes des dames de la haute, entre deux âges, emperlousées, embagouzées, riches, puissantes, avec un reste de beauté – joli paquet d'élégantes Lucky Strike –, elles ont formé leur petit comité, et lorsque Victor rompt leurs rangs elles changent d'expression, un mélange de dégoût et de soulagement, elles sont soucieuses, attentives, préoccupées, il y a des réputations en jeu, et c'est précisément l'apparente nonchalance de Victor qui leur manque, elles s'efforcent de s'inspirer de lui, pendant qu'il crie à personne en particulier, *Allons, faites entrer ces beautés dans le Valium !* elles s'esclaffent, mais Victor sait lire derrière les rires, c'est un rire à plusieurs tranchants, elles ont lâché les rênes, elles s'appuient sur lui, sont devenues son infanterie – il doit s'en servir comme des reines et comme des merdes aussi –, il les envoie à la cuisine, où le frigo croule sous les bouteilles de champagne, il les prie d'ériger une pyramide de verres, il les remplit avec panache, lance, *Que la débauche soit !* les femmes sont obligées de trinquer, d'oublier tous leurs crimes, laquelle a donné la plus grande réception, laquelle a trouvé la seule place devant la fosse d'orchestre, laquelle a eu droit au baisemain d'Oscar de la Renta, tout cela n'importe plus maintenant que Victor est le patron, et, tout à son pouvoir, il leur dit qu'elles sont magnifiques dans leurs robes Halston, leurs étincelants bijoux Tiffany, leur maquillage parfait, *Mais je brûlerais mille vaisseaux pour rester votre obligé !* il leur ordonne de surveiller le personnel à la cuisine, et les serveurs aussi, attention à l'argenterie, et – il se penche si près qu'elles distinguent les contours noirs de ses pupilles – il semble sur le point de leur révéler un fabuleux secret, seulement il s'interrompt pour déclarer : *Mesdames ! La table du banquet a bien besoin d'un lifting !*

lorsqu'il est entré dans le cercle intime de Rudi, Victor s'était au départ étonné de voir ces femmes plus vieilles grouiller autour de lui, prêtes à faire tout et n'importe quoi, certaines allant jusqu'à arborer des coupes à la garçonne dans le vague espoir de lui plaire, vainement d'ailleurs, mais elles continuaient d'espérer, même si, avec une plastique aujourd'hui gâtée par l'âge, c'était plutôt un fils qu'elles cherchaient à gâter, et Victor repense à sa mère, son seul regret étant d'avoir manqué à son chevet lorsqu'elle a succombé, dans les profondeurs du Bronx, d'une curieuse maladie du foie, il était à l'époque si fauché qu'il ne pouvait la ramener au Venezuela, il a fallu attendre, de longues années plus tard, en voyage avec Rudi, de rester un après-midi à Caracas, de prendre un taxi vers les collines, pour répandre enfin les cendres au pied du mont Avila, regarder la poussière s'en retourner, et ce fut l'une des rares fois où Victor a pleuré devant quelqu'un, assis par terre, il a posé la tête sur ses genoux, sangloté en silence puis, lâchant un hurlement, il s'est relevé, a dit adieu, et cela avait choqué Rudi – la brusque intimité d'un tel chagrin –, alors le lendemain soir, Rudi avait dédié le spectacle à sa mémoire, il avait trébuché une fois, il s'était relevé dans une rage élégante, ce en quoi Victor avait vu, depuis le fond de l'Opéra, un portrait admirable de la vie de sa mère, la danse, le faux pas, la colère, les applaudissements, le rappel, le rideau tombé avant qu'elle ait le temps de boiter jusqu'aux coulisses

feignant la colère, Victor ressort de la cuisine, claque des doigts à l'intention des aides dans leurs smokings médiocres, leur demande de se réunir, il doit jouer serré, là, car, s'il les aime bien, s'il les comprend bien, s'il les respecte même, il sait ce qu'il doit leur dire, et bientôt ils sont tous les douze à la cuisine, les chignons serrés pour les filles et les tatouages cachés sous les manches des chemises, Victor ne se penche pas, au contraire il recule pour plus d'autorité, il montre ces dames et dit *On est à la merci de toutes ces salopes*, pas une trace d'accent espagnol mais une sorte de barrio bravado dans sa voix, comme s'il s'agissait de l'extra le plus important de leur vie, s'ils bâclent le boulot ils seront virés avant même que Rudi arrive, car Victor sait ce qu'ils veulent tous, tout le monde en rêve, juste se trouver près de lui, raconter qu'on l'a touché, alors pour faire bonne mesure Victor monte la pression d'un cran, les regarde chacun dans le blanc des yeux, menace, s'ils laissent à désirer, de les suspendre jusqu'au dernier au plafond, par leur petite queue ridicule, et de les peler comme des pochettes-surprises – *Vous me croyez pas ?* –, quant aux filles, il leur fourrera les manches de sa chemise orange dans tous les orifices, il les balancera sans pitié sur les arbres de Central Park où une bonne douzaine de Blacks se feront un plaisir de les violer l'une après l'autre, le personnel écarquille les yeux, Victor lâche un peu de vapeur, il pousse un long rire, qui s'adoucit, gentil, même tendre, il dit que s'ils font du bon boulot, il y aura vingt-cinq dollars de plus par tête, peut-être même un peu de gratte-narine, et Victor se rend compte que, embrouillés comme ils sont, il va les faire marcher à la baguette, il a donné à la soirée la charpente qu'il voulait, un vrai travail de menuisier, les chevilles emboîtées, les montants croisés, il pense qu'il s'en sort déjà si bien qu'il a peut-être le temps de filer en douce dans le parc, juste un petit quart d'heure, histoire de faire un tour dans les Rambles

ah les Rambles [1] ! silhouette après silhouette de jambes écartées ! la tête cachée dans les ronciers ! les bandanas dans les poches arrière ! toute la came qui bouillonne dans tous ces corps ! une vraie confiserie ! tous les fouets et tous les cockrings et tous les lubrifiants et autres délices mâchonnables ! ô sinueux sentiers ! empreintes de genoux au sol ! les culs nus comme des lunes derrière des douzaines d'arbres ! l'ombre longue des Pablo Sanchez sur l'herbe et leurs archets si droits ! ouais ! Victor et les Rambles se connaissent bien, une fois ou deux il y a même accompagné Rudi, parce que Rudi aime bien les durs aussi de temps en temps, les lourds, les tamales sortis des fours brûlants de Harlem et du Bronx

mais Victor préfère opter pour une nouvelle dose de résurrection, il file aux toilettes, nettoie la lunette avec des serviettes de papier mouillées, taille une ligne, la sniffe avec délectation, secoue la tête, frappe du pied, et il part répondre à la sonnerie aiguë de l'interphone, *Qu'ils montent !* un instant plus tard, les gars du traiteur sont là avec des dizaines de plateaux, il en envoie quelques-uns à la cuisine et fait poser le reste sur la grande table, toutes sortes de mets délicats, russes pour l'ensemble, de l'esturgeon en tranches, du beluga dans de petits bols glacés, pâté de cheval, krendeli, pirojki, huîtres de la mer Noire, viandes marinées, Stroganoff, les dames s'agitent, nerveuses, il les calme en prélevant du bout du doigt de minuscules miettes de caviar, *Mais c'est follement bon !* puis il passe l'heure

---

1. C'est un coin de Central Park (rambles : promenades).

suivante à superviser son équipe, les bourgeoises épient les aides à la cuisine, les aides épient les bourgeoises, tout baigne maintenant dans l'huile, donc Victor peut se consacrer à ses petits travaux, mettre les tableaux du salon très légèrement de guingois, surtout le Meynier, son gag préféré, *La Sagesse protégeant la jeunesse de l'amour*, il décale le divan de la fenêtre pour qu'un triste crétin ne s'y avachisse pas des heures, dispose les cendriers à distance des canapés profonds, tamise les éclairages, aligne les glands des tapis persans, prépare plusieurs disques de Beethoven devant la stéréo, à enchaîner sur James Brown – *Un peu d'anarchie musicale, je vous prie !* –, vérifie constamment l'heure, la nuit tombe sur le moindre détail, le pli des serviettes de table, la place du lampadaire, la position du piano, la cuisson de la sauce aux champignons, Victor perd bientôt patience, tape nerveusement du pied, réfléchit, où en est le ballet, Rudi a-t-il terminé, va-t-on lui réserver une ovation, ou plutôt combien de temps va-t-elle durer, et l'interphone grésille et les premiers invités s'annoncent, alors Victor fait sa révérence à ces dames, leur rend tout leur prestige, engueule une dernière fois le barman parce que les verres ne brillent pas assez, *Gaffe ! Je reviens !* car c'est un autre principe de Victor, ne jamais arriver le premier à une fête, même s'il l'organise, et il prend l'escalier plutôt que l'ascenseur, un instant songeur, presque triste, Victor en compagnie de Victor pose la tête une seconde contre le mur moutarde, inspire profondément, sent son corps se détendre, lentement, jusqu'aux orteils, oui, boire un petit cocktail, tranquille maintenant, dans un coin sombre et anonyme, pas un bar gay, ni une boîte, mais pas non plus de cocktail Rambles !, quelque part où se reposer un peu, et il trouve un troquet miteux au coin d'Amsterdam et de la 74e, jette un coup d'œil au juke-box, se demande comment Rudi réagira à l'invasion de son appartement

cela remonte à longtemps, à 68, un jour où Victor servait d'escorte à une dame âgée, elle l'avait emmené voir un ballet, elle avait pris les meilleures places pour *Roméo et Juliette*, il s'ennuyait d'abord, se tortillait dans son veston de marque, croisait et décroisait les jambes, mais combien de siècles ça va durer, quand est-ce qu'on met les bouts, et brusquement quelque chose s'est passé, Fonteyn a lancé à Rudi une de ces œillades qui semblent changer le cours du temps, et Rudi l'a soulevée, elle éclatait sous les projecteurs, les deux danseurs semblaient se fondre l'un dans l'autre, et Victor avait alors compris que ça allait bien au-delà, au-delà du ballet, au-delà du théâtre, c'était une histoire d'amour, offerte aux yeux de tous, une histoire que ces amants-là ne poursuivaient jamais en dehors de la scène, et il avait envie de quitter son siège et de se montrer lui aussi, pas en costume de danse, non, mais de libérer toute la fougue de son corps car c'était douloureux de voir tant de beauté sans y prendre part, il détestait cet air qu'affichait Rudi, son énergie, la maîtrise de ses gestes, et, au baisser de rideau, Victor éprouvait une haine indicible, il serait bien monté sur les planches pour pousser Rudi dans la fosse d'orchestre, mais il est resté immobile, hébété que le monde recèle de telles surprises – le ballet ! le ballet ! c'était ça, nom de Dieu ! – et il s'est demandé ce qu'il ignorait encore, de quoi d'autre sa vie était privée, puis, dans le hall tandis que, gigolo, il attendait de récupérer la fourrure de la dame, il avait senti le chaud et le froid se disputer son cœur, il en suait, frissonnait, il avait besoin de l'air de la nuit, dehors, où tout un chœur de filles en pantalons à pattes d'eph hurlaient, *Rudi sans ses habits ! Rudi sans ses habits ! On veut Rudi sans ses habits !* et on pressait sa photo sur sa poitrine, on se battait pour garder sa place dans la foule, on pleurait pour un autographe, et Victor a dû abandonner sa cavalière d'un soir, sautant dans un taxi il est parti downtown danser et oublier, dans une boîte au septième étage d'une usine désaffectée, déferlement de lumières, garçons défoncés, acteurs connus respirant leurs chiffons au chlorure d'éthyle, l'odeur des poppers, les hommes aux yeux fermés devant les miroirs, les chemises de corsaire, les bandeaux sur la tête, les souliers pointus, les sifflets au cou, la musique tellement forte que certains, le tympan déchiré, se promenaient les oreilles en sang, et Victor s'était senti mieux au bout d'une heure, il s'était retrouvé, couvert de sueur, assiégé par les hommes et leur désir, jusqu'au moment où, assis devant une bouteille de champagne avec un célèbre styliste, il a brusquement vu Rudi se joindre à eux – *Salut, Rudi, je te présente Victor Pareci* – et Victor a senti le désespoir lui trouer l'estomac, ils se sont détestés immédiatement, ils ont chacun perçu le côté crâne mais ils ont aperçu le doute aussi, ce mélange volatil, de feu et de vide, tous deux se voyant semblables, agaçante similitude, l'un et l'autre ont quitté leurs taudis pour les salons des riches, ils sont la tranche de la pièce de monnaie, peu importe combien de fois on joue à pile ou face, ils seront toujours cette tranche, les riches ne comprennent pas cela, et les pauvres non plus, voilà qui rend palpable leur haine réciproque, le soulagement ne vint que lorsqu'ils s'en allèrent à chaque bout de la boîte, mais au bout d'un moment le duel commença sur la piste de danse, histoire de voir combien d'hommes ils allaient séduire, seul Victor pouvait endurer un duel avec Noureïev, car il était ici chez lui, Victor, même s'il était petit, et mat, et, pas de chance, vénézuélien – *petite taille, oui, mais tu veux voir le reste ?* –, on l'avait adulé sur cette piste oblongue bien longtemps avant de l'adorer au lit, les hanches qui roulent si exagérément qu'on les croirait détachées du bassin, la chemise nouée sur le ventre plat, ce fut le début d'une étrange guerre entre eux, sous le feu mouvant des spots, l'air surchauffé, un vaste caisson de batterie, de guitares, de voix, et puis soudain, le four, non, ça n'est pas les plombs qui auraient sauté, quoique, mais non, c'est une brusque plongée dans l'obscurité, on suppose çà et là que c'est habituel – que les lumières soient éteintes pour que les hommes s'étreignent – et Victor attend qu'on rallume, il essore les manches de sa chemise trempée, il se sent entier, invulnérable dans le noir, il entend les froufrous et les rires autour, et il n'est pas peu fier de ne pas se laisser prendre, plein d'orgueil ascétique au milieu des grognements et des cris étouffés, mais ça revient en un éclair, aveuglant, tapageur, et qui se trouve là sur la piste, sinon Rudi, immobile, majestueux, ils sourient au moment où la musique reprend vie, ils ont reconnu à cet instant qu'ils venaient de franchir un gouffre, soudain ils se trouvent du même côté, ils savent avec certitude que jamais ils ne se toucheront, ne baiseront, ne se suceront, que leurs bouches n'effleureront rien l'un de l'autre, et de comprendre cela était un apaisement, un onguent, pacte tacite aussi, ils n'ont mutuellement aucun besoin du corps de celui-là, pourtant les voilà liés, inextricablement, ni par l'argent, ni par le sexe, le travail ou la gloire, mais par leurs passés respectifs, c'est un vent de travers qui les a réunis, alors il faut partir ensemble, s'abriter, c'est Victor qui traverse la piste, sans quitter Rudi des yeux, le danseur offre sa main, Victor la prend, ils rient, vont à table commander une bouteille de vodka, passent des heures à parler, à parler, pas de ce monde ici, mais de ceux dont ils viennent, Oufa et Caracas, redécouvrent ces choses qu'ils avaient tues pendant de si nombreuses années, les toits de tôle ondulée, les usines, les forêts, l'odeur de l'air à la tombée de la nuit – *Les égouts ruisselaient au milieu de ma rue ! La rue ? Chez moi, ce n'était même pas une rue ! Ça sentait le chien mouillé en train de baiser !* – et ils auraient pu ainsi parler aux miroirs, se reconnaître comme on se trouve soi-même, oubliée, cette boîte, oublié, ce décor, ils étaient partis à six heures du matin, sous les regards envieux, petit déjeuner au bas de la rue chez Clyde, Victor roulant des mécaniques, Rudi cliquetant sur ses talons, sous un soleil luttant, rouge bientôt en entier, pour se hisser au-dessus des abattoirs, des entrepôts du West Side de Manhattan

quand Victor quitte son bar et retourne au Dakota, chantant *Take Me Back to the Black Hills* [1], la fête bat son plein, c'est un tourbillon – ambassadeurs béni-oui-oui charlatans danseurs excentriques fanatiques globe-trotters habilleuses intellos junkies kleptomanes lèche-bottes milliardaires nymphomanes oiseaux de nuit photographes queutards réalisateurs sex-symbols têtes couronnées urbanistes vamps walkyries xénophiles yachtmen zélotes – tous éblouis par le spectacle, ou par ce qu'on en a dit, une foule énorme autour de Martha Graham, qui lui lance des formidable ! provocant ! quelle imagination ! ce culot ! l'avant-garde ! merveilleux ! novateur ! révolutionnaire ! il suffit de regarder Graham pour voir qu'elle fouetterait avec ravissement cette centaine de trous du cul, et Victor se précipite, se penche pour embrasser Margot Fonteyn, radieuse, calme, précise, toujours sympathique avec lui bien qu'elle ne le comprenne pas vraiment, un peu fantomatique derrière son écran de gentillesse, il dit la trouver *Délicieuse !* à quoi elle

---

1. Chanté par Doris Day (*Take Me Back to the Black Hills*, auteurs Webster-Fain).

répond d'un sourire contrit par la surcharge constante des compliments, Victor repart comme une toupie, hèle Jagger dans un coin, les lèvres rivées au reste du monde, le chanteur bavarde avec une blonde dont les cheveux paraissent se balancer au-dessus de son crâne, à côté de lui Roland Petit gesticule pour un groupe de jeunes danseurs, et, en face de lui, se dresse Vitas Gerulaitis, le tennisman, énergique et expansif, parmi de splendides jeunes hommes – *Lavez-vous bien*, crie Victor, *et rejoignez-moi sous ma tente !* – puis il salue et lance des clins d'œil à quiconque est quelqu'un, tous les Ford du monde, tous les Halston, Avedon, Furstenberg, Radziwill, Guinness, Allen, Rubell, Capote, tous, Victor balade son sourire mégawatts d'un bout à l'autre de l'appartement, mais où est Rudi, nom de Dieu ? et il balaie la pièce une fois de plus du regard, oripeaux de stylistes et coupes de champagne, où est-il ? il serre de nouvelles mains, souffle de nouveaux baisers, sans arrêter de chercher, il est où, merde ? mû par un sombre pressentiment, Victor se dirige vers les chambres du fond, devant lesquelles mesdames les organisatrices, plantées là comme des diplomates, montent la garde en discutant gravement, et Victor devine la nature du problème, fonce dans le tas, elles tentent en vain de faire obstacle, il baisse brutalement la poignée dorée, claque la porte derrière lui, prend le temps de s'habituer à l'obscurité, demande, *Rudi ?* mais il n'y a pas de réponse, alors Victor dit cette fois, *Salut, Rudi !* avec une pointe de colère, il entend un frémissement, puis un cri, *Fous-moi le camp !*, une pantoufle vole vers lui, il baisse la tête et il aperçoit la boule d'inconsolable fureur sur le lit, alors il cherche une idée, quoi faire, où se placer, comment dire les choses, subitement Rudi bondit par terre et hurle, *Mais tu les entends passer la brosse à reluire ? Bravo, bravo ? Connards ! Qu'ils aillent se brosser la chatte et les couilles, plutôt ! Ils n'y connaissent rien, ces nuls ! Ils ont chié la musique ! Ils ont chié les rideaux ! Ils ont tout chié, ces cons ! Ne me parle pas de bravo ! Fous-moi la paix ! C'est la morgue, ici, OK ? Casse-toi ! Qui a organisé ça ? Je n'ai jamais rien vu d'aussi grotesque ! Dehors, dunœud !* et Victor écoute la tirade en cachant un sourire, il sait qu'il est trop tôt pour rire, il prend l'air le plus calme possible, ne pas montrer que son esprit travaille, qu'il passe en revue toutes les éventualités, infinies, les tensions et les indécisions du spectacle, querelles, ovations, erreurs, critiques, la profondeur d'éventuelles blessures, nombreuses peut-être, et finalement il dit à Rudi *Ouais, il paraît que tu étais vraiment nul, ce soir*, Rudi se retourne et crie, *Quoi ?* et Victor hausse les épaules, son pied continue de taper par terre, il reprend : *Écoute, j'ai entendu que tu étais à chier, que tu as dansé n'importe comment*, et Rudi répond *Qui a dit ça ?* et Victor répond *Tout le monde !* et Rudi répète *Tout le monde ?* et Victor assène *Mais ouais, putain, tout-le-mon-de*, et Rudi a le visage complètement tordu, il ne dit plus rien, pourtant sa bouche a quand même l'air de commencer à se marrer, et Victor voit que ça a marché, il n'attend pas la suite, il déverrouille la porte, la referme doucement, murmure aux dames *Rien de mortel, mes chéries ! Retour à vos postes de combat !* il repart vers le salon et il voit un homme qui referme une porte, les doigts sur les narines, la mâchoire qui zigzague curieuse-ment, il l'emmène dans un coin et ils partagent bientôt de généreux cristaux de coke

Victor a consulté un jour un médecin qui s'est étonné de le trouver en bonne santé, voire simple-ment vivant, à ce rythme-là cela faisait longtemps qu'il aurait dû être mort, et Victor lui a craché d'une traite *Elle dure plus longtemps que lui, la vie de celui-là qui a la belle vie*, et ça a tellement plu au toubib qu'il a affiché le proverbe au mur de son bureau et qu'il a offert à Victor deux cents ordonnances vierges

à peine ressorti des toilettes, il repart comme une balle de flipper, et Rudi apparaît aussi, quittant sa chambre comme si de rien n'était, glissant dans le salon, tout en blanc, belle chemise à col long, jeans serrés, mocassins en peau de serpent, sans même l'ombre d'un sourire pour Victor, qui s'en fiche, il sait que maintenant tout peut arriver, toutes les têtes suivent les pas de Rudi, il a l'air de celui qui vient d'inventer le bonheur, il rejette sa frange en arrière d'un mouvement de la tête, un magnétisme soudain s'empare de la pièce, des fils invisibles semblent l'unir à tous, et Victor est l'un de ceux, rares, qui ne tombent pas dans son jeu, au contraire il se réfugie un instant dans le silence, observe le groupe qui se forme autour de Rudi, Rudi se lance dans une parabole comme quoi la danse reste toujours une expérience, que les élans doivent tous mener à la création d'une aventure, et que la fin de chaque aventure est en soi un élan vers de nouvelles créations, *Un danseur, s'il est bon*, dit Rudi, *il faut qu'il chevauche le temps, lui ! Il doit tirer le vieux dans le nouveau !* et l'auditoire acquiesce, charmé par ses propos, son accent, ses fautes de prononciation, et Victor a déjà vu ça cent fois, ce talent qu'a Rudi pour s'emparer des foules, même descendu de scène, cette façon d'enchaîner pensées profondes et niaiseries, *Bon sang, mais il n'est pas seulement superbe, il est intelligent aussi !* Victor aime étudier les visages quand Rudi est lancé, c'est l'un des rares moments de calme dans la vie de Victor – regarder Rudi pérorer – et, il fallait s'y attendre, comme toujours à pied d'œuvre, Rudi envoie six verres de suite se fracasser dans la cheminée, il entame ensuite une étude de Chopin sur son piano à queue, toute la pièce fait silence et s'accroche à ses doigts, et quand il a fini il crie *Assez d'applaudissements !* car tout le monde sait que, si Rudi en a besoin, il les déteste autant, la vie pour lui n'est qu'une succession d'échecs, le seul moyen de continuer, c'est de croire qu'on n'a jamais donné le meilleur de soi-même, et d'ailleurs il l'a dit un jour : *Ça n'est pas vraiment moi qui aime la difficulté, c'est plutôt elle qui m'aime*

Victor a vu une fois Rudi dans sa loge, avant une représentation du *Corsaire*, Emilio était en train de lui échauffer les muscles, Rudi s'était allongé sur la table de massage, corps parfaitement sculpté, solide, blanc, sinueux, le genre de corps qui vous fait regarder le vôtre sans le vouloir, pourtant ce qui avait étonné Victor n'était pas seulement physique, c'est que Rudi avait disposé un pupitre devant lui, qu'il lisait un livre dédicacé de Beckett – *À Rudolf, avec tous mes vœux, Sam* –, il en apprenait par cœur des extraits entiers, et plus tard, ce soir-là, lors d'un dîner à l'ambassade d'Autriche, Rudi s'était levé pour reprendre le passage sur les pierres dans les poches, sur les pierres dans la bouche, cité exactement, syllabe après syllabe, et donc applaudissements, et plus tard encore, sur le chemin de la maison, Rudi avait pressé le pas et confié qu'il commençait à douter que l'unité soit utile à l'art, que la perfection en signait au contraire la mort, qu'un déchirement, une fracture étaient toujours nécessaires, à la manière du nœud manquant sur les tapis persans, car c'est tout l'intérêt de la vie – *Rien n'est parfait, pas même toi, Victor !* – et, sur les quais, Rudi avait ramassé une bonne poignée de cailloux, il avait emprunté le pardessus de Victor puis, juché en équilibre instable sur le parapet au bord du fleuve, les bras grands ouverts, il avait répété toute la tirade, et Victor s'était demandé ce qui se passerait si Rudi basculait dans l'eau, si la Seine elle-même allait se mettre à danser et Victor est ravi de voir que ça roule, tout le monde mange et boit, tout un brouhaha, Rudi parfait maître de céans, passant de table en table, bavardant ici, levant son verre là, à la santé de ses partenaires et cavalières, à Martha, à Margot – *Et à la danse !* –, et Victor, sachant qu'il faut entretenir le feu, traverse vite la pièce, sort de sa pochette un disque des Temptations, le place sur la platine, pose la tête de lecture, ajuste le volume, puis fonce à la cuisine où il gueule aux employés – *Je veux voir toutes les assiettes ici dans cinq minutes ! Nettoyez-moi ce merdier ! Servez un verre à Rudi ! Et à moi aussi ! À tout le monde, d'ailleurs !* – la musique emplit le salon, les vestes atterrissent sur les dossiers des canapés, les chaussures quittent les pieds, on ouvre sa chemise, on sent comme une vague réticence, que l'alcool n'aide en rien, un gros type remue sa graisse sous son chapeau mou près de la stéréo, une jolie actrice remonte l'effet à vue de sa jupe, dans la même optique Mick Jagger se contorsionne sur le tabouret du piano, Fonteyn renverse la tête en riant, Ted Kennedy tombe la cravate, Andy Warhol arrive en pantalon rouge vif, John Lennon descend de son appartement du dessus avec Yoko Ono au bras, et Victor s'imprègne de la nuit électrique, les corps suants, les verres partagés, les cigares que l'on suce du bout des lèvres, l'air se remplit bientôt d'un souffle sexuel – *Ah ! Bon Dieu, merci !* – comme si la mouche d'Espagne avait fait des siennes, les inconnus se rapprochent, les femmes se posent une main secrète dans le creux du bras, les hommes se coudoient, Victor se voit piqué d'une énergie nouvelle en regardant Rudi passer d'un groupe à l'autre, qu'il charge d'érotisme, hommes ou femmes, cela n'importe pas, Rudi prend tout ça pour une sorte de callisthénie en vue des heures à suivre dix-huit mois plus tôt, en vacances à Paris, dans une boîte dénommée Le Trap, dans la pièce du haut, sous les ampoules rouges, Victor a vu Rudi sucer six Français à la suite, ne s'arrêtant entre deux que pour un verre de vodka, et, entendant que Victor l'avait devancé de deux pipes, *Ah, la cuisine française, si tendre, si délicieuse !* il est parti chercher trois autres types, les premiers qu'il trouvait, les a alignés contre le mur, *Un vrai peloton d'exécution !* et s'est occupé d'eux de la même façon qu'il danse, tout d'élégance et de férocité, la renommée sexuelle égalant l'autre, scénique, on sait même qu'au milieu des représentations il aimait tirer un petit coup, et une fois, à Londres, il a quitté le théâtre à l'entracte, jeté son manteau par-dessus son costume de scène, mis des chaussures, filé au bas de la rue jusqu'aux toilettes publiques, où il a ouvert la porte d'un box et s'est fait arrêter par le policier qu'il racolait, *Mais vous ne pouvez pas m'arrêter, je retourne danser dans dix minutes*, à quoi le policier a ri et commenté, *Oui, tu parles d'une danseuse*, et l'entracte a duré quarante-cinq bonnes minutes, jusqu'à ce que Gillian trouve enfin Rudi, qu'elle hurle au flic que toute l'Angleterre l'attendait, et son numéro a bien amusé le flic, qui a tout de même détaché Rudi, et celui-ci est reparti en courant, s'est engouffré dans le théâtre, a bondi aussitôt sur scène pour danser merveilleusement, les journaux affirmèrent que ce fut l'une de ses plus brillantes prestations, et, pendant les rappels, Rudi a repéré le flic dans le fond de la salle, qui se marrait tant qu'il pouvait près de Gillian, laquelle caressait affectueusement le revers de son veston

et la soirée, la nuit, s'imprégnant d'appétit charnel, Rudi hoche discrètement la tête à l'intention de Victor, qui lui répond de même, langage secret, et Rudi refait le tour de ses invités, exubérant, bienveillant, les remercie, glisse des mots à l'oreille, scelle les prochains contrats, serre les mains, va et vient, embrasse Lennon sur la joue, Yoko sur la bouche, claque le cul de Warhol, chérit Margot, fait le baise-main à Graham – *Au revoir, au revoir, au revoir !* –, parle d'un rendez-vous tardif au Russian Tea Room, désolé, il faut que j'y aille, *Mais si, pardonnez-moi*, mensonge évidemment, calculé pour commencer à disséminer les hôtes, Victor fait le ménage en douce, donne trente dollars de pourboire à chacun de ses extras – *Faites-vous un petit cadeau, les filles et les garçons !* – et la fête s'effiloche, se poursuit dans d'autres fêtes, ou en boîte, même au Russian Tea Room, où les invités espèrent dîner encore en présence de Rudi, vain espoir car Victor et lui sont déjà ailleurs, ils prennent l'escalier et ils hèlent un taxi – l'air humide de la nuit les cloue une seconde sur place –, ils gagnent bientôt un nouveau territoire, descendent à l'angle de la 28ᵉ et de Broadway, le mot BATH[1] est gravé sur le trottoir, Rudi ajuste sa vieille casquette en cuir, Victor frappe quatre fois à la porte, le code, puis lance *Salutations !* au jeune homme qui ouvre, ils posent leur argent sur le comptoir, on leur donne leurs serviettes, ils avancent le long du couloir lambrissé, dans une lumière indéfinie, vers les vestiaires, ils se déshabillent en se laissant engloutir par les bruits, le flip-flap des pieds nus, l'eau qui goutte, la vapeur qui siffle, rires et petits cris distants, puis, la serviette autour de la taille, la clé du casier accrochée à la cheville, Rudi et Victor partent vers le cœur de l'Everard, qui a tout finalement d'un ballet aussi – ici s'exerce le commerce mécanique de la fesse, c'est un sommet en ville –, mecs à boucles d'oreilles, mecs à talons hauts, mecs à mascara, mecs en robe droit sortis

_____

1. Bains.

des décors d'*Autant en emporte le vent*, mecs dans leur maillot du Viêt-nam, mecs à lunettes d'aviateur, mecs barbouillés de graisse, mecs au look de gonzesse, mecs qui veulent en être une, des mecs entre-deux, des mecs bien dressés, des malheureux en berne, quelques-uns accroupis au-dessus d'un jet d'eau pour un lavement rapide, un braillement dans les douches, et tout le monde qui baise, qui baise dans les cabines, baise à la fontaine, baise dans les saunas, baise à la chaudière, dans le placard à balais, dans les toilettes, dans les bains, et qui fiste, et qui doigte, même avec les orteils, qui baise en groupe, en grappes, qui s'encule et qui se feuille-de-rose, le super pour ordinaire, des sandwiches de chair, comme si Victor-Rudi avait jeté la pilule à baiser dans toute la plomberie, gloire à elle, alléluia ! Avé sainte Baise ! au travail ! bienvenue ! qui que vous soyez ! petit ou gros ! grand ou mince ! riche ou pauvre ! long ou court ! (long surtout !) jouissons au Ever-Hard [1] ! et Victor repère un mec, bourré d'adrénaline et d'amphés, vêtu en tout et pour tout d'un gant de boxe lubrifié, qui gueule *Viens te le mettre, viens te le mettre, je suis gaucher !* et un autre, silencieux dans un coin, qui regarde, l'alliance au doigt, un tout autre genre de trou du cul, Victor déteste les hommes mariés, ce sans-gêne sournois avant de rentrer chez bobonne, mais qu'importe, on s'en fout, de ceux-là, il y a largement de quoi se sustenter, et il se tourne vers Rudi et dit *Fais tes courses !* car jamais ils ne se servent ensemble, ils restent séparés, chacun son choix dans l'éventail, et, l'instant d'après, Rudi est là-bas au fond du couloir, pendant que Victor sillonne ici, sonde l'atmosphère, scrute et mesure, visages et balisage, le rituel des dix premières minutes, car, attentif, sérieux, Victor se demande toujours par

---

1. « Toujours-Dur » : jeu de mots avec Everard.

quel bout commencer, il collecte les données – c'est mission impossible, il le sait, de se ruer dans la mêlée –, il se rince la figure devant un tuyau qui fuit, traverse le courant, la serviette sur les hanches, bandit armé, baisse les cils pour dire, *Non, je n'ai pas envie, et je n'aurai jamais envie, même s'il ne restait que toi et moi sur Terre*, ou il les relève pour, *Peut-être*, voire ouvre grand les yeux et c'est, *Oui oui oui*, son attention soudain sollicitée par une jambe dans les douches, une chute de reins, la courbure d'un torse, l'arc d'une bouche, la ligne d'une hanche, et il marche en sentant son moteur s'emballer, le sang bouillonner, le désir monter, la vapeur l'enveloppe maintenant, oui oui oui oui, il hoche la tête à un petit blond barbu tout seul dans l'embrasure de la cabine, l'œil bleu, grave, et l'instant d'après ils sont emboîtés sous la lampe rouge, ignorent le triste matelas tassé par terre, ils y vont contre le mur, le glissement de la peau et l'appétit qui gifle, Victor laisse faire, un souffle brûlant sur sa nuque, la main tendue pour flatter derrière lui ces bourses amoureuses, plutôt piéton comme baise, pense-t-il, ne choisit pas qui est emprunté, il se reprend quand le type a fini, *Gracias !*, et il repart à l'attaque, décide qu'il sera actif maintenant toute la nuit, car il préfère, cheval, locomotive, *Gracias ! Gracias ! Gracias !* un raz-de-baise arrive, brutal et sans pitié, d'abord un gamin, puis un mec, puis encore un gamin, celui-là a certainement les plus belles omoplates que Victor ait connues, il adore les omoplates, adore passer la langue dans le creux puis glisser sa bouche sur la nuque quand son amant frissonne, gémit, et mordiller l'épine dorsale, Victor n'est jamais fatigué de baiser, espère ne jamais l'être – ses rares amis hétéros, ceux mariés surtout, refusent foncièrement de croire qu'il puisse baiser une journée entière et recommencer le lendemain, ils le tiennent pour menteur quand il affirme avoir consommé plus d'amants que de repas chauds, mais c'est la vérité, la vérité toute nue, *La bouffe, mon gars, c'est largement surfait*, et il continue, passe de corps en corps, avant de décider, finalement, de se reposer cinq minutes, une petite pause, il part vers les bains, satisfait, heureux, chasse momentanément interrompue, glisse dans la vapeur puis dans l'eau apaisante, flotte tranquillement pendant qu'autour de lui se poursuit la gymnastique – il fut un temps où ces bains étaient propriété des Italiens et des Irlandais, mais, depuis la fin des années 60, ces glorieuses sixties où la chair s'est faite mœurs, ils appartiennent aux Victor du monde, victorieux, triomphants, affaire à risque toutefois, sujette aux descentes de flics, et Victor a passé des nuits au trou, où d'ailleurs persiste l'esprit des bains, franche camaraderie ! merveilleuse courtoisie ! ah, les rockers du bagne ! – et, tandis qu'il s'enfonce tout entier sous l'eau, Victor se demande où en est Rudi, mais il sait qu'il n'a pas de souci à se faire, Rudi, c'est du papier tue-mouches, les mecs restent collés à lui, à la force de l'instant, ils en reparleront à voix basse pendant des années, *Eh, j'ai lutté contre la guerre froide, moi ! Ouais, je me suis fait baiser par Noureïev ! Et, je vais te dire un truc, mec, sa faucille, c'était le marteau-pilon !* et chacun ira de sa petite histoire, vraie ou fausse, la taille de sa bitte, les battements de son cœur, le toucher de ses doigts, le goût de sa langue, la sueur sur ses cuisses, l'empreinte de ses lèvres, peut-être même le souvenir de leur propre cœur brisé contre les os des côtes tandis qu'il s'en allait

Victor lui a souvent dit qu'aimer un seul homme était impossible, qu'il les lui faut tous, quand Rudi, de son côté, a parfois pleuré, fulminé, contre l'amour perdu, très peu pour Victor, ça, lui ne croit qu'au tangage, au roulis, à la spéculation, il ne comprend pas vraiment comment Rudi a pu tomber amoureux, comment on peut se laisser piéger par un seul, lui donner son cœur, cet Erik Bruhn pendant tant d'années, les deux plus grands danseurs du monde amoureux l'un de l'autre, cela semblait impossible, cela énervait Victor d'entendre son ami en parler, comme si l'on avait fait vibrer un million de diapasons dans le cœur de Rudi, et Victor détestait apprendre qu'ils avaient leurs moments privilégiés aux quatre coins du globe, les yachts, les grands salons, les suites dans les hôtels, les thermes haut perchés dans les collines danoises, Victor ne comprenait pas ça, Bruhn était pour lui l'antithèse de la vie, grand et blond et rêveur, froid et méticuleux, *ce putain de Viking !* ce n'était pas tant la jalousie, du moins le répétait-il, plutôt qu'il avait peur de voir Rudi affligé, anéanti, à cause de l'amour, ou peur de le voir tout perdre, de la même façon que les hommes mariés disparaissent dans le plancher marital, les enfants, et le reste, Victor redoutait aussi d'être l'un de ceux que Rudi abandonne, obligé de porter la croix d'avoir été l'ami, mais ce souci-là était superflu, car c'était à la fin Rudi qui avait quitté Bruhn, et il se rappelle bien le soir où ça s'est terminé – ce n'était pas la première fois, non, c'était la dernière –, Rudi au téléphone en sanglots longs et lourds, Victor lui-même en était soulevé, il devina que Rudi était à Copenhague – *putain, ce que ça gèle ici* – mais il retournait à Paris, il avait rompu et il voulait que Victor le rejoigne, aussitôt Victor a fait ses valises, est parti à l'aéroport, où l'attendait un billet de première classe, et il n'a pas pu s'empêcher de sourire en voyageant si confortablement, chagrins d'amour ou pas, il s'est enfoncé bien à l'aise dans son siège, s'est demandé ce qu'il allait dire à Rudi, quelle sorte de réponses il pourrait inventer, et quand il est arrivé à l'appartement du quai Voltaire, seule la gouvernante française était là, alors Victor s'est assis devant la fenêtre, réjoui un court instant des malheurs de Rudi, car une autre pièce pouvait commencer, mais quand Rudi passa la porte, visage long, hagard, sculpté par le chagrin, Victor s'est senti transpercé de remords, il voyait sur les joues le dessin noir des larmes, il a serré son ami fort contre lui, ce qu'il ne fait pas bien souvent, il lui a préparé son thé avec six morceaux de sucre, il est parti acheter une bouteille de vodka, il a fermé les rideaux, et les deux hommes sont restés dans l'obscurité, à boire, à parler non d'Erik – ce qui surprit Victor –, ni de la rupture, de la détresse, de la perte, mais de leurs propres mères, avec un sentiment d'abord curieux de lieux communs, deux adultes allant chercher au loin la consolation d'une mère, et au bout d'un moment c'est une vraie brûlure qui s'est emparée d'eux, Rudi a dit : *Des fois, Victor, mon cœur, c'est comme si on l'avait mis en prison*, et Victor en a frissonné, il savait que depuis des années Rudi essayait désespérément d'obtenir un visa pour sa mère, ne fût-ce que pour une journée, pour que Farida puisse le voir une dernière fois danser, et partager son univers même un très court instant, l'éloignement lui volait son bonheur, il pensait constamment à elle, il avait pris contact avec tout ce qu'il fallait, présidents, ambassadeurs, Premiers ministres, reines, sénateurs, députés, princes et princesses, sans résultat, les autorités ne bougeaient pas, jamais on ne délivrerait ce visa, ni à elle ni encore moins à lui, et il avait peur que Farida meure, il n'y avait rien au monde qu'il n'aurait donné pour la revoir une fois, et Victor descendit une nouvelle vodka et dit que, lui aussi, il passait ses journées à regretter de ne plus voir la sienne, de ne pouvoir la ressusciter, ou de simplement rentrer à Caracas pour lui dire qu'il l'aimait, ces trois mots serrés en hommage, et leur conversation les rapprocha tellement qu'ils passèrent l'heure suivante sans ajouter un mot, silencieux, plus intimes que deux amants, sans tromperie et sans mimétisme, une heure de profondeur, d'âme et de nécessaire, sans même le nom de Bruhn, non, souvenirs de temps plus heureux, finalement tous deux se sont endormis près de la fenêtre, puis Odile, la gouvernante, les a réveillés, a apporté le café, les a laissés seuls, alors Victor a dit : *Tu devrais téléphoner à Erik, tu as peut-être besoin de lui parler*, mais, d'un signe de tête, Rudi a répondu que non, et Victor savait dès lors que c'était bien fini, que Bruhn allait devenir une étape du passé, une autre, et, avant de se projeter avec Victor dans le présent, Rudi est allé prendre la photo de Farida sur la cheminée, on la voyait dans une usine coiffée d'un bonnet blanc, l'air pincé de tristesse, cette photo incongrue dans l'appartement soigneusement meublé et décoré, Rudi a posé le portrait sur sa poitrine, encore penché sur son passé, et, plus tard, quand les deux hommes ont remis pied dehors dans la clarté, ils avaient l'air un peu gênés de ce qui avait transpiré dans le noir, *Non, mais regarde-nous, Rudi, on baigne dans le lacrymal !* cependant ils savaient, devant les voitures du matin, aspergeant les quais de Seine de leurs échappements, qu'ils avaient trouvé le chemin du désordre élémentaire de leur cœur

enveloppé d'eau et de vapeur, Victor pense que le moment n'est certes pas venu d'enfoncer la touche pause, que ça le déchire, ces choses-là, il demande à un autre baigneur une cigarette et un briquet, tire une bouffée réparatrice, perçoit dans un murmure Rudi qui vient s'asseoir près de lui, une fine ligne de poils sous son nombril, cette taille minuscule qu'on dirait façonnée à coups de marteau, et sa bitte pleine d'une sorte de longue mollesse béate, elle ressemble à un voyageur en route, cela amuse Victor, il a besoin d'amusement, il pense que toutes les bittes du monde en sont, des voyageurs en route, il y a celles des vacances organisées, celles des jardins anglais, celles des chambres méditerranéennes mal aérées, celles du Transsibérien, mais d'autres, ah, ça, oui, certaines autres seraient des Bédouins, ha ! revenues de partout sans autre but en somme que l'accomplissement de la vie – *Eh, Rudi ! Toi et moi ! On est les petits Bédouins !* –, et il explique son gag à Rudi, les deux hommes profitent de la saveur du moment, rient, parlent de la réception du Dakota, qui portait quoi, qui était avec qui, et, pendant une demi-heure ils gardent cette eau brûlante pour compagnie, silence, proximité, jusqu'à ce que Victor dise avec un petit sourire, *Eh, Rudi, qu'est-ce qu'on va faire du reste de nos jours ?* et Rudi ferme les yeux en répondant qu'il doit partir bientôt, qu'il a besoin de se lever tôt, c'est répétition sur répétition, sa vie n'en finit pas de le préparer à un but sans cesse plus lointain, il doit participer à toute une série d'événements importants, deux galas de charité, cinq séances de photos, une douzaine d'inter- views pour la télévision, un voyage à Sydney, un autre à Londres, et à Vienne, sans parler d'un bout d'essai pour un film, mais quand cela finira-t-il, il y a des moments où il aimerait suspendre le temps et marcher un instant à côté de sa vie, il y a tant à faire, ça l'éloigne de la danse, si seulement il pouvait se contenter de jouer son rôle sur scène sans jamais se soucier de quoi que ce soit d'autre, et Victor se relève, soupire, lève les bras et crie : *Oh qu'on me noie dans le Martini ! Qu'on m'achète une potence chez Tiffany ! Que Maxim's me serve mon dernier repas ! Qu'on m'électrocute dans mon jacuzzi ! Allez, jetez vite mon sèche-cheveux en platine dans l'eau !* et Rudi sourit, il sait qu'on ne prend pas Victor à ce jeu-là, alors il hoche la tête devant son ami qui, maintenant debout, fait une fois de plus la révérence, mais il le rattrape par une jambe et le tire dans le bain, lui plonge la tête sous l'eau, *Arrête, je suis allé chez le coiffeur !* et ils rient, essoufflés, jusqu'à l'épuisement, se retiennent au bord de la baignoire, deux gamins séduits l'un par l'autre, soudain les yeux de Rudi se raniment d'une lueur espiègle, il sort de l'eau, sa serviette autour du cou, parfaitement revigoré, déclare qu'il fait une dernière tournée, que William Blake pensait comme lui – *La voie des excès, Victor, conduit au palais de la sagesse* – et d'autres murmures chuintent dans les bains, et Victor consulte son horloge intime, où aller ensuite, où trouver la meilleure came, la meilleure musique, la meilleure explosion de sexualité débridée pour réveiller le besoin, il quitte le bain lui aussi, part dans l'autre sens, décline d'élégantes avances, un vrai sacrifice, tiens, ouvre son casier dans les vestiaires, pantalon noir chemise orange, et à l'insu de Rudi – *Ah, ressusciter encore !* – s'envoie une nouvelle ligne avant de chausser ses pieds, un signe de tête aux mecs dans les couloirs, un petit tour, où est Rudi, Rudi a disparu, peut-être a-t-il baissé les volets quelque part, peut-être qu'il se cache, peut-être est-il parti sans dire au revoir, pas de quoi s'étonner, non, ça fait partie du jeu, le monde lui appartient, alors pourquoi dire au revoir, ici ou ailleurs ? Victor inspecte tout l'établissement et, en désespoir de cause, retrouve la rue, un regard à gauche, à droite, il court même au croisement, mais le pavé est étrangement muet et menaçant, pas une âme dans les ombres, l'heure est dangereuse, c'est qu'on a tabassé des gays, et la vie ne dure pas plus longtemps qu'elle nous survit, elle, alors Victor met un pied devant l'autre, roule des épaules, et c'est reparti – *Celui qui m'a amené ici en aura pour ses frais !* – il arrête un taxi, il y a un beau jeune Mexicain au volant, Victor caresse l'idée de lui payer un verre dans une boîte downtown, se ravise en voyant le Christ en plastique rebondir sur le tableau de bord, la religion n'est pour Victor qu'un suppositoire mondain, il baisse sa vitre pour regarder défiler Manhattan, violence et néons criards, le West Side, pays des merveilles éclairs rouge jaune orange vert, macs michetons escrocs putes, garçons et filles toxicos moulus, Victor leur fait bonjour et ils l'envoient chier, alors il recommence pour le plaisir, et le taxi poursuit au sud vers l'Anvil, qui palpite et qui pulse à cette heure, précisément trois heures et demie du matin, boule disco, mecs en cuir clouté, en jeans-découpés-cul-nu, en costume country & western, en braguettes à boulons, une drag-queen sur la petite scène fait son numéro avec un boa de deux mètres, un groupe de danseurs nus se suspend à des cordes, Victor regarde au bar au cas où Rudi serait là, mais non, ce faisant il se rend compte qu'il n'y a pas ici beaucoup de mecs qu'il n'ait encore baisés, sans compter leurs frères et même leurs oncles, bordel ! mais aucun ne lui en veut, parce que, là-dedans, baiser c'est comme respirer, indispensable, peut-être même plus, c'est le pain et l'eau de l'existence, cette boîte est super-super-chaude, les langues qui glissent dans les oreilles, les mains qui traînent sous les ceintures, les doigts qui tâtent le bout des seins, l'air lui-même exhalant le sexe, et, en un clin d'œil, Victor voit une demi-douzaine de vodka-pamplemousse glisser vers lui sur le comptoir, les verres sont sales, ça vient de partout, artillerie de nuit, il remercie avec révérence, *Allons, remettez-moi des glaçons, gentlemen !* et il distribue gentiment ses derniers quaaludes, se garde quand même un peu de poudre, il faut être radin de temps en temps, il part danser, suivi par une couvée d'admirateurs et tous les hymnes de l'été, Victor ressuscite une fois de plus, comme l'oiseau migrateur à sa dernière étape, forçant le vent debout de la nuit, où a pu passer Rudi, est-il vraiment rentré, quand est-ce que je le retrouve, et il y a encore un endroit, ultime, que Victor connaît bien, et pas si loin d'ici, ça pourrait être le dernier point de chute, les camions ! immondes camions ! chambres noires à seize roues ! oh ouais ! là-bas !

un endroit que Rudi aime aussi, sombre, anonyme, dangereux, une douve de désir

et Victor se tâte, partir ou pas vers les longs véhicules qui s'alignent la nuit autour des abattoirs, ça, de la viande et de l'abattage, il y en a, dernière scène de la soirée, et Victor – d'un coup d'œil vers la piste – remarque le courant naissant, médite qu'il ne veut pas devenir une de ces tantes new-yorkaises à bouffées de chaleur qui se plaignent toujours de baiser des gamins deux fois plus jeunes qu'elles, non, pas ça, jamais – *J'ai signé la charte de la vie ! Je continue ! Je rocke, je roule ! J'ai le temps de me retourner et d'ailleurs je me retourne !* –, alors, d'un geste de la main, de quelques murmures adroits, *Prenez seulement cinq mille de mes amis intimes !* il réunit sa bande, des mecs déjà tellement défoncés que la corde pourrait bientôt craquer, les yeux au fond des orbites, mais encore obsédés, battant pavé derrière le grand Victor, et une flottille de taxis jaunes attend dans la rue, c'est l'un des rares coins de Manhattan où ils sont sûrs de trouver une course à cette heure-là, Victor claque des doigts en embrassant les videurs, au revoir, sa cohorte et lui prennent les taxis d'assaut, certains passent la tête par la portière, cow-boys sur le bitume, direction le West Side, *Sortez les lassos, les filles !* ils racontent aux chauffeurs qu'ils arrivent du Texas, qu'ils cherchent un endroit pour poser leurs selles, *Les cow-boys font les meilleurs amants du monde, mon gars, va demander aux taureaux !* les remugles de l'Hudson passent par les vitres ouvertes, les pavés brillent car il a plu, les mendiants entretiennent des feux dans leurs vieux barils et se passent des cigarettes, l'air de la nuit recèle encore le frou-frou des possibles, les taxis enchaînent les virages jusqu'à ce que les camions se dressent comme des mirages, chromés luisants immenses, une fourmilière, des mecs aux divers stades du ravissement et de l'anéantissement, des rires, des sanglots, un couple qui s'essaie à la valse sur le trottoir, les uns et les autres maintenant tellement fauchés qu'ils finissent par partager ce qui leur reste d'excitants, ultimes pilules poppers et poudres réservés pour le bout de la nuit, des noms fusent d'un camion à l'autre, les petites tasses de Crisco [1] et les tubes de vaseline qu'on échange, un mec hurle qu'on lui a fait les poches, une drag-queen gueule qu'on l'a enculée, des jeunes qui bondissent des bâches à l'arrière, d'autres qui rentrent, les vieilles tantes qu'on envoie parquer ailleurs, champ de bataille étrange et magique, jeu de cache-cache charnel, Victor reste un instant en retrait, mordille le bas de sa moustache, scrute les allées et venues, des tas de têtes connues, et juste avant de monter dans une remorque – *Qui sait si l'apocalypse attendra le lever du soleil !* – il jette un coup d'œil sur le trottoir et aperçoit la silhouette qui avance, solitaire, vers les rangées de calandres, traversant la lumière des réverbères, mais avec grâce et assurance, une démarche d'une telle ampleur que Victor en reste captivé, et il comprend aussitôt, il reconnaît la casquette en cuir, la visière relevée, le corps légèrement penché, il sent l'émotion balayer le sien comme le vent sur les hautes herbes, les poils se dressent sur ses bras, et Rudi hurle, *Saloperie de Vénézuélien ! Tu m'as largué là-bas !* et il rit,

---

1. Huile ménagère.

visage contrit de bonheur et belles dents blanches, un frisson secoue l'épine dorsale de Victor qui le voit approcher, et pense voici la solitude qui s'applaudit elle-même d'un bout à l'autre des rues.

2

C'était l'hiver 1975 et je déambulais dans Leningrad, empêtrée dans des traductions encore inachevées. Une fois le divorce prononcé, j'avais emménagé dans un appartement communautaire près de la rue Kazanskaïa. Je bénéficiais d'une pièce nue, sans ornement aucun, avec du lino par terre, mais assez proche de la Fontanka pour maintenir le lien avec mon existence passée. Je me levais tôt chaque matin pour me promener et travailler. Les poètes que je traduisais étaient des rescapés socialistes qui retrouvaient somme toute la force de condamner – dans la beauté spacieuse de leur langue – les horreurs de Franco. Ils avaient écrit pour lutter contre l'oubli, pour renaître à la vie, et leurs mots me consumaient.

J'allais autrefois à la campagne quand il me fallait réfléchir, j'aimais marcher dans les rivières, mais Leningrad me faisait maintenant l'effet d'un baume. Les péniches glissaient lentement sur l'eau noire des canaux, et les bateaux étaient couronnés de nuées d'oiseaux. Le carnet de mon père – le récit de sa vie – continuait de me réchauffer le cœur. Je l'avais toujours en poche et je m'asseyais souvent sur un banc pour le lire dans le parc. Cette apparente liberté semblait suspecte à certains – un piéton gardait trop longtemps les yeux fixés sur moi, une voiture ralentissait et son conducteur me dévisageait avec méfiance. Leningrad n'était pas une ville où afficher quelque oisiveté.

Je me mis à porter un châle, et un ballot imaginaire dans le creux de mon bras, que mon autre main calmait, comme si un enfant se trouvait là à la place du vide.

Je consacrai mon cinquantième anniversaire à la traduction d'un seul poème, un pamphlet antifasciste où de petits pays d'ombre et de lumière se précipitaient, sous l'orage, dans les champs et dans les ravins. La métaphore était éminemment politique, mais c'est moi que je commençais à retrouver dans ces sonorités, avec l'enfant que je m'étais imaginé. Non que j'y visse la réalisation d'un vœu, je tournais plutôt en dérision les années passées avec Iosif. Même après deux fausses couches, il avait été possible, jeune femme, de garder quelques ambitions, pour le Parti, pour le Peuple, pour la science et la littérature. Mais elles étaient oblitérées de longue date, et j'étais maintenant pénétrée d'une lumière qui me poussait à sculpter quelque chose d'humain.

Un enfant ! Je m'esclaffai. Non seulement j'avais un demi-siècle d'âge, mais je n'avais en outre rencontré personne depuis mon divorce. Je fis les cent pas d'un mur à l'autre, entre les deux miroirs, partis au marché m'acheter un paquet de clémentines en guise de cadeau d'anniversaire, et pourtant, le seul fait de peler la peau douce des fruits me ramenait, aussi absurde que cela puisse paraître, à mon désir. Mon père m'avait autrefois raconté une histoire. On avait un jour livré, dans le camp de travail où il était assigné, une remorque de troncs d'arbres gigantesques qu'il fallait débiter. Hache en main, il était de corvée. L'été était suffocant, et chaque mouvement une torture. S'attaquant à un tronc, il avait aussitôt perçu, en guise de réponse, le bruit reconnaissable du métal contre le métal. Se baissant, il avait trouvé un beau morceau de plomb, en forme de champignon, encastré dans le rondin. Une balle. Puis il avait compté les anneaux qui l'avaient successivement recouverte jusqu'à l'écorce finale. Le résultat correspondait exactement à son âge.

Nous n'échappons jamais à nous-mêmes, m'a-t-il dit des années plus tard.

Un matin de printemps, je pris le tram vers une banlieue où Galina, une de mes relations, travaillait dans un orphelinat de l'État. Lorsque je m'assis dans son bureau mal éclairé, elle fronça un sourcil, puis les deux. Je venais de lui dire que je cherchais quelque chose à faire en sus de mes traductions. Elle ne semblait guère convaincue. Aux yeux de tous, s'occuper d'orphelins paraissait un désir étrange. Ils étaient, pour l'ensemble, débiles ou infirmes à vie. Travailler avec eux était une tare sociale. Derrière le bureau de Galina était accrochée au mur une calligraphie d'un vieux proverbe d'origine, affirma-t-elle, finlandaise : *La branche émet un craquement pour s'excuser auprès de l'arbre de l'avoir quitté*. Je m'étais persuadée de ne faire l'aller et retour que pour me divertir de mes poèmes. Mais j'avais aussi entendu dire que certaines femmes – de mon âge, d'ailleurs – s'étaient constituées familles d'accueil, sous la tutelle des dyestskyi dom, les foyers pour enfants. On leur permettait de s'occuper de quelques drôles, six au maximum, et elles recevaient une ridicule allocation de l'État.

Vous n'êtes plus à la faculté ? me demanda Galina.

J'ai divorcé.

Je vois.

J'entendais des voix, des vagissements en arrière-fond. Quand nous sommes sorties du bureau, un groupe de jeunes garçons au crâne rasé, en tunique grise, s'est massé autour de nous. Ils avaient le tour de la bouche rouge et irrité.

Galina m'a fait visiter les lieux. L'immeuble était une vieille armurerie, repeinte de couleurs vives, avec une haute cheminée qui fendait l'air. Les salles de classe, en préfabriqué, étaient posées sur des parpaings. À l'intérieur, les enfants entonnaient un genre de complainte pour une vie meilleure. Il n'y avait qu'une balançoire dans le jardin où on les laissait sortir une demi-heure par jour. À leurs moments perdus, les employés de service essayaient de construire un toboggan, qui, loin d'être achevé, se dressait comme un squelette à côté de la balançoire. Mais trois enfants avaient quand même trouvé le moyen de grimper dessus.

Bonjour ! cria l'un d'eux. Il devait avoir environ quatre ans. Il courut vers nous et fit mine de frotter sa petite tête duveteuse. En effet, ses cheveux commençaient à repousser. Il avait un crâne bien trop grand pour ce corps minuscule, et des yeux immenses, curieux, asymétriques, dans un visage atrocement maigre. Je lui demandai son nom.

Kolya, dit-il.

Retourne à la balançoire, Nikolaï, ordonna Galina.

Nous traversâmes le parc. Je vis, derrière moi, Kolya qui se hissait à nouveau sur ce toboggan de fortune. Ses cheveux ras brillaient au soleil.

Je voulus savoir : D'où vient-il ?

Galina posa une main sur mon épaule : Vous ne devriez peut-être pas attirer l'attention sur vous, comme ça.

Je suis simplement curieuse.

On l'avait nommée ici, à ce poste, car elle avait échoué à l'université. Les années s'étaient inscrites sur son visage, et il m'apparut soudainement qu'elles ne formaient qu'une seule saison, fade, quelconque, ce qui me ressemblait en somme.

Arrivant devant un taillis, Galina s'arrêta, toussa et s'autorisa un demi-sourire.

Il se trouvait que Kolya avait eu pour parents des intellectuels du grand est de la Russie. Mutés dans une faculté de Leningrad, ils avaient trouvé la mort en voiture, dans une collision avec un tram de la perspective Nevski. On n'avait pas pris contact avec le reste de la famille, et Kolya, âgé de trois mois au moment de l'accident, avait passé ses toutes premières années sans articuler le moindre mot.

C'est un enfant intelligent, mais d'une solitude inflexible, dit Galina. Sans parler de comportements bizarres.

Comment ça ?

Il cache ses aliments et il attend qu'ils soient rassis, ou moisis, pour les manger. Même chose pour les excréments. Il ne sait pas encore aller aux toilettes.

Au détour d'une allée, nous sommes tombées sur un groupe de garçons et filles qui fendaient du bois. Leurs bouches dégageaient de la buée dans le froid. Lorsqu'ils les brandissaient par-dessus leurs épaules, leurs haches brillaient à la lumière.

Mais il paraît intéressé par les échecs, ajouta Galina.

Aveuglée par la vision subite de mon père extirpant une cartouche de fusil d'un cœur de rondin, je demandai : Qui ?

Kolya ! répondit-elle. Figurez-vous qu'il a sculpté des pièces d'échecs dans les lattes de son sommier. On s'en est rendu compte un soir qu'il s'était effondré par terre. Il les avait fourrées dans sa taie d'oreiller.

Je m'immobilisai au milieu du sentier. Un camion-citerne venait de s'arrêter devant le bâtiment principal et Galina consulta sa montre. Soupirant, je lâchai : Il faut que j'y aille.

Je perçus des rires d'enfants qui s'élevaient à distance.

Je pense que je peux vous trouver une place ici, si vous le désirez, offrit Galina.

Faisant sonner ses clés, elle se remit en route.

Je répondis : Merci.

Elle ne se retourna pas. Je savais ce que je voulais, peut-être même ce que j'avais toujours voulu depuis un très jeune âge. Avant de partir, je regardai un instant Kolya se balancer sous une traverse. On entendit un coup de sifflet aigu, signalant le moment de rentrer pour ceux qui étaient dehors – une autre douzaine d'enfants s'éparpilla dans le parc sous le regard du gardien.

Je retrouvai ma chambre, mes dictionnaires, mes clémentines.

La semaine suivante, au ministère de l'Éducation, on m'apprit que les adoptions étaient suspendues. Je convins avec l'employée qu'il valait mieux confier ces enfants-là au Peuple, mais la pressai gentiment de me parler des tutelles. Elle me lança un regard féroce et ordonna : Attendez-moi ici, je vous prie. Elle revint, munie d'un dossier, se mit à le feuilleter rapidement, puis demanda subitement : Vous aimez la danse ?

Cette question-là ne pouvait s'expliquer que d'une seule façon. Plus d'une décennie s'était écoulée depuis le départ de Rudi. Les déclarations le concernant s'étaient légèrement adoucies ces dernières années, et d'autres défections de personnalités en vue avaient fait diversion. Les *Izvestia* avaient même publié un article, à propos d'une tournée en RFA, et on citait des revues occidentales selon lesquelles l'étoile de Rudi brillait certainement au firmament. À la mort d'Alexandre Pouchkine, les journaux l'avaient brièvement mentionné, mais en déclarant que c'était grâce au génie de son professeur, et non au sien, qu'il était devenu un danseur digne d'intérêt.

Les doigts raides, j'attendais que mon interlocutrice s'explique. Elle étudiait en détail mon curriculum vitæ officiel. Je craignais que cette hâte fiévreuse ne m'ait jetée dans la gueule du loup. Si rien ne stipulait, sur mes papiers d'identité, que j'avais été proche de Noureïev, à l'évidence mon dossier en disait plus long. Quand je tentai de bafouiller une excuse, l'employée ajusta ses demi-lunes sur son nez et me regarda par-dessus.

Elle me dit d'un ton sévère qu'elle avait assisté à un certain ballet, à la fin des années 50. L'un des artistes avait dansé merveilleusement, ajouta-t-elle, cependant il l'avait terriblement déçue par la suite. Elle parlait à demi-mot, et j'eus l'impression que nous avions entrepris ensemble quelque irréversible voyage. Elle poursuivit la lecture attentive de mon dossier. Je lâchai un court soupir. Sans qu'elle ait prononcé une seule fois le nom de Rudi, il occupait tout l'espace entre nous.

À la vérité, je n'avais guère envie de le revoir faire irruption dans ma vie, du moins pas tel qu'il avait été. Je voulais un Nikolaï, un Kolya, quelqu'un que je pourrais sculpter dans les lattes de ma propre existence.

Je vais peut-être pouvoir vous aider, camarade, dit la représentante du ministère.

Je me demandai dans quel bourbier exactement je venais de m'empêtrer. Elle parla d'une clause de l'article 123 du Code de la famille en matière de tutelle, mais aussi d'autres dispositions, relatives aux membres du Parti, qui permettaient à ceux-ci d'épauler des enfants talentueux. J'avais bien été membre du Parti mais, depuis mon divorce, je m'étais en quelque sorte enterrée, de peur que Iosif ne se mette en tête de me traquer. Il me vint même à l'esprit que cette femme devant moi pouvait de quelque manière lui être liée, qu'elle allait me livrer aux autorités. Pourtant quelque chose en elle me paraissait droit, honnête, quelque chose sans doute dans sa simplicité, qui révélait une vive intelligence.

Ce jeune garçon a-t-il un talent particulier ? demanda-t-elle.

Il joue aux échecs.

À quatre ans ?

Elle coucha des notes sur un bout de papier. Revenez la semaine prochaine, dit-elle.

J'avais souvent pensé, jusqu'à cette époque-là, que les amitiés féminines, fragiles, dépendaient plus volontiers des circonstances que des élans du cœur, mais Olga Vecheslova, à mesure que je la découvrais, se révélait extraordinaire. Plus jeune que moi, elle manquait d'assurance derrière ses lunettes à monture dorée. Cheveux très bruns. Yeux presque noirs. Elle avait elle-même été danseuse, et pourtant son corps n'en soufflait plus rien – elle avait les hanches larges, et elle était voûtée, contrairement à ma mère, qui, même souffrante, avait toujours donné l'impression, en marchant, de porter sur la tête un vase de porcelaine. Olga était à la fois agacée et ravie que j'aie connu Rudi. Il la dégoûtait, bien sûr, parce qu'il avait trahi notre pays. Et parce qu'il avait trahi ce que nous, nous souhaitions vivre tout au fond de nous-mêmes, la réalisation du désir. Cette haine masquait un chagrin. Mais c'était en somme maladif : nous n'arrivions jamais à le chasser de notre esprit. Olga et moi avons commencé à nous voir une fois par semaine, à nous promener ensemble le long des canaux, conscientes que nos actes pouvaient nous faire indûment remarquer, mais nos liens se consolidèrent nonobstant.

Olga s'arrangea pour qu'on me laisse rendre visite à Kolya à l'orphelinat. Vers la fin de l'été, il paraissait sous-alimenté, il avait les jambes maigres et noueuses sous son short. Il avait le visage soudain couvert de vilaines plaies. On l'avait puni parce qu'il était toujours incontinent, et son dos portait des marques de coups. J'appris au bureau de Galina qu'il avait en fait six ans, et non quatre, qu'il était ralenti dans sa croissance. Je commençai à douter de moi, me remis à ronger mes ongles, alors que j'avais arrêté depuis l'âge de seize ans. *Je serai incapable de m'occuper d'un tel enfant*, pensai-je.

L'aspect bureaucratique lui-même de son éducation allait être un cauchemar de stratégie et de diplomatie – faire la queue pour l'inscrire à l'école, changer son nom, et les demandes de logement, et les vaccinations, et les papiers…

J'achetai tout de même un pinceau et de la peinture, des rideaux de dentelle d'occasion, pour lui, je lui fis un coin bleu dans la pièce, reproduisis des photos de pièces d'échecs trouvées dans un livre, et en décorai le rebord de sa fenêtre. Je disposai des babioles sur les étagères que j'avais fabriquées à partir de cageots d'oranges. Le problème était surtout que je n'avais pas de lit pour Kolya. Il y avait quatre mois d'attente dans les magasins d'État pour un lit neuf, et j'avais beau traduire de plus en plus de choses, l'argent restait un supplice. Mais Olga réussit finalement à dénicher un matelas qui, une fois nettoyé et recousu, se révéla tout à fait présentable.

J'étudiai la pièce. Elle était encore terne et fonctionnelle. Comme on trouvait toujours quantité de cages d'oiseau à Leningrad, j'en suspendis une au plafond et plaçai à l'intérieur un canari de porcelaine, de mauvais goût mais adorable. Je réussis à me procurer, au marché, une très jolie boîte à musique artisanale, qui, une fois remontée, jouait un concerto d'Arcangelo Corelli. Bizarre acquisition qui me coûta de nombreux poèmes traduits. Mais, comme la soucoupe de porcelaine que mon père m'avait donnée, elle semblait vibrer à la fois dans le passé et dans le futur.

Lorsque Olga réussit enfin à me confier la garde de Kolya, vers les derniers jours du mois de septembre, la même année, rien dans ma vie, absolument rien, n'égalait ce moment.

Debout dans ma chambre, il hurla si fort que son nez saigna. Il se gratta et des rangées de nouvelles éraflures s'imprimèrent sur ses bras et ses jambes. Je lui préparai un cataplasme, pansai ses plaies et, plus tard dans la soirée, lui donnai une tablette de chocolat. Comme il ne savait pas ce que c'était, il se contenta de la regarder, puis il défit lentement l'emballage. Il en grignota un bout, leva les yeux, mordit franchement, et fourra la moitié restante sous l'oreiller. Je ne me suis pas couchée cette nuit-là. Je l'ai consolé de cauchemar en cauchemar, j'ai même fini par appliquer un reste de cataplasme infect sur mes doigts pour m'empêcher de ronger ce qu'il restait encore d'ongles.

Lorsqu'il s'est réveillé au matin, Kolya a rué dans tous les sens tant il avait peur mais, bientôt épuisé, il m'a demandé le reste de la tablette de chocolat. Voilà une chose bien simple, qui, sans raison évidente, vous remonte le cœur.

Un mois après, j'ai écrit à Rudi pour lui dire que ma vie s'était brusquement ranimée, que tout allait beaucoup plus vite. Je n'ai jamais envoyé la lettre. Cela n'était pas nécessaire. J'étais maintenant mère. J'acceptais volontiers les racines grisonnantes de mes cheveux. Je partis me promener avec Kolya le long de la Fontanka. Nous avions sauvé une bicyclette d'une décharge et, encore mal assuré sur ses deux roues, il ne s'éloignait pas trop de moi. Nous allions au ministère rendre compte de ses progrès.

Regardé *All in the Family* à la télé, puis emmené Judi et Sam Peabody en taxi (2,50 dollars) pour aller voir Noureïev. Il est arrivé dans un état lamentable – ce qu'il avait l'air vieux. Ses virées nocturnes doivent faire leur effet, j'imagine. Il était avec son masseur, qui lui sert aussi plus ou moins de garde du corps. Je ne le savais pas avant de venir, mais il avait dit aux Peabody que, si Monique von Vooren se ramenait, il ficherait le camp. Il prétend qu'elle s'est servie de lui. Il est vraiment affreux. À l'époque où, radin, il ne voulait même pas se payer un hôtel, elle lui avait donné son lit, et maintenant il dit que c'est *elle* qui se sert de *lui*. C'est une vache, une vraie vache. Les Eberstadt ont voulu partir à une heure et demie, alors je les ai raccompagnés (taxi 3,50 dollars).

Journal d'Andy Warhol,
dimanche 11 mars 1979

3

Monsieur dormait encore et la ville était silencieuse. C'est ainsi que je l'aime depuis ma jeunesse. Je suis allée à la fenêtre respirer l'odeur de la Seine. Elle est souvent putride, mais aujourd'hui ça sentait le frais. J'avais mis les croissants au four, et les deux odeurs se mélangeaient.

À neuf heures du matin, le vent a emporté le long des quais le son des cloches de Saint-Thomas-d'Aquin. La bouilloire a sifflé une quatrième fois et j'attendais encore que Monsieur se réveille. En général, il ne restait pas au lit au-delà de neuf heures, même s'il était rentré très tard. Je savais toujours s'il avait ramené un compagnon avec lui. Dans ce cas, on voyait leurs vestes et les autres habits éparpillés sur les chaises. Mais ce matin, il n'y avait pas d'invités.

J'ai sorti la bouilloire du feu et j'ai entendu Monsieur farfouiller dans sa chambre, en même temps que Chopin sur son électrophone.

Quand j'ai pris mon service, des années plus tôt, Monsieur avait l'habitude de sortir de sa chambre vêtu seulement d'un caleçon. Je lui avais donc offert un peignoir pour un de ses anniversaires. Il n'est pas

326

ingrat et le porte depuis chaque matin. (Il a des dizaines de pyjamas de soie qu'il ne met jamais. Il se contente de les prêter aux invités qui décident de passer la nuit à la maison.)

J'ai ébouillanté la théière, mis quelques cuillers de thé, et j'ai replacé la bouilloire à petit feu sur la cuisinière. Monsieur est venu et m'a saluée comme à l'accoutumée, avec son grand sourire. Il apprécie toujours les choses simples de la vie, et il est rare qu'il n'aille pas lui aussi à la fenêtre respirer bien profondément.

J'ai toujours pensé qu'un homme aux ressources si considérables – il avait à l'époque quarante-deux ans – pouvait ne penser qu'à son bonheur, mais certains jours, c'était comme si le ciel lui tombait sur la tête, alors je le laissais ruminer tranquille.

Il s'est étiré en bâillant. J'ai disposé le thé et la viennoiserie sur la table, et Monsieur a annoncé qu'il quitterait l'appartement plus tard que d'habitude. Il attendait un visiteur, un chaussonnier londonien, dont il ne voulait pas révéler la présence, de peur que d'autres danseurs à Paris n'abusent de son temps.

Nous n'avions pas souvent de visiteurs le matin, aussi j'ai craint que, peut-être, nous n'ayons pas assez de croissants, ou de fruits, mais Monsieur affirmait qu'il avait bien des fois rencontré son chausseur, que c'était un homme simple qui ne voudrait rien d'autre que du thé et des toasts.

Moi, je connaissais les Anglais. Après la guerre, ma tante avait tenu douze ans la maison d'un célèbre acteur de théâtre. À Montmartre. Les Anglais sont toujours très polis, mais j'avais fini par préférer la manière russe – caprices d'abord, excuses ensuite –, que Monsieur incarnait sans ambages. Il lui arrivait de lever sensiblement la voix au sujet, par exemple, d'une viande trop cuite, et ensuite de regretter vivement sa mauvaise humeur. J'en étais même venue à m'amuser de ses accès de colère, nombreux il faut le dire.

Quand le chausseur est arrivé, Monsieur avait disposé toute une série de chaussons sur le plancher. Je suis allée ouvrir et j'ai vu un petit homme chauve, le pardessus bien plié sur un bras, qui tenait une valise dans l'autre main. Il devait avoir une dizaine d'années de plus que moi, bientôt la soixantaine, quoi.

Il s'est présenté :

— Tom Ashworth.

Après une courte révérence, il m'a appris qu'il était attendu. J'ai voulu prendre son manteau, mais il ne désirait pas, semblait-il, s'en séparer. Avec un sourire d'excuse, il l'a accroché lui-même au perroquet. Monsieur est arrivé, il a pris le chausseur dans ses bras, et celui-ci a reculé tant il était gêné. Sa valise a buté sur le perroquet, qui a oscillé un instant. J'ai réprimé un petit rire comme j'ai pu.

C'était un homme rougeaud, avec des sourcils en broussaille et une paire de lunettes courbes.

Je me suis retirée à la cuisine en laissant la porte entrouverte pour pouvoir garder un œil sur le living, où Monsieur et son invité s'étaient assis. Le chausson-nier a ouvert maladroitement la serrure de sa valise, qui contenait tout un assortiment de chaussons et bottillons. Il a paru se détendre en les sortant les uns après les autres.

Je me suis doutée, puisqu'il était anglais, qu'il pren-drait son thé avec un nuage de lait, et peut-être du sucre. J'ai porté un plateau dans le living. J'avais renoncé à mes propres croissants, au cas où il en voudrait, mais il a à peine levé les yeux, tant il était absorbé par ses chaussures. Penchés l'un vers l'autre, ils bavardaient en anglais. Il semblait que Monsieur s'était attaché à quelques vieux chaussons, et la conversation tournait autour de la façon de les raccommoder.

— Ils vivent sur mes pieds, disait Monsieur, ils vivent.

Mr Ashworth a répondu qu'il serait ravi de les rapiécer de son mieux. J'ai refermé la porte de la cuisine, et j'ai commencé à dresser la liste de ce dont j'allais avoir besoin pour le dîner du soir : chapons, épices, carottes, asperges, beurre, lait, œufs, noisettes pour le gâteau. Monsieur avait invité onze personnes et je devais aussi vérifier nos réserves de champagne et d'alcools. Je faisais généralement une cuisine régionale dont ma famille se passait jalousement les secrets. C'était pour cette raison que Monsieur m'avait engagée, car il préférait, disait-il, les bons repas copieux (nous sommes quatre générations, du côté de ma mère, à avoir fait la cuisine dans une auberge de Voutenay, dans l'Avallonnais, mais l'établissement, victime de la victoire de 1944, a été brûlé par les Allemands qui battaient en retraite).

Je me réjouissais toujours de faire le tour des marchés de Paris à la recherche des meilleurs ingrédients. Je trouvais d'habitude les légumes les plus frais rue du Bac. Je passais régulièrement chez un boucher de la rue de Buci qui me réservait ses plus beaux morceaux – il avait l'accent parisien et une voix de gorge qui me faisaient parfois penser à Monsieur. Pour les épices et condiments, j'avais fait la connaissance d'un monsieur bengali, qui tenait une minuscule boutique près du passage Brady, dans le Xe.

Je partais généralement à pied, ou bien je prenais le bus, mais ce matin-là – Monsieur recevant la visite de son chausseur –, je lui ai demandé si je pouvais me servir de la voiture, avec laquelle il avait eu de menus accidents (il conduisait franchement mal, et l'un de ses amis new-yorkais, un grossier personnage du nom de

Victor, se plaisait à répéter que Monsieur aimait se faire rentrer dans le ...).

Je me suis acquittée de ma tâche sans difficulté.

De retour à l'appartement avec les provisions, je me suis étonnée de trouver le chaussonnier tout seul. Il avait disposé du papier journal sur la moquette pour ne pas la salir avec ses colles. Je l'ai salué dans mon anglais hésitant. Il m'a expliqué que Monsieur était parti répéter.

Comme il était arrivé de Londres par un des premiers vols de la matinée, j'ai pensé qu'il avait peut-être faim, et je lui ai proposé de déjeuner tôt. Il a poliment refusé.

De la cuisine où je préparais le repas du soir, je l'ai observé poursuivre son travail. Il enfilait un chausson sur une main comme on enfile un gant, et il se servait d'un petit couteau pointu pour le découper. On avait l'impression qu'il vidait une volaille. Il cousait vite et bien. À un moment, en attendant que la colle sèche, il a étudié la pièce par-dessus ses lunettes. Monsieur, qui s'y connaissait en beaux-arts, avait un penchant pour les nus masculins du XIXe siècle. Ils ont paru gêner le chausseur. Il est parti examiner le torse en marbre au milieu du living et il l'a tapoté du bout des doigts. Il a sursauté quand il s'est aperçu que je le regardais faire.

— C'est que Monsieur a beaucoup de goût, ai-je dit.

Le chausseur a balbutié quelque chose et s'est muré alors dans son travail. Ensuite, il n'a plus levé les yeux. Vers le milieu de l'après-midi, j'ai cru comprendre qu'il avait un problème avec un chausson. Il hochait la tête en grinçant des dents. Je lui ai apporté du thé et je lui ai demandé si quelque chose le dérangeait. Il a consulté la montre à gousset qu'il portait dans une poche de son gilet.

— C'est que j'ai beaucoup à faire, a-t-il dit.

Il avait un curieux sourire, c'est-à-dire que, quand il souriait, il semblait tout d'un coup complètement détendu. Il s'est rassis, a siroté son thé, regardé encore son oignon, puis il a poussé un soupir et m'a dit qu'il craignait de ne pas pouvoir finir avant l'avion du retour.

— J'imagine que vous ne connaissez pas un hôtel convenable, bien sûr ? m'a-t-il demandé.

— Monsieur vous offrira sûrement l'hospitalité.

— Oh, je ne saurais accepter.

— Il y a deux chambres d'amis.

Il paraissait fort décontenancé à l'idée de séjourner ici. Il s'est gratté la nuque en répétant qu'il préférerait passer la nuit dans un petit hôtel, qu'il ne voulait surtout pas s'ingérer dans la vie privée de Monsieur. Il a refermé sa valise et il est parti à Montmartre, où je lui ai indiqué une pension.

Monsieur est rentré de sa répétition à cinq heures. Je lui ai fait couler son bain. Il l'adorait tout bouillant.

En quittant ses habits de danse, Monsieur a demandé où était le chaussonnier. Je lui ai expliqué la situation et il a continué, impassible, à s'occuper de ses petites affaires.

Pendant qu'il se lavait, j'ai préparé la poêle pour le steak, presque bleu, qu'il mange toujours quelques heures avant de monter sur scène.

Il n'avait pas fini sa viande qu'il braquait son couteau sur moi.

— Appelez Mr Ashworth à son hôtel, dites-lui que je lui réserve une place pour le spectacle, ce soir, et qu'il devrait ensuite se joindre à nous au dîner.

Il ne m'en a pas fallu davantage pour comprendre que nous serions treize à table. Depuis que j'avais commencé mon service, Monsieur était devenu de plus en plus superstitieux, sous l'influence remarquable de Mme Fonteyn. Mais j'ai préféré ne rien dire, sachant que, avant la fin de la soirée, Monsieur inviterait d'autres personnes (prudente, j'avais acheté plusieurs chapons et l'on pouvait être jusqu'à dix-huit à table).

J'ai décroché le téléphone. L'employé à l'hôtel a bougonné qu'il n'y avait pas de lignes dans les chambres et qu'il pouvait seulement prendre un message, parce qu'il était seul à la réception. Je l'ai supplié de monter quand même, et, quand j'ai fini par mentionner le nom de Monsieur, cela n'a pas semblé l'impressionner. Je n'avais donc plus qu'à me rendre à la pension moi-même.

J'ai fini en vitesse de préparer le dîner, j'ai rempli une flasque de thé au miel bien chaud pour Monsieur, et j'ai pris un taxi pour Montmartre. C'était l'été et il faisait encore jour. Il y avait un square minuscule devant l'hôtel, et j'ai aperçu notre chausseur qui travaillait tout seul, à l'aise sur la petite pelouse. J'étais un peu déroutée car il portait maintenant une casquette et il paraissait bien plus jeune que tout à l'heure. J'ai traversé la rue. Il a rougi comme une écrevisse en me voyant approcher, il s'est mis à empiler ses chaussons et il a rangé ses ciseaux dans la poche de sa veste.

— Mister Ashworth.

— Tom, a-t-il répondu.

— Monsieur m'a demandé de vous transmettre un message.

Il s'est empourpré de plus belle quand je lui ai parlé de l'Opéra.

— Oh, a-t-il dit.

Il a récupéré ses ciseaux, puis il a enlevé sa veste et il l'a étendue par terre en me faisant signe de m'asseoir. Les minijupes étaient encore à la mode, mais, quant à moi, j'étais bien contente de porter une robe d'intérieur assez longue, car rien ne saurait être plus embarrassant que de s'asseoir dans l'herbe, sur une veste d'homme, avec une jupe au ras des fesses, en essayant de rester décente.

Il a bafouillé qu'il était très flatté que j'aie couru jusque-là pour lui porter une invitation, qu'il serait ravi de venir dîner – pour autant que son costume soit convenable –, mais qu'il n'assistait jamais à aucun ballet, cela pour des raisons personnelles.

— C'est une règle que m'a enseignée mon père.

J'ai attendu mais il n'a rien dit de plus. Il s'est levé et m'a tendu la main pour m'aider à l'imiter.

Je suis rentrée quai Voltaire finir de préparer le dîner.

Le chapon fait une volaille parfaitement délicieuse à condition de le cuisiner correctement. J'en ai appris tout l'art lorsque j'étais jeune fille. En guise d'assaisonnement, un peu de romarin et de thym suffisent, avec le jus d'un citron. Il faut simplement soulever la peau au-dessus des blancs, disposer quelques herbes, et laisser la bestiole s'occuper du reste dans le four. Comme garniture, j'avais prévu des pommes de terre ciselées à ma façon et des asperges encore croquantes à la vapeur.

Le dîner ne devait pas commencer avant minuit, mais Tom est arrivé en avance. Son pantalon était repassé, bien qu'avec un faux pli, et il avait noué sa cravate bien serré autour de son cou.

— Vous m'en voyez absolument désolé, mais je n'ai pas fait attention à votre nom, a-t-il dit.

— Odile.

Il m'a tendu un bouquet de jonquilles, et il a poursuivi :

— Eh bien, Odile, je devrais déjà être couché à cette heure, alors il faut me pardonner si j'ai l'air un peu étourdi.

À honnêtement parler, je dois dire que, à ce stade, je ne voyais en lui qu'une personne agréable, dénuée de prétentions, sans rien de ce qu'on appellerait séduisant, mais certainement c'était un homme intéressant.

J'ai pris les fleurs, je l'ai remercié et l'ai prié de se mettre à l'aise en attendant les autres invités.

J'ai laissé la porte de la cuisine ouverte et je l'ai regardé s'asseoir maladroitement sur le bord d'un canapé. Il disait n'avoir pas l'habitude du vin et il tenait son verre comme s'il en avait peur.

Les deux extras habituels, Pierre et Alain, étaient là à vingt-trois heures trente. Ils voulaient devenir acteurs, ces deux-là. Ils ont à peine jeté un regard à Tom et, malpolis comme ils sont, ils l'ont tout de suite sous-estimé. Ils ont veillé aux derniers préparatifs, ils ont lustré les chandeliers, sorti l'argenterie, essuyé les verres, pendant que je mettais la dernière touche aux entrées et au dessert.

Quand nos premiers convives se sont annoncés, Monsieur n'était pas avec eux et j'en ai été perturbée. Ce n'était pas rare – il arrivait souvent tard à ses propres dîners –, mais j'avais de la peine pour Tom, qui, visiblement, n'était pas dans son assiette en présence de ces gens. Nous avions, ce soir-là, quelques danseurs et danseuses, un critique de danse argentin, une espèce de vedette de cinéma, un directeur commercial, et deux dames de la haute société, dont Mrs Godstalk, une Américaine de New York qui ne voulait jamais rater un dîner chez Monsieur. Malgré ses cinquante ans passés, elle se plaisait à porter des tenues provocantes qui auraient mieux convenu à une jeune femme – enfin, la gorge qui s'abandonne hors du chemisier ! Pour autant que je sache, c'est une femme mariée, mais je ne l'ai jamais entendue parler de son époux.

Elle a fait une remarque à propos d'un tableau qu'elle avait offert à Monsieur, une affaire d'équilibre formel. Puis elle en indiqua le prix, et Tom s'est agité nerveusement sur son siège. L'Argentin a convenu avec elle que les éléments tonals faisaient une composition parfaite.

Je voyais le pauvre Tom au supplice.

À minuit, avec ou sans Monsieur, j'ai décidé de servir le dîner. Nos invités se sont assis à contrecœur. Cela étant, sans que je m'en aperçoive, Tom était déjà terriblement soûl. J'avais cru que, tout au long de la soirée, il avait gardé son verre de vin plein, mais en fait nos extras, mesquins et dédaigneux, n'avaient cessé de le lui remplir. Tom, qui ne tenait pas l'alcool, racontait à voix haute, toujours campé sur le canapé, des histoires de football qui n'intéressaient personne, et à Londres qui plus est. Mrs Godstalk poussait de grands « pfft » pendant que les hommes s'efforçaient de noyer Tom dans le vin. Seuls les danseurs faisaient mine de s'intéresser à lui.

J'ai demandé à Tom de s'asseoir à table et je l'ai attrapé par le bras. Il ne restait qu'un siège, à côté de Mrs Godstalk. J'ai essayé de lui prendre son verre mais, comme il s'y est accroché, il a répandu un peu de vin sur son pantalon. Alors Tom a attaché sa serviette à son col de chemise, il a même dû s'y reprendre à plusieurs fois, et l'une des ballerines s'est mise à ricaner.

Je suis repartie à la cuisine, puis j'ai servi les hors-d'œuvre.

D'anglais, l'accent de Tom est devenu franchement londonien au cours du repas, et il parlait de plus en plus fort, en brandissant sa fourchette sans manger.

Après l'avoir regardé derrière la porte de la cuisine, j'ai fini par décider qu'il fallait faire quelque chose. Il était en train de raconter que son équipe préférée venait de se voir autoriser un penalty. J'ai attendu le bon moment et j'ai surgi de ma cuisine en criant : Mister Ashworth ! Mister Ashworth !

Alors je lui ai débité à toute vitesse que le lave-vaisselle avait rendu l'âme, que j'avais bien vu qu'il était adroit de ses mains, pouvait-il m'aider, et, messieurs les invités, voulez-vous, s'il vous plaît, l'excuser ?

— À votre service, a répondu Tom, qui, heurtant le rebord de la table avec son genou, a bien failli, en plus, emporter la nappe avec lui.

Il trébuchait et j'ai dû le prendre par le bras, puis l'asseoir à la table de la cuisine, aussi près du mur que possible, au cas où il s'effondrerait.

— Odile, a-t-il bafouillé, embué par l'alcool.

J'ai alors entendu Monsieur qui ouvrait la porte, et il y a eu, un instant plus tard, un genre d'altercation dans le salon. Le ton a monté, la voix de Monsieur a couvert les autres, et quelqu'un a répliqué plus fort que lui encore. Il y avait de l'orage dans l'air, je le sentais – c'est toujours ainsi lorsqu'on tient tête à Monsieur. J'ai dit à Tom de ne pas bouger et je suis ressortie de la cuisine. Les invités étaient debout, on se montrait du doigt, on se rongeait les ongles, on remettait ses boutons de manchette, car Monsieur, au milieu de la mêlée, renvoyait tout le monde.

— En retard ? criait-il. Moi, en retard ? Allez, dehors, dehors !

Certains lambinaient, essayant de retrouver les bonnes grâces de Monsieur, qui ne voulait rien savoir. Mrs Godstalk lui a murmuré quelque chose à l'oreille, et il l'a repoussée. Horrifiée, elle répétait sans arrêt le nom de Monsieur. Elle a tenté ensuite de poser un bras sur le sien, mais il hurlait : Dehors ! Le critique argentin bafouillait quelque chose à la porte, il est même allé jusqu'à critiquer mon chapon, mais j'étais trop préoccupée par ce pauvre Tom pour m'en émouvoir. Je voulais retourner à la cuisine avant qu'il ne subisse lui aussi le courroux de Monsieur. Je n'arrivais tout bonnement pas à imaginer ce qui se passerait au cas où Monsieur le trouverait là, ivre – les foudres de l'enfer s'abattraient certainement sur lui.

Je me suis dépêchée d'aider ces messieurs-dames à enfiler leurs manteaux, j'ai bien relevé leurs cols, et je tendais sans cesse l'oreille vers la cuisine.

J'ai finalement réussi à chasser Mrs Godstalk, la dernière à partir.

Imaginez donc ma surprise lorsque j'ai retrouvé Tom et Monsieur à la cuisine, le verre à la main, tous deux buvant de grandes gorgées de vin rouge. Tom disait à Monsieur qu'il s'était confectionné des chaussures spéciales pour les matches de football. Il expliquait qu'il les avait surélevées pour regarder par-dessus les têtes des autres supporters. Mais il les avait arrangées de sorte qu'on ne remarque pas les semelles, et sa logeuse n'avait toujours pas compris pourquoi il était plus grand les jours de match.

— C'est ce qu'il faudrait à mon ami Victor, a dit Monsieur.

Ils ont passé l'heure suivante à rire ensemble. Monsieur a sorti plusieurs photos de son portefeuille, une de sa mère, et une autre de sa jeune nièce, Nouriya, dont sa sœur avait accouché quelques années auparavant en Russie. En réprimant un rot, Tom a déclaré que c'étaient là de très jolies photos, qu'il avait toujours aimé les femmes russes.

Alors il m'a regardée et il a dit : Vous aussi, Odile, bien que vous ne soyez pas russe, vous êtes très jolie.

Son corps a finalement succombé à tout l'alcool qu'il avait ingurgité, et il s'est endormi à la table de la cuisine, la tête sur une tranche de fromage.

Monsieur m'a aidée à le transporter dans une chambre d'amis. Il lui a même retiré ses chaussures et ses chaussettes, et il lui a souhaité une bonne nuit de sommeil. J'ai couché Tom sur le côté, et j'ai placé un seau près de lui au cas où il aurait besoin de vomir.

Curieusement, j'ai eu envie de l'embrasser, tout doucement, sur le front. Ensuite je suis partie au lit.

Le jour s'est levé le lendemain sous la pluie. J'ai rampé comme j'ai pu hors des couvertures et je suis allée dans le couloir. À ma grande surprise, la porte de la chambre d'amis était entrouverte. J'ai glissé un œil à l'intérieur. Tom était penché sur ses chaussures, qu'il essayait de lacer. Il était très rouge et il avait les cheveux dans tous les sens.

— Bonjour, Tom, ai-je dit.

Il a relevé la tête en sursautant. Son veston était mal accroché sur la chaise et sa chemise était chiffonnée.

— Je serais ravie de repasser vos affaires, lui ai-je proposé.

— Merci, mais je dois vraiment vous quitter.

— Ça ne me gêne pas du tout.

— Merci beaucoup, mais non.

Il avait la voix prise, il semblait mal à l'aise, et je l'ai laissé tranquille. J'ai préparé du thé et du café à la cuisine, et j'ai mis la table du petit déjeuner. Puis, comme j'étais en train de finir la vaisselle de la veille, j'ai aperçu Tom, du coin de l'œil, qui essayait de quitter l'appartement en catimini.

J'ai appelé – Mister Ashworth ! –, mais il ne m'a pas répondu.

Alors j'ai dit : Tom ! et il s'est retourné.

Jamais encore je n'avais vu visage d'homme exprimer une telle peur. Il avait les yeux rouges, les paupières tombantes, et on avait l'impression qu'il portait le poids d'une horrible blessure. Sans rien dire, il tripotait les boutons de son veston. Lorsqu'il a passé la porte, j'ai remarqué, en biais, qu'il était embrumé de larmes. J'ai couru derrière lui, mais il avait déjà commencé à descendre, lentement, l'escalier en fer à cheval.

Je l'ai suivi. Quand il est arrivé à la porte d'entrée, il a baissé la tête et regardé ses chaussures.

— Je me suis couvert de honte, a-t-il dit. Moi et ma famille, chaussonniers de génération en génération depuis des siècles.

— Il n'y a aucune raison d'avoir honte.

— Je me suis rendu ridicule.

— Non non non. Monsieur était enchanté.

— Je ne suis qu'un clown.

— Bien sûr que non.

— J'ai cousu mon dernier chausson.

— Je vous demande pardon ?

— Je vous prie de bien vouloir m'excuser auprès de Mr Noureïev.

Là-dessus, Tom m'a fait un bref salut, il a poussé la porte et il est parti le long du quai. Je l'ai regardé s'éloigner sous la pluie. Il a couvert sa tête avec son veston et il a tourné au coin de la rue.

Se réveillant une demi-heure plus tard, Monsieur a demandé après Mr Ashworth. Je lui ai dit ce qui venait de se passer. Monsieur a fixé sa tasse de thé en grignotant un bout de croissant. Debout devant l'évier, je lavais les derniers verres de la veille. J'étais aux prises avec un grand sentiment de vide. Monsieur a dû se douter de je ne sais quoi, car il m'a demandé de me retourner, comme quoi il voulait voir mes yeux. Je ne pouvais pas. Je l'ai entendu se lever, et il est venu placer une main sous mon coude. Je me retenais de pleurer, ou de tomber dans ses bras, alors il m'a simplement pris le menton pour me faire relever la tête. Monsieur avait un regard tellement doux.

— Attendez, a-t-il dit.

Il est reparti dans sa chambre. Il est revenu avec quelque chose dans la poche de son peignoir, et il balançait ses clés de l'autre main.

Monsieur a dit : Allons-y.

— Mais vous êtes encore en robe de chambre, monsieur.

— Eh bien, ça fera une nouvelle mode !

Deux secondes plus tard, nous roulions à contre-courant dans une rue à sens unique, et Monsieur hurlait à pleins poumons une de ses chansons russes sur l'amour fou.

Et, dix minutes plus tard encore, nous nous arrêtions devant l'hôtel de Tom. Les voitures derrière nous klaxonnaient tant et plus. Monsieur a bondi sur le trottoir en faisant un geste grossier à l'intention des autres conducteurs, puis il a couru à l'intérieur mais il est ressorti en hochant la tête.

— On va essayer l'aéroport, a dit Monsieur.

Il enclenchait la première quand Tom est apparu. Il nous a reconnus, s'est figé, a hésité, puis il a enfoncé ses mains dans ses poches et il s'est dirigé vers l'entrée.

Monsieur s'est assuré du contenu de ses propres poches, il est redescendu de voiture, et il a retenu Tom par le bras sur les marches de l'hôtel. Le garçon est sorti pour protéger Monsieur avec un parapluie.

L'œil fuyant, Tom n'osait pas regarder Monsieur. Il s'est raclé la gorge comme pour dire quelque chose, mais Monsieur hochait vivement la tête pour l'empêcher de parler. Alors Monsieur a sorti de sa poche une paire de vieux chaussons, qu'il a brandis d'un grand geste.

— Réparez-moi ça, a dit Monsieur.

Leurs regards se sont croisés et ils n'ont plus bougé.

— Réparez-moi ça, a répété Monsieur.

— Je vous demande pardon ? a dit Tom.

— Je veux que vous les répariez. Vous ne comprenez plus l'anglais ou quoi ?

Empourpré, Tom gigotait nerveusement.

— Bien, monsieur, a-t-il finalement bredouillé, en prenant les chaussons. Il les a fixés un moment, puis il a dit : Il faut que vous me pardonniez d'avoir été grotesque, hier soir.

Monsieur a hésité : Si vous m'abandonnez encore, je vous fous mon pied au cul ! C'est compris ?

— Monsieur ?

— On ne m'abandonne pas ! C'est moi qui congédie les gens !

Tom a salué encore, mais c'était moins une révérence qu'un signe de tête appuyé. Et, en se redressant, les lunettes sur le bout du nez, il a jeté un coup d'œil vers moi.

Elle avait parfait son sourire d'année en année, sourire de scène, sublime sourire, ce sourire qui disait, *Je suis maîtrise, je suis reine, je suis ballet.* Et elle était en train de sourire, Margot, à Rudi, de l'autre côté de la table. D'ailleurs, partout, les invités souriaient aussi. Pourtant elle avait l'impression de quelque chose qui clochait, ce jour-là, d'un défaut, d'une erreur, d'un décalage, mais elle n'aurait pas su mettre le doigt dessus.

Rudi, juste en face d'elle, avait renversé la tête en riant, ses joues étaient plissées, ses yeux cernés de rides. Son ami Victor était près de lui, avec sa moustache idiote et un gros ceinturon de toutes les couleurs. Margot avait envie de prendre Rudi par le bras, de le secouer, de lui parler, mais qu'allait-elle lui dire ? Elle gardait au fond d'elle une pensée dont elle souhaitait désespérément faire part, seulement elle n'en reconnaissait que l'existence, pas le contenu. Tant de journées ressemblaient à celle-ci. Elle avait quitté la scène. Tito n'était plus. Elle avait posé des fleurs sur sa tombe à Panama comme l'aurait fait un personnage de roman du XIXᵉ siècle. Elle se plantait souvent au bord du champ qui jouxtait le cimetière, elle se retrouvait à regarder le vent qui agitait les herbes. Ou, arrêtée à un feu rouge à Londres, elle se demandait quel genre d'existence on menait dans ces voitures qui passaient devant elle. Lisant un livre, elle oubliait brusquement tout de son contenu. Quand elle était petite fille, personne ne lui avait dit ce que serait la vie d'une danseuse, et même si elle avait su elle n'aurait pu comprendre qu'elle pouvait être vide et si pleine à la fois, percevoir cet écart entre le sentiment de soi et le regard des autres, au point que les deux facettes, foncièrement opposées, devaient être sans cesse accordées, et il fallait jongler, ne jamais lâcher l'une pour l'autre.

Rudi lui avait un jour dit, en bon anglais, qu'ils étaient la main et le gant. Elle s'était demandé qui était quoi, était-elle main ou gant, et aujourd'hui plus rien ? Rudi avait quarante-trois ans, peut-être même quarante-quatre, elle ne se souvenait plus. Lui dansait toujours. Et pourquoi pas ? Elle avait bien continué jusqu'à soixante ans.

Elle regarda les mariés ouvrir le bal. Tom et son vieux corps raide. Odile chaussée des souliers blancs qu'il avait spécialement confectionnés pour elle. Satin blanc bordé de dentelle, sans talons. Ses jambes fines. Ses petites mains. Tom releva la traîne du voile de la mariée, et il la posa sur son bras. Ça devait sûrement être ça, le truc, vivre librement, honnêtement, et *amoureux*. Son amour à elle avait été la danse. Comme Rudi. Non qu'on leur eût interdit l'autre forme de l'amour, non, ce n'était pas cela, pas du tout – mais le leur avait été différent, douloureux, et public. L'amour ne s'était pas vraiment déclaré à elle comme il se déclarait aux autres. Oui, Tito. Mais Tito avait été quelqu'un d'impossible avant de devenir un corps impossible. Tito avait vu en elle un bras élégant à accrocher au sien. Tito avait fréquenté d'autres lits. Et puis on lui avait tiré dessus et il était devenu tout ce qu'il n'avait jamais été, bon cœur et bon à rien. Oh, elle l'avait aimé, oui, mais pas au point de sentir sa poitrine se creuser chaque fois qu'elle le voyait. Margot se demandait si elle était naïve, pourtant elle avait parfois aperçu l'amour véritable, elle en avait un devant les yeux, Tom et Odile, leurs deux silhouettes s'entraînant gauchement, leurs timides courtoisies, la pure beauté de leur presque laideur.

Rudi avait aux lèvres son verre de champagne. Margot avait entendu dire que la noce était à ses frais, bien qu'il ne l'eût révélé à personne. Sa générosité cachée. Il semblait cependant distant, pendant que le couple se traînait en musique. Les gens parlaient de sa solitude, et Margot savait bien que ce n'était pas ça. La solitude, pensait-elle, accède à la folie. Non, c'était davantage une quête vers un au-delà de la danse, un désir d'humanité. Et que pouvait-il y avoir de mieux, où et comment dépasser ces ovations sans fin, qu'y avait-il dans la vie qui puisse excéder cela ? Alors elle sut. L'idée ne s'était jamais imposée à elle avec autant de clarté. Elle avait dansé jusqu'à ce que son corps cède, et elle se retrouvait maintenant sans amour. Le médecin lui avait dit : cancer. Il lui restait probablement quelques bonnes années à vivre, mais, voilà, le cancer était là, c'était le point final à quoi elle se destinait. Elle ne l'avait pas ébruité. Elle ne le répéterait même pas à Rudi, du moins pas avant quelque temps. N'empêche, il y avait toujours cette autre chose qu'elle désirait lui dire, et elle fouillait sa tête pour en trouver les mots. La danse. Les traitements. Les pilules. Des pilules pour dormir et des pilules de régime et des antalgiques et des pilules pour vivre, tout simplement une pilule pour chaque maladie, de la jalousie à la bronchite, des pilules pour ces halls pleins de courants d'air où des jeunes filles en sueur pleurent les rôles qu'on ne leur donnera pas, des pilules pour les interdits bancaires, des pilules pour les coups de poignard dans le dos, pour les trahisons, pour la démarche tordue dont on a fini par hériter, et des pilules pour les pilules elles-mêmes. Si Margot n'en a jamais pris aucune, il lui était souvent arrivé d'irriguer son cerveau de petits cachets blancs imaginaires pour soulager le mal. Et maintenant un cancer des ovaires. Pas de pilule pour ça. Elle sentit la pièce se rapprocher, se refermer sur elle. Elle regarda les danseurs autour d'elle, de chaque côté, piochant dans leurs assiettes. Le groupe des chaussonniers enchaînait les plaisanteries grasses au fond de la salle. Les pintes de bière se bousculaient dans les airs. Tout à l'heure, Rudi allait chanter son chant des amoureux de Vladivostok, le clou qu'il aimait enfoncer en fin de soirée. Elle voyait déjà celle-ci se glisser vers son terme, adieux inévitables aux jeunes mariés, et l'envie dans le cœur. Mais jamais elle n'en confierait rien, de près ou de loin. À défaut d'autre chose, Margot était l'incarnation de la diplomatie. L'avait toujours été. Elle se réjouissait pour Tom, de le voir enfin trouver autre chose, ailleurs que son métier. Mais elle, qu'avait-elle trouvé, découvert ? Une sombre tumeur dans ses entrailles. Elle n'était pas amère, non, juste sous le coup qu'on lui ait distribué cette carte-là. Elle méritait certainement mieux. Ou peut-être pas. Elle avait eu une vie mieux remplie que tous ceux qu'elle avait approchés. La mort la rejoindrait sans doute sur un voilier, ou dans un grand salon, ou sur une plage de sable.

Qu'avait-elle, déjà, à dire à Rudi ? Qu'y avait-il dans son sourire, dans son rire, dans ses confessions amusées à Victor, dans sa consommation du monde entier qu'elle voulait arrêter, même pour un seul instant ? Quelle vie exquise. Ils avaient, et ils le savaient, joui des plus belles, des plus longues années qu'on réserverait jamais à des danseurs. Les gens croyaient qu'ils avaient couché ensemble, et c'était faux. Ils avaient été trop proches pour cela. Pourtant ils y avaient pensé, avaient entrevu un lien au-delà de la danse. Lui faire l'amour. Ça les aurait détruits. Danser était une plus grande intimité. C'était une mitose, de deux ils n'avaient fait qu'un. Ils s'étaient rarement disputés. À défaut d'autre chose, elle lui avait servi de mère, davantage au fil des années. Rudi parlait toujours plus de Farida, qui touchait maintenant au mythe. Mais ce que Margot avait à dire n'avait rien à voir avec les mamans, les pays, ou les galeries mythologiques. Ni avec l'amour et les désespoirs atte-nants. Ni, moins encore, avec la danse. Et peut-être que ? Que ? Que si ? Elle sentait ses doigts trembler. La jeune danse maritale allait bientôt prendre fin, et Margot serait obligée de plaisanter ostensiblement avec les autres convives, de jouer à la Fonteyn, de relever la tête, d'applaudir poliment, peut-être même de se lever si les heureux mariés avaient droit à un rappel. Elle aperçut Victor qui murmurait encore à l'oreille de Rudi. Puis, dans une vague de soulage-ment, elle sut ce que c'était. Elle savait qu'il fallait les interrompre, le dire avant que ça s'envole, que c'était la chose la plus importante à communiquer, le conseil le plus durable à lui donner. Elle hésita, posa sa fourchette sur le bord de son assiette, but tout un verre d'eau car elle avait très soif. Elle essaya d'attirer son attention, mais il était dans un autre univers. Il fallait vraiment le dire. Lui dire de laisser tomber. Aussi simple que cela. Qu'il largue la scène, qu'il se consacre à ses autres talents, de chorégraphe, de professeur, même de chef d'orchestre. Avant l'âge, trop d'âge. Arrête, arrête, arrête avant qu'il soit trop tard. Elle reprit sa fourchette. Comment le divertir ? Alors elle tendit le bras et, gentiment, tapota sur ses doigts tendus avec les dents de la fourchette en argent. Il s'en rendit compte, la regarda, sourit. Victor sourit lui aussi, mais il avait encore quelque chose à chuchoter, et Rudi leva la main comme pour dire à Margot : *Attends*. Elle s'enfonça dans son fauteuil, attendit la fin du morceau de musique, puis se leva en même temps que les autres pour acclamer Tom et Odile, et, entre deux applaudissements, Rudi se pencha au-dessus de la table : *Oui ?* Margot hésita, sourit, et commenta simplement : *Ils ne sont pas beaux, tous les deux, Tom et Odile ? Ça n'est pas un couple magnifique ?*

Transcription d'une interview de David Furlong, le 23 mai 1987, dans le quartier de Holborn, à Londres. L'interview est conduite par Shane F. Harrington, étudiant en ethnographie à l'université d'Édimbourg. Les défaillances du micro ou du magnétophone font que les questions de l'intervieweur sont inaudibles.

Ouais, oh, c'était pas une flèche, mais il savait ce qu'il voulait et il savait se servir, aussi. Alors, en général, il en avait pour son fric. Vu qui c'était, je le faisais raquer plus que les autres, soixante-quinze livres pour une passe, c'était pas mal, à l'époque.

Il fallait fermer sa gueule, ni *Daily Mirror*, ni *Sun*, ni ces conneries de *News of the World*.

Il faisait toujours son petit examen médical, il regardait vos bras, le cou, même entre les orteils, ce con, faut croire que les junkies lui foutaient la trouille.

Et fallait avoir le teint frais, voyez, le genre chemise sans manche et pantalon serré. Bon, le tabac, ça le gênait pas, y a des mecs ils supportaient pas les cigarettes, mais pas lui, non, au moins on pouvait en griller une après.

Il vous ramassait à King's Road ou sur Piccadilly. Parfois il vous emmenait en boîte s'il était bien luné.

Le Heaven, à Charing Cross. Ou le Colherne. Mais, la plupart du temps, on allait chez les straight, en fait. Au Roxy, au Perennial, chez Tramp, chez Annabel, au Palais.

Tout le monde était toujours chargé à la coke, ou bourré. Y en avait qui baisaient sur les banquettes en cuir.

Il était vraiment zarb, il vous asseyait à sa table avec ses potes, tous des snobinards, et y avait ses groupies. Mais, après, il partait pas avec vous, il voulait pas qu'on le voie sortir avec un mec.

J'y ai jamais rien compris, à ce pédé. Bon, mais il était russe et quand on baise entre cousins depuis cent mille ans, ça laisse des traces, non ?

Des fois, il demandait à sa manager de me ramener, ou à un de ses copains, ou il demandait au patron d'appeler un taxi, ils lui faisaient ses quatre volontés. Et vous l'attendiez devant chez lui. Devant le portail. Tous les voisins voyaient bien, eux. Mais ça, il s'en foutait. Allez comprendre.

J'y suis allé quatre fois, c'est tout, jamais il se souvenait de moi, il m'a jamais demandé mon nom.

Je crois que je lui avais dit Dorian, ou un truc comme ça. On donne pas son vrai nom, bien sûr. En plus, j'avais une petite avec moi et elle se doutait de rien. Elle aimait bien mon fric pourtant.

Je l'ai vu à la télé, un soir. Il déblatérait sur la danse, je sais plus quelles conneries il racontait, un truc comme quoi on se bousille la carcasse pour faire plaisir à des gens qu'on connaît même pas, ce genre de bla-bla, quoi. Et moi, je faisais quoi, selon lui ? Putain. Des gens qu'on connaît même pas, qu'il disait.

Ah pour le plaisir, il se gênait pas, non, et il en voulait encore, et encore, et après il se tournait de l'autre côté et il roupillait aussi sec, et toi, t'étais là, tu te disais, merde, je devrais tout lui piquer là-dedans, à cet enfoiré, ses peintures à la con, avec les connards en perruque, et les clébards, et toute cette merde, ou juste foutre le camp, tiens.

Seulement j'aurais pas fait dix pas que je me faisais coffrer.

Un matin, je m'étais levé sans faire de bruit, mais la gouvernante était déjà debout, elle faisait le petit déjeuner, des scones, des fruits, tout le truc, et elle arrêtait pas de me mater en loucedé.

Un vrai fantôme, celle-là, la petite Frenchie, à me reluquer du coin de l'œil, au cas où je foutrais le camp avec l'argenterie. Putain, elle aurait préféré se foutre la tête dans le four, je suis sûr, plutôt que m'adresser la parole.

Je me suis tenu à carreau et elle a fini par m'appeler un taxi.

Le lendemain soir, je suis reparti au Roxy, et il m'est passé devant sans me regarder. J'avais claqué les deux tiers des soixante-quinze livres dans une nouvelle chemise. Tout le monde me matait, tellement qu'elle en jetait, mais lui, nân. C'est qu'il avait du beau linge avec lui, le genre qui se la joue. Il m'est repassé devant en partant. Tu crois qu'il m'aurait dit un mot ? Connard, celui-là.

Il danse toujours avec cette énergie extraordinaire. Il a le génie de nous rappeler l'enfant qui est en nous, il suffit de le regarder. C'est héroïque, il danse pour ainsi dire contre la montre. Et cet homme dansera autant qu'il le pourra, jusqu'au bout, jusqu'à la dernière goutte de sang.

Jacqueline Kennedy Onassis, 1980

Quoi ? Il traîne encore son os dans toute la ville, le gamin ?

Truman Capote, 1982

Cet homme est avant tout casanier. Beaucoup ne s'en aperçoivent pas, et pourtant c'est bien vrai. Lorsqu'il nous rend visite dans notre château en France, la première chose qu'il demande, c'est un verre de vin et un peu de silence, il veut s'asseoir au coin du feu et méditer. À New York, dans notre maison au coin de la 63e et de Madison, il passe des heures, littéralement des heures, à contempler nos peintures ! Sa vraie passion, c'est les médiévaux. Peu s'en sont rendu compte.

Renée Godstalk, 1983

Las Mercedes, Caracas
Mai 1984

Rudi !
C'est le début de la saison des pluies, je suis cloué à la maison parce que j'ai avalé ces merveilleux antalgiques, alors j'en profite pour écrire à mes cinq mille meilleurs amis, ha ha, et pardonne-moi, s'il te plaît, d'écrire à la main. Je me mets au yoga, je m'assois par terre en position du lotus, et je n'ai jamais eu aussi mal au cul. Imagine les pauvres gars de New

Delhi ! Comme tu peux voir, j'ai quitté mon humble domicile, et j'ai maintenant cette maison en plein centre de Caracas, avec fleurs et lierre et tuiles rouges, une légère amélioration après le Lower West Side, surtout le dimanche avec tous les jazzeux qui gerbaient dans le caniveau. Mais leur jazz est bien pire ici. Moi qui croyais que la musique folklorique de mon beau pays me manquait, eh bien, il y a cet orchestre qui joue sur le paseo tous les soirs, ils sonnent comme une douzaine de rats qu'on est en train de noyer, et ils ne sont que trois. Je suis arrivé avec un ami, lui aussi au Buddy programme, il m'a eu à la bonne pendant quelques mois, il se trouve qu'il était diplômé en médecine orientale, mais j'ai quand même emporté mes réserves secrètes au cas où. Je n'ai plus une seule ordonnance vierge, j'ai aussi vendu les peintures de bittes de Warhol, et me voilà ici à dépenser tout mon fric avant de crever. Ils m'emmèneront peut-être là-haut sur les collines pour me couvrir de grands cartons. Je me retrouve seul puisque Aaron, mon cher amant, est parti avec ses remèdes orientaux, ça doit être ça, la vie, ça va, ça vient.

Ce n'est plus la ville que j'ai connue, mais c'est pas bien grave si on entend pas mon cœur battre à cause de la circulation. Il y a au moins un million de milliards d'habitants à Caracas, et des autoroutes, et des bretelles, et des gratte-ciel. Ils portent des jeans à pattes d'eph et des cuissardes (je me demande si certains ont pas fait un tour dans tes vieux placards !) et y a une chiée de riches gringos qui nous pompent notre pétrole. Alors, oui, ça, ça a changé, ici. Je n'ai toujours pas reconnu la colline où j'ai grandi, si on peut parler de grandir.

Le taxi qu'on a pris à Simon Bolivar a cru bon de faire un détour dans le Catia barrio pour nous délester un peu de nos bagages. J'ai quand même retrouvé suffisamment d'argot local pour : si tu fais pas demi-tour, je te bouffe la queue au petit déjeuner, espèce de gros connard de merde. Ah, l'éloquence. Il a failli se prendre un réverbère. Alors il nous a rien fait payer, mais je lui ai filé un pourboire tellement énorme que j'ai une nouvelle réputation, à supposer que j'aie pas laissé assez de souvenirs de jeunesse. Essaie pas de baiser Victor, parce que c'est lui qui va te baiser (ou avec toi) ! Aaron a fait une terrible connerie le premier soir. Il a jeté toutes mes Lucky Strike par la fenêtre du balcon et les gamins du paseo (descendus de leurs baraques de tôle dans les ranchos) se sont éclatés ! Ils coinçaient les paquets sous leurs manches de chemise, à la Brando. Oh ces bras bruns, ce que je m'en souviens. Enfin, de la chance en paquets, quoi. Un de ces petits mignons (ce que j'étais, moi aussi !) est le roi des pickpockets, j'ai fait sa connaissance le lendemain quand il est revenu pour les mégots. On a fait alliance. Il descend au Hilton Caracas de l'avenida Libertador où il y a tous les hommes d'affaires, ou au nouveau musée des Beaux-Arts où c'est les touristes qui traînent, et il leur pique leurs clopes pour moi. Je lui file un dollar de plus s'il ramène la bonne marque. Il a même pas besoin d'un couteau pour leur ouvrir les poches, ce petit malin a les ongles tellement longs et pointus qu'ils couperaient n'importe quel tissu. Je me demande parfois ce que je serais devenu, à part mort, si j'étais resté ici. Excuse-moi une seconde, le temps que je traîne ma carcasse jusqu'à la table pour bouffer encore une pilule. On ne vit qu'une fois.

Je fais du yoga. Je fais du yoga, Rudi. Ouais, je t'entends rigoler.

Avant de partir, Aaron m'a enseigné la médita-tion, alors pour la première fois de ma vie, peut-être, j'ai appris à croiser les jambes. Quand j'ai essayé, au début, j'étais sûr que j'allais tomber en petits morceaux, comme une mauvaise bretzel vénézuélienne. J'ai toujours pensé que si Dieu (le grand barbant) avait voulu que j'arrive à toucher les orteils, il me les aurait mis entre les cuisses, mais il est pas si bienveillant, faut croire. Enfin, le yoga me fait du bien. J'arrête pas de me le répéter, ça te fait du bien, ça te fait du bien, Victor, non tu n'es pas un parfait trou du cul, fais ton yoga, fais ton yoga, non tu n'es pas un parfait trou du cul, enfin, peut-être que si, mais alors un tout petit peu. Avant qu'il s'en aille, Aaron (d'accord, avant que je le foute dehors !), on se levait tôt et on se mettait sur le balcon pour méditer. Il râlait parce que le balcon ne donne pas à l'est. On restait là peut-être une heure et ensuite on attaquait le petit déjeuner. Jus d'orange, croissants et pamplemousse – interdit, la vodka ! Aaron, c'était monsieur-nourriture-saine. Il faisait tout ce qu'il pouvait pour me faire prendre du poids. Le frigo était bourré de margarine polyinsaturée, de pickles, de yaourts, de chutney, de cornichons, de beurre de cacahuète, de noix de coco, de milk-shake au chocolat hautes calories, et je ne sais quoi encore. Il était grand, il était blond, et beau au-delà de toute comparaison. Rudi, mon ami, sa queue n'était peut-être pas un poème, mais ses deux fesses valaient un dictionnaire de rimes ! Il t'a vu danser une fois dans le Connecticut, et il a dit, je cite, que tu étais gracieux, provocant et sublime – mais pourquoi les gringos sont-ils attachés à ce point à leurs mots ridicules ?

Mon toubib de Park Avenue m'a dit que Caracas serait mon certificat de décès, entre les gastro-entérites, leur médecine à trois sous, leurs mauvais hôpitaux, la pollution de l'air, etc., etc. Mais ça fait cinq mois que je suis là et ça va mieux de jour en jour. Voilà ce que je fais : je pars sur la côte en taxi, ça prend une demi-heure. Je me prends un transat sur la plage et je médite et dans ma tête je vois mes cellules et alors je leur dis pif paf petites merdeuses pif paf, faudrait pas vous prendre pour les videurs nases qui voulaient plus me faire entrer gratis au Paradis-Garage, pif paf, disparaissez, pif paf, feriez mieux de travailler au Saint's, nom de Dieu, pif paf, mais regardez ces pompes affreuses que vous avez aux pieds, pif paf, z'avez de la merde sur les lèvres. Et quand je rouvre les yeux, la mer est là (vaguement bleue) qui grignote le sable (vaguement doré). Quel pied. Ensuite j'insulte mes lésions, qu'elles aillent pourrir en enfer. Je suis un homme de quarante-deux ans qui joue à des jeux dans sa tête. Et pourquoi pas, la vie s'est bien jouée de moi. Ce matin, avant les averses, je suis allé m'acheter une couverture et j'ai rencontré une métisse qui ressemblait plus à ma mère qu'aucune autre femme sur Terre. Peut-être, comme tu dis, qu'on a tous un double quelque part. Je suis rentré, je me suis enfoncé dans le fauteuil, et je me suis rendormi en rêvant.

New York me manque, tous les endroits, toutes les boîtes, tout et tout le monde, et particulièrement le Lower East Side, c'était tellement dégueu et super-cool. Mon seul regret est de pas avoir assez de regrets. Par exemple, je regrette de pas avoir dit au revoir aux éboueurs. Ce que j'aurais aimé voir leurs têtes quand ils ont trouvé mes meubles dans la rue. Ils ont dû chanter des airs d'opéra. Oh, le fabuleux divan jaune ! Bonté divine, mais quel joli cockring ! Sapristi, ce godemiché est d'un goût divin !

Ma vie, je m'en rends compte, n'a été qu'une suite de pièces et de chambres (de cabines, surtout) et me voilà plus ou moins coincé dans celle-ci puisque, si je traîne dans les rues de Caracas, je risque surtout de me retrouver à poil, et pas pour rigoler, cette fois.

Oh, Rudi, ces médicaments me fatiguent. J'attends que la pluie cesse pour mettre le nez dehors. J'irai peut-être même avant, pour la sentir sur mon visage. Je ne crois pas avoir peur de mourir, Rudi, je me demande plutôt ce qui serait arrivé si j'avais dû tout vivre au ralenti. Ah-ha ! Une dexédrine, deux dexédrines, trois dexédrines, gong !

Affectueusement,

Victor

P-S. J'ai entendu parler d'un étalon baptisé Noureïev qui défraie la chronique hippique. C'est vrai, ça ? Ha, je parie qu'il est monté comme un Russe.

Bisous !

Nous avons atterri avec du retard et Monsieur était furieux. Il était déchaîné quand nous avons repris nos bagages. Une fois passé la rangée de policiers en armes, nous avons trouvé un taxi. Monsieur a négocié avec le conducteur, dans un espagnol approximatif. La chaleur de l'après-midi était bien ce que j'avais imaginé. Les montagnes vertes se dressaient au loin, mais la ville était dans le brouillard – du smog, comme à Londres.

Je n'arrêtais pas de penser à ce pauvre Tom, tout seul à la maison là-bas.

Après quantité d'embardées entre d'innombrables nids-de-poule, le taxi a fini par atteindre le vieux quartier colonial, bouché par les embouteillages. Du linge séchait sur des cordes aux fenêtres des grandes maisons de pierre blanche. De vieux messieurs marchaient dans les rues avec des chemises sans col. Les enfants jouaient au milieu des voitures et se mettaient à courir quand elles se remettaient en marche. Monsieur a aperçu une femme qui vendait des fleurs sur un petit étal, et il est descendu en vitesse lui en acheter. Elle portait une robe jaune et rouge. Il lui a donné dix dollars américains, il l'a embrassée sur les deux joues, et, quand nous sommes repartis, elle m'a regardée d'un air implorant, comme si elle avait voulu être là à ma place, sur la banquette arrière avec Monsieur. Je la lui aurais bien donnée, ma place. Monsieur savait très bien que je n'étais pas chaude pour l'accompagner. C'était déjà un sacrifice de laisser Tom, mais Monsieur m'avait suppliée de le suivre, ne serait-ce qu'une semaine ou deux.

— Il nous faut du champagne, a dit Monsieur alors que le taxi gagnait quelques centimètres.

Le conducteur s'est retourné, tout sourires. Avec une série de gestes compliqués, il nous a dit qu'il serait ravi de nous en acheter, qu'il connaissait un bon magasin. Il a foncé le long d'une étroite ruelle, et il s'est arrêté devant un entrepôt. Monsieur lui a donné de l'argent et il est revenu, quelques instants plus tard, avec deux grandes bouteilles. Il commençait à faire sombre, et cette chaleur, toujours écrasante, me donnait envie de dormir, sans compter que le voyage avait été long et pénible. À ce qu'il semblait, Monsieur avait fait un scandale en première classe. Il posait maintenant sa main sur la mienne, en me remerciant encore d'être venue, et s'excusant une nouvelle fois de n'avoir pu me trouver une place à côté de lui.

— Que ferais-je sans vous, Odile ? a-t-il demandé.

Devant la maison, Monsieur a laissé au chauffeur un pourboire généreux, puis il a remonté l'allée et il a fait sonner la cloche. Elle a semblé trouer le silence, mais rien n'a bougé. Alors Monsieur a frappé à la grande porte de bois. Il transpirait et deux ovales étaient apparus sous ses aisselles. Il a lâché un chapelet de jurons et il a dit : J'aurais dû le prévenir que j'arrivais.

Nous n'avions, à nous deux, qu'un stylo à plume, mais pas de papier. Monsieur a passé un ongle sous l'étiquette d'une bouteille de champagne. Un vieux truc, a-t-il dit. Et il a commencé à détacher l'étiquette. Elle s'est déchirée à mi-chemin. Adossé au mur de la maison, il a poussé un soupir en écrivant : *Victor, je trouve un hôtel et je reviens. Rudi.* J'ai plié le petit mot, me suis penchée pour le faire passer sous la porte, j'ai dû pousser avec les doigts. En me redressant, j'ai ajusté ma robe, qui me collait de partout avec cette chaleur.

Un morceau de musique s'est brusquement mis à brailler à l'intérieur. On aurait cru une résurrection, même. Je suis revenue au portail pour appeler Monsieur, qui s'éloignait déjà dans la rue. La porte s'est ouverte derrière moi.

J'ai vu la petite silhouette dans un peignoir de soie. Il était émacié, portait des écouteurs sur les oreilles, et le cordon à spirale, noir, pendait entre ses genoux. Il avait dû l'arracher à sa stéréo en apercevant le mot sous la porte.

— Mister Pareci ? ai-je demandé.

Les yeux plissés, il lisait l'envers de l'étiquette. Je l'avais rencontré bien des fois, et il avait terriblement changé.

J'ai demandé à nouveau : Mister Pareci ?

Il a jeté un coup d'œil dehors en prenant appui sur le chambranle. Il portait une énorme paire de pantoufles jaunes. Il a toussé et son regard est parti vers le bas de la rue.

— Ô, mon Dieu, c'est Rudi, a-t-il dit.

Il est revenu à l'intérieur en trébuchant, et j'ai fait signe à Monsieur de rebrousser chemin. Monsieur a d'abord pris un air contrarié, puis il est entré en trombe dans la maison.

— Victor ! criait-il. Victor !

Il régnait un désordre épouvantable. Des vêtements éparpillés sur le plancher. Des assiettes encore à moitié pleines sur le canapé. Les rideaux bleus, délavés, filtraient une faible lumière. Le ventilateur au plafond brassait un peu d'air. Il y avait de jolis miroirs, lézardés. Plusieurs trente-trois tours étalés par terre, et Monsieur est parti baisser le volume de la stéréo.

Il a crié encore : Victor !

Un voyant rouge clignotait sur le magnétoscope. Et l'écran de la télévision était figé sur une image d'un film pornographique. Je suis allée l'éteindre.

— Regardez-moi ça ! a crié Monsieur.

En haut de l'escalier, Victor essayait d'enfiler un pantalon. Il avait ôté son peignoir et mis une chemise rouge vif, sans encore la boutonner. On aurait pu lui compter les côtes et sa peau était pâle. Il a été pris d'une forte quinte de toux en glissant le pied dans une jambe de son pantalon, et, s'il n'avait pas eu la rambarde pour s'y agripper des deux mains, il aurait sûrement dégringolé au bas des marches. J'étais attristée de le voir ainsi, mais pas au point tout de même de changer d'avis à son sujet – je connaissais trop bien son caractère, je l'avais vu tant de fois faire le pitre et passer les bornes.

Courant en haut de l'escalier, Monsieur l'a embrassé sur les deux joues. Alors Victor s'est lancé dans une série d'infâmes obscénités, et il a dit : Où as-tu encore volé ces fleurs, Rudi ? Et où étais-tu passé ? Je veux tout savoir !

Il paraissait à la fois heureux et las, comme si la joie le disputait à l'épuisement. Ils sont redescendus ensemble, en se tenant par l'épaule.

— Tu te souviens d'Odile ? a demandé Monsieur.

— Oh oui, a dit Victor. N'étais-je pas à votre mariage ?

— Si.

— Oh je m'excuse, je m'excuse, je m'excuse.

Pendant la noce, il y avait eu une altercation aux toilettes entre Victor et un collègue de Tom.

— Vous êtes tout pardonné, Mister Pareci.

— Je n'avais fait que lui demander si je pouvais lacer sa chaussure, a dit Victor. Je n'avais pas pu résister.

Baissant la tête sur le côté comme un vilain garnement, il attendait que je réponde.

— Mister Pareci…

— Oh, je vous en prie, ne m'appelez pas comme ça, vous me donnez l'impression d'être un vieux trumeau.

Alors j'ai répété : Victor, vous êtes tout pardonné.

Il m'a fait le baisemain. Je lui ai dit que j'étais disposée à prendre soin de lui et à l'aider à entrer en convalescence, pendant que Monsieur chercherait une gouvernante, sur place, qui pourrait me remplacer. Je lui ai expliqué que je ne souhaitais nullement m'éterniser à Caracas. Alors, confus, il a rougi, et je me suis reproché mon manque de délicatesse. Il a boutonné sa chemise rouge. On aurait pu en mettre trois comme lui dedans. Il a rechaussé ses grosses pantoufles jaunes, et il est parti s'affaler, pantelant, dans un fauteuil du salon. Puis il a allumé une longue cigarette fine, et il soufflait la fumée au plafond pendant que je cherchais la cuisine.

— Rudi, s'est-il écrié, viens me prendre dans tes bras.

Pour m'inclure dans son jeu, il a ajouté : Vous savez, Odile, je suis la seule personne au monde qui puisse donner des ordres à Rudi !

Je me suis attelée au ménage, en commençant par les flûtes à champagne. Il n'y avait pas de détergent.

Victor vivait sans éponge à récurer, sans torchon, sans électroménager d'aucune sorte. J'ai réfléchi à tout ce dont j'allais avoir besoin. Une fois les verres lavés, je les ai placés sur un plateau avec une bouteille, que j'ai apporté à ces gentlemen.

— Oh, ce que je vous aime ! s'est exclamé Victor.

Monsieur a ouvert la bouteille et j'ai servi.

— Épousez-moi tout de suite, Odile !

À la recherche d'un peu de musique classique, Monsieur a fait l'inventaire des disques. Il a finalement levé les yeux et dit : Tu es un philistin, Victor.

— Je suis plutôt salsa, en ce moment.

— Salsa ?

Victor a entamé une danse, qui l'a fatigué rapidement, et il s'est rassis.

— Tu ne devrais peut-être pas boire trop de champagne, a dit Monsieur.

— Oh, la ferme ! a rétorqué Victor. J'ai la crève, c'est tout.

— La crève ?

— Oui, un rhume. Dis-moi, Rudi, tu veux bien finir ta vie ici avec moi ?

— Je danse vendredi à São Paulo. Odile restera là le temps que je te trouve quelqu'un d'autre.

— À São Paulo ?

— Oui.

— Oh, emmène-moi.

— Il vaut peut-être mieux que tu te reposes, Victor, vas-y mollo.

— Que je me repose ?

— Oui.

— Je suis en train de crever ! a hurlé Victor. Que je me repose de quoi ? Buvons ! Nom de Dieu, montre-moi l'étiquette. Je suis sûr que c'est de la pisse ! Faut toujours qu'il achète de la pisse, Odile ! C'est le radin le plus riche du monde.

Monsieur a couvert de sa main ce qui restait de l'étiquette. Victor s'est levé en titubant et il s'est mis en quête de l'autre moitié. Il a fini par la retrouver dans la poche de son peignoir, et il a poussé un long soupir théâtral. Alors il a léché l'envers et il l'a collée sur sa poitrine.

— Ce que tu as pu être radin, toujours ! a dit Victor.

J'ai ouvert le robinet en grand pour ne plus les entendre, et j'ai lavé les autres verres, en les levant un à un au peu de lumière du soir. Le visage de Tom m'a traversé l'esprit. Je le voyais à la maison, la télévision allumée, en train de réparer ses chaussons. Il me manquait déjà. Les plantes à longues feuilles du patio frissonnaient sous une brise légère.

J'ai entendu Victor hurler : Oh, racontons pas de conneries. T'es pas venu là pour me sortir des craques, quand même ? Dis-moi, Rudi, est-ce que tu es amoureux ?

— Je suis toujours amoureux.

— Moi, c'est l'amour qui m'aime, a répondu Victor, d'une voix qui ressemblait curieusement à celle de Monsieur.

Ils ont ri. Le champagne descendait allègrement. Victor a brandi la bouteille en lisant de nouveau l'étiquette déchirée.

— De la pisse de chat, a-t-il dit en imitant l'accent français. Y en a qui vont traire les chats de gouttière du boul'Mich', faut croire.

Victor a monté le volume de ses airs sud-américains et ils ont dansé un instant dans le salon pendant que je continuais mon ménage. La nuit allait tomber et le vent frais du soir était un réconfort. J'ai compris que ses efforts fatiguaient Victor et, venant à bout de mes corvées, je leur ai fait savoir que j'allais me coucher.

J'ai eu la terrible surprise, en me levant le lendemain, de voir Monsieur couché sur le canapé du living, encore endormi, et Victor sur un fauteuil auprès de lui, en train de lui éponger le front avec un linge blanc. J'avais été certaine d'assister à l'inverse. Monsieur était souffrant, semblait-il. Une fois réveillé, il a pris quelques comprimés, et sa fièvre a disparu. Après ses étirements habituels, il a annoncé qu'il avait plusieurs coups de téléphone à donner.

— Appelle en PCV, a dit Victor.

Monsieur ayant de bonnes relations aux quatre coins du monde, même à Caracas, j'étais sûre qu'il ne lui faudrait pas deux jours pour trouver une femme de chambre à Victor. La maison me paraissait plus agréable à cette idée, et j'ai réussi à trouver dans la cuisine de quoi composer un petit déjeuner avec toasts et fruits.

Toutefois, celui-ci terminé, Monsieur a déclaré qu'il allait passer la journée à la plage avec son ami, et qu'ils partiraient ensuite à São Paulo pour le ballet.

— Veuillez préparer nos bagages, a demandé Monsieur.

À ma grande surprise, c'est Victor qui a prêté attention à mon air de tristesse. Il m'a même posé un bras sur l'épaule. Fort gentiment, il a dessiné pour moi un petit plan de la ville avec mention des différents marchés, et la pharmacie où je pourrais acheter quelque chose contre la migraine, car j'avais oublié mes comprimés. Il a insisté sur le fait que je ne devais pas avoir trop d'argent sur moi. Et il s'est lancé dans une longue tirade à propos d'un jeune délinquant aux ongles démesurés.

À leur départ, j'ai lavé les draps et je les ai étendus sur les branches des grenadiers dans la cour.

Ils sont revenus trois jours après. Monsieur avait l'air très fatigué, il n'était pas lui-même. Il m'a appris que nous resterions une semaine de plus à Caracas, jusqu'à ce que tout soit arrangé pour Victor. La nouvelle m'a profondément dérangée, mais Monsieur a dit qu'il avait sincèrement besoin de mon aide. J'ai continué à faire le ménage et la cuisine. Les après-midi, pendant que Victor faisait la sieste, on conduisait Monsieur à l'Opéra, où il souhaitait travailler avec des danseurs vénézuéliens. Chaque soir, il ramenait des élèves à la maison, garçons et filles, où ils restaient un moment à bavarder gaiement. Toute cette agitation plaisait à Victor. Il s'est rapidement attaché à un jeune danseur nommé Davida, très beau et très brun. Le soir, ils allaient se promener ensemble. Plus tard, Monsieur étant parti dormir, ils se couchaient en chien de fusil sur le canapé devant leurs vidéos. (Ces films étaient choquants. Je gardais une expression sévère et détachée en passant devant l'écran, mais je dois admettre que j'ai regardé une fois ou deux.)

Le temps passait vite et l'absence de Tom s'est révélée moins cruelle que je n'aurais cru.

Nous nous trouvions un jour seuls tous les trois – Monsieur, Victor et moi –, à la fin de la deuxième semaine, juste avant la date prévue de notre retour. Monsieur n'avait pas encore trouvé d'autre gouvernante, et je commençais à craindre qu'il eût oublié sa promesse. J'en arrivais à penser l'impensable – que j'allais peut-être devoir, à mon regret, démissionner. Je suis allée me coucher avec une atroce migraine.

Le soir suivant, j'étais en train de suivre une recette locale, des empanadas, dont Victor m'expliquait toutes les subtilités – comment frire la farine de maïs, assaisonner les haricots, etc. Assis au milieu du living, il venait de prendre une profusion stupéfiante de médicaments, et je l'écoutais à la cuisine. Malgré le lourd tribut que, à l'évidence, la maladie lui faisait payer, il se montrait plein d'énergie après une longue sieste.

Une fois le dîner terminé, ils ont commencé à boire du vin et à bavarder, pourtant Monsieur paraissait d'humeur plus introspective que d'habitude. J'avais remarqué qu'il arrivait au bout de sa réserve de comprimés, et je ne voyais pas d'autre raison au voile qui semblait s'être abattu sur lui. Il faisait un étirement devant la fenêtre, la tête au-dessus du genou. Puis, repliant la jambe, il a croisé les bras sur sa poitrine, les mains sous les coudes. Et il s'est souvenu d'une lettre qu'il avait reçue, il y avait déjà un certain temps, une lettre d'une de ses amies russes. C'était une longue histoire, riche en détails, et Monsieur regardait par la fenêtre, tout en parlant, jusqu'à ce que Victor l'interrompe.

— Tu ne t'es pas mis à aimer les femmes, Rudi, au moins ?

— Bien sûr que non.

— Ah, tu allais me décevoir !

Victor s'est servi un nouveau verre de vin. En toussant, il a ajouté : Oh, ce rhume. Si j'arrive à m'en sortir avant le mois d'août, j'aurai de la chance.

— Je peux continuer ou pas ? a demandé Monsieur.

— Oui, continue, si, si, je t'en prie.

— Alors il est mort.

— Qui est mort ?

— Son père.

— Ah non ! Ça suffit, les histoires de morts ! a dit Victor.

— Attends, a dit Monsieur, la gorge prise. Il avait mis un chapeau.

— Qui avait mis un chapeau ?

— Sergueï ! Il en portait un sans arrêt, mais jamais à l'intérieur d'une maison ou d'un appartement. Ça ne se fait pas, en Russie, c'est malpoli.

— Parce qu'ils sont pas malpolis, les Russes ?

— Tu ne m'écoutes pas.

— Mais si, je t'écoute.

— Eh bien, laisse-moi parler, alors !

— La scène est à vous, très cher, a dit Victor en soufflant un baiser.

— Donc, a dit Monsieur, il avait gardé son chapeau parce qu'il pensait retrouver sa femme.

— Mais tu as dit qu'elle était morte.

— Justement, dans l'au-delà.

— Bon sang, a dit Victor, l'au-delà !

— On l'a retrouvé chez lui, son chapeau sur la tête. Il avait écrit à sa fille, et il lui demandait de me donner le bonjour. Mais ce n'est pas ça, l'histoire. Ce n'est pas ça qui compte. Il y a autre chose. Parce que, tu vois, il a écrit ceci avant de mourir…

— Quoi ? a dit Victor. Qu'est-ce qu'il a écrit ?

Monsieur a dit en bégayant : L'esseulement dont nous souffrons sur terre ne sera compréhensible que lorsque nous ne serons plus seuls.

— Et c'est quoi, ces conneries ? a demandé Victor.

— Ça n'est pas des conneries.

— Que si, c'est des conneries.

Ils sont restés silencieux puis Victor a soudainement baissé la tête. On aurait cru voir un ballon qui venait de se dégonfler. Il a cherché dans ses poches un paquet de cigarettes neuf, et ses doigts, maladroits, se sont acharnés un moment sur l'emballage. Il a réussi à l'ouvrir, à en sortir une cigarette, et, trouvant son briquet dans la poche de sa chemise, il l'a allumée.

— Pourquoi tu me racontes cette histoire ?

Monsieur n'a pas répondu.

— Pourquoi tu me racontes cette histoire, Rudi ?

Victor a juré, et alors Monsieur est venu s'agenouiller devant son fauteuil. Je n'avais encore jamais vu Monsieur s'agenouiller devant quiconque. Il a pris dans ses bras les genoux de Victor, il a posé la tête contre ses jambes. Victor ne disait rien. D'une main, il a cherché la nuque de Monsieur. J'ai perçu comme un hoquet, et je suis sûre que Monsieur pleurait.

Les yeux baissés sur le crâne de Monsieur, Victor a parlé de calvitie précoce, mais la remarque est tombée à côté, et il s'est cramponné de plus belle au cou de Monsieur.

Il a dû se rappeler que j'étais à la cuisine, parce qu'il a levé la tête et croisé mon regard. J'ai refermé la porte pour les laisser tranquilles. Je n'avais encore jamais vu Monsieur pleurer ainsi. J'en avais les mains qui tremblaient. Je suis partie dans la cour, où les habits de danse de Monsieur séchaient sur la corde. Je distinguais leurs silhouettes à l'intérieur. Ils étaient enlacés, et leurs ombres paraissaient n'appartenir qu'à une personne.

Le lendemain matin était clair, sans smog. J'ai nettoyé la maison de fond en comble et je me suis débrouillée pour que le jeune danseur, Davida, m'y retrouve. Il est arrivé en sabots, m'a embrassée. Ses cheveux étaient bien peignés en arrière. Il avait tout l'air d'un jeune garçon honnête, et je l'ai pris à part.

— Voudrez-vous bien veiller sur lui ? lui ai-je demandé.

— J'ai un cousin qui est médecin, a répondu Davida.

— Non, je pense que vous devriez le faire vous-même.

— Qui me paiera ?

— Monsieur vous paiera.

Les deux journées suivantes, j'ai préparé une bonne semaine de repas pour Victor et Davida, et je les ai fourrés comme j'ai pu dans leur petit freezer. Tout était en ordre – Monsieur avait promis de payer le jeune danseur et de le faire venir, d'ici quelques années, à l'Opéra de Paris, où il pourrait suivre des classes et cultiver ses talents.

Nous n'avons pas soufflé un mot à Victor, mais j'avais l'impression qu'il devinait. Il déambulait dans la maison avec ses écouteurs sur les oreilles, sans que ceux-ci soient branchés nulle part.

Le dernier matin, j'ai préparé la valise de Monsieur et j'ai appelé un taxi pour l'aéroport. Nous avons dû l'attendre un long moment sans rien faire. Victor se réjouissait du temps qu'il faisait, de la journée merveilleuse que ce serait à la plage. Il était impatient d'essayer le nouveau maillot de bain moulant qu'il avait acheté à São Paulo.

— On va croire que j'ai piqué une grappe de raisins, a-t-il dit en s'esclaffant.

Quand le taxi est arrivé, Monsieur et Victor se sont serré la main, puis ils se sont embrassés à la porte. Pendant que Monsieur descendait l'allée, son ami a fouillé dans la poche de son peignoir et j'ai reconnu le bruit caractéristique de son briquet. Monsieur s'est retourné.

— Tu devrais arrêter, a dit Monsieur.

— Arrêter quoi ?

— Les cigarettes, connard.

— Ah, ça ? a dit Victor, qui a tiré une bouffée et craché un long nuage de fumée.

— Oui.

— Et alors ? J'ai pas encore trouvé la toux idéale.

4

Le pied droit se cambre un peu à l'intérieur sur les pliés, le pied gauche plus nettement. Légère déviation tibia droit et crête, plus grave à gauche. Inclinaison latérale de la hanche, à gauche aussi. Les reins se cambrent, la tête plonge. En fin de plié, la ligne disparaît complètement. Les articulations blanchissent nettement à la barre – très visibles. Au douzième plié, il maîtrise la douleur. À l'examen : vilaine torsion quadriceps gauche, moins méchant à droite. Ménisque très abîmé. Frictions à l'arnica pour diminuer l'inflammation. Massages transversaux, et au moins vingt minutes d'effleurage. Étirer quadriceps pour faciliter flexions. Rouler, élargir, extension des hanches, mouvements circulaires torse, étirements omoplate, etc. Bander entre les répétitions et le spectacle. Serrer en huit en croisant sur le côté pour redresser genou gauche.

Je ne savais vraiment pas à qui en parler. Impossible d'imaginer quelqu'un qui puisse comprendre. Je ne m'étais pas fait beaucoup d'amis depuis notre départ pour Londres avec Monsieur. Mais Tom avait toujours été là, et il venait de disparaître.

C'est arrivé sans prévenir, comme une de ces averses du fond de l'hiver qui vous glacent les os. Un jour, c'est le bonheur, et le lendemain, le sol se dérobe sous vos pieds. J'ai regardé autour de moi et je ne reconnaissais rien, même les choses les plus simples, le four, l'horloge, le vase nu en porcelaine que Tom m'avait offert. Il avait laissé un mot pour expliquer son geste, mais je n'ai pas pu me résoudre à lire après la deuxième ligne. Il me paraissait toujours là, comme si, en me retournant, j'allais le trouver assis sur son fauteuil, en train de lire le journal, avec encore un trou à ses chaussettes. Seulement il avait emporté sa valise et tout son matériel. J'ai pleuré pendant des heures. J'avais l'impression qu'il avait envoyé ma vie entière au lit sans souper.

Quand je n'étais encore qu'une écolière à Voutenay, on m'appelait Petit Oiseau. J'étais petite et mince, et les grandes personnes remarquaient toujours mon nez aquilin. J'allais m'asseoir à la cuisine pour regarder ma mère travailler, et nous nous réfugiions toutes deux dans la simplicité des recettes et des plats. Mais, ce jour-là, je ne pouvais m'occuper de personne. Monsieur était en déplacement, et même le jardinier était invisible.

Il y avait, dans nos appartements, une boîte que Tom gardait de son côté du lit. Comme il pensait à prendre sa retraite, il avait commencé à confectionner une dernière paire de chaussons pour Monsieur. C'était une boîte en acajou, qu'il avait faite lui-même, et sur laquelle il avait cloué une petite plaque de cuivre, sans encore la graver. Je l'ai ouverte, j'ai retiré les chaussons et je les ai soigneusement découpés en petits morceaux avec une paire de ciseaux. Le satin se taillait facilement. J'ai ensuite remis les morceaux dans la boîte. Je savais que je perdais la tête, mais tant pis.

Monsieur conservait toujours quelque argent dans sa chambre à coucher, dans le tiroir du bas de son armoire, au cas où ses invités n'avaient plus de liquide et où il leur fallait un taxi pour rentrer. J'ai laissé un mot pour expliquer que je prenais une avance sur mon salaire. Mes mains tremblaient. J'ai appelé le numéro habituel des taxis, j'ai bien vérifié que toutes les lumières étaient éteintes, les fenêtres fermées, les appareils débranchés. On s'est mis à klaxonner très fort dehors. J'ai pris sous le bras la boîte de Tom, j'ai mis l'alarme contre les cambrioleurs, et j'ai gagné la porte d'entrée.

J'ai reconnu le chauffeur, un jeune homme avec une barbiche et une boucle à l'oreille. Il a baissé sa vitre et m'a demandé : Alors, c'est qui, la victime, aujourd'hui ?

Il s'est montré légèrement surpris lorsque j'ai ouvert la portière et que je me suis assise seule sur la banquette arrière, avant de poser la boîte sur le plancher. J'avais souvent reconduit les hôtes de Monsieur jusqu'à leurs taxis, mais j'en avais rarement pris moi-même. Le conducteur a incliné son rétroviseur, il m'a regardée, il s'est retourné sur son siège et il a fait glisser le panneau vitré.

— Covent Garden, ai-je demandé.

— Quèqu'chos' qui va pas, ma p'tit' dame ?

J'ai sorti de mon sac un mouchoir brodé aux initiales de Monsieur. J'ai essuyé mes yeux et j'ai répondu au chauffeur qu'il n'y avait pas de problème, que je devais simplement me rendre à Covent Garden aussi rapidement que possible.

— Mais-oui-mais-oui. Vous êtes sûre que ça va ?

Ce n'est pas par grossièreté que j'ai préféré changer de place à l'arrière, mais je ne pouvais tout bonnement pas supporter qu'il me regarde pleurer dans son rétroviseur.

Il conduisait vite, pourtant le trajet n'en finissait pas. C'était l'été. Dans la rue, les filles portaient des jupes minuscules et les garçons exhibaient leurs tatouages. Le taxi faisait des embardées. Furieux qu'on leur coupe la voie, les autres conducteurs klaxonnaient. Un motocycliste est même allé jusqu'à donner un coup de pied dans la portière.

Quand nous sommes arrivés à Covent Garden, le compteur affichait un nombre à deux chiffres.

J'avais suffisamment repris contenance pour demander au chauffeur de m'attendre devant la fabrique de chaussons. Il a haussé les épaules. Je suis descendue et j'allais entrer dans l'immeuble lorsque l'idée d'avoir Tom devant moi m'a soudain fait vaciller. Je ne m'étais pas sentie ainsi depuis le bal à Paris où j'avais fêté mon bachot. Qu'étais-je devenue ? J'avais soixante ans, et je venais de déchirer le cadeau que mon mari destinait à Monsieur. Je me suis dit que j'étais certainement victime d'un insupportable cauchemar.

J'ai entendu une sirène hurler et, me retournant, j'ai vu un véhicule de police qui intimait à mon taxi de repartir. Le chauffeur me faisait de grands gestes. Tout cela trahissait en quelque sorte une précipitation excessive. Je me suis dépêchée de longer le mur jusqu'à la fenêtre de Tom, et, sans regarder, j'ai posé la boîte sur le rebord, puis je suis revenue sur mes pas et j'ai bondi dans la voiture.

— Brighton, ai-je dit au conducteur.

Je n'ai pas manqué de noter son expression de surprise. Il a répété : Brighton ?

Derrière nous, la sirène de police recommençait à hurler.

— Brighton by the sea, ai-je insisté.

— Non, mais vous rigolez, ma p'tit' dame.

Il s'est lentement remis en marche.

— Je vous emmène à la gare Victoria, et, de là, vous prendrez le train.

J'ai ouvert mon sac à main, je lui ai tendu cent cinquante livres. Il a sifflé et s'est gratté le bouc. Je lui ai donné cinquante livres de plus et, cette fois, il a mordu le trottoir. Je n'avais encore jamais dépensé autant d'argent aussi inutilement.

— C'est qu'on aurait envie de taquiner la roulette, alors ?

— S'il vous plaît, ai-je dit de ma voix la plus solennelle.

Il s'est redressé, a branché sa radio pour parler avec le chef de service, et, un quart d'heure plus tard, nous nous trouvions sur l'autoroute. J'ai baissé la vitre et, inexplicablement, j'ai retrouvé mon calme. Le vent couvrait le bruit d'un match de cricket sur le poste de la voiture. J'avais l'impression d'avoir mis les pieds, sans y prendre garde, dans une journée pas faite pour moi, et qui allait bientôt se terminer.

À Brighton, il y avait des affiches de Monsieur accrochées aux réverbères tout le long de la promenade.

Il faisait jeune sur la photo. Il avait les cheveux longs et un sourire espiègle. J'avais envie de me hisser à hauteur d'une affiche et de l'embrasser. Une jeune femme munie d'un pistolet à agrafes était en train d'en remonter quelques-unes qui avaient glissé au bas des poteaux. C'était la dernière représentation de Monsieur en Angleterre, et la rumeur disait qu'il n'y en aurait peut-être plus jamais nulle part.

J'ai demandé au conducteur de chercher un bed-and-breakfast agréable, face à la mer. S'arrêtant bientôt devant une vieille maison victorienne, il m'a gentiment proposé d'entrer pour demander s'ils avaient une chambre de libre. Je me suis réjouie de constater que tous les jeunes Anglais n'avaient pas perdu leurs bonnes manières. Il en est ressorti avec le sourire et, après m'avoir tendu la main pour m'aider à descendre, il a offert de me rendre une partie de l'argent.

— C'est bien trop payer, chère madame.

Je me suis surprise moi-même à lui fourrer encore vingt livres dans la main.

— Ah ben alors, dans ce cas-là, je m'en vais inviter la bourgeoise à bien bouffer quelque part.

Il a klaxonné en partant.

Il n'y était certainement pour rien, mais j'ai fondu en larmes.

La chambre était élégante, avec une grande fenêtre qui donnait sur la baie. Il y avait des enfants qui riaient en luttant contre le ressac, et j'entendais au loin une fanfare qui jouait dans un des pavillons. Mais tout me faisait penser à Tom, même les choses les plus simples : les lits jumeaux, le vase décoré, le tableau des jetées sur la mer. Je n'avais rien pour expliquer ce qui était arrivé. Toutes ces années, Tom n'avait jamais été foncièrement heureux d'habiter la maison de Monsieur, mais nous avions meublé notre appartement selon les goûts de Tom et il avait paru s'y habituer. Il ne s'était pas affolé quand, à l'occasion, j'avais dû accompagner Monsieur à l'étranger, et il n'avait pas semblé inquiet qu'on me rappelle de temps en temps à Paris pour veiller sur Monsieur. Il disait même qu'il appréciait ces moments de solitude, qu'il en profitait pour achever certains travaux. Et, s'il était vrai que nous ne partagions peut-être pas la même intimité que d'autres couples mariés, pas une seule fois je n'avais remis en question notre dévouement l'un pour l'autre.

J'étais là, debout, dans cette pièce. Peut-être la seule expression convenant à mes émotions était celle-ci : à vif. J'avais les nerfs à vif. J'ai tiré les rideaux, je me suis allongée sur le lit et, bien que cela ne soit pas dans ma nature, j'ai continué à pleurer tout fort, même en entendant d'autres clients passer dans le couloir.

Ce n'était pas l'image de Tom que j'avais en tête en me réveillant, mais celle des affiches de Monsieur se balançant au vent.

Monsieur ne devait danser *La Pavane du Maure* que le soir suivant. J'ai pensé à lui rendre visite à son hôtel, mais je ne voulais pas ajouter mes problèmes aux siens. Ce que les journaux, ces derniers temps, avaient écrit à son sujet m'avait mise en colère. Il avait un ongle incarné et des problèmes avec ses genoux, mais de cela, les journalistes ne parlaient jamais. Lors d'une représentation, des spectateurs avaient demandé à être remboursés car il avait eu des crampes musculaires. À Wembley, la musique s'était brusquement arrêtée, et on avait dit que Monsieur s'était figé en attendant que l'orchestre reparte, alors qu'il n'y en avait pas puisque tout était enregistré. À Glasgow, personne n'était venu l'attendre à la fin, à l'entrée des artistes, et un photographe avait pris un cliché de Monsieur, tout seul et déprimé, alors que, bien sûr, cela ne ressemblait en rien à son caractère. Si certains de ses plus fervents admirateurs refusaient maintenant d'assister à ses spectacles, il jouait encore à guichets fermés et les ovations se succédaient, même si les journaux prétendaient qu'on n'acclamait que son passé. Les gens aimaient faire des commentaires sournois dans son dos, et, à la vérité, il restait plus digne que jamais.

Le lendemain, j'ai décidé, malgré les circonstances, de profiter au mieux de ma journée. J'ai commandé mon petit déjeuner dans l'un des établissements du front de mer. Le serveur – un jeune Bourguignon ! – m'a fait un café crème spécialement pour moi. Il m'a glissé à l'oreille que les Anglais avaient certainement aidé à venir à bout de deux guerres mondiales, mais qu'ils n'y connaissaient rien en matière de café. J'ai ri et je me suis surprise à laisser un double pourboire. J'ai ressenti comme un drôle d'étourdissement en pensant à mon argent qui disparaissait si vite. Mais je me suis quand même acheté un chapeau de soleil, et j'ai loué un transat que j'ai planté sur la plage, mon chapeau sur les yeux.

Vers la fin de la matinée, j'ai remarqué une jeune femme debout sur le rivage. Sa jupe relevée à la main, elle goûtait l'eau du bout du pied. Elle avait de grandes jambes superbes. Puis elle s'est avancée dans le ressac, et elle s'est arrêtée à mi-cuisse. Alors elle s'est penchée et, rassemblant d'un geste ses longs cheveux brillants, elle les a brièvement trempés.

C'est alors que, à ma grande surprise, j'ai aperçu Monsieur, debout lui aussi près d'elle. Les vagues roulaient presque sur lui. Je me suis demandé qui cette femme pouvait bien être. Assis non loin en tailleur sur le sable, Emilio les regardait faire.

Je me suis levée pour décamper en vitesse, mais Emilio, me voyant, m'a appelée par mon nom. Il s'est levé en faisant balancer sa longue queue-de-cheval. Puis il est venu m'embrasser sur les deux joues et m'a fait part du plaisir qu'il avait à me revoir ici.

— Oh, je voulais seulement assister au spectacle de Monsieur.

— Ah, il y a quand même quelqu'un, c'est réjouissant, a-t-il répondu.

Monsieur m'a reconnue à ce moment et m'a fait signe de le rejoindre. Et Emilio de parler d'un roi qui convoquerait sa cour. J'ai dû quand même sourire un peu. Il avait tant de fois donné son congé à Monsieur qu'il avait fini par engager un autre masseur, afin que celui-ci le remplace entre ses démissions et ses reprises de service.

En me mordant la langue, je me suis avancée sur le rivage vers Monsieur et la jeune femme.

— Laissez-moi vous présenter Marguerite, a-t-il dit.

Je me suis aperçue alors qu'elle était l'une de ses partenaires de scène. Elle a calé ses lunettes de soleil dans ses cheveux et elle m'a souri. Elle avait les yeux d'un bleu magnifique. J'ai pensé que cela devait être vraiment merveilleux pour elle, vu son jeune âge, de danser avec Monsieur, lui au crépuscule de son art. Mais j'ai ressenti une brusque colère, puisqu'il ne s'était pas soucié des raisons de ma présence.

Je l'ai entendu dire : Odile va t'arranger ça.

— Non, non, a assuré la jeune danseuse. J'y arriverai bien moi-même.

Les enfants qui jouaient sur la plage rapportaient de l'eau dans leurs chaussures pour en remplir les douves de leurs châteaux de sable.

— Ça ne l'embêtera pas, n'est-ce pas, Odile ?

Monsieur gardait les yeux fixés sur moi. J'ai fait allusion à la vive luminosité, qui venait de distraire mon attention. En soupirant, il a déclaré que le problème était fort simple. Marguerite avait invité plusieurs membres de sa famille au spectacle de ce soir. Ils devaient arriver en voiture de Londres, et sa sœur, mère d'un bébé de dix-huit mois, n'avait pas trouvé de baby-sitter pour l'occasion.

Hochant la tête, j'ai répondu : Je comprends.

— Voilà, a dit Monsieur. Question réglée.

J'ai marmonné que je serais flattée de rendre service, mais j'ai rougi quand même.

— À six heures, a dit Monsieur.

Il y a bien des années, un de mes oncles avait affirmé que, si je devais être un petit oiseau, je serais forcément celui qui avait une aile cassée. Ce soir-là, j'avais préparé à dîner pour douze personnes, et, même si cela n'engage que moi, je reconnais que c'était vraiment délicieux. J'avais toutefois modifié la recette pour mon oncle – son assiette à lui était diablement épicée, et il avait ensuite passé la soirée, l'œil vitreux, à tousser.

J'avais envie d'en faire autant pour Monsieur, de lui débiter quelque chose qui le fasse reculer en postillonnant. Mais il paraissait plus malade encore qu'à l'accoutumée. Avec ses pieds endoloris et d'autres choses encore, il avait du mal à marcher, et c'était affligeant de le savoir entrer en scène dans cet état.

— Mais oui, je serai ravie, ai-je dit.

Monsieur a hoché la tête, puis il est parti, boitillant, le long de la plage. La jeune femme s'est retournée et m'a souri en me remerciant du bout des lèvres. Monsieur a sifflé Emilio, qui s'est levé pour les suivre.

Les vagues me léchaient les pieds et je sentais poindre une migraine. J'ai quitté la promenade, je me suis engouffrée dans un café et j'ai demandé un verre d'eau pour prendre mes comprimés. Il m'a fallu un instant pour me rendre compte que j'avais aussi commandé une tranche de Battenburg [1], que Tom apprécie tellement.

Je suis rentrée dans ma chambre sans y toucher.

Les cris des mouettes m'ont réveillée et j'ai vu à la petite horloge qu'il était presque six heures. Je suis partie en hâte à l'hôtel de Monsieur, où j'ai dû me frayer un chemin entre les admirateurs qui l'attendaient dans le hall. À la réception, après plusieurs coups de téléphone, on m'a envoyée à l'étage du haut.

À l'évidence, on ne m'avait pas indiqué la bonne porte, car j'ai frappé doucement et c'est la voix de Monsieur qui a répondu, vivement agacée : Quoi ?

Emilio a ouvert. J'ai aperçu Monsieur sur la table de massage. Emilio portait des gants en caoutchouc.

---

1. Gâteau rose et jaune au massepain.

Même à distance, j'ai aperçu des marques sur le corps de Monsieur. Il y avait aussi un peu de sang sous ses pieds, sur le drap en papier. Bafouillant quelque excuse, je me suis retournée et la porte s'est aussitôt refermée sur moi.

J'ai entendu Monsieur jurer : Putain, mais ferme le verrou !

En bas, on m'a bien indiqué cette fois la chambre de la jeune danseuse. Le bébé dormait, on avait préparé des biberons, des vêtements propres pour le changer, bien présentés, et il y avait aussi un landau dans la pièce pour le bercer s'il se réveillait. C'était un joli petit garçon avec quelques mèches folles de cheveux fins et noirs.

J'ai dit au revoir à la famille et je me suis installée dans l'un des fauteuils.

J'ai toujours détesté les chambres d'hôtel. Je n'avais aucune envie de regarder la télévision, ni d'allumer la radio. Alors je me suis retrouvée en train de penser à Tom, aux chaussons que j'avais lacérés, à sa réaction en ouvrant la boîte. Les larmes étaient incompressibles. Prise de claustrophobie, j'ai enveloppé le bébé d'une couverture légère, je l'ai mis dans son landau et j'ai pris l'ascenseur avec lui jusqu'en bas.

Il faisait encore clair dehors. Les jeunes amoureux étaient nombreux sur la promenade, et quelques diseuses de bonne aventure avaient pris place sur le front de mer. S'arrêtant à mon passage, plusieurs personnes se sont exclamées – Quel beau bébé ! –, et, lorsqu'on m'a demandé son nom, je me suis rendu compte que je n'en savais rien. J'ai pressé le pas, toujours hantée par Tom.

J'étais convaincue que ce n'était pas à cause d'une autre femme, même si son ancienne propriétaire lui envoyait régulièrement ses vœux à Noël. Et l'alcool n'avait rien à voir avec tout cela. Il y avait sans doute une autre explication. J'ai regretté de ne pas avoir emporté sa lettre, et j'ai pensé que, peut-être, j'avais agi de manière très inconsidérée.

En descendant vers la plage, j'ai soudain entendu de fort grossiers jurons. J'ai levé les yeux et vu, quelques mètres plus bas, une bande de jeunes voyous, adossés aux contreforts de la promenade. Ils avaient le crâne rasé, des bretelles aux couleurs du drapeau britannique, et des godillots rouges qui leur couvraient les chevilles.

Je me suis posé la question de faire demi-tour et de repartir en vitesse à l'hôtel, mais j'ai craint qu'ils ne s'aperçoivent de mon affolement et qu'ils essayent d'arracher mon sac. Je me suis faufilée avec le landau, et, curieusement, ils n'ont pas semblé prêter attention à nous. Quelques étoiles apparaissaient dans le ciel et la mer avait pris une teinte plus sombre. Le bébé s'est réveillé en pleurant. Je me suis efforcée de l'apaiser et, le temps qu'il se rendorme, la nuit était tombée.

J'ai aperçu, en me retournant, un des skinheads qui sautillait autour d'un réverbère. Il a mis la main à sa poche arrière et la lame d'un couteau a soudain brillé : il s'en prenait à l'une des affiches de Monsieur. Puis il a hurlé une obscénité à propos des homosexuels, et ses amis ont pouffé en se poussant du coude. Mon cœur battait à se rompre. J'ai cherché du regard les promeneurs que j'avais vus toute la journée – des hommes en canotier, et des femmes entre deux âges, en sandales –, mais il n'y avait plus personne de la sorte. Je n'allais tout de même pas faire rouler le landau sur les galets, et, pour remonter en ville, j'étais obligée de grimper un certain nombre de marches.

Je n'avais d'autre choix que rebrousser chemin, et donc les croiser à nouveau. J'avais les jambes qui tremblaient et la bouche sèche, mais je me tenais bien droite et j'ai commencé à chanter une comptine à l'enfant.

Les skinheads se sont légèrement poussés pour me laisser passer. Celui qui avait déchiré l'affiche bondissait sur place en faisant semblant de s'essuyer le derrière avec le visage de Monsieur. J'ai eu un certain mal à me contrôler. Je sentais mes pieds me lâcher. Mais j'ai continué, du moins jusqu'à ce qu'une roue du landau se coince dans le béton fissuré. J'ai réussi à l'en dégager, seulement je me suis emmêlé les pieds et je suis tombée par terre, en m'éraflant le genou. Le skinhead s'est esclaffé et il a jeté son morceau d'affiche près de la roue du landau. J'ai brièvement reconnu le visage de Monsieur, son aisance, son expression de bonheur. Tandis que je me relevais tant bien que mal, l'un de ces voyous m'a lancé une insulte particulièrement odieuse. Je tremblais sans pouvoir me retenir, pourtant j'ai ramassé l'affiche et je l'ai fourrée dans le landau à côté du bébé.

Les skinheads me poursuivant de leurs cris, je me suis éloignée en courant aussi vite que possible. Et je ne me suis pas arrêtée avant d'être bien sûre de ne plus entendre leur langage abject. Alors je me suis adossée à la balustrade et j'ai tenté de calmer le petit, qui pleurait maintenant très fort d'une voix à vous déchirer le cœur.

À cet instant, j'ai su que je haïssais mon mari Tom plus que toute personne dans ma vie.

Deux jours plus tard, en rentrant à Londres, je l'ai trouvé assoupi sur un fauteuil, dans nos appartements, ses mains entre les genoux. Il était pitoyable, il était débraillé, sa chemise était tachée, et il empestait la bière.

Sans faire attention à lui, j'ai commencé à me changer, et je me suis assise au bord du lit pour ôter mes collants. Tom s'est réveillé, d'un air hébété, en regardant autour de lui comme s'il ne savait plus où il était. Puis il s'est redressé, et il a aperçu alors mon genou éraflé. Sans prononcer un mot, il est parti à la salle de bains pour revenir avec un linge mouillé. S'asseyant près de moi sur le lit, il a relevé l'ourlet de ma chemise de nuit et il a commencé à nettoyer la plaie. De petits bouts de tissu sont restés accrochés aux endroits où une croûte se formait.

— Qu'est-il arrivé, ma chérie ? a-t-il demandé.

Je me suis couchée sans rien dire, j'ai remonté les couvertures, je lui ai tourné le dos. Mon genou était peut-être propre, mais il me faisait mal.

J'ai entendu plus tard Tom qui farfouillait dans les toilettes, puis dans la cuisine. Il est revenu dans la chambre avec l'odeur d'un cataplasme. J'ai fait semblant de dormir pendant qu'il soulevait les couvertures pour appliquer l'âcre mixture sur mon genou. Je me suis alors souvenue d'une chose que Monsieur m'avait dite juste après son cinquantième anniversaire – qu'il avait vu une photographie de lui, seul sur une scène, l'air fatigué, après un rappel, et il avait murmuré : *Un jour, ce moment affreux sera le plus joli des souvenirs.*

Quand il a eu fini, Tom a soigneusement replacé les couvertures, et il a tapoté légèrement mon côté du lit. Il m'a souhaité bonne nuit dans un souffle, et je n'ai toujours pas bougé. J'ai compris qu'il retirait sa chemise, puis ses chaussures, et ensuite il s'est allongé. L'odeur de ses chaussettes a commencé à se mêler à celle du cataplasme. Alors j'ai souri, en me disant que, de toute façon, il allait falloir les laver, ces chaussettes.

Étudié rond de jambe au sol pour vérifier articulations, ampleur des mouvements. Sévèrement restreints.

Courbures erratiques. Le saut rejaillit durement sur les os qui s'écrasent. Pied gauche à peine en mesure de frotter par terre. Douleur intense au toucher sur le métatarse, même le pied au centre. L'astuce consiste à bien détacher le métatarse, en éventail, à faire pivoter les cinq os de gauche et de droite, puis effleurage léger entre les sections. Drainer ces ampoules pleines de sang, et effacer tout de suite traces rouges entre deuxième et troisième orteils pied gauche.

LIVRE QUATRIÈME

5 novembre 1987

Penser que cet avion-là va se poser la semaine prochaine. Atterrir sur la glace, patiner, et s'immobiliser enfin en toute sécurité. Ils profiteront peut-être de l'escale à Leningrad pour l'arrêter. Ilya ne croit pas que ça soit un coup monté, mais moi, j'en suis moins sûre. Qui les empêcherait de l'exiler, de lui faire purger ses sept ans ? Je me suis réveillée en sueur. J'ai pris mon petit déjeuner et j'ai enfilé mon manteau pour aller au grand magasin de Krassina. Il y faisait chaud et ça grouillait de monde. On avait parlé d'un lot de rôtissoires qui devait arriver, mais rien du tout. Cet après-midi, Nouriya m'a montré le dessin qu'elle a peint pour Rudik – des corneilles sur la Bielaïa et une mouette blanche qui s'en détache, toute seule, pour rejoindre l'à-pic. Elle l'a enveloppé dans du papier boucherie et elle m'a dit qu'elle trouverait un ruban pour le fermer. Elle est excitée comme une puce, et, à son âge, ça ne devrait pas nous étonner. Elle l'est d'ailleurs sans doute autant que, moi, je suis anxieuse. Elle s'est couchée tôt, on l'a entendue qui se tournait et se retournait dans son lit. J'ai essayé d'expliquer à maman, dans sa chambre, que Rudik allait arriver d'ici quelques jours. Ses yeux se sont éclairés un instant, larmoyants, avec un air de dire : *Mais comment ça se pourrait ?* Puis elle a cligné plusieurs fois et ils se sont refermés. Elle paraît si paisible, si calme, quand elle dort, mais c'est une horrible torture qui recommence au réveil. Le docteur lui a donné quelques mois de plus. À quoi bon ces deux ou trois mois quand on n'a plus de raison de vivre, et encore moins de corps pour essayer de le faire ? Elle perd constamment la tête. Ilya dit qu'elle n'a survécu jusqu'ici, peut-être, que pour revoir Rudik. Puis il m'a demandé si j'étais arrivée en âge de pardonner. Pardonner ? Quelle importance ? La seule réalité, c'est qu'il n'y a pas de savon et que la chasse d'eau est cassée.

6 novembre
Il y a tant à faire : raccommoder la nappe, laver le rebord des fenêtres, réparer le pied de la table, rallonger l'ourlet de la robe de Nouriya, faire bouillir la chemise de nuit de maman. On a demandé à Ilya de faire de petits travaux à l'Opéra. Bonne nouvelle. Un peu d'argent.

7 novembre
Fête de la Révolution. Et Oufa dans le blizzard. Il y avait un mètre de neige au cimetière, impossible, donc, pour Ilya, de nettoyer la tombe de papa. Un visa de quarante-huit heures me paraît pire que rien du tout. Et il va perdre une journée entière dans les avions.

8 novembre
J'ai observé les lèvres de maman. Autant essayer de lire dans ses pensées. Ilya a peut-être raison de dire qu'elle s'est maintenue en vie, d'année en année, pour voir une dernière fois Rudik. Mais on ne soigne pas trente ans en une seconde, comme ça. Quelle idée parfaitement stupide. Il paraît qu'ils sont en train de

préparer une chambre spécialement pour lui à l'hôtel Rossiya. Comme quoi ils ont des réfrigérateurs pour faire des glaçons. Qui en a besoin ? La neige s'est un peu calmée dans l'après-midi. Je suis repartie au grand magasin, où il n'y avait toujours pas de chemises de nuit, mais, en m'y reprenant à deux fois, j'ai presque réussi à faire bouillir celle de maman. J'en ai trouvé une vieille, en fouillant au fond des placards, qui avait encore une vague couleur de tomate à cause de son zona. Elle avait tout gardé, même les souliers de Rudik. Le bout est usé, et le contrefort est brisé au-dessus du talon, parce qu'il les mettait n'importe comment.

9 novembre
Même la comptine qu'on chante à l'école semblait aujourd'hui pleine de sous-entendus : *Si tu ne retrouves pas le chemin de chez toi, pourquoi es-tu parti ?* On a cherché du sucre au marché. Nouriya a proposé de troquer le collier en argent, assez cher, qu'on lui a offert pour son quinzième anniversaire. Mais il n'y avait pas de sucre, point à la ligne. Elle a pleuré. Que faire ? Le salaire d'Ilya a deux semaines de retard. Avec quoi on va sucrer les gâteaux ? Il y aura peut-être, après tout, un miracle au marché – des camions de paquets de sucre vont arriver au dernier moment, avec harengs, esturgeons, et on fera une grande fête sous une immense tente blanche, et on boira du champagne et l'orchestre jouera ses violons. Ha ! Au moins, Ilya a trouvé des pièces de plomberie pour la salle de bains.

10 novembre
Il y avait des ados, derrière la mosquée, avec des blousons noirs, les cheveux en bataille, et des badges sur les manches. Nouriya dit qu'elle ne les connaît pas.

On peut imaginer ça à Moscou ou à Leningrad, mais ici ? Les gens parlent d'un nouveau dégel, mais enfin, ne savent-ils pas que la neige fondue dégage une odeur infecte ?

11 novembre
Ilya répète qu'il doit vraiment prendre sur lui pour ne rien dire à personne à l'Opéra. Les anciens employés n'osent plus prononcer le nom de Rudik depuis des années. Et certains danseurs n'en ont entendu parler qu'en termes ignobles. Ilya rapporte que les plus jeunes sont très révoltés. S'ils savaient, ils iraient sans doute à l'aéroport pour essayer de le rencontrer. Nouriya compte les heures en attendant son retour. Les journées passent trop lentement à son goût. Elle se change toutes les cinq minutes et elle part se regarder dans la glace. Elle a une photo de Rudik au même âge qu'elle. J'espère qu'elle ne sera pas trop perturbée en le voyant. La bonne nouvelle : Ilya a trouvé cinq cents grammes de sucre ce soir, et un camion de betteraves est arrivé de la campagne. Tout n'est pas perdu.

12 novembre
Ah, pour ça, il est là ! Leningrad ce soir, mais pas d'avion pour Oufa avant demain matin très tôt, alors il doit rester là-bas. On a espéré un coup de téléphone, en vain. Ilya n'arrête pas de décrocher pour vérifier que la tonalité fonctionne et que l'opératrice nous passera les appels. Je suis sûre qu'elle le fera exactement avant qu'il raccroche une fois de plus, et qu'on n'entendra rien à cause de ça. Impossible de dormir. Maman me paraît agitée, peut-être comprend-elle ce qui se passe. Cela aurait été certainement pire de ne rien lui dire. Si seulement elle pouvait parler. Cruel destin. Nous nous posons mille questions. Est-ce qu'il voyage tout seul ? Va-t-on lui raconter des horreurs ? Compte-t-il encore

des amis à Leningrad ? Est-ce qu'ils vont le laisser se promener en ville ? Et les journaux, vont-ils parler de cette visite ? J'ai un genre d'urticaire au bras, un peu comme les zonas de maman. Je suis en fait morte de peur, et je finis par ne plus attacher d'importance au grand buffet que je prépare. Ilya a terminé les réparations et il nous a trouvé du koumys.

12 novembre – 13 au matin
La nuit a lentement cédé sa place au jour. Le ciel est gris et le vent cingle. La neige s'entassait sur le pare-brise de la voiture qu'on a mise à notre disposition pour aller à l'aéroport. Comme le conducteur a refusé d'entrer, Ilya lui a porté une tasse de thé bouillante. Pour le remercier, il a fait marcher ses essuie-glaces. Rougeaud, rasé de frais, il avait un visage sévère (il ressemble étrangement au type qui passait autrefois devant la maison dans une voiture d'auto-école). Nouriya s'affolait à cause de ses ongles rongés. Je l'ai laissée se passer un peu de rouge à lèvres, faute de quoi elle menaçait de piquer une crise. On a mis nos manteaux. Maman avait dormi pendant tous les préparatifs, et Milyausha est arrivée pour veiller sur elle pendant que nous partions. Je l'ai regardée et je me suis demandé si elle se rendait bien compte que son fils revenait deux fois plus âgé que le jour de son départ. À la moindre incartade, ils le mettront certainement en prison et alors il lui faudra tenir sept ans.

13 novembre
J'avais acheté de jolies roses, mais elles se sont fanées avant qu'on arrive à l'aéroport. C'était comme tenir de l'argent dans sa main et le voir se dévaluer. On nous a conduits dans une salle d'attente, un petit box gris avec trois chaises, une fenêtre, une table, et un cendrier en argent. Trois officiels attendaient avec nous. Avec leur

mine de pierre, les roses se sont fanées encore plus. J'étais on ne peut plus consciente que je n'avais pas à m'excuser de ce que Rudik avait fait autrefois – c'étaient ses actes, pas les miens. Je les ai fixés et ils ont paru se radoucir. Ils ont même offert une cigarette à Ilya. Le ciel s'est dégagé et on a confondu un vol d'oies avec l'avion. Les nerfs me serraient l'estomac. Les oies se sont séparées en deux groupes, l'un vers le sud et l'autre au nord, et, cette fois, un avion a percé les nuages quelques instants plus tard. Il a fait un virage sur l'aile, mais ensuite la fenêtre ne donnait pas sur la piste. On nous a emmenés au hall des arrivées. Vingt gardes avec des mitraillettes étaient alignés contre les murs. Nouriya a murmuré : *Oncle Rudik.*

huit heures et demie

J'ai bien dû retenir mon souffle une quinzaine de minutes, le temps qu'il apparaisse entre les portes coulissantes. Et mon cœur qui faisait des bonds ! Rudik portait un manteau d'une étoffe que je ne connaissais pas, une écharpe de couleur et un béret noir. Son sourire m'a rappelé ma jeunesse. Une seule valise en main. Il l'a posée délicatement par terre avant d'ouvrir ses bras. Comment a-t-il jamais été possible de le détester ? Nouriya a couru la première vers lui. Il l'a soulevée et l'a fait tourbillonner. Puis, un bras sur son épaule, il est venu vers moi et il m'a embrassée sur les deux joues. Un photographe est arrivé dans notre dos et des flashes ont crépité. Rudik a chuchoté que c'était un employé de l'agence Tass, qu'il nous suivrait toute la journée. Il m'a dit : *Ne fais pas attention à lui, c'est un âne.* J'ai ri. Je retrouvais mon Rudik, mon frère bien-aimé, le vrai Rudik, pas celui qu'ils avaient inventé avec leurs mille mensonges. Il m'a dévisagée, les yeux dans les yeux, a pris les roses que je lui tendais et il a déclaré qu'elles étaient magnifiques.

Puis il a détaché mon fichu et j'ai eu honte de mes cheveux si gris. Il m'a embrassée encore et il m'a trouvée très belle. À y voir de plus près, lui aussi paraissait usé, il était sillonné de rides, un peu plus maigre que je n'aurais cru, et il avait des pattes-d'oie. Il a soulevé Nouriya une deuxième fois, il l'a serrée fort contre lui, il l'a fait tourner encore, et tout était très bien. Il a dit : *Me voilà chez moi.* Il était escorté par un homme corpulent, espagnol, Emilio, qu'il a présenté comme son garde du corps et un genre de médecin. C'était un colosse, mais avec des mains douces et un regard gentil. Il avait une queue-de-cheval qu'il cachait sous son col. Rudik n'avait encore jamais rencontré Ilya. *Bienvenue à Oufa*, lui a dit mon mari. Rudik lui a décoché un de ces regards, mais il lui a souri. Il y avait aussi deux fonction-naires français, qui nous tournaient autour, et qui semblaient surtout ne pas vouloir le lâcher. C'était vraiment étrange de l'entendre parler le français comme une langue maternelle mais, lorsqu'il s'est retourné vers moi, il a repris le tatar. Comme il voulait voir maman tout de suite, je lui ai dit qu'elle était encore endormie et que le docteur avait recommandé que la visite ne dure pas, pour qu'elle ne se fatigue pas. Il a répété : *Endormie ?* Et il a consulté sa belle montre-bracelet : *Mais il me reste moins de douze heures.*

neuf heures et demie
Les officiels ont coupé court aux tergiversations en disant qu'il était tenu, d'abord, de passer à la récep-tion de l'hôtel Rossiya. Nouriya, Ilya et moi l'avons accompagné dans la ZIL noire, avec son garde du corps. On était entassés les uns contre les autres. J'allais dire que j'étais désolée, qu'on aurait pu quand même nous réserver une limousine occidentale, mais je

me suis retenue à temps, et j'ai ressenti une brusque bouffée de colère. Assis contre la portière, Rudik gardait la main de Nouriya dans la sienne. Elle lui a parlé du livre qu'elle lisait. Il a paru intéressé et il lui a même posé des questions sur l'intrigue. Puis il a regardé sa montre, il l'a enlevée très vite et il l'a fourrée dans la main de ma fille. C'était une montre double – c'est-à-dire qu'elle donnait aussi l'heure avec des chiffres qui s'affichaient au milieu. Rudik a dit à Nouriya de la donner à son petit ami. Elle a rougi et regardé son père. *Je pourrais la garder pour moi, oncle Rudik ?* Il a dit bien sûr, et elle a posé la tête sur son épaule. Il regardait par la vitre. *Tiens, ils ont pavé les rues.* S'il y avait beaucoup d'endroits qu'il ne reconnaissait pas, parfois il s'exclamait pour dire quelque chose comme : *Cette clôture-là, je l'escaladais quand j'avais sept ans.* Nous avons longé le lac où il aimait patiner. Il a parlé des drapeaux : *Tu te souviens ?* Comme il avait de minuscules écouteurs autour du cou, je lui ai demandé ce que c'était, et il a sorti de sa poche le plus petit magnétophone que j'aie jamais vu. Il a glissé les écouteurs sur mes oreilles, appuyé sur une touche, et Scriabine s'est mis à remplir l'air. Rudik m'a promis de me donner l'appareil avant de partir. Il m'a expliqué à voix basse qu'il en aurait besoin jusqu'au soir, qu'ainsi il n'entendait pas les questions ridicules que n'arrêtait pas de poser le photographe de Tass. Il m'a tapoté la main et m'a confié : *Ce que j'ai le trac, tu te rends compte que j'ai le trac ?* Sa voix semblait avoir changé. Qu'est-ce qui lui faisait peur ? Qu'on l'arrête, l'idée de voir maman, ou simplement être ici ? Il a dit encore : *Tout a l'air plus petit.* Puis il s'est tourné vers Ilya et ils ont parlé un moment, des ceintures de sécurité qui étaient cassées dans l'avion de Leningrad, ou du plateau, devant lui, qui n'arrêtait pas de tomber sur ses genoux.

dix heures et demie
La ZIL s'est arrêtée devant l'hôtel. Les fonctionnaires français ont bondi de leur voiture pour nous escorter, et le garde du corps n'a pas lâché Rudik d'une semelle. Seul Ilya avait l'air un peu abattu. Il a dit qu'il y avait encore des choses à préparer à la maison, et qu'il préférait peut-être nous laisser pour s'en occuper. Il prendrait le tram pour nous rejoindre plus tard. Rudik lui a de nouveau serré la main. Nous sommes montés dans sa chambre. Elle était immense, mais il n'y avait pas de frigo. Il a jeté les roses sur le lit et elles ont atterri en tas. Il a fait le tour de la pièce, en regardant derrière les stores des fenêtres, même derrière les tableaux aux murs. Il a débranché à moitié la prise du téléphone. Puis il a haussé les épaules en disant qu'on l'avait espionné toute sa vie, aussi bien le KGB que la CIA, c'était pareil. Ensuite il a posé sa valise sur le lit, et il l'a ouverte à l'aide d'une petite clé. Contrairement à ce que je pensais, elle ne contenait pas de vêtements, mais un assortiment extraordinaire de parfums, de foulards, d'écrins à bijoux, de broches, d'une quantité de choses vraiment somptueuses. *Ils ne m'ont laissé emporter qu'une valise*, a dit Rudik, *et ils ont pris leur part à l'aéroport*. Nouriya s'est allongée sur le lit et elle a touché chaque objet jusqu'au dernier. Rudik savait tout des parfums, comment ils étaient faits, qui portait celui-ci ou celui-là, qui les avait inventés, avec quoi, et même où on les fabriquait. *Ça, c'est le préféré de Jackie O*, a-t-il dit. Il avait un flacon à part pour maman, un cadeau d'une dame de New York, enveloppé de délicieux rubans. Un Chanel pour moi. Nouriya et moi en avons mis un peu sur nos poignets. Puis il a frappé dans ses mains pour

demander le silence, et il a sorti de sa valise une petite boîte qu'il m'a tendue. Elle contenait le collier le plus magnifique que j'aie jamais vu, tout en diamants et en saphirs. J'ai pensé aussitôt : *Où est-ce que je vais cacher ça ?* Rudik m'a dit qu'il fallait le mettre et le porter fièrement. Il était lourd, ça me faisait froid autour du cou. Ça avait dû lui coûter une somme. Il m'a embrassée sur les deux joues et m'a dit qu'il était heureux de me voir.

onze heures moins le quart
Je lui ai suggéré de se reposer avant de partir voir maman, et il a dit : *Pour quoi faire ?* Puis il s'est mis à rire : *Il y aura tout le temps de se reposer en enfer.* Alors, s'il était trop tôt pour venir à la maison, il voulait retourner en ville et visiter encore quelques endroits. Il a fallu à nouveau discutailler sans fin à la réception pour régler l'itinéraire, s'accorder sur les horaires, mais, finalement, on s'est mis d'accord – nous aurions un convoi pendant quelques heures. Nous avons roulé doucement à cause de la neige. L'Opéra était fermé ; notre vieille maison de la rue Zentsov, démolie depuis longtemps ; les portes de la salle de la rue Karl-Marx, verrouillées ; et la route du cimetière tatar était infranchissable. La voiture s'est garée au bas de la colline, à une centaine de mètres de l'entrée. Rudik a supplié le chauffeur de lui trouver des raquettes pour marcher dans la neige. Le chauffeur a répondu qu'il avait seulement ce qu'il portait aux pieds. Rudik a regardé par-dessus le siège. *Donnez-les-moi.* Et il lui a fourré des dollars dans la main. Les bottes étaient trop grandes, mais Nouriya a prêté ses chaussettes à Rudik pour faire tampon. Le garde du corps a voulu l'accompagner, mais Rudik s'est fâché : *J'y vais seul, Emilio.* Alors nous l'avons regardé, depuis la voiture, affronter les congères, puis

escalader la clôture et passer derrière la colline. On n'apercevait, par-dessus la neige, que la cime des arbres du cimetière. Nous avons attendu. Personne ne disait rien. La neige s'entassait sur les vitres. Quand Rudik est enfin revenu – après une marche certainement pénible –, les manches de son manteau étaient trempées, comme son pantalon, aux genoux. Il a dit avoir ramassé une branche pour dégager un peu la neige accumulée sur la tombe de papa. J'étais certaine qu'il était tombé en chemin. Et, s'il avait tendu l'oreille pour écouter les trains résonner le long de la Bielaïa gelée, il n'y en avait pas eu. Nous sommes repartis. La lumière, sublime, se réverbérait partout sur la neige. Les chiens de garde près de l'usine ont cessé d'aboyer et tout est resté un instant silencieux.

midi et quart

Le garde du corps a sorti un petit flacon de comprimés de sa poche et Rudik en a avalé trois sans eau. Il a dit qu'il avait la grippe, que ça l'aidait à garder les idées claires. Nouriya lui a dit qu'elle aussi avait un début de rhume, mais il a refusé de lui en donner, comme quoi ses pilules étaient trop fortes pour elle. À la gare, il a acheté des graines de tournesol. *Je n'en ai pas croqué depuis des années.* Il en a pris deux, il a recraché les cosses, et il a jeté le reste. Nous avons ralenti en passant devant l'ancienne maison de Sergueï et d'Anna. *Je m'attendais à voir Yulia à l'aéroport de Leningrad,* a-t-il dit. *Peut-être qu'elle est morte.* J'ai déclaré que je ne savais rien d'elle. Il a dit qu'elle lui a écrit plusieurs fois mais qu'au fil des années leurs liens se sont distendus.

midi et demi

Il y avait encore deux officiels, deux de plus, qui attendaient à la maison. Ilya était assis à la table du buffet, il s'est levé pour serrer la main à Rudik, ça faisait déjà trois fois ! Ilya le regardait dans les yeux, seulement Rudik pensait à autre chose. *Mais il y a trop de monde !* Il s'est frappé le torse sans enlever ses gants, et il a hurlé une obscénité en tatar. Ensuite il a commencé à faire des histoires avec les fonctionnaires français. Il voulait qu'on le laisse tranquille. J'ai pris mon courage à deux mains, je lui ai intimé de se taire et j'ai poliment reconduit les deux hommes. Alors il m'a remerciée, s'est excusé d'avoir crié, mais c'étaient de toute façon des ânes, il passait sa vie entouré d'ânes bâtés. Il mourait d'impatience de voir maman, et j'ai donc dû lui parler de tous ses problèmes, lui expliquer qu'elle ne disait plus rien, que sa vue avait beaucoup baissé, qu'elle avait souvent des absences. Il n'avait pas l'air d'écouter. On entendait les escortes russe et française se disputer au-dehors, devant la maison. Rudik a craint qu'ils n'insistent pour revenir, alors il a bloqué la porte avec une chaise qu'il a calée sous la poignée. Il a dit à son garde du corps de rester près de l'entrée. Nous étions tous passablement agacés. Il a retiré son pardessus, son écharpe, suspendu les deux au portemanteau, et il est entré dans la chambre de maman. Elle dormait. Il a tiré un fauteuil pour s'asseoir près d'elle, et s'est penché pour l'embrasser. Elle n'a pas bougé. Rudik m'a regardée d'un air implorant, il se demandait quoi faire. J'ai donné un peu d'eau à maman, qui a passé la langue sur ses lèvres. Il a posé un superbe collier contre sa gorge. Elle a remué un peu mais sans ouvrir les yeux. Rudik se tordait les mains comme s'il était redevenu un gamin de sept ans. Il chuchotait, insistait : *Maman. C'est moi. Rudik.* Je lui ai dit qu'elle finirait par se réveiller, mais qu'il fallait lui laisser un peu de temps, se montrer patient.

une heure moins le quart
J'ai décidé de le laisser seul. En quittant la chambre, je l'ai vu qui enlevait ses écouteurs, comme si maman allait dire quelque chose et que ça l'empêcherait peut-être d'entendre. Je suis restée derrière la porte. Il continuait de chuchoter, mais impossible de comprendre ce qu'il disait. J'ai eu l'impression, un moment, qu'il parlait dans une langue étrangère.

une heure et demie
Il est ressorti de la chambre. Il avait les paupières toutes rouges. Il a appelé son garde du corps. Rudik a dit qu'Emilio était masseur, qu'il avait des rudiments de médecine, et qu'il trouverait peut-être quelque chose pour que maman se sente mieux. Idée stupide d'Occidental, voilà ce que j'ai pensé, qu'est-ce que cette médecine pourrait bien offrir de plus que ce que nous avions déjà donné à maman ? Je n'ai pas supporté de voir cette espèce d'énorme type entrer à son tour dans la chambre. De quel droit se mêlait-il de nos affaires ? Je m'y suis opposée, mais Rudik n'a rien voulu savoir et il a claqué la porte.

deux heures
Le garde du corps est revenu. Il m'a souri et s'est adressé à moi dans un anglais de cuisine auquel je n'ai rien compris. Alors il s'est exprimé par gestes. Il avait l'air de vouloir dire que maman avait autrefois été une très belle femme. Bon, j'ai changé d'avis à son sujet, même si cette queue-de-cheval ne me plaisait guère. Il s'est servi copieusement à la table du buffet, et il a fait toutes sortes de bruits pour expliquer que les plats étaient délicieux. Ensuite il est resté tranquillement assis jusqu'à la fin de la journée.

deux heures et demie
Je suis entrée. Maman s'était réveillée. Elle ouvrait de grands yeux comme si elle avait peur. Rudi était courbé devant elle, elle avait les paupières pleines de larmes. Il passait successivement du russe au tatar. Maman remuait les lèvres mais impossible de distinguer un mot. Rudik m'a tendu sa main. *Tamara, dis-lui que c'est moi. Ta voix, elle la reconnaît, toi. Elle ne se rend pas compte que c'est moi.* Je me suis penchée et j'ai dit : *Maman, c'est Rudik qui est revenu te voir.* J'ai vu une lueur dans ses yeux, mais je ne sais pas si elle a compris. Rudik s'obstinait : *Je resterai là jusqu'à ce qu'elle me reconnaisse.* Je l'ai supplié de revenir et de profiter du buffet, mais il a dit qu'il n'avait pas faim. J'ai insisté encore. Il a crié : *Non !* Alors j'ai fait une chose que je n'oublierai jamais. Je lui ai donné une gifle. Le coup lui a fait tourner la tête et il a fixé le mur. Je n'arrivais pas à croire ce que je venais de faire. J'avais frappé si fort que ma main en brûlait. Rudik s'est lentement retourné vers moi et m'a regardée un instant. Puis il s'est à nouveau penché vers maman. *Je viendrai à ta table, Tamara, quand je serai prêt.* J'ai refermé la porte. J'ai éprouvé une sensation terrible en revenant dans le salon. Nouriya avait les yeux collés sur sa nouvelle montre, qui sonnait comme un genre de réveille-matin. Elle n'arrivait pas à l'arrêter.

trois heures moins le quart
Ilya a rempli une fois de plus l'assiette du garde du corps. Ils buvaient du koumys. Le garde du corps a montré à Ilya un genre de petit jeu. Il s'est arraché un cheveu, il a fermé les yeux, et il a demandé à Ilya de le placer entre deux pages d'un livre. Les yeux toujours fermés, le garde du corps a commencé à effleurer les pages du bout des doigts. C'est une vieille astuce de masseur qui permet de ne pas perdre la main.

Et il était vraiment doué, parce qu'il arrivait à localiser son cheveu à huit pages de distance. Le vent jetait de lourds paquets de neige sur la fenêtre.

trois heures
J'ai préparé une assiette pour Rudik, viande marinée, chou en salade et œufs durs. La porte a craqué quand je l'ai rouverte. À ma grande surprise, il m'a souri. Il semblait avoir oublié la gifle. L'air se réchauffait apparemment entre nous, nous refaisions la soudure. Rudik n'a rien mangé, mais il tenait son assiette comme s'il allait le faire. Il m'a laissé une petite place sur le fauteuil et je me suis assise à côté de lui. Nous avons vu maman remuer les lèvres imperceptiblement. Ses cheveux étaient défaits sur l'oreiller. J'ai dit : *Elle t'appelle.* Il a répondu : *Quoi ?* J'ai répété : *Elle t'appelle, regarde-la.* Il est resté un long moment figé, puis il s'est mis à hocher vivement la tête. *Oui, c'est mon nom qu'elle dit.* Aussitôt il a parlé de drapeaux le long du lac, de la radio et de la musique qu'il écoutait quand il était petit. Je n'ai rien compris à son charabia. J'ai pris sa main. Ce fauteuil était vraiment trop petit pour nous deux.

trois heures et demie
J'ai quitté la pièce. Le garde du corps était encore en train de tripoter un livre, les doigts sur les pages. Il a demandé une autre part de gâteau.

quatre heures
Rudik est ressorti de la chambre. Il était très raide, mais son visage ne trahissait rien. Il a fait un signe de tête à Nouriya, puis à Ilya, et il est parti devant la fenêtre. Il a entrouvert les rideaux : à l'extérieur, les officiels attendaient dans les voitures. Rudik s'est retourné. Il a hoché la tête à l'intention du garde du

corps. Il avait l'air content, mais c'était feint, j'en suis
certaine. Le garde du corps a ouvert la valise, et Rudik
a distribué ses derniers cadeaux, encore des bijoux, et
du maquillage, et des chocolats. Puis il a agité les bras
pour se réchauffer, alors qu'il faisait très bon dans la
maison. *Bien*, a-t-il dit. Il a fouillé dans sa poche et il
a jeté une liasse de roubles sur la table. Cela représen-
tait beaucoup d'argent. Personne n'a bougé. Dehors,
une des voitures a klaxonné. L'avion pour Leningrad
devait décoller bientôt. Il neigeait toujours. Rudik a
vissé son béret sur sa tête, il a pris Nouriya dans ses
bras, et il a serré une fois de plus la main d'Ilya.
Comme je me rapprochais de lui sur le pas de la porte,
il a dit : *Elle ne m'a pas reconnu.* J'ai chuchoté à son
oreille : *Bien sûr que si.* Il m'a regardée avec un demi-
sourire. Il a ajouté : *J'ai encore la joue qui me brûle*,
et j'ai cru un instant qu'il allait me gifler à son tour,
mais il n'en a rien fait. Il s'est enveloppé dans son
écharpe et il est parti à la voiture. On est restés là avec
nos cadeaux.

Yulia, ma chérie, voyons, ne me dis pas que tu n'as
toujours pas de piano ?

Il était un peu essoufflé après les cinq étages. J'ai
retenu un hoquet, je n'aurais jamais cru que, à mon
âge, on pouvait encore me réserver de telles surprises.
Sa petite plaisanterie le faisait sourire, et il m'a
présenté son compagnon, Emilio, en s'excusant de me
rendre visite si tard. Il a dit qu'il regrettait amèrement d'arriver les mains vides, qu'il avait déjà donné
tous ses cadeaux. Je l'ai embrassé pendant que, sur le
palier, il scrutait l'obscurité dans l'appartement.

Cette bonne vieille Yulia, a-t-il dit. Tu as toujours
tellement de livres qu'on ne voit plus le papier peint.

Comment m'as-tu retrouvée ?

Chacun ses trucs.

L'électricité était à nouveau coupée dans l'immeuble. J'ai allumé deux bougies qui ont élevé leurs flammes légères. À la porte, Emilio époussetait ses épaules couvertes de neige. Quand je l'ai prié d'entrer, il s'est montré légèrement étonné que je parle, disait-il, un espagnol parfait. Je lui ai expliqué que j'avais passé une bonne partie de ma vie à le traduire, et il est parti regarder ma collection d'ouvrages sur l'étagère.

Je tirai sur les plis de ma robe de chambre, puis je passai derrière la cloison qui divisait la pièce. Kolya dormait toujours. Il grogna tout d'abord quand je le réveillai, mais il s'assit vite sur le lit. Qui ? demanda-t-il en bondissant par terre, les cheveux ébouriffés.

Je murmurai : Mets sur la table ce que tu trouves à manger.

À la salle de bains, j'ai frotté mes pommettes avec mes poings, je me suis regardée dans la glace et j'ai ri. Les fantômes de ma vie avaient quitté leurs ténèbres pour revenir me saluer à l'âge de soixante-deux ans.

Dépêche-toi, a dit Rudi. J'ai à peine une heure.

Kolya avait disposé une miche de pain et un reste de salade de concombre. Si la bouteille de vodka était déjà ouverte, les verres à côté étaient vides. Les bougies apportaient une ponctuation nerveuse à l'obscurité.

C'est pour nous un honneur, ai-je dit.

Ce que Rudi a repoussé d'un geste : Ils voulaient que j'aille dîner à l'ambassade de France, mais ça me cassait les pieds.

Alors, ils t'ont laissé revenir ?

Ils m'ont accordé quarante-huit heures pour voir ma mère. Mon avion de retour a du retard. Il décolle dans quelques heures de Poulkovo.

Quelques heures ?

Je n'ai même pas pu voir le Kirov. Ils se sont débrouillés pour qu'on y arrive trop tard et que ça soit fermé.

Ta mère ? ai-je demandé. Comment va-t-elle ?

Rudi a souri sans répondre. Ses dents, toujours d'une blancheur saisissante, semblaient révoltées contre son visage. Le silence s'installa un instant pendant qu'il balayait la pièce d'un regard. Il donnait l'impression d'attendre que d'autres silhouettes se détachent de l'ombre. Puis il m'a serré les deux mains et dit : Yulia, tu n'as rien perdu de ta beauté.

Je te demande pardon ?

Tu n'as pas pris une ride.

Et toi, ai-je répondu, tu restes un sale menteur.

Non, non, non, a-t-il insisté. Tu es toujours très belle.

Je suis une vieille femme, Rudi. J'admets que j'ai l'âge de porter un fichu.

Il a pris la vodka, rempli les trois petits verres, regardé Kolya, a demandé s'il n'était pas trop jeune pour boire. Alors, de sa démarche d'adolescent, mon fils est parti chercher un quatrième verre dans le buffet.

Ton fils ? a chuchoté Rudi.

En quelque sorte, oui.

Tu t'es remariée ?

J'ai hésité, fait signe que non. Pour Kolya et moi, cela avait été de longues années de lutte contre la pauvreté. Mes talents de traductrice étaient aussi avérés qu'inutiles : on ne portait plus guère d'intérêt à la littérature étrangère et on avait fermé les portes de nombreuses maisons d'édition. J'avais l'impression de me dresser sur l'arête d'une nouvelle vie, et d'être déjà à moitié épuisée. J'avais dû accepter de petits emplois minables pour rapporter de quoi manger à la maison. Mais j'avais le bonheur d'avoir vu Kolya devenir un beau jeune homme, grand, brun, secret. Il avait abandonné les échecs, il avait dix-sept ans, il voulait devenir peintre et il y travaillait – il avait au départ dessiné des paysages, matériels, tangibles, pour maintenant diversifier ses sujets, et brouiller les pistes. Il pensait que tout changement avait forcément ses raisons, faute de quoi on manquait de respect au passé : il voulait étudier la tradition pour en extraire la nouveauté. Il s'était attelé à une série de portraits de Lénine, avec du lait. C'était une parodie d'histoire – on ne voyait rien si l'on n'approchait pas la toile d'une bougie ou d'une allumette. Il n'en avait vendu aucun, il les gardait sous son lit, et celui qu'il préférait, entreposé trop près d'un radiateur, ne révélait que le nez. Il avait affiché au-dessus de son lit une citation de Bernard de Fontenelle, tirée d'un de mes vieux bouquins : *Il est vrai qu'on ne trouvera jamais la pierre philosophale, mais il est bon de la chercher.*

J'étais paniquée à l'idée que Kolya allait bientôt être appelé au service militaire. C'était épouvantable d'y penser – la guerre se refermant sur lui comme le pouvoir avait isolé mes parents –, et je me réveillais souvent la nuit, dans mes draps en sueur, avec l'image de mon fils, le fusil en bandoulière, au coin d'une rue afghane. Kolya, cependant, croyait avoir trouvé un moyen de déjouer le système : lorsqu'ils lui feraient son analyse d'urine, disait-il, il se piquerait le doigt avec une épingle et il mettrait une goutte de sang dans le prélèvement. Que ses urines révèlent un excès de protéines, et il échappait au service. Il m'était fréquemment venu à l'esprit que Kolya avait en quelque sorte hérité de l'esprit de papa, même si, bien sûr, il ne lui ressemblait en rien physiquement. Il avait sa ténacité, son intelligence, un vrai caractère. Il s'était peu à peu intéressé à l'histoire de ma famille, glanant çà et là des traces, des détails – et, de question en question, inévitablement, il avait découvert l'existence de Rudi.

Je scrutai son visage à la recherche d'une réaction, mais, curieusement, cette visite impromptue le laissait en tout point serein.

Je m'aperçus qu'Emilio avait pris dans l'étagère une traduction de Cervantès. Au lieu de la lire, il effleurait les pages, les yeux fermés, comme pour deviner les mots. Rudi expliqua qu'il avait inséré un cheveu quelque part à l'intérieur, lorsqu'ils étaient restés un moment seuls, et que, maintenant, il essayait de le retrouver à l'aveuglette, qu'il faisait ça pour passer le temps.

Je m'entoure de gens un peu fous, a dit Rudi.

Saisissant la bouteille de vodka, il a de nouveau rempli deux verres. Son sourire éclairait notre silence étroit et maladroit. Un quart de siècle s'était écoulé et, bien que la différence d'âge fût aujourd'hui moins prononcée, un fin voile d'embarras venait de se tisser dans l'espace entre nous. Par désespoir sans doute, nous avons commencé à le cerner de nos propos. Assis, penché, les coudes sur les genoux, le menton dans les paumes, Rudi avait des yeux brillant du même ravissement qu'autrefois.

Dis-moi tout, a-t-il dit.

Il a levé son verre jusqu'à sa bouche, m'a attendue, et j'ai dû démêler cette étoupe que je croyais bien serrée sur sa quenouille – mon appartement, mon divorce, ma rue.

Tu fais encore des traductions ?

En de rares occasions, ai-je répondu, mais j'aimerais autant ne pas parler de ça. Parle-moi de toi plutôt.

Oh, tout le monde parle de moi, et tout le monde se trompe.

Même toi ?

Oui, même moi. Mais moi, je le fais exprès.

Exprès ?

Évidemment, personne ne me connaît, moi.

C'était comme si nous avions entamé une étrange partie d'échecs, en essayant chacun de nous dépouiller de nos pièces, pour en arriver finalement au roi, nu, et le renverser en disant : *Voilà, l'échiquier est à toi, explique-moi ce que j'ai fait pour perdre.*

À cet instant, un bruit sourd a retenti, le courant est revenu et la pièce fut brusquement baignée de lumière vive.

Éteins-moi ça, a dit Rudi, je préfère les bougies.

Emilio tâtait des deux mains mon livre ouvert.

Rudi a lancé tout fort : Pilules, s'il te plaît.

Emilio a refermé le livre, a sorti de sa poche un flacon de comprimés et l'a jeté sur les genoux de Rudi, qui en a avalé quatre, vite, l'un après l'autre. La sueur lui embuait le front. Il l'essuya d'un revers de la main. Je me demandai ce que, en d'autres temps, Emilio découvrait sous sa peau.

Est-ce que tu danses toujours ?

Ils m'enterreront sur scène.

Je ne pus que le croire – le jour où on l'exhumerait, on trouverait ses os prêts à bondir, ou saluant encore avant de se redresser : *Merci, merci, mais laissez-moi, je vous prie, recommencer une dernière fois.* Il ne savait pas du tout ce qu'il deviendrait s'il devait se retirer, chorégraphe peut-être. Il avait tourné dans quelques films à l'Ouest, mais il disait que c'était un fatras d'absurdités, et d'ailleurs il n'était pas fait pour la caméra, il était fait pour bien sentir les planches sous la plante de ses pieds, il avait besoin d'un public.

D'un public, tu l'as dit, pensai-je.

Ha-ha ! a-t-il coupé soudainement.

Sa main a plongé dans sa poche, et il en a ressorti un portefeuille qu'il a lancé à Kolya par-dessus la table. Il

405

ne contenait pas d'argent, mais c'était de la belle maro-quinerie, avec un liseré d'or aux bords.

Serpent américain, a-t-il dit.

Kolya braquait ses yeux sur sa mère : C'est pour moi ?

Croisant les bras derrière la nuque, Rudi a montré que oui. Je retrouvai très brièvement la jalousie de mon jeune âge. J'eus envie de le prendre à part pour lui dire que cela ne servait à rien de faire de l'épate, qu'il se comportait en enfant gâté à un anniversaire sans fin. Mais peut-être y avait-il quelque chose de plus profond dans ce cadeau désinvolte qu'il faisait à mon fils. Il me vint à l'esprit que Rudi ne voulait rien garder, de la même façon qu'il était parti autrefois. Kolya a ouvert et considéré l'objet vide, Rudi l'a gratifié d'une tape joueuse à l'épaule.

Les voir ensemble était comme un couteau enfoncé dans mes côtes, la pointe droit au cœur.

Emilio continuait de fouiller les pages, mais il s'est mis à somnoler. J'allai à la fenêtre. Dehors, la ville était barbouillée de noir, et le vent déchaînait la neige. Il y avait en bas trois voitures arrêtées dans la rue. J'ai ouvert plus amplement mon rideau, j'ai distingué une ombre qui a vite libéré un éclair de lumière. Un photographe. D'instinct, je me suis détournée et j'ai tout refermé.

Comment se fait-il qu'ils t'aient laissé rentrer ?

Raïssa Gorbatchev, a-t-il dit.

Tu l'as rencontrée ?

Il a fait signe que non.

Mais elle t'a obtenu un visa ?

Sans répondre à ma question, il a dit curieuse-ment : Nous avons toujours porté en nous l'effritement promis.

Je ne trouvai pas quoi dire, vraiment, faute de savoir s'il s'apitoyait sur son sort ou si cela n'avait finalement aucun sens. Mais on ne pouvait pas en vouloir à Rudi d'être devenu ce qu'il était. Il y avait quelque chose en lui qui libérait partout les gens, qui leur ouvrait les portes du monde. Même Kolya avait rapproché sa chaise. On a bu encore un peu de vodka et nous avons parlé, très vite, du gramophone de papa ; des leçons de danse de ma mère ; du soir où Rudi était arrivé à Leningrad ; de ses ballets au Kirov. Il dit avoir revu une fois Rosa-Maria, mais pour ensuite reperdre sa trace. Notre conversation paraissait déjà répétée, ou comme trouvée dans un magasin d'occasions, et pourtant cela nous était égal : rien ne manquait, car il y avait toute la tendresse de cette visite.

Nous avons trinqué une dernière fois ensemble, et Rudi a cherché à son poignet une montre qu'il ne portait visiblement pas.

Emilio, a-t-il dit, quelle heure est-il ?

L'Espagnol s'est réveillé en sursaut : Il faut partir, a-t-il dit en refermant Cervantès.

Juste une minute ou deux, a objecté Rudi.

Non, il faut vraiment y aller.

Non, une minute ! a asséné Rudi.

Emilio a levé les bras en l'air, un geste que lui avait sûrement inspiré Rudi. Bon, a-t-il dit, mais dans ce cas-là on va rater l'avion.

Il a remis le livre bien à sa place sur l'étagère. Et j'ai soudain imaginé un jour, froid et pluvieux, où Kolya et moi le ressortirions pour vérifier au long des pages si elles recelaient encore un minuscule bourrelet.

Parfaitement calme, collé au dossier de sa chaise, Rudi s'est accordé le temps de redevenir le centre d'intérêt.

Puis, sans perdre une seconde, il s'est relevé très vite : Le chauffeur m'attend. Ils vont encore penser que je trahis.

Il a enfilé son manteau, s'est retourné vers moi : Tu crois ça, toi ?

Quoi ?

Après toutes ces années ?

Il fixait la table en revissant soigneusement la capsule sur la bouteille de vodka, comme s'il cherchait la force d'un dernier mot à dire. Me rejoignant, il a posé ses mains sur mes épaules, s'est mordu la lèvre, et, dans un chuchotement : Tu vois, ma propre mère ne m'a même pas reconnu.

Quoi ?

Elle n'a pas compris que c'était moi.

Je repensai à mon père dans son camp, à la hache qui avait cogné sur une balle dans le rondin, au fait, prétendait-il, qu'on n'échappait jamais à nous-mêmes. Je me demandai si je n'allais pas raconter tout ça à Rudi, mais il était déjà emmitouflé dans son écharpe, prêt à partir.

J'ai dit : Bien sûr qu'elle t'a reconnu.

Il a demandé : Qu'est-ce qui l'y oblige ?

J'avais envie de trouver la repartie parfaite, envie de le refaire atterrir, de me voir confier un autre sourire de rêve, et de nouvelles surprises, mais il actionnait déjà la poignée. Il a recueilli mon visage dans ses mains, l'a embrassé sur les deux joues.

J'ai dit : Attends.

J'ai cherché dans le buffet la soucoupe qui avait appartenu à ma mère. J'ai soulevé le couvercle de la boîte. Au toucher, l'objet de porcelaine semblait froid et cassant. Je le lui ai tendu.

Ta mère m'a montré ça il y a des années, a dit Rudi.

C'est à toi.

Non, je ne peux pas.

Si, ai-je dit. S'il te plaît.

Tu devrais la garder pour Kolya.

Elle est déjà à lui.

Rudi m'a ébloui d'un sourire et il a pris l'offrande dans ses mains.

Entrées et sorties, a-t-il dit.

Emilio nous a remerciés de notre hospitalité, et il a filé prévenir les chauffeurs. Rudi l'a suivi lentement, ses genoux lui faisaient mal. Je suis restée penchée avec Kolya au-dessus de la balustrade et nous l'avons regardé descendre.

Alors, c'est lui ? a demandé mon fils.

C'est lui.

Pas grand-chose, finalement ?

Ne parle pas trop vite, ai-je répondu.

Alors, comme au théâtre, Rudi s'est planté sous l'éclairage du troisième, il a lancé son écharpe dans son dos, et, ma petite soucoupe serrée contre le cœur, il a exécuté une pirouette impeccable sur la dalle de béton. Puis, prenant pied précautionneusement sur le palier suivant, au milieu des saletés et des bouteilles cassées, il s'est de nouveau figé sous le plafonnier. Ses bottes ont encore écorché la surface. Il virevoltait de plus belle. Sans remords. Kolya m'a passé un bras sur l'épaule et j'ai pensé silencieusement : C'est un bonheur qu'il faut prolonger jusqu'à demain.

Une dernière pirouette dans l'entrée, et il était parti.

Mise en vente de la collection Rudolf Noureïev, janvier et novembre 1995, New York et Londres.

Lot 1088 : six paires de bottillons de danse
Estimation : 2 300/3 000 dollars
Vendu : 44 648 dollars
Acheteurs : M. et Mme Albert Cohen

Lot 48 : costume du *Lac des cygnes*, acte III, prince Siegfried, 1963
Estimation : 3 000/5 000 dollars
Vendu : 29 900 dollars
Acheteur : anonyme

Lot 147 : *Portrait de George Townshend, Lord de Ferrars*, par sir Joshua Reynolds
Estimation : 350 000/450 000 dollars
Vendu : 772 500 dollars (record d'enchères pour ce peintre)
Acheteur : privé

Lot 1134 : table de réfectoire française en bois de noyer
Estimation : 22 500/30 000 dollars
Vendu : 47 327 dollars
Acheteur : par téléphone

Lot 146 : *Satan naissant de la lance d'Ithuriel*, par Johann Heinrich Fuseli, Royal Academy of Arts
Estimation : 500 000/700 000 dollars
Vendu : 761 500 dollars
Acheteur : anonyme

Lot 1356 : *Homme nu à mi-corps*, attribué à Théodore Géricault
Estimation : 60 000/80 000 dollars
Vendu : 53 578 dollars
Acheteur : par téléphone

Lot 728 : un long châle jamawar, fin du XIXᵉ siècle
Estimation : 800/1 500 dollars
Vendu : 5 319 dollars
Acheteur : R. Ratnawke

Lot 1274 : soucoupe de porcelaine russe (antérieure à 1917) et boîte de chêne (abîmée)
Estimation : 2 000 dollars
Vendu : 2 750 dollars
Acheteur : Nikolaï Mareneov

Lot 118 : *Berger pleurant sur la tombe d'un moucheron*, Félix Boisselier
Estimation : 40 000/60 000 dollars
Vendu : 189 500 dollars
Acheteur : privé

Tous lots adjugés et vendus.

REMERCIEMENTS

Afin de préserver l'intimité de personnes vivantes, mais pour donner forme également à des destins fictifs, bien des noms et des lieux ont été modifiés dans ce roman. Si j'ai parfois condensé en un seul deux ou trois personnages réels, j'ai aussi réparti sur plusieurs les traits d'un individu unique. Certains faits imputés à des figures publiques sont exacts, certains sont inventés. Pour plus de clarté, je n'ai pas toujours utilisé les diminutifs et les déclinaisons patronymiques des prénoms russes, couramment employés dans ce pays.

J'ai eu la chance d'accéder à quantité d'ouvrages – fiction, documents, articles de presse, poésie et fichiers Internet – dans le cadre de mes recherches. Un titre, toutefois, s'est révélé particulièrement précieux, le *Noureïev* de Diane Solway, biographie qui, à l'heure de ces lignes, fait autorité en la matière. Je recommande aussi aux amateurs les écrits de Julie Kavanagh et son livre à paraître sur le danseur. Les autres ouvrages, films et références sont trop nombreux pour tous les mentionner ici, cependant je remercie spécialement le personnel des bibliothèques publiques de l'État de New York, qui gère un fonds d'une valeur exceptionnelle. J'adresse par la même occasion mes remerciements sincères à la American-Irish Historical

Society, et plus particulièrement au Dr Kevin Cahill, à Christopher Cahill et à Bill Cobert.

Il y a tant d'autres personnes qu'il me faut remercier également pour leur gentillesse, leur aide et leur clairvoyance : Roman Gerasimov, mon interprète-traducteur en Russie, Kathleen Keller, Tim Kipp, John et Beverly Berger, John Gorman, Ger Donovan, Irina Kendall, Josh Kendall, Joan Acocella, Lisa Gonzalez, Errol Toran D.C., Nick Terlizzi, Charlie Orr, Damon Testani, Mary Parvin, Marina Staviskaya, Jason Buzas, Jaco et Elizabeth Groot, Françoise Triffaux, Brigitte Semler, Thomas Ueberhoff, Colm Toibin, Chris Kelly, Emily Tabourin, Alona Kimchi, Tom Kelly, Jimmy Smallhorne, Mikhail Iossel, Radik Kudoyarov, Nikolay Korshun, Ilya Kuznetsov et ses amis du Kirov, Galina Belskaya, Yanni Kotsonis et Myrna Blumberg.

Je voudrais exprimer ma profonde gratitude à tous chez Phoenix House, chez Metropolitan Books et à la Wylie Agency, et plus encore à Maggie McKernan, Riva Hocherman et Sarah Chalfant.

Enfin, ces remerciements ne seraient pas complets s'ils n'incluaient pas ma famille : Allison, Isabelle et John-Michael, ainsi que nos branches respectives de part et d'autre de l'océan.

GLOSSAIRE[1]

babouchka : grand-mère
banya : bains (de vapeur)
Degtyarev : mitrailleuse équipant les T 34
dyestskyi dom : foyer pour enfants abandonnés
drojki : voiture légère à chevaux (tilbury)
goluboy : littéralement « bleu clair », homosexuel
gopak : danse ukrainienne
kasha : bouillie de céréales
Katioucha : batterie lance-roquettes
koumys : lait de jument fermenté
krendeli : craquelins
kvas : bière de seigle
markovka : carotte
matriochkas : poupées russes (qui s'emboîtent les unes
    dans les autres)
Maxim : mitrailleuse automatique
papirosa/y : cigarette(s) à grand filtre en carton
pilotka : calot (de militaire, au départ de pilote)
pirojki : petits pâtés chauds, farcis de viande, de
    poisson, de légumes, etc.

---

1. Établi par le traducteur.

politruk : commissaire instructeur politique, présent dans toutes les sortes de collectivités soviétiques (et, par là même, mouchard)

portyanka : bande de toile que l'on enroulait autour des pieds avant d'enfiler de hautes bottes en feutre

samogon : alcool artisanal, à base de lait, de levure et de sucre

T 34 : char blindé

yiablotshko : danse folklorique

Impression réalisée sur Presse Offset par

BRODARD & TAUPIN

GROUPE CPI

La Flèche (Sarthe), 27423
N° d'édition : 3670
Dépôt légal : janvier 2005

Imprimé en France